Het gezicht van de duivel

Van dezelfde schrijver:

Als er een morgen is
Als vlinders in de nacht
Engel der wrake
Herinnering aan middernacht
Het kille vuur

Sidney Sheldon

Het gezicht van de duivel

1992 – De Boekerij – Amsterdam

Oorspronkelijke titel: Doomsday Conspiracy
Vertaling: Hans Kooijman
Omslagontwerp: Hesseling Design, Ede

CIP-GEGEVENS KONINKLIJKE BIBLIOTHEEK, DEN HAAG

Sheldon, Sidney

Het gezicht van de duivel / Sidney Sheldon ; [vert. uit het Engels: Hans Kooijman]. – Amsterdam : De Boekerij
Vert. van: The doomsday conspiracy. – New York : Morrow, 1991.
ISBN 90-225-1334-3 geb.
NUGI 340
Trefw.: romans ; vertaald.

© 1991 by Sheldon Literary Trust
© 1992 voor de Nederlandse taal: De Boekerij bv, Amsterdam

Niets uit deze uitgave mag worden verveelvoudigd en/of openbaar gemaakt door middel van druk, fotokopie, microfilm of op welke andere wijze ook zonder voorafgaande schriftelijke toestemming van de uitgever.

Opgedragen aan Jerry Davis

Moge u in interessante tijden leven.

- oude Chinese verwensing

Dankbetuiging

Ik wil mijn dank betuigen aan doctor James J. Hurtak en zijn vrouw Desirée, voor hun uiterst waardevolle technische adviezen.

Proloog

Uetendorf, Zwitserland
Zondag 14 oktober, 15.00 uur

De ooggetuigen die aan de rand van het veld stonden, staarden vol afgrijzen naar het schouwspel, te geschokt om een woord te kunnen uitbrengen.
Het tafereel dat ze aanschouwden was grotesk, een oeroude nachtmerrie die ergens uit de duistere diepte van het collectieve onderbewustzijn van de primitieve mens was opgedolven. Elke getuige toonde een andere reactie. Eén viel er flauw. Een tweede moest braken. Een vrouw beefde onbedwingbaar. Een ander dacht: *Ik krijg een hartaanval!* De bejaarde priester omklemde zijn rozenkrans en sloeg een kruis. *Help me, Vader. Help ons allen. Bescherm ons tegen dit duivelse kwaad. We hebben eindelijk het gezicht van de duivel gezien. Het einde van de wereld is gekomen. De Dag des Oordeels is aangebroken.
Armageddon is hier... Armageddon... Armageddon...*

DEEL 1
De jager

Zondag 14 oktober, 21.00 uur

SPOEDBERICHT

ULTRA TOPGEHEIM
NSA AAN ONDERDIRECTEUR COMSEC
VERTROUWELIJK
ONDERWERP: OPERATIE DOEMDAG
BOODSCHAP: STARTEN
STEL NORAD, CIRVIS, GEPAN, DIS, GHG, VSAF EN INS OP DE HOOGTE

EINDE BERICHT

Zondag 14 oktober, 21.15 uur

SPOEDBERICHT

ULTRA TOPGEHEIM
NSA AAN ONDERDIRECTEUR
17DE DISTRICT MARINE-INLICHTINGENDIENST
VERTROUWELIJK
ONDERWERP: COMMANDANT ROBERT BELLAMY
REGEL MET ONMIDDELLIJKE INGANG ZIJN TIJDELIJKE
OVERPLAATSING NAAR DEZE DIENST.
OP UW MEDEWERKING IN DEZE KWESTIE WORDT GEREKEND

EINDE BERICHT

1

Eerste Dag
Maandag 15 oktober

Hij was terug in de overvolle ziekenhuiszaal van het hospitaal op de Ku Tsji-basis in Vietnam en Susan leunde over hem heen. Ze zag er prachtig uit in haar kraakheldere, witte verpleegstersuniform en ze fluisterde: 'Wakker worden, zeeman. Je wilt niet dood.'
Toen hij haar betoverende stemgeluid hoorde, kon hij zijn pijn bijna vergeten. Ze mompelde nog iets anders in zijn oor, maar er klonk het luide gerinkel van een bel en hij kon haar niet goed verstaan. Hij stak zijn armen omhoog om haar dichter naar zich toe te trekken, maar zijn handen grepen in het luchtledige.
Door het geluid van de telefoon werd Robert Bellamy helemaal wakker. Hij opende onwillig zijn ogen, want hij wilde de droom niet loslaten. De telefoon naast zijn bed bleef hardnekkig rinkelen. Hij keek op de klok. Vier uur in de ochtend. Hij griste de hoorn van de haak, boos omdat zijn droom werd verstoord. 'Weet je verdomme wel hoe laat het is?'
'Commandant Bellamy?' Een diepe mannenstem.
'Ja...'
'Ik heb een boodschap voor u, commandant. U moet u om zes uur vanmorgen melden bij generaal Hilliard op het hoofdkwartier van de *National Security Agency** in Fort Meade. Hebt u de boodschap begrepen, commandant?'
'Ja.' *En nee. Hoofdzakelijk nee.*
Stomverbaasd legde commandant Robert Bellamy langzaam de hoorn op de haak. Wat kon de NSA in godsnaam van hem willen? Hij werkte bij de Marine-inlichtingendienst. En wat kon er zo belangrijk zijn dat er 's morgens om zes uur een bespreking aan gewijd moest worden? Hij ging weer liggen, sloot zijn ogen en probeerde zijn droom weer op te roepen. Die was zo realistisch geweest. Robert wist natuurlijk wat de droom had veroorzaakt. Susan had de vorige avond opgebeld.
'Robert...'
Het geluid van haar stem had hetzelfde effect op hem als altijd. De adem stokte in zijn keel. 'Hallo, Susan.'

---
* Nationale Veiligheidsdienst.

'Is alles in orde met je, Robert?'
'Jazeker. Fantastisch. Hoe gaat het met de Geldbuidel?'
'Zeg dat alsjeblieft niet.'
'Goed dan. Hoe gaat het met Monte Banks?'
Hij kon zich er niet toe brengen te zeggen 'je echtgenoot'. *Hij* was haar echtgenoot.
'Het gaat uitstekend met hem. Ik wou je alleen vertellen dat we een poosje weg zullen zijn. Ik wilde niet dat je je zorgen zou maken.'
Dit was zo typerend voor haar, echt Susan. Hij moest moeite doen om met vaste stem te spreken. 'Waar gaan jullie deze keer naar toe?'
'We vliegen naar Brazilië.'
'Met het privé-vliegtuig van de Geldbuidel.'
'Monte heeft daar wat zakelijke belangen.'
'Echt waar? Ik dacht dat hij eigenaar van het land was.'
'Hou op, Robert. Alsjeblieft.'
'Sorry.'
Er viel een stilte. 'Ik wou dat je anders klonk.'
'Als je hier was, zou dat ook zo zijn.'
'Ik wil dat je een fantastische vrouw zoekt en gelukkig wordt.'
'Ik heb al een fantastische vrouw gevonden, Susan.' Die verdomde brok in zijn keel bemoeilijkte hem het spreken. 'En weet je wat er gebeurd is? Ik ben haar kwijtgeraakt.'
'Als je zo gaat beginnen, bel ik je niet meer.'
Hij raakte plotseling in paniek. 'Zeg dat niet. Alsjeblieft.' Ze was zijn reddingslijn. Hij kon de gedachte dat hij haar nooit meer zou spreken niet verdragen. Hij probeerde opgewekt te klinken. 'Ik ga een wellustige blondine zoeken en dan neuk ik ons allebei dood.'
'Ik wil dat je een vrouw zoekt.'
'Dat beloof ik.'
'Ik maak me zorgen om je, schat.'
'Dat is niet nodig. Het gaat echt goed met me.' Hij stikte bijna in zijn leugen. Als ze de waarheid eens zou weten. Maar het was niet iets dat hij met wie dan ook kon bespreken. Zeker niet met Susan. Hij kon de gedachte dat ze medelijden met hem zou hebben niet verdragen.
'Ik bel je uit Brazilië,' zei Susan.
Er viel een lange stilte. Ze konden geen afscheid van elkaar nemen omdat er te veel te zeggen was, omdat er te veel dingen waren die maar beter ongezegd konden blijven, die ongezegd moesten blijven.
'Ik moet nu weg, Robert.'
'Susan?'
'Ja?'

'Ik houd van je, schat. En dat zal altijd zo blijven.'
'Dat weet ik. Ik houd ook van jou, Robert.'
En dat was de bitterzoete ironie ervan. Ze hielden nog steeds zo veel van elkaar.
Jullie hebben het volmaakte huwelijk, zeiden al hun vrienden vroeger steeds. Wat was er misgegaan?

Commandant Robert Bellamy stapte uit bed en liep op zijn blote voeten door de stille huiskamer. De kamer schreeuwde Susans afwezigheid uit. Door de hele kamer verspreid stonden tientallen foto's van hemzelf en Susan als bevroren momenten in de tijd. Samen vissend in de Schotse Hooglanden, staande voor een boeddhabeeld vlak bij een Thaise *klong*, door de regen rijdend in een rijtuig in de Borghese-tuinen in Rome. Op iedere foto glimlachten ze en omhelsden elkaar, twee mensen die dolverliefd op elkaar waren.
Hij liep naar de keuken en zette een pot koffie. Op de keukenklok was het 4 uur 15. Hij aarzelde een ogenblik en draaide toen een nummer. De telefoon ging zes keer over en ten slotte hoorde hij admiraal Whittakers stem aan de andere kant van de lijn. 'Hallo.'
'Admiraal..'
'Ja.'
'Met Robert. Het spijt me heel erg dat ik u wakker maak, admiraal. Ik heb net een nogal vreemd telefoontje van de National Security Agency gehad.'
'De NSA? Wat wilden ze?'
'Ik weet het niet. Ik heb bevel gekregen me om zes uur vanmorgen bij generaal Hilliard te melden.'
Er viel een diepe stilte. 'Misschien word je naar hun dienst overgeplaatst.'
'Dat kan niet. Het is niet logisch. Waarom zouden ze...?'
'Het is kennelijk iets dringends, Robert. Waarom bel je me niet na de bespreking terug?'
'Dat zal ik doen. Dank u.'
De verbinding werd verbroken. *Ik had de oude man niet lastig moeten vallen,* dacht Robert. De admiraal was twee jaar geleden met pensioen gegaan als hoofd van de Marine-inlichtingendienst. *Gedwongen* met pensioen te gaan, was beter uitgedrukt. Het gerucht deed de ronde dat de Marine-inlichtingendienst hem als pleister op de wonde ergens een klein kantoortje had gegeven en hem aan het werk had gezet met het tellen van eendemosselen op de reservevloot, of dergelijke flauwekul. De admiraal zou geen benul hebben van de recente activiteiten van de inlichtingen-

dienst. Maar hij was Roberts mentor. Hij had een nauwere band met Robert dan wie ook, behalve Susan natuurlijk. En Robert had er behoefte aan gehad met iemand te praten.

Nu Susan vertrokken was, had hij het gevoel alsof hij met een tijdmachine was verplaatst. Hij verbeeldde zich dat hij en Susan ergens, in een andere dimensie van de tijd en de ruimte, nog steeds gelukkig getrouwd waren, lachend, zorgeloos en vol liefde voor elkaar. *Of misschien ook niet,* dacht Robert vermoeid. *Misschien weet ik gewoon niet van ophouden.*

De koffie was klaar en smaakte bitter. Hij vroeg zich af of de bonen uit Brazilië kwamen.

Hij liep met de koffiekop de badkamer in en bestudeerde zichzelf in de spiegel. Hij keek naar een lange, pezige man in goede lichamelijke conditie van voor in de veertig met een verweerd gezicht, een krachtige kin, zwart haar en intelligente, onderzoekende, donkere ogen. Over zijn borst liep een lang, diep litteken, een herinnering aan het vliegtuigongeluk. Maar dat behoorde tot het verleden. Dat hoorde bij Susan. Dit was het heden. Zonder Susan. Hij schoor zich, nam een douche en liep naar zijn klerenkast. *Wat moet ik aantrekken*, vroeg hij zich af, *mijn marine-uniform of mijn burgerkleren? Wie kan dat trouwens wat verdommen?* Hij trok een antracietgrijs kostuum en een wit overhemd aan en deed een grijze, zijden stropdas om. Hij wist heel weinig over de National Security Agency, alleen dat het Puzzelpaleis zoals de bijnaam ervan was, alle andere Amerikaanse Inlichtingendiensten overvleugelde en de geheimzinnigste van allemaal was. *Wat willen ze van me? Ik zal het spoedig te weten komen.*

2

De National Security Agency is ondergebracht in twee gebouwen die te zamen tweemaal zo groot zijn als het CIA-complex in Langley, Virginia, en discreet verborgen liggen op het grillig gevormde gebied van drieëndertig hectare van Fort Meade, in Maryland. Bij de dienst, die in het leven geroepen is om de communicatiesystemen van de Verenigde Staten technisch te ondersteunen en te beschermen en over de hele wereld elektronisch geheime gegevens te verzamelen, werken duizenden mensen en de operaties ervan leveren zoveel informatie op dat er iedere dag meer dan veertig ton documenten door de papierversnipperaar gaan.
Het was nog donker toen commandant Robert Bellamy er arriveerde. Hij reed naar een zwaar, tweeëneenhalve meter hoog hek dat aan de bovenkant was afgezet met prikkeldraad. Er was een wachthuisje dat werd bemand door twee gewapende bewakers. Eén van hen bleef in het huisje en keek toe terwijl de andere naar de auto liep. 'Kan ik u helpen?'
'Commandant Bellamy voor generaal Hilliard.'
'Mag ik uw legitimatie zien, commandant?'
Robert Bellamy haalde zijn portefeuille te voorschijn en trok zijn identiteitsbewijs van het 17de district van de Marine-inlichtingendienst eruit. De bewaker bestudeerde de kaart zorgvuldig en gaf hem toen terug.
'Dank u, commandant.'
Hij knikte naar de bewaker in het huisje en het hek zwaaide open. De bewaker binnen pakte een telefoon op. 'Commandant Bellamy komt eraan.'
Een minuut later reed Robert Bellamy naar een gesloten, elektrisch bediend hek.
Een gewapende bewaker kwam naar de auto toe. 'Commandant Bellamy?'
'Ja.'
'Mag ik uw identiteitsbewijs zien, alstublieft?'
Hij wilde protesteren, maar dacht toen: *Wat kan het me schelen? Het is hun dierentuin.* Hij haalde zijn portefeuille weer te voorschijn en liet de bewaker zijn identiteitsbewijs zien.
'Dank u, commandant.'

De bewaker gaf een of ander onzichtbaar teken en het hek ging open.
Terwijl Robert Bellamy doorreed, zag hij een derde, zwaar hek voor hem. *Mijn God,* dacht hij, *ik ben in het Land van Oz.*
Er kwam weer een geüniformeerde bewaker naar de auto toe. Terwijl Robert Bellamy naar zijn portefeuille greep, keek de bewaker naar het kenteken van de auto en zei: 'Rijd u alstublieft rechtdoor naar het administratiegebouw, commandant. Er zal daar iemand op u wachten.'
'Dank u.'
Het hek zwaaide open en Robert volgde de oprijlaan naar een reusachtig, wit gebouw. Een man in burgerkleding stond buiten op hem te wachten, rillend in de kille oktoberlucht. 'U kunt uw auto hier achterlaten, commandant,' riep hij. 'Wij zorgen er verder wel voor.'
Robert Bellamy liet de sleutels in de auto zitten en stapte uit. De man die hem begroette, was in de dertig, lang en mager en had een grauwe huid. Hij zag eruit alsof hij al jaren niet meer in de zon was geweest.
'Mijn naam is Harrison Keller. Ik zal u naar het kantoor van generaal Hilliard brengen.'
Ze liepen een grote hal met een hoog plafond binnen.
Een man in burgerkleren zat achter een bureau. 'Commandant Bellamy...'
Robert Bellamy draaide zich snel om. Hij hoorde de klik van een camera.
Robert Bellamy wendde zich tot Keller. 'Wat...?'
'Dit duurt maar een minuutje,' verzekerde Harrison Keller hem.
Zestig seconden later kreeg Robert Bellamy een zwart-wit naamplaatje met zijn foto erop in zijn hand gedrukt.
'Draagt u dit alstublieft te allen tijde als u in het gebouw bent, commandant.'
'Uitstekend.'
Ze begonnen een lange, witte gang door te lopen. Robert Bellamy merkte op dat er met tussenafstanden van zes meter aan weerszijden van de gang veiligheidscamera's opgesteld waren.
'Hoe groot is dit gebouw?'
'Net iets meer dan zeshonderdduizend vierkante meter, commandant.'
'*Wat?*'
'Ja. Deze gang is de langste gang ter wereld – tweehonderdvijfennegentig meter. We hebben hier alles wat we nodig hebben. We hebben een winkelcentrum, acht snackbars, een ziekenhuis, een tandarts, een filiaal van de staatsbank van Laurel, een stomerij, een schoenenwinkel, een kapper en nog een aantal andere voorzieningen.'
Het is een tweede thuis, dacht Robert. Hij vond het op een vreemde manier deprimerend.

Ze passeerden een enorme open ruimte die vol stond met batterijen computers. Robert bleef verbaasd stilstaan.
'Indrukwekkend, vindt u niet? Dat is slechts één van onze computerruimten. Er staan hier in het complex computers en decodeermachines met een totale waarde van drie miljard dollar.'
'Hoeveel mensen werken hier?'
'Ongeveer zestienduizend.'
Waarvoor hebben ze mij dan in godsnaam nodig? vroeg Robert Bellamy zich af.
Hij werd een lift binnengeleid die Keller met een sleutel in werking stelde. Ze gingen één verdieping omhoog en begonnen weer een lange gang af te lopen tot ze aan het eind ervan bij een rij kantoren kwamen.
'We zijn er, commandant.' Ze gingen een groot receptiekantoor binnen waar vier bureaus voor de secretaressen stonden. Twee van de secretaressen waren al op hun werk. Harrison Keller knikte naar een van hen, ze drukte op een knop en een deur achter in het kantoor klikte open.
'Gaat u maar naar binnen, heren. De generaal verwacht u.'
'Deze kant uit,' zei Harrison Keller.
Robert Bellamy volgde hem het heiligdom binnen. Hij bevond zich in een ruim kantoor waarvan de muren en het plafond volkomen geluiddicht waren. De ruimte was comfortabel gemeubileerd en er stonden overal foto's en persoonlijke aandenkens. Het was duidelijk dat de man achter het bureau hier veel tijd doorbracht.
Generaal Mark Hilliard, onderdirecteur van de NSA, was een jaar of vijfenvijftig. Hij was erg lang, had een gezicht dat uit steen gehouwen leek, ijskoude, staalharde ogen en een kaarsrechte houding. De generaal droeg een grijs kostuum, een wit overhemd en een grijze stropdas. *Ik heb goed gegokt,* dacht Robert.
'Generaal Hilliard, dit is commandant Bellamy,' zei Harrison Keller.
'Bedankt dat u even bent langsgekomen, commandant.'
Alsof het een uitnodiging voor een theevisite betrof.
De twee mannen schudden elkaar de hand.
'Gaat u zitten. Ik denk dat u wel trek zult hebben in een kopje koffie.'
De man kon gedachten lezen. 'Ja, meneer.'
'Harrison?'
'Nee, dank u.' Hij ging op een stoel in de hoek zitten.
De generaal drukte op een zoemer, de deur ging open en er kwam een in een militair smokingjasje geklede oosterling binnen met een blad met koffie en Deens gebak. Robert merkte op dat hij geen naamkaartje droeg. *Schande.* De koffie werd ingeschonken. Hij rook heerlijk.
'Hoe drinkt u uw koffie?' vroeg generaal Hilliard.

19

'Zwart, alstublieft.'
De twee mannen zaten tegenover elkaar in zachte, leren stoelen.
'De directeur heeft me gevraagd u bij me te laten komen.'
De directeur. Edward Sanderson. Een levende legende in spionagekringen. Een briljante, meedogenloze marionettenspeler die de eer toekwam dat hij het brein was geweest achter tientallen gewaagde coups over de hele wereld. Een man die zelden in het openbaar werd gezien en over wie in besloten kring slechts gefluisterd werd.
'Hoe lang werkt u al bij de Marine-inlichtingendienst van het 17de district, commandant?' vroeg generaal Hilliard.
Robert antwoordde zonder enig commentaar op de vraag te geven. 'Vijftien jaar.' Hij zou er een maand salaris onder hebben verwed dat de generaal hem de dag en het uur had kunnen noemen waarop hij er in dienst was gekomen.
'Ik geloof dat u daarvoor in Vietnam commandant was van een luchteskader van de marine.'
'Ja, meneer?'
'U bent neergeschoten. Ze verwachtten niet dat u het zou overleven.'
De dokter zei: 'Vergeet hem maar. Hij redt het niet.' Hij wilde sterven. De pijn was ondraaglijk. Toen stond Susan over hem heen gebogen. *'Doe je ogen open, zeeman, je wilt niet dood.'* Hij had met moeite zijn ogen geopend en staarde door de mist van pijn naar de mooiste vrouw die hij ooit had gezien. Ze had een zacht, ovaal gezicht, dik zwart haar, glinsterende, bruine ogen en een stralende glimlach. Hij had geprobeerd iets te zeggen, maar het kostte hem te veel moeite.
Generaal Hilliard zei iets.
Robert Bellamy keerde terug in het heden. 'Pardon, generaal.'
'We hebben een probleem, commandant. We hebben uw hulp nodig.'
'Ja, meneer.'
De generaal stond op en begon te ijsberen. 'Wat ik u nu ga vertellen ligt uiterst gevoelig. Het is meer dan topgeheim.'
'Ja, meneer.'
'Gisteren is er in de Zwitserse Alpen een weerballon van de NAVO neergestort. Er waren aan boord van de ballon enkele experimentele, militaire voorwerpen die hoogst geheim zijn.'
Robert vroeg zich af waartoe dit alles zou leiden.
'De Zwitserse regering heeft die voorwerpen uit de ballon verwijderd, maar helaas waren er enkele mensen getuige van het ongeluk. Het is van vitaal belang dat ze met niemand spreken over wat ze hebben gezien. Het zou bepaalde andere landen waardevolle informatie kunnen verschaffen. Kunt u me volgen?'

'Ik denk het wel, meneer. U wilt dat ik met de getuigen praat en hen waarschuw dat ze niet moeten praten over wat ze hebben gezien.'
'Niet precies, commandant.'
'Dan begrijp ik niet...'
'Ik wil dat u die getuigen alleen maar opspoort. Anderen zullen met hen spreken over de noodzaak van geheimhouding.'
'Ik begrijp het. Bevinden de getuigen zich allemaal in Zwitserland?'
Generaal Hilliard bleef voor Robert stilstaan. 'Dat is nu juist ons probleem, commandant. We hebben er namelijk geen idee van waar ze zich bevinden en wie ze zijn.'
Robert dacht dat hij iets had gemist. 'Pardon?'
'De enige informatie die we hebben, is dat de getuigen in een touringcar zaten. Ze kwamen toevallig langs de plek waar de weerballon neerstortte in de buurt van een dorpje met de naam...' Hij wendde zich naar Harrison Keller.
'Uetendorf.'
De generaal richtte zich weer tot Robert. 'De passagiers stapten uit en bleven een paar minuten naar de verongelukte ballon kijken voordat ze hun reis vervolgden. Toen de reis ten einde was, hebben de passagiers zich verspreid.'
Robert zei langzaam: 'Generaal Hilliard, beweert u dat het helemaal niet bekend is wie deze mensen zijn en waar ze naar toe zijn gegaan?'
'Dat klopt.'
'En u wilt dat ik naar Europa vertrek om hen te vinden?'
'Precies. U bent ons ten zeerste aanbevolen. Ik heb vernomen dat u een stuk of zes talen vloeiend spreekt en u hebt een uitstekende staat van dienst in het veld. De directeur heeft geregeld dat u tijdelijk naar de NSA overgeplaatst wordt.'
Fantastisch. 'Ik neem aan dat ik in deze kwestie met de Zwitserse regering samenwerk.'
'Nee, u werkt alleen.'
'Alleen. Maar...'
'We mogen niemand anders bij deze missie betrekken. Ik kan niet genoeg beklemtonen hoe belangrijk de voorwerpen in die ballon waren, commandant. Tijd is van essentieel belang. Ik wil dat u mij dagelijks van uw vorderingen op de hoogte houdt.'
De generaal schreef een telefoonnummer op een kaartje en overhandigde dat aan Robert. 'Ik ben op dit nummer dag en nacht bereikbaar. Er wacht een vliegtuig op u dat u naar Zürich zal vliegen. U zult naar uw appartement begeleid worden zodat u kunt inpakken wat u nodig hebt en daarna wordt u naar het vliegveld gebracht.'

'*Bedankt dat u bent langsgekomen*' was wel heel zwakjes uitgedrukt. Robert kwam in de verleiding te vragen: 'Voert iemand mijn goudvissen tijdens mijn afwezigheid?' maar hij had het gevoel dat het antwoord zou luiden: 'U hebt geen goudvissen.'
'Ik neem aan, commandant, dat u in verband met uw werkzaamheden voor de Marine-inlichtingendienst contacten in het buitenland hebt gelegd?'
'Ja, meneer. Ik heb heel wat vrienden die van nut zouden kunnen zijn...'
'U mag met geen van hen contact opnemen. U hebt geen toestemming om met wie ook in contact te treden. De getuigen die u zoekt, zijn ongetwijfeld inwoners van diverse landen.' De generaal wendde zich tot Keller. 'Harrison...'
Keller liep naar een grote archiefkast in de hoek en opende hem. Hij pakte er een grote, bruine envelop uit en overhandigde die aan Robert. 'Hierin zitten vijftigduizend dollar in verschillende Europese valuta en nog eens twintigduizend Amerikaanse dollars. U zult ook verscheidene stellen valse identiteitspapieren aantreffen die misschien van pas zullen komen.'
Generaal Hilliard stak hem een dikke, glanzende plastic kaart met een witte streep erop toe. 'Hier is een creditcard die...'
'Ik betwijfel of ik die nodig zal hebben, generaal. De contanten zijn voldoende en ik heb een creditcard van de Marine-inlichtingendienst.'
'Neemt u hem nu maar.'
'Goed dan.' Robert bestudeerde de kaart. Hij kon er geld mee opnemen bij een bank waarvan hij nog nooit had gehoord. Onder aan de kaart stond een telefoonnummer. 'Er staat geen naam op de kaart,' zei Robert.
'Het is het equivalent van een blanco cheque. Er is geen legitimatie bij nodig. Als u iets koopt, hoeft u hen alleen het telefoonnummer op de kaart te laten bellen. Het is heel belangrijk dat u hem te allen tijde bij u draagt.'
'Prima.'
'En commandant?'
'Meneer?'
'U móet die getuigen vinden. Tot de laatste toe. Ik zal de directeur ervan op de hoogte stellen dat u aan uw opdracht bent begonnen.'
De bespreking was voorbij.

Harrison Keller liep met Robert mee naar de receptieruimte. Er zat nu een geüniformeerde marinier. Hij stond op toen de twee mannen binnenkwamen.
'Dit is kapitein Dougherty. Hij zal u naar het vliegveld brengen. Veel succes.'

'Dank u.'
De twee mannen schudden elkaar de hand. Keller draaide zich om en liep generaal Hilliards kantoor weer binnen.
'Bent u klaar, commandant?' vroeg kapitein Dougherty.
'Ja.' *Maar klaar voor wat?* Hij had in het verleden voor de inlichtingendienst moeilijke opdrachten uitgevoerd, maar nog nooit zo iets krankzinnigs als dit. Er werd van hem verwacht dat hij een onbekend aantal onbekende getuigen uit onbekende landen zou opsporen. *Hoe groot is de kans op succes?* vroeg Robert zich af.
Ik voel me als de Witte Koningin in Alice in Spiegelland. 'Soms heb ik voor het ontbijt al zes onmogelijke dingen geloofd.' Wel, dit waren ze dan alle zes.
'Ik heb orders u rechtstreeks naar uw appartement en vervolgens naar Andrews Luchtmachtbasis te brengen,' zei kapitein Dougherty. 'Er wacht daar een vliegtuig om u...'
Robert schudde zijn hoofd. 'Ik moet eerst even naar mijn kantoor.'
Dougherty aarzelde. 'Goed dan. Ik ga met u mee en wacht daar op u.'
Het was alsof ze bang waren hem uit het oog te verliezen. Omdat hij wist dat er een weerballon was neergestort? Het was niet logisch. Hij leverde zijn naamkaartje in bij de receptiebalie en liep naar buiten de kilte van de aanbrekende ochtend in. Zijn auto was verdwenen en op de plaats ervan stond een lange limousine.
'Voor uw auto wordt gezorgd, commandant,' deelde kapitein Dougherty hem mee. 'We rijden hierin.'
Het had allemaal iets aanmatigends dat Robert vaag verontrustend vond.
'Uitstekend,' zei hij.
Ze vertrokken naar het gebouw van de Marine-inlichtingendienst. De bleke ochtendzon verdween achter regenwolken. Het zou een miserabele dag worden. *Op meer dan één manier,* dacht Robert.

3

Ottawa, Canada
24.00 uur

Zijn codenaam was Janus. Hij richtte zich tot twaalf mannen in de zwaarbewaakte kamer in een militair complex.
'Zoals u allen is meegedeeld, is Operatie Doemdag van start gegaan. Er is een aantal getuigen dat zo snel en zo geruisloos mogelijk gevonden moet worden. We kunnen niet proberen hen via de gebruikelijke kanalen van de veiligheidsdiensten op te sporen vanwege het risico van een lek.'
'Wie gebruiken we ervoor?' De Rus. *Kolossaal. Opvliegend.*
'Hij heet commandant Robert Bellamy.'
'Hoe is hij geselecteerd?' De Duitser. *Aristocratisch. Meedogenloos.*
'De commandant werd uitgekozen na een grondige computeranalyse van de dossiers van de CIA, de FBI en een stuk of zes andere veiligheidsdiensten.'
'Mag ik alstublieft vragen wat zijn kwalificaties zijn?' De Japanner. *Beleefd. Sluw.*
'Commandant Bellamy is een officier met een grote ervaring in het veld, die zes talen vloeiend spreekt en een voorbeeldige staat van dienst heeft. Hij heeft keer op keer bewezen zeer vindingrijk te zijn. Hij heeft geen levende verwanten.'
'Is hij zich ervan bewust hoe dringend dit is?' De Engelsman. *Hooghartig. Gevaarlijk.*
'Ja. We hebben er alle vertrouwen in dat hij in staat zal zijn de getuigen zeer snel te lokaliseren.'
'Begrijpt hij het doel van zijn missie?' De Fransman. *Geneigd tot discussiëren. Koppig.*
'Nee.'
'En als hij de getuigen heeft gevonden?' De Chinees. *Slim. Geduldig.*
'Dan zal hij passend worden beloond.'

4

Het hoofdkwartier van de Marine-inlichtingendienst beslaat de hele vijfde verdieping van het zich naar alle kanten uitstrekkende Pentagon en vormt een enclave in het midden van een kantoorgebouw, dat met zijn zesentwintig kilometer aan gangen en zijn zevenentwintigduizend militaire en burgeremployés het grootste ter wereld is.
Het interieur van het kantoor van de Marine-inlichtingendienst weerspiegelt zijn zeevarende traditie. De bureaus en de archiefkasten zijn hetzij olijfgroen, uit de tijd van de Tweede Wereldoorlog, hetzij zacht blauwgrijs, uit het Vietnamtijdperk. De muren en plafonds zijn vaalgeel of crèmekleurig geschilderd. In het begin had het Spartaanse decor Robert tegengestaan, maar hij was er nu al lang aan gewend.
Toen hij het gebouw was binnengegaan en bij de receptiebalie aankwam, zei de bewaker achter het bureau die hij goed kende: 'Goedemorgen, commandant. Mag ik uw pasje zien?'
Robert werkte hier al zeven jaar, maar het ritueel veranderde nooit. Gehoorzaam toonde hij zijn pasje.
'Dank u, commandant.'
Op weg naar zijn kantoor dacht Robert na over kapitein Dougherty, die op het parkeerterrein bij de ingang aan de rivierkant op hem wachtte. Die op hem wachtte om hem naar het vliegtuig te brengen, dat hem naar Zwitserland zou vliegen om aan een onmogelijke speurtocht te beginnen.
Toen Robert in zijn kantoor kwam, was zijn secretaresse, Barbara, er al.
'Goedemorgen, commandant. De onderdirecteur wil u graag in zijn kantoor spreken.'
'Hij kan wachten. Wil je admiraal Whittaker voor me bellen.'
'Ja meneer.'
Een minuut later had Robert de admiraal aan de lijn.
'Ik neem aan dat je bespreking erop zit, Robert.'
'Een paar minuten geleden.'
'Hoe ging het?'
'Het was... interessant. Hebt u tijd om met me te gaan ontbijten, admiraal?' Hij probeerde zijn stem nonchalant te laten klinken.

De admiraal aarzelde geen moment. 'Ja. Zullen we elkaar daar ontmoeten?'
'Uitstekend. Ik zal een bezoekerspas voor u laten klaarleggen.'
'Heel goed. Ik zie je over een uur.'
Robert legde de hoorn op de haak en dacht: *Het is ironisch dat ik een bezoekerspas voor de admiraal moet laten klaarleggen. Een paar jaar geleden was hij belast met de leiding van de Marine-inlichtingendienst en werd hij hier op handen gedragen. Hoe moet hij zich wel voelen?*
Robert drukte op de zoemer van de intercom.
'Ja, commandant?' antwoordde zijn secretaresse.
'Ik verwacht admiraal Whittaker. Zorg ervoor dat hij een pasje krijgt.'
'Ik zal het onmiddellijk regelen.'
Het was tijd om zich bij de onderdirecteur te melden. Die vervloekte Dustin Thornton.

5

Dustin 'Dusty' Thornton, onderdirecteur van de Marine-inlichtingendienst, had zich roem verworven als een van de grootste atleten die ooit uit Annapolis was gekomen. Thornton had zijn huidige verheven positie te danken aan een rugbywedstrijd. Een wedstrijd tussen het leger en de marine om precies te zijn. Thornton, een boomlange kolos van een man, speelde als ouderejaars in Annapolis *fullback* bij de belangrijkste wedstrijd van het jaar voor de marine. Bij het begin van de vierde periode, terwijl het leger leidde met 13-0 door twee *touchdowns* en een conversie, gaf het lot Dustin Thorntons leven een nieuwe wending. Thornton onderschepte een pass van het leger, draaide rond, stormde door de verdediging van het leger en maakte een *touchdown*. De marine miste het extra punt, maar scoorde spoedig een gewoon doelpunt. Na de daaropvolgende aftrap slaagde het leger er niet in een eerste *down* te maken en trapte de bal de speelhelft van de marine op. De stand was nu 13-9 voor het leger en de tijd begon te dringen.
Toen het spel werd hervat, kreeg Thornton de bal toegespeeld en hij ging tegen de grond onder een berg legeruniformen. Het duurde lang voordat hij weer op zijn benen stond. Een dokter kwam het veld op rennen. Thornton wuifde hem woedend weg.
Met nog maar enkele seconden te spelen, kreeg hij het teken dat er een breedtepass zou komen. Thornton ving de bal op zijn eigen tien-yardlijn en begon te rennen. Hij was niet tegen te houden. Hij raasde als een tank door de tegenpartij heen en ramde iedereen tegen de grond die de pech had hem voor de voeten te komen. Met nog twee seconden speeltijd kruiste Thornton de doellijn voor de winnende *touchdown* en de marine boekte haar eerste overwinning op het leger in vier jaar. Dat zou op zichzelf weinig invloed op Thorntons leven hebben gehad. Wat de gebeurtenis bijzondere betekenis gaf, was dat Willard Stone en zijn dochter, Eleanor, in een box zaten die was gereserveerd was voor VIPS. Toen de toeschouwers overeind kwamen en de held van de marine wild toejuichten, wendde Eleanor zich tot haar vader en zei zacht: 'Ik wil met hem kennis maken.'
Eleanor Stone was een vrouw met sterke begeerten. Ze had een lelijk

gezicht, maar een weelderig lichaam en een onverzadigbaar libido. Terwijl ze naar Dustin Thornton keek, die zich bruut een weg baande over het rugbyveld, fantaseerde ze erover hoe hij in bed zou zijn. Als zijn mannelijkheid even groot zou zijn als de rest van zijn lichaam... Ze werd niet teleurgesteld.

Zes maanden later trouwden Eleanor en Dustin Thornton. Dat was het begin. Dustin Thornton ging voor zijn schoonvader werken en werd geïntroduceerd in een geheimzinnige wereld waarvan hij het bestaan niet had kunnen vermoeden.

Willard Stone, Thorntons nieuwe schoonvader, was een mysterieuze man. Hij was een miljardair met invloedrijke politieke contacten en zijn verleden was in geheimzinnigheid gehuld. Hij was een schimmige figuur die in hoofdsteden over de hele wereld achter de schermen invloed uitoefende. Hij was een overdreven nauwgezet man van achter in de zestig met een uiterst precieze en methodische manier van bewegen. Hij had scherpgesneden gelaatstrekken en geloken ogen die niets van zijn gevoelens prijsgaven. Willard Stone geloofde niet in het verspillen van woorden en emoties en hij was meedogenloos als het erom ging te krijgen wat hij wilde.

De geruchten die over hem de ronde deden, waren fascinerend. Zo zou hij in Maleisië een concurrent hebben vermoord en een stormachtige affaire hebben gehad met de lievelingsvrouw van een emir. Er werd beweerd dat hij een succesvolle revolutie in Nigeria had gesteund. De regering had een stuk of zes aanklachten tegen hem ingediend, maar ze werden allemaal op geheimzinnige wijze ingetrokken. Er waren verhalen in omloop over omkoping, over senatoren die tot meineed waren overgehaald, over gestolen zakelijke geheimen en over getuigen die waren verdwenen. Stone was adviseur van presidenten en koningen. Hij beschikte over pure, naakte macht. Onder zijn vele bezittingen was een groot, afgelegen landgoed in het Colorado-gebergte waar zich ieder jaar geleerden, captains of industry en wereldleiders verzamelden om seminars te volgen. Gewapende bewakers hielden ongewenste bezoekers buiten de deur.

Willard Stone had het huwelijk van zijn dochter niet alleen goedgekeurd, hij had het zelfs aangemoedigd. Zijn nieuwe schoonzoon was briljant, ambitieus en, wat het belangrijkste was, kneedbaar.

Twaalf jaar na het huwelijk zorgde Stone ervoor dat Dustin benoemd werd tot ambassadeur in Zuid-Korea. Enkele jaren later benoemde de president hem tot ambassadeur bij de Verenigde Naties. Toen admiraal Ralph Whittaker plotseling werd gewipt als waarnemend directeur van de Marine-inlichtingendienst, nam Thornton zijn plaats in.

Die dag liet Willard Stone zijn schoonzoon bij zich komen.
'Dit is nog maar het begin,' beloofde Stone. 'Ik heb andere plannen voor je, Dustin. Grote plannen.' En hij begon deze uiteen te zetten.

Twee jaar later had Robert zijn eerste gesprek met de nieuwe waarnemend directeur van de Marine-inlichtingendienst.
'Gaat u zitten, commandant.' Er klonk geen hartelijkheid door in Dustin Thorntons stem. 'Ik zie aan uw staat van dienst dat u nogal een buitenbeentje bent.'
Wat bedoelt hij in godsnaam? vroeg Robert zich af. Hij besloot zijn mond dicht te houden.
Thornton keek op. 'Ik weet niet hoe admiraal Whittaker deze dienst leidde toen hij de baas was, maar van nu af aan gaat alles volgens het boekje. Ik verwacht dat mijn orders tot in details worden uitgevoerd. Is dat duidelijk?'
Jezus, dacht Robert, *wat staat ons nu in vredesnaam te wachten?*
'Is dat duidelijk, commandant?'
'Ja. U verwacht dat uw orders tot in details worden uitgevoerd.' Hij vroeg zich af of er van hem werd verwacht dat hij salueerde.
'Dat is alles.'
Maar het was niet alles.
Een maand later werd Robert naar Oost-Duitsland gestuurd om een geleerde op te halen die wilde overlopen. Het was een gevaarlijke opdracht, omdat de *Stasi*, de Oostduitse geheime politie, had ontdekt dat de geleerde van plan was naar het Westen uit te wijken en ze hielden hem nauwlettend in de gaten. Desondanks was Robert erin geslaagd de man over de grens te smokkelen en op een veilig adres onder te brengen. Hij was voorbereidingen aan het treffen om hem naar Washington te brengen toen hij werd gebeld door Dustin Thornton, die hem vertelde dat de situatie veranderd was en dat hij de opdracht moest laten schieten.
'We kunnen hem hier niet zomaar aan zijn lot overlaten,' protesteerde Robert. 'Ze zullen hem vermoorden.'
'Dat is zijn probleem,' had Thornton geantwoord. 'U hebt orders terug te komen.'
Je kunt me wat, dacht Robert. *Ik laat hem niet in de steek.* Hij had een vriend bij MI 6, de Britse inlichtingendienst, gebeld en hem de situatie uitgelegd.
'Als hij teruggaat naar Oost-Duitsland,' zei Robert, 'wordt hij een kopje kleiner gemaakt. Kunnen jullie hem nemen?'
'Ik zal kijken wat we kunnen doen, ouwe jongen. Breng hem maar.'
De geleerde had asiel in Engeland gekregen.

Dustin Thornton had Robert nooit vergeven dat hij zijn orders in de wind had geslagen. Vanaf dat moment bestond er een openlijke vijandigheid tussen de twee mannen. Thornton had het incident met zijn schoonvader besproken.
'Vrijbuiters zoals Bellamy zijn gevaarlijk,' waarschuwde Stone hem. 'Ze vormen een veiligheidsrisico. Dat soort mannen kan gemist worden. Onthoud dat.'
En Thornton had het onthouden.
Terwijl Robert door de gang naar Thorntons kantoor liep, drong het verschil tussen Thornton en Whittaker zich aan hem op. In een baan als de zijne was vertrouwen onontbeerlijk. Hij vertrouwde Dustin Thornton niet.

Thornton zat achter zijn bureau toen Robert zijn kantoor binnenkwam.
'U wilde me spreken?'
'Ja. Gaat u zitten, commandant.' Hun relatie was nooit in het stadium gekomen waarin hij hem met 'Robert' aansprak.
'Ik heb vernomen dat u tijdelijk bent overgeplaatst naar de National Security Agency. Als u terugkomt, heb ik...'
'Ik kom niet terug. Dit is mijn laatste opdracht.'
'Wat?'
'Ik neem ontslag.'
Toen hij er later over nadacht, wist Robert niet zeker wat voor reactie hij had verwacht. Misschien dat Dustin Thornton een soort scène had gemaakt. De man had verbazing kunnen tonen, hij had kunnen proberen hem te weerhouden, hij had boos kunnen worden of opgelucht kunnen zijn. In plaats daarvan had hij Robert alleen maar aangekeken en geknikt. 'Dat was het dan, hè?'
Toen Robert naar zijn eigen kantoor was teruggekeerd, zei hij tegen zijn secretaresse: 'Ik ga een tijdje weg. Ik vertrek over een uur.'
'Bent u ergens te bereiken?'
Robert herinnerde zich generaal Hilliards orders. 'Nee.'
'Er zijn nog een paar vergaderingen die u...'
'Annuleer ze.' Hij keek op zijn horloge. Het was tijd voor zijn afspraak met admiraal Whittaker.

Ze ontbeten op de binnenplaats van het Pentagon in het Ground Zero Café, dat zo was genoemd omdat eens werd gedacht dat het Pentagon het eerste doelwit van een kernaanval op de Verenigde Staten zou zijn. Robert had ervoor gezorgd dat ze een hoektafeltje kregen waar ze een zekere mate van privacy zouden hebben. Admiraal Whittaker was precies op tijd en terwijl Robert hem naar de tafel zag komen, leek het hem toe dat de admiraal kleiner en ouder was geworden, alsof hij was verouderd en gekrompen doordat ze hem uitgerangeerd hadden. Hij was nog steeds een opvallende verschijning met krachtige gelaatstrekken, een Romeinse neus, goedgevormde jukbeenderen, en een zilverkleurige haardos. Robert had eerst in Vietnam en later bij de Marine-inlichtingendienst onder de admiraal gediend en hij had een hoge dunk van hem. *Meer dan een hoge dunk,* bekende Robert zichzelf. Admiraal Whittaker was zijn tweede vader.

De admiraal ging zitten. 'Goedemorgen, Robert. En, hebben ze je naar de NSA overgeplaatst?'

Robert knikte. 'Tijdelijk.'

De serveerster arriveerde en de beide mannen bestudeerden het menu. 'Ik was vergeten hoe slecht het eten hier was,' zei admiraal Whittaker glimlachend. Hij keek om zich heen terwijl zijn gezicht een onuitgesproken nostalgie weerspiegelde.

Hij zou hier graag terug willen zijn, dacht Robert. *Absuluut.*

Ze bestelden. Toen de serveerster buiten gehoorsafstand was, zei Robert: 'Admiraal, generaal Hilliard heeft me de dringende opdracht gegeven om viereneenhalfduizend kilometer ver weg enkele getuigen te lokaliseren die een weerballon hebben zien neerstorten. Ik vind dat vreemd. En er is iets anders dat nog vreemder is. "Tijd is van essentieel belang", om de generaal te citeren, maar het is me verboden gebruik te maken van mijn contacten bij buitenlandse inlichtingendiensten.'

Admiraal Whittaker keek verbaasd. 'Ik veronderstel dat de generaal daar zijn redenen voor moet hebben.'

'Ik kan me niet voorstellen wat voor redenen dat zijn,' zei Robert.

Admiraal Whittaker bestudeerde Robert. Commandant Bellamy had in Vietnam onder hem gediend en hij was de beste piloot van het eskader geweest. De zoon van de admiraal, Edward, was Roberts boordschutter geweest en op die verschrikkelijke dag dat hun vliegtuig was neergeschoten, was Edward gedood. Robert had het maar net overleefd. De admiraal was naar het ziekenhuis gegaan om hem te bezoeken.

'Hij haalt het niet,' hadden de dokters tegen hem gezegd. Robert, die met gruwelijke pijn in bed lag, had gefluisterd: 'Het spijt me van Edward... Het spijt me heel erg.'

Admiraal Whittaker had in Roberts hand geknepen. 'Ik weet dat je alles hebt gedaan wat je kon. Je moet nu beter worden. Het komt allemaal in orde met je.' Hij wilde wanhopig graag dat Robert zou blijven leven. Voor zijn gevoel was Robert zijn zoon, de zoon die Edwards plaats zou innemen.

En Robert had het gehaald.
'Robert...'
'Ja, admiraal?'
'Ik hoop dat je succes zult hebben met je opdracht in Zwitserland.'
'Ik ook. Het is mijn laatste.'
'Ben je nog steeds vastbesloten ontslag te nemen?'
De admiraal was de enige die door Robert in vertrouwen was genomen.
'Ik heb er genoeg van.'
'Thornton?'
'Het ligt niet alleen aan hem. Het ligt aan mezelf. Ik ben het beu om in het leven van andere mensen in te grijpen.' *Ik heb genoeg van de leugens en het bedrog en de beloften waarvan op het moment dat ze werden gedaan al zeker was dat ze gebroken zouden worden. Ik heb er genoeg van mensen te manipuleren en gemanipuleerd te worden. Ik heb genoeg van de spelletjes, het gevaar en het verraad. Het heeft me alles gekost waarom ik ook maar iets heb gegeven.*
'Heb je er enig idee van wat je gaat doen?'
'Ik ga proberen iets nuttigs met mijn leven te doen, iets positiefs.'
'En als ze je niet laten gaan?'
Robert zei: 'Ze hebben toch geen andere keus?'

6

De limousine stond te wachten bij de ingang aan de rivierkant.
'Bent u klaar, commandant?' vroeg kapitein Dougherty.
Zo klaar als ik maar zijn kan, dacht Robert. 'Ja.'
Kapitein Dougherty begeleidde Robert naar zijn appartement om hem de gelegenheid te geven te pakken. Robert had er geen idee van hoe lang hij zou wegblijven. *Hoe lang duurt een onmogelijke opdracht?* Hij pakte genoeg kleren in voor een week en stopte er op het laatste ogenblik een ingelijste foto van Susan in. Hij staarde er lange tijd naar en vroeg zich af of ze zich in Brazilië amuseerde. Hij dacht: *ik hoop het niet, ik hoop dat ze het slecht naar haar zin heeft.* Hij schaamde zich onmiddellijk voor die gedachte.
Toen de limousine bij Andrews Luchtmachtbasis aankwam, stond het vliegtuig te wachten. Het was een C20A, een straalvliegtuig van de luchtmacht.
Kapitein Dougherty stak zijn hand naar hem uit. 'Veel succes, commandant.'
'Dank u.' *Dat valt niet te verwachten.* Robert liep naar het trapje naar de cabine. De bemanning was binnen en voerde de laatste controles voor het vertrek uit. Er waren een piloot, een tweede piloot, een navigator en een steward, allemaal gekleed in luchtmachtuniform. Robert kende dit type vliegtuig. Het was volgestouwd met elektronische apparatuur. Aan de buitenkant vlak bij de staart zat een hoge-frequentieantenne die eruitzag als een enorme hengel. In de cabine hingen twaalf rode telefoons aan de wanden en er was ook een witte, los staande telefoon. De radiouitzendingen waren in code en de radar van het vliegtuig had een militaire frequentie. Binnen was de dominerende kleur luchtmachtblauw en de cabine was gemeubileerd met comfortabele clubfauteuils.
Robert zag dat hij de enige passagier was. De piloot begroette hem. 'Welkom aan boord, commandant. Wilt u uw veiligheidsriem omdoen, we hebben toestemming te vertrekken.'
Robert gordde zich vast en leunde achterover in zijn stoel terwijl het vliegtuig de startbaan af taxiede. Een minuut later voelde hij de vertrouwde trek van de zwaartekracht toen het vliegtuig gierend het lucht-

ruim koos. Hij had nooit meer zelf gevlogen sinds hij was neergehaald en te horen had gekregen dat zijn loopbaan als piloot voorgoed voorbij was. *Weer vliegen, ach wat*, dacht Robert, *ze zeiden dat ik niet zou blijven leven. Het was een wonder... Nee, het was Susan...*

Vietnam. Hij was erheen gestuurd met de rang van luitenant-ter-zee 2de klasse. Hij was gestationeerd op het luchtdekschip de *Ranger* als officier gevechtstaktiek en was verantwoordelijk voor de training van gevechtspiloten en het plannen van aanvalsstrategieën. Hij had een bommenwerpereskader van A-6A *Intruders* geleid en hij had heel weinig tijd om zich aan de druk van de strijd te onttrekken. Een van de weinige keren dat hij met verlof was geweest, had hij een week in Bangkok doorgebracht en gedurende die tijd had hij niet de moeite genomen te slapen. De stad was een Disneyland dat was ontworpen voor de genoegens van het mannetjesdier. Hij had in het eerste uur dat hij in de stad was een verrukkelijk Thais meisje ontmoet en zij was de hele tijd bij hem gebleven en had hem een paar Thaise zinnen geleerd. Hij vond de taal zacht en zoetvloeiend klinken.

Goedemorgen. *Arun sawasdi.*
Waar kom je vandaan? *Khun na chak nai?*
Waar ga je nu naar toe? *Khun kamrant chain pai?*

Ze had hem ook andere zinnen geleerd, maar ze wilde hem niet vertellen wat ze betekenden en als ze ze uitsprak, giechelde ze.
Toen Robert naar de *Ranger* terugkeerde, leek Bangkok een verre droom. De oorlog was de werkelijkheid en hij was een verschrikking. Iemand had hem een van de pamfletten laten zien die de mariniers boven Noord-Vietnam dropten. De tekst was:

Waarde Burgers,

De Amerikaanse mariniers vechten zij aan zij met de Zuidvietnamese strijdkrachten in Duc Pho om het Vietnamese volk de kans te geven een vrij en gelukkig leven te leiden, zonder bang te hoeven zijn voor honger en ellende. Maar veel Vietnamezen hebben met hun leven betaald en hun huizen zijn verwoest omdat ze de Vietcong hadden geholpen.
De gehuchten Hai Mon, Hai Tan, Sa Binh, Ta Binh en vele andere zijn hierdoor verwoest. We zullen niet aarzelen om elk gehucht dat de Vietcong steunt te vernietigen. De Vietcong is niet bij machte de gecombineerde militaire macht van de Zuidvietnamese regering en haar bondge-

noten te weerstaan. De keuze is aan u. Als u weigert de Vietcong uw dorpen en gehuchten als slagveld te laten gebruiken, zullen uw huizen en levens gespaard blijven.

We sparen de arme stakkers inderdaad, dacht Robert grimmig. *En het enige dat we vernietigen is hun land.*
Het vliegdekschip de *Ranger* was uitgerust met alle geavanceerde technologie die er maar in gestouwd kon worden. Het schip was de thuisbasis voor zestien vliegtuigen, veertig officieren en driehonderdvijftig gewone manschappen. Vluchtschema's werden drie of vier uur voor de eerste aanval van die dag uitgereikt.
Op de afdeling van het inlichtingencentrum van het schip waar de luchtaanvallen werden gepland, kregen de bommenrichters de laatste informatie en verkenningsfoto's op basis waarvan ze hun vliegroutes bepaalden.
'Jezus, ze hebben ons vanmorgen wel een juweel van een missie gegeven,' zei Edward Whittaker, Roberts bommenrichter.
Edward Whittaker zag eruit als een jongere versie van zijn vader. De admiraal was echter een indrukwekkende verschijning, waardig en streng, terwijl zijn zoon nuchter, warm en vriendelijk was. Hij had zijn plaats als 'gewoon een van de jongens' verdiend. De andere bemanningsleden vergaven hem dat hij de zoon van hun bevelhebber was. Hij was de beste bommenrichter van het eskader en hij en Robert waren snel vrienden geworden.
'Waar gaan we naar toe?' vroeg Robert.
'Voor onze zonden hebben we Pakket Zes getrokken.'
Het was de gevaarlijkste missie van allemaal. Het betekende dat ze naar het noorden, naar Hanoi, Haiphong en over de Rode Rivier moesten vliegen waar de luchtafweer het zwaarst was. Bovendien hadden ze met een netelig probleem te kampen. Het was hun verboden strategische doelen te bombarderen als er burgers in de buurt waren en de Noordvietnamezen, die niet dom waren, plaatsten onmiddellijk burgers rondom hun militaire installaties. Er werd daarover veel gekankerd bij de geallieerden, maar president Lyndon Johnson die veilig in Washington zat, gaf de bevelen.
De twaalf jaar dat de Amerikaanse troepen in Vietnam hadden gevochten, was de langste periode dat de Verenigde Staten ooit oorlog hadden gevoerd. Robert Bellamy was eind 1972 aan de strijd gaan deelnemen toen de marine grote problemen had. Hun F-4 eskaders werden vernietigd. Ondanks het feit dat hun vliegtuigen superieur waren aan de Russische MIGS, verloren ze op elke twee MIGS die ze neerschoten één F-4. Het was een onacceptabele verhouding.

Robert werd ontboden op het hoofdkwartier van admiraal Whittaker.
'U wilde me spreken, admiraal?'
'Je hebt de reputatie dat je een kei van een piloot bent, commandant. Ik heb uw hulp nodig.'
'Ja, admiraal?'
'We worden door onze vervloekte vijand uitgemoord. Ik heb een grondige analyse laten maken. Er is niets mis met onze vliegtuigen. Het zit 'm in de training van de mannen die ermee vliegen. Begrijp je dat?'
'Ja, admiraal.'
'Ik wil dat je een groep selecteert en die traint in manoeuvres en wapengebruik...'

De nieuwe groep heette Top Gun en voordat ze klaar waren, was de verhouding gewijzigd van twee op één tot twaalf op één. Voor iedere twee verloren F-4's werden er vierentwintig MIGs neergeschoten. De opdracht had acht weken van intensieve training gevergd en commandant Bellamy was eindelijk naar zijn schip teruggekeerd. Admiraal Whittaker was er om hem te verwelkomen. 'Dat was verdomd goed werk, commandant.'
'Dank u, admiraal.'
'Laten we dan nu weer aan de slag gaan.'
'Ik ben klaar, admiraal.'
Robert had vierendertig bombardementsvluchten vanaf de *Ranger* uitgevoerd zonder incident.
Zijn vijfendertigste vlucht was Pakket Zes.

Ze waren Hanoi gepasseerd en zetten koers naar het noordwesten, naar Phu Tho en Yen Bai. De beschietingen door het luchtafweergeschut werden steeds zwaarder. Edward Whittaker zat aan Roberts rechterhand naar het radarscherm te staren en te luisteren naar de onheilspellende basklanken van de vijandelijke zoekradars die de lucht afspeurden.
De hemel recht boven hen zag eruit alsof het 4 juli was. Je zag overal strepen witte rook van het lichte geschut onder hen, donkergrijze explosies van de vijfenvijftig millimeter-patronen, zwarte wolken van de honderd millimeter-patronen en kleurige lichtspoorkogels van het zware machinegeweervuur.
'We naderen het doelwit,' zei Edward. Zijn stem klonk door de koptelefoon spookachtig ver weg.
'Roger.'
De A-6A *Intruder* maakte vierhonderdvijftig knopen per uur en met die snelheid, ondanks de vertraging door het gewicht van de lading bommen aan boord, was het opmerkelijk goed te bedienen en het vloog zo snel dat vijandelijke vliegtuigen het niet konden volgen.

Robert stak zijn hand uit en draaide de hoofdbomschakelaar om. Het dozijn bommen van tweehonderdvijftig kilo konden nu afgeworpen worden. Hij vloog rechtstreeks op het doelwit af.
Een stem over zijn radio zei: 'Romeo... u hebt een vijandelijk toestel om vier uur hoog.'
Robert draaide zich om en keek. Een MIG schoot uit het zonlicht op hem af. Robert liet het vliegtuig overhellen en dook steil omlaag. De MIG volgde hem en vuurde een raket af. Robert controleerde zijn instrumentenpaneel. De raket naderde snel. Driehonderd meter weg... tweehonderd meter... honderdtwintig meter...
'Jezusmina!' schreeuwde Edward. 'Waar wachten we op?'
Robert wachtte tot de laatste seconde, liet toen een stroom antiradarsneeuw los en begon aan een steile, stijgende draai zodat de raket de anti-radarsneeuw zou volgen en zonder schade aan te richten op de grond zou ontploffen.
'Bedankt, God,' zei Edward. 'En jij ook bedankt, vriend.'
Robert bleef stijgen en draaide achter de MIG. De piloot probeerde zich aan zijn achtervolger te onttrekken, maar het was te laat. Robert lanceerde een Sidewinder-raket en zag hoe deze de staartpijp van de MIG binnendrong en ontplofte. Een ogenblik later regende het stukjes metaal.
Er klonk een stem over de intercom: 'Goed gedaan, Romeo.'
Het vliegtuig was nu boven het doelwit. 'Daar gaat-ie,' zei Edward. Hij drukte op de rode knop waardoor de bommen werden afgeworpen en keek toe terwijl ze naar hun doelwit tuimelden. Missie volbracht. Robert zette koers terug naar het vliegdekschip.
Op dat ogenblik voelden ze een zware klap. De snelle, elegante bommenwerper werd plotseling traag.
'We zijn geraakt!' riep Edward.
De beide brandalarmlampen lichtten rood op. Het vliegtuig bewoog zich grillig en stuurloos voort.
Er klonk een stem over de radio: 'Romeo, hier Tijger. Wilt u dat we u dekking geven?'
Robert besliste in een fractie van een seconde. 'Nee, ga verder naar uw doelwit. Ik zal proberen de basis te bereiken.'
Het vliegtuig had nog meer snelheid verloren en werd moeilijker te bedienen.
'Sneller,' zei Edward nerveus, 'anders zijn we te laat voor de lunch.'
Robert keek naar de hoogtemeter. De wijzer zakte snel. Hij schakelde de microfoon van zijn radio in. 'Romeo aan thuisbasis. We zijn getroffen.'

'Thuisbasis aan Romeo. Hoe erg is het?'
'Ik weet het niet precies. Ik denk dat ik het vliegtuig kan terugvliegen.'
'Wacht even.' Een ogenblik later was de stem weer te horen. 'Uw signaal is "Charlie arriveert".'
Dat betekende dat ze toestemming hadden onmiddellijk op het vliegdekschip te landen.
'Roger.'
'Succes.'
Het vliegtuig begon te schommelen. Robert deed zijn uiterste best het onder controle te krijgen en hoogte te winnen. 'Kom op, schat, je kunt het.' Robert had een gespannen uitdrukking op zijn gezicht. Ze verloren te veel hoogte. 'Wat is onze geschatte aankomsttijd?'
Edward keek op zijn kaart. 'Over zeven minuten.'
'Ik zal zorgen dat je die warme lunch krijgt.'
Robert zette al zijn bekwaamheid in om het vliegtuig zorgvuldig verder te vliegen en door gas te geven en het roer te gebruiken, probeerde hij het op een rechte koers te houden. Het hoogteverlies was nog steeds alarmerend. Ten slotte zag Robert recht voor hem het glinsterende, blauwe water van de Golf van Tonkin.
'We zijn er bijna, vriend,' zei Robert. 'Nog een paar mijl.'
'Fantastisch. Ik heb er geen moment aan getwijfeld...'
Uit het niets doken er twee MIGs met donderend geraas op het vliegtuig af. Kogels begonnen tegen de romp te beuken.
'Eddie! Springen!' Hij keek opzij. Edward hing voorover tegen zijn veiligheidsriem, zijn rechterzij was opengereten en de cockpit was besmeurd met bloed.
'Nee!' Het was een schreeuw.
Een seconde later voelde Robert plotseling een pijnlijke klap tegen zijn borst. Zijn vliegersuniform was onmiddellijk doordrenkt met bloed. Het vliegtuig begon in een spiraal naar beneden te duiken. Hij voelde dat hij het bewustzijn verloor. Met zijn laatste greintje kracht maakte hij zijn veiligheidsriem los. Hij draaide zich opzij om voor de laatste maal naar Edward te kijken. 'Het spijt me,' fluisterde hij. Hij kreeg een black-out en wist zich later niet te herinneren hoe hij zich uit het vliegtuig had afgeschoten en met zijn parachute in het water beneden hem terechtgekomen was. Er was een SOS-signaal uitgezonden en een Sikorsky SH-3A Sea King-helikopter van het oorlogsschip de *Yorktown* cirkelde rond tot het hem kon oppikken. De bemanning zag in de verte Chinese jonken snel naderen om hem te doden, maar ze waren te laat.
Toen ze Robert de helikopter hadden binnengehaald, wierp een hospik één blik op zijn verminkte lichaam en zei: 'Jezus Christus, hij zal het ziekenhuis zelfs niet halen.'

Ze gaven Robert een morfine-injectie, legden een drukverband strak om zijn borst en vlogen hem naar het Twaalfde Evacuatieziekenhuis op de Ku Tsji-basis.

Dit ziekenhuis dat ten dienste stond van de bases Ku Tsji, Tai Ninh en Dau Teng, had vierhonderd bedden verspreid over een tiental afdelingen, die waren gehuisvest in tunnelvormige barakken van platen golfijzer die rondom een U-vormig complex lagen en met elkaar waren verbonden door overdekte paden. Het ziekenhuis beschikte over twee eenheden voor intensive care, één voor chirurgische ingrepen en de andere voor brandwonden, en beide eenheden waren zwaar overbezet. Toen Robert werd binnengebracht, liet hij een helderrood bloedspoor op de ziekenhuisvloer achter.

Een overwerkte chirurg knipte het verband van Roberts borst en zei vermoeid: 'Hij haalt het niet. Breng hem maar zolang naar een andere afdeling.'

De dokter liep door.

Robert, die af en toe bij bewustzijn kwam, hoorde de stem van de dokter vanuit de verte. *Dit is het dus*, dacht hij. *Wat een rotmanier om te sterven.*

'Je wilt toch niet dood, zeeman? Doe je ogen open. Vooruit.'

Hij opende zijn ogen en zag vaag een wit uniform en een vrouwengezicht. Ze zei nog iets, maar hij kon de woorden niet verstaan. Het was te lawaaiig op de afdeling. Patiënten schreeuwden en kreunden, dokters riepen luidkeels hun instructies en verpleegsters renden jachtig rond om de zwaargewonden die er lagen te verzorgen.

Het enige wat Robert zich van de volgende achtenveertig uur herinnerde, was een mist van pijn en ijlkoorts. Pas later kwam hij aan de weet dat de verpleegster, Susan Ward, een dokter had overgehaald hem te opereren en haar eigen bloed had gedoneerd voor een transfusie. Terwijl ze voor zijn leven vochten, kreeg hij via drie infusen bloed in zijn geteisterde lichaam gepompt.

Toen de operatie voorbij was, zuchtte de chirurg die de supervisie had. 'We hebben onze tijd verspild. Hij heeft niet meer dan tien procent kans dat hij het haalt.'

Maar de dokter kende Robert Bellamy niet. En hij kende Susan Ward niet. Het scheen Robert toe dat Susan er iedere keer dat hij zijn ogen opende, was en zijn hand vasthield, zijn voorhoofd streelde, hem verzorgde en probeerde hem met haar wil te dwingen in leven te blijven. Het grootste deel van de tijd had hij ijlkoorts. Susan zat in de donkere zaal midden in de eenzame nachten zwijgend naast hem en luisterde naar zijn verwarde gepraat.

'... Het Ministerie van Defensie heeft het mis, je kunt niet loodrecht op

het doelwit af gaan, want dan kom je in de rivier terecht... Zeg hun dat ze een paar graden schuiner naar het doelwit moeten duiken... Zeg hun...' mompelde hij.
Susan zei geruststellend: 'Dat zal ik doen.'
Roberts lichaam was drijfnat van het zweet. Ze sponste hem af. '... Je moet alle vijf de veiligheidspennen verwijderen, anders werkt de schietstoel niet... Controleer ze...'
'Goed. Ga nu maar weer slapen.'
'... De koppelingen van de ejectorrekken werkten niet... God mag weten waar de bommen gevallen zijn...'
De helft van de tijd begreep Susan niet waarover haar patiënt het had.

Susan Ward had de leiding over de verpleegsters van de spoedoperatiekamer. Ze kwam uit een klein stadje in Idaho en was opgegroeid met haar buurjongen, Frank Prescott, de zoon van de burgemeester. Iedereen in het stadje nam aan dat ze eens zouden trouwen.
Susan had een jongere broer, Michael, die ze aanbad. Op zijn achttiende verjaardag nam hij dienst in het leger en werd naar Vietnam gestuurd. Susan schreef hem elke dag. Drie maanden nadat hij dienst had genomen, ontving Susans familie een telegram en ze wist wat erin stond voordat ze het openden.
Toen Frank Prescott het nieuws hoorde, haastte hij zich naar hen toe.
'Het spijt me heel erg, Susan. Ik mocht Michael heel graag.' Toen maakte hij de fout te zeggen: 'Laten we direct trouwen.'
Susan had hem aangekeken en een besluit genomen.
'Nee. Ik moet iets belangrijks met mijn leven doen.'
'In godsnaam! Wat is er belangrijker dan met mij te trouwen?'
Het antwoord was Vietnam.
Susan Ward ging een verpleegstersopleiding volgen.
Ze werkte elf maanden onvermoeibaar in Vietnam toen commandant Robert Bellamy werd binnengereden en veroordeeld was te sterven. Het selecteren van zwaargewonden voor behandeling was algemeen gebruik in de militaire hospitalen. De dokters plachten twee of drie patiënten te onderzoeken en beoordeelden dan snel wie van hen ze zouden proberen te redden. Om redenen die haar zelf nooit duidelijk waren geworden, had Susan één blik op het zwaargehavende lichaam van Robert Bellamy geworpen en geweten dat ze hem niet kon laten sterven. Was het haar broer die ze probeerde te redden? Of was het iets anders? Ze was uitgeput en overwerkt, maar in plaats van haar vrije tijd op te nemen, besteedde ze iedere minuut die ze niet hoefde te werken aan zijn verzorging.
Susan had het dossier van haar patiënt opgevraagd. Hij was een toppiloot

en instructeur van de marine en was onderscheiden met het Marinekruis. Zijn geboorteplaats was Harvey, Illinois, een industriestadje ten zuiden van Chicago. Hij had dienst genomen bij de marine nadat hij was afgestudeerd en had zijn opleiding gevolgd in Pensacola. Hij was ongehuwd.
Terwijl Robert herstellende was en tussen leven en dood zweefde, fluisterde Susan iedere dag tegen hem: 'Schiet op, zeeman, ik wacht op je.'
Op een nacht, zes dagen nadat hij het ziekenhuis was binnengebracht, lag Robert in zijn ijlkoorts onsamenhangend te praten toen hij plotseling rechtop ging zitten, Susan aankeek en duidelijk zei: 'Het is geen droom. Je bent echt.'
Susans hart sprong op. 'Ja,' zei ze zacht. 'Ik ben echt.'
'Ik dacht dat ik droomde. Ik dacht dat ik in de hemel was en dat God jou aan mij had toegewezen.'
Ze keek Robert recht aan en zei: 'Ik zou je hebben vermoord als je was gestorven.'
Zijn blik speurde de overvolle zaal af. 'Waar... waar ben ik?'
'Het Twaalfde Evacuatieziekenhuis in Ku Tsji.'
'Hoe lang ben ik hier al?'
'Zes dagen.'
'Eddie... hij...'
'Het spijt me.'
'Ik moet het de admiraal vertellen.'
'Ze pakte Roberts hand vast en zei zacht: 'Hij weet het. Hij is hier geweest om je te bezoeken.'
Roberts ogen vulden zich met tranen. 'Ik haat deze godvergeten oorlog. Ik kan je niet zeggen hoe erg ik hem haat.'

Vanaf dat moment stonden de dokters verbaasd over Roberts vooruitgang en zijn vitale lichaamsfuncties stabiliseerden zich.
'We zullen hem spoedig overplaatsen,' zeiden ze tegen Susan en ze voelde een steek in haar hart.

Robert wist niet wanneer hij precies op Susan verliefd was geworden. Misschien was het op het moment geweest dat ze zijn wonden verbond en ze dichtbij het geluid van vallende bommen hoorden. Ze mompelde toen: 'Ze spelen ons lied.'
Of misschien was het toen ze Robert vertelden dat hij voldoende was hersteld om overgebracht te worden naar het Walter Reed Ziekenhuis in Washington om geheel te genezen en Susan zei: 'Denk je dat ik hier blijf en een andere verpleegster dat fantastische lichaam laat verzorgen? O nee, ik zal alles in het werk stellen om met je mee te gaan.'

Twee weken later trouwden ze. Het duurde een jaar voordat Robert geheel genezen was en Susan verzorgde hem dag en nacht. Hij had nog nooit iemand als zij gekend en evenmin had hij kunnen dromen dat hij ooit zoveel van iemand zou kunnen houden. Hij hield van haar mededogen en gevoeligheid, haar hartstocht en vitaliteit. Hij hield van haar schoonheid en haar gevoel voor humor.
Toen ze een jaar getrouwd waren, zei hij tegen haar: 'Je bent het mooiste, het geweldigste en het zorgzaamste mens van de wereld. Er is niemand op deze aarde die zo warm, geestig en intelligent is als jij.'
Susan had hem stevig omarmd en met een nasale koormeisjesstem gefluisterd: 'Zo denk ik ook over jou.'
Ze deelden meer dan liefde. Ze mochten en respecteerden elkaar oprecht. Al hun vrienden benijdden hen en met reden. Iedere keer dat ze het over het volmaakte huwelijk hadden, namen ze Susan en Robert als voorbeeld. Ze pasten in ieder opzicht bij elkaar en waren volkomen verwante zielen. Susan was de sensueelste vrouw die Robert ooit had gekend en ze konden elkaar met een aanraking of een woord in vuur en vlam zetten. Op een avond toen ze naar een officieel diner moesten, was Robert in tijdnood. Hij stond onder de douche toen Susan zorgvuldig opgemaakt en gekleed in een prachtige avondjurk zonder schouderbandjes de badkamer binnenkwam.
'Mijn God, wat zie je er sexy uit,' zei Robert. 'Jammer dat we niet meer tijd hebben.'
'O, maak je daarover maar geen zorgen,' mompelde Susan. Een ogenblik later trok ze haar kleren uit en kwam bij hem onder de douche.
Ze verschenen niet meer op het diner.

Susan voelde al aan waaraan Robert behoefte had voordat hij het zelf wist en ze zorgde ervoor dat hij niets te kort kwam. Robert was even attent voor haar. Susan vond vaak liefdesbriefjes op de tafel van haar kleedkamer of in haar schoenen als ze zich begon aan te kleden. Op bijzondere dagen liet hij bloemen en kleine geschenken bij haar bezorgen. En ze konden samen zó lachen. Heerlijk was dat...

De stem van de piloot klonk krakend over de intercom. 'We landen over tien minuten in Zürich, commandant.'
Robert Bellamy keerde met een schok in het heden terug en zijn gedachten concentreerden zich op zijn opdracht. In de vijftien jaar dat hij bij de Marine-inlichtingendienst had gewerkt, was hij bij tientallen zaken betrokken geweest die vele problemen hadden opgeleverd, maar deze beloofde de vreemdste van allemaal te worden. Hij was op weg naar Zwit-

serland om een bus te vinden vol anonieme getuigen die in rook waren opgegaan.
Over een naald in een hooiberg gesproken. Ik weet zelfs niet waar de hooiberg is. Waar is Sherlock Holmes als ik hem nodig heb?

'Wilt u alstublieft uw veiligheidsriem vastmaken?'
De C20A vloog over donkere bossen en scheerde een ogenblik later over de landingsbaan die werd omlijnd door de lichten van Zürich International Airport. Het vliegtuig taxiede naar de oostkant van het vliegveld en zette koers naar het kleine Algemene Vliegtuiggebouw, uit de buurt van de hoofdluchthaven. Er stonden nog plassen op het tarmac van de eerder gevallen stortbuien, maar de lucht was helder.
'Raar weer,' merkte de piloot op. 'Zondag was het hier zonnig, vandaag heeft het de hele dag geregend en vanavond klaart het op. U hebt hier geen horloge nodig, commandant. Wat u echt nodig hebt is een barometer. Moet ik voor een auto voor u zorgen, commandant?'
'Nee, dank u.' Vanaf dit moment moest hij alles alleen doen. Robert wachtte totdat het vliegtuig wegtaxiede en stapte toen op een minibus die naar het hotel van het vliegveld ging waar hij wegzakte in een droomloze slaap.

7

Tweede Dag
8.00 uur

De volgende morgen liep Robert naar de bediende achter de balie van Europcar toe.
'*Guten Tag.*'
Het herinnerde hem eraan dat hij in het Duits sprekende deel van Zwitserland was. '*Guten Tag.* Hebt u een auto voor me beschikbaar?'
'Ja, meneer. Hoelang hebt u hem nodig?'
Goede vraag. Een uur? Een maand? Misschien wel een paar jaar. 'Ik weet het nog niet.'
'Bent u van plan de auto naar dit vliegveld terug te brengen?'
'Dat is mogelijk.'
De bediende keek hem vreemd aan. 'Goed. Wilt u deze formulieren invullen, alstublieft?'
Robert betaalde voor de auto met de speciale, zwarte creditcard die generaal Hilliard hem had gegeven. De bediende bestudeerde hem stomverbaasd en zei toen: ' Excuseert u me een ogenblik.' Hij verdween in een kantoor en toen hij terugkwam, vroeg Robert: 'Waren er problemen?'
'Nee, meneer. Helemaal niet.'
De auto was een grijze Opel Omega. Robert reed de hoofdweg op die het vliegveld met de stad verbond en zette koers naar het centrum van Zürich. Hij was graag in Zwitserland. Het was een van de mooiste landen van de wereld. Jaren terug had hij er geskied. Korter geleden had hij er opdrachten uitgevoerd in samenwerking met de *Espionage Abteilung*, de Zwitserse inlichtingendienst. Tijdens de Tweede Wereldoorlog was de dienst opgedeeld in drie afdelingen, D, P en I, die respectievelijk Duitsland, Frankrijk en Italië bestreken. Nu was het belangrijkste doel ervan het opsporen van spionageactiviteiten binnen de diverse VN-organisaties in Genève. Robert had vrienden in de *Espionage Abteilung*, maar hij herinnerde zich generaal Hilliards woorden: '*Je mag met niemand van hen contact opnemen.*'
De rit naar de stad duurde vijfentwintig minuten. Robert bereikte de Dübendorf-afslag naar het centrum en zette koers naar het Dolder Grand Hotel. Het was precies zoals hij het zich herinnerde: een statig,

indrukwekkend, met klimop overwoekerd Zwitsers kasteel met torentjes dat uitkeek op het Meer van Zürich en omringd was door een plantentuin. Hij parkeerde de auto en liep de hal binnen. De receptiebalie was aan zijn linkerhand.
'Guten Tag.'
'Guten Tag. Haben Sie ein Zimmer für eine Nacht?'
'Ja. Wie möchten Sie bezahlen?'
'Mit Kreditkarte.' De zwart-witte creditcard die generaal Hilliard hem had gegeven. Robert vroeg om een kaart van Zwitserland en werd naar een comfortabele kamer in de nieuwe vleugel van het hotel gebracht. Er was een klein balkon dat uitzicht op het meer bood. Robert ging erop staan en terwijl hij de frisse herfstlucht inademde, dacht hij na over de taak die voor hem lag.
Hij had geen enkel aanknopingspunt. Helemaal niets. Alle factoren in de vergelijking van zijn opdracht waren volledig onbekend. De naam van de busonderneming. Het aantal passagiers. Hun namen en hun huidige verblijfplaats. *'Zijn de getuigen allemaal in Zwitserland?' 'Dat is nu juist ons probleem. We hebben er geen idee van wie ze zijn en waar ze zich bevinden.'* En het was niet genoeg een paar van de getuigen op te sporen. *'Je moet ze tot de laatste toe vinden.'* De enige informatie die hij had, was de plaats en de datum: Uetendorf, zondag 14 oktober.
Hij had een aanknopingspunt nodig, iets waaraan hij houvast had.
Als hij het zich goed herinnerde, vertrokken alle dagreizen per bus slechts vanuit twee grote steden: Zürich en Genève. Robert trok een bureaulade open en haalde het dikke *Telefonbuch* eruit. Ik moet onder de W van Wonder kijken, dacht Robert. Er stonden meer dan een half dozijn busondernemingen in: Sunshine Tours, Swisstour, Tour Service, Touralpino, Tourisma Reisen... Hij zou bij allemaal navraag moeten doen. Hij schreef de adressen van alle ondernemingen over en reed naar het kantoor van de dichtstbijzijnde.
Er zaten twee bedienden achter de balie voor toeristen. Toen één van hen beschikbaar was, zei Robert: 'Neemt u me niet kwalijk. Mijn vrouw is afgelopen zondag met een van uw tours mee geweest en ze heeft haar portemonnaie in de bus laten liggen. Ik geloof dat ze opgewonden was geraakt omdat ze de weerballon had gezien die vlak bij Uetendorf neergestort is.'
De bediende fronste zijn voorhoofd. *'Es tut mir viel leid.* U moet zich vergissen. Onze tours komen niet in de buurt van Uetendorf.'
'O. Het spijt me.' *Eerste poging.*
Het volgende adres dat hij bezocht beloofde meer op te leveren.
'Gaan uw tours naar Uetendorf?'

'O ja.' De bediende glimlachte. 'We hebben tours door heel Zwitserland. Ze bezoeken de schilderachtigste plaatsen. We hebben een tour naar Zermatt, de Tell-special. We hebben ook de Gletsjer Express en de Palm Express. De Grote Cirkel Tour vertrekt over vijftien...'
'Had u zondag een tour waarbij de bus is gestopt om de passagiers naar de neergestorte weerballon te laten kijken. Ik weet dat mijn vrouw te laat in het hotel terugkwam en...'
De bediende achter de balie zei verontwaardigd: 'We zijn er erg trots op dat onze tours *nooit* te laat zijn. We stoppen nooit als dat niet van tevoren in het reisschema is opgenomen.'
'Dus geen van uw bussen is gestopt om de passagiers naar die weerballon te laten kijken?'
'Absoluut niet.'
'Dank u.' *Tweede poging.*

Het derde kantoor dat Robert bezocht lag aan de Bahnhofplatz en op het bord buiten stond: Sunshine Tours. Robert liep naar de balie. 'Goedemiddag. Ik wilde u iets vragen over een van uw tourbussen. Ik heb gehoord dat er vlak bij Uetendorf een weerballon is neergestort en dat uw chauffeur een halfuur is gestopt zodat de passagiers ernaar konden kijken.'
'Nee, nee. Hij is maar vijftien minuten gestopt. We hebben heel strenge regels.'
In de roos!
'Waarom interesseerde u dat, zei u?'
Robert haalde een van de identiteitsbewijzen te voorschijn die hij had gekregen. 'Ik ben verslaggever', zei Robert ernstig, 'en ik schrijf een verhaal voor het tijdschrift *Reizen en Vrije Tijd* over hoe efficiënt het reizen met bussen in Zwitserland verloopt in vergelijking met andere landen. Zou ik uw chauffeur misschien kunnen interviewen?'
'Dat zou een heel interessant artikel kunnen worden. Echt heel interessant. Wij Zwitsers zijn trots op onze efficiëntie.'
'En die trots is terecht,' verzekerde Robert hem.
'Zou de naam van ons bedrijf genoemd worden?'
'Heel in het oog lopend.'
De bediende glimlachte. 'Wel, dan zie ik er geen kwaad in.'
'Zou ik hem nu kunnen spreken?'
'Hij heeft zijn vrije dag.' Hij schreef een naam op een velletje papier. Robert Bellamy las de naam ondersteboven. *Hans Beckerman.*
De bediende schreef er een adres bij. 'Hij woont in Kappel. Dat is een klein dorpje dat ongeveer veertig kilometer van Zürich vandaan ligt. U moet hem nu thuis kunnen treffen.'

Robert Bellamy pakte het velletje papier aan. 'Dank u zeer. Tussen haakjes,' zei Robert, 'alleen om alle feiten voor het verhaal bij elkaar te krijgen, kunt u in uw administratie terugvinden hoeveel kaartjes u voor die bewuste tour hebt verkocht?'
'Natuurlijk. Dat houden we van al onze tours bij. Een ogenblik.' Hij pakte een register onder de balie vandaan en sloeg een bladzijde om. 'Ah, hier heb ik het. Zondag. Hans Beckerman. Er waren zeven passagiers. Hij reed die dag met de Iveco, de kleine bus.'
Zeven onbekende passagiers en de chauffeur. Robert waagde een gokje. 'Hebt u toevallig ook de namen van die passagiers?'
'Meneer, de mensen komen van de straat binnen, kopen een kaartje en gaan met de tour mee. We vragen geen legitimatie.'
Geweldig. 'Nogmaals bedankt.' Robert begon naar de deur te lopen.
De bediende riep: 'Ik hoop dat u ons een kopie van het artikel stuurt.'
'Absoluut,' zei Robert.

Het eerste stukje van de legpuzzel was in de tourbus te vinden en Robert reed naar de Tellstrasse, van waaruit de bussen vertrokken, in de hoop daar een verborgen aanwijzing te vinden. De Iveco-bus was bruin en zilverkleurig en klein genoeg om over de steile bergwegen te kunnen rijden. Hij bood plaats aan veertien passagiers. *Wie zijn die zeven en waarheen zijn ze vertrokken?* Robert stapte weer in zijn auto. Hij raadpleegde zijn kaart en markeerde de route. Hij reed over de Lavessnerallee de stad uit en vervolgde zijn weg naar het dorpje Kappel via de Albis, die het begin van de Alpen vormen. Hij reed in zuidelijke richting langs de kleine heuvels die Zürich omringen en klom toen omhoog de schitterende bergketen van de Alpen in. Hij reed door Adliswil, Langnau en Hausen en naamloze gehuchten met chalets en een kleurrijk natuurschoon dat op een ansichtkaart niet zou misstaan en bijna een uur later kwam hij in Kappel aan. Het dorpje bestond uit een restaurant, een kerk, een postkantoor en een stuk of twaalf huizen die door de heuvels verspreid lagen. Robert parkeerde de auto en liep het restaurant binnen. Een serveerster ruimde een tafel vlak bij de deur af.
'*Entschuldigen Sie bitte, Fräulein. Welche Richtung ist das Haus von Herr Beckerman?*'
'*Ja.*' Ze wees de weg af. '*An der Kirche rechts.*'
'*Danke.*'
Robert sloeg bij de kerk rechtsaf en reed naar een bescheiden stenen huis met twee verdiepingen met een dak met aardewerk dakpannen. Hij stapte uit en en liep naar de deur. Hij zag geen bel en klopte.
Een gezette vrouw met een lichte snor deed open. '*Ja?*'

'Het spijt me dat ik u stoor. Is meneer Beckerman thuis?'
Ze keek hem argwanend aan. 'Wat wilt u van hem?'
Robert schonk haar een innemende glimlach. 'U moet mevrouw Beckerman zijn.' Hij haalde zijn perskaart te voorschijn. 'Ik schrijf een tijdschriftartikel over Zwitserse buschauffeurs en uw echtgenoot is mijn tijdschrift aanbevolen als een van de chauffeurs die het veiligst van allemaal rijden in het land.'
Haar gezicht klaarde op en ze zei trots: 'Mijn Hans is een uitstekend chauffeur.'
'Dat is wat iedereen me vertelt, mevrouw Beckerman. Ik zou hem graag interviewen.'
'Een interview met mijn Hans voor een tijdschrift?' Ze werd er nerveus van. 'Dat is heel opwindend. Komt u binnen, alstublieft.'
Ze leidde Robert een kleine, kraakheldere woonkamer binnen. 'Wacht u hier, *bitte*, ik ga Hans halen.'
Het huis had een lage balkenzoldering, een donkere, houten vloer en eenvoudig houten meubilair. Er was een kleine stenen haard en er hingen kanten gordijnen voor de ramen.
Robert bleef binnen nadenkend staan. Dit was niet alleen zijn beste spoor, het was zijn *enige* spoor. *'De mensen komen van de straat binnen, kopen hun kaartje en gaan met de tour mee. We vragen geen legitimatie...'* *Hierna weet ik niet meer waar ik moet zoeken,* dacht Robert somber. *Als dit niets oplevert, kan ik altijd nog een advertentie zetten: Willen de zeven passagiers die zondag een weerballon hebben zien neerstorten zich alstublieft morgen om twaalf uur in mijn hotelkamer verzamelen. Er zal ontbijt worden geserveerd.*
Een magere, kale man verscheen. Hij had een bleke gelaatskleur en hij droeg een volle, zwarte snor die sterk uit de toon viel bij de rest van zijn voorkomen. 'Goedemiddag, *Herr...*?'
'Smith. Goedemiddag.' Roberts stem klonk hartelijk. 'Ik heb er echt naar uitgezien u te ontmoeten, meneer Beckerman.'
'Mijn vrouw heeft me verteld dat u een verhaal schrijft over buschauffeurs.' Hij sprak met een zwaar Duits accent.
Robert glimlachte beminnelijk. 'Dat klopt. Mijn tijdschrift is geïnteresseerd in uw schitterende staat van dienst wat veilig rijden betreft en...'
'*Scheissdreck!*' zei Beckerman grof. 'U bent geïnteresseerd in het ding dat gistermiddag is neergestort, niet?'
Robert slaagde erin beteuterd te kijken. 'Ja, inderdaad, dat zou ik ook graag met u willen bespreken.'
'Waarom zegt u dat dan niet direct? Gaat u zitten.'
'Dank u.' Robert nam plaats op de bank.

Beckerman zei: 'Het spijt me dat ik u niets te drinken kan aanbieden, maar we hebben tegenwoordig geen Schnaps meer in huis.' Hij klopte op zijn buik. 'Maagzweren. De dokters kunnen me zelfs geen middelen meer geven tegen de pijn. Ik ben er allergisch voor, voor allemaal.' Hij ging tegenover Robert zitten. 'Maar u bent hier niet gekomen om over mijn gezondheid te praten, hè? Wat wilt u weten?'

'Ik wil met u praten over de passagiers die zondag in uw bus zaten toen u vlak bij Uetendorf stopte bij de plek waar de weerballon is neergestort.'

Hans Beckerman staarde hem verbaasd aan. 'Weerballon? Welke weerballon? Waar hébt u het over?'

'De ballon die...'

'U bedoelt het ruimteschip.'

Robert staarde Beckerman op zijn beurt verbaasd aan. 'Het... *ruimteschip*?'

'Ja, de vliegende schotel.'

Het duurde even voordat de woorden tot Robert doordrongen. Hij voelde plotseling een koude huivering over zijn rug lopen. 'Wilt u beweren dat u een vliegende schotel hebt gezien?'

'Ja, met lijken erin.'

Gisteren is er in de Zwitserse Alpen een weerballon van de NAVO *neergestort. Er waren enkele militaire objecten aan boord die hoogst geheim zijn.*

Robert deed zijn best om kalm te klinken. 'Meneer Beckerman, weet u zeker dat wat u hebt gezien een vliegende schotel was?'

'Natuurlijk. Wat ze een UFO noemen.'

'En er lagen dode mensen in?'

'Geen mensen. Nee, *wezens*. Het is moeilijk om hen te beschrijven.' Hij huiverde licht. 'Ze waren heel klein en hadden grote, vreemde ogen. Ze waren gekleed in pakken met een zilverachtige metaalkleur. Het was heel beangstigend.'

Robert luisterde in verwarring naar hem. 'Hebben uw passagiers dit gezien?'

'O ja. We hebben het allemaal gezien. Ik ben er bijna vijftien minuten blijven staan. Ze wilden dat ik langer zou blijven, maar het bedrijf heeft strikte regels wat de reisschema's betreft.'

Robert wist al dat de vraag zinloos was voordat hij hem stelde. 'Meneer Beckerman, kent u toevallig de namen van één of meer van uw passagiers?'

'Meneer, ik ben buschauffeur. De mensen kopen een kaartje in Zürich en we maken een rit naar het zuidwesten naar Interlaken en vervolgens naar het noordwesten naar Bern. Ze kunnen in Bern uitstappen of mee terugrijden naar Zürich. Niemand geeft zijn naam op.'

Robert zei wanhopig: 'Weet u helemaal niets over hen?'
De buschauffeur dacht een ogenblik na. 'Ik kan u wel vertellen dat er geen kinderen bij waren. Alleen mannen.'
'Alleen mannen.'
Beckerman dacht nog een ogenblik na. 'Nee. Dat is niet waar. Er was ook één vrouw bij.'
Geweldig. Dat maakt het een stuk gemakkelijker, dacht Robert. *Volgende vraag: waarom heb ik deze opdracht in godsnaam geaccepteerd?* 'U zegt dus eigenlijk, meneer Beckerman, dat er in Zürich een groepje toeristen in uw bus is gestapt dat zich naar alle windhoeken heeft verspreid toen de tour erop zat?'
'Dat klopt, meneer Smith.'
Er is dus niet eens een hooiberg. Herinnert u zich hoe dan ook nog *iets* over de passagiers? Iets dat ze hebben gezegd of gedaan?'
Beckerman schudde zijn hoofd. 'Meneer, op den duur besteed je geen aandacht meer aan hen. Tenzij ze voor moeilijkheden zorgen. Zoals die Duitser.'
Robert bleef roerloos zitten en vroeg zacht: 'Welke Duitser?'
'*Affenarsch!* Alle andere passagiers waren er opgewonden over dat ze die UFO met die dode wezens erin zagen, maar die oude man bleef maar klagen dat we ons moesten haasten om in Bern te komen omdat hij een college moest voorbereiden dat hij de volgende morgen aan de universiteit zou gaan geven...'
Een begin. 'Herinnert u zich nog iets anders over hem?'
'Nee.'
'Helemaal niets?'
'Hij droeg een zwarte overjas.'
Fantastisch. 'Meneer Beckerman, ik wil u om een gunst vragen. Hebt u er bezwaar tegen met mij mee te rijden naar Uetendorf?'
'Het is mijn vrije dag. Ik heb het druk met...'
'Ik zal u er graag voor betalen.'
'Ja?'
'Tweehonderd franc.'
'Ik geloof niet...'
'Ik maak er vierhonderd franc van.'
Beckerman dacht even na. 'Waarom niet? Het is een mooie dag voor een tochtje, *nicht*?'
Ze reden in zuidelijke richting, langs Luzern en de schilderachtige dorpen Immensee en Meggen. Het landschap was adembenemend mooi, maar Robert had andere dingen aan zijn hoofd.
Ze reden door Engelberg met zijn oude benedictijner klooster, en door

de Brünigpas die naar Interlaken leidt. Ze raasden langs Leissigen en Faulensee met zijn prachtige blauwe meer dat bezaaid was met witte zeilboten.
'Hoe ver is het nog?' vroeg Robert.
'Het duurt nu niet lang meer,' beloofde Hans Beckerman.
Ze hadden bijna een uur gereden toen ze bij Spiez kwamen. Hans Beckerman zei: 'Het is nu niet ver meer. Het is net voorbij Thun.'
Robert merkte dat zijn hart sneller begon te kloppen. Hij zou straks getuige worden van iets dat iedere verbeelding te boven ging, hij zou buitenaardse wezens te zien krijgen. Ze reden door het dorpje Thun en een paar minuten later, toen ze een groepje bomen aan de andere kant van de verkeersweg naderden, wees Hans Beckerman en zei: 'Daar!'
Robert stopte aan de kant van de weg.
'Aan de overkant van de weg. Achter die bomen.'
Robert voelde zijn opwinding toenemen. 'Mooi. Laten we een kijkje gaan nemen.'
Een vrachtwagen passeerde hen met grote snelheid. Toen hij voorbij was, staken Robert en Hans Beckerman de weg over. Robert volgde de buschauffeur een lage helling op, het groepje bomen in.
De weg was volkomen aan het gezicht onttrokken. Terwijl ze een open plek opliepen, kondigde Beckerman aan: 'Hier is het.'
Voor hen op de grond lagen de gescheurde resten van een weerballon.

8

Ik word te oud hiervoor, dacht Robert vermoeid. *Ik begon echt in dat vliegende-schotelsprookje te geloven.*
Hans Beckerman staarde naar het voorwerp op de grond met een verwarde uitdrukking op zijn gezicht. *'Verfälscht!* Dat is het niet.'
Robert zuchtte. 'Nee, dat zal wel niet.'
Beckerman schudde zijn hoofd. 'Het was hier gisteren nog.'
'Uw kleine groene mannetjes zijn er waarschijnlijk mee weggevlogen.'
Beckerman bleef volhouden. 'Nee, nee. Ze waren allebei *tot* – dood.'
Tot – dood. Dat is een goede omschrijving van mijn opdracht. Mijn enige spoor is een krankzinnige oude man die ruimteschepen ziet.
Robert liep naar de ballon om hem beter te kunnen bestuderen. Het was een groot aluminiumkleurig omhulsel met een doorsnee van ruim vier meter en kartelranden op de plaatsen waar hij tijdens het neerstorten de grond had geraakt. Alle instrumenten waren verwijderd, net zoals generaal Hilliard hem had verteld. *'Ik kan het belang van wat zich in die ballon bevond niet genoeg beklemtonen.'*
Terwijl zijn schoenen een zuigend geluid maakten in het natte gras liep Robert om de leeggelopen ballon heen om te zoeken naar iets dat hem een kleine aanwijzing zou kunnen geven. Niets. Hij was precies hetzelfde als een stuk of tien andere weerballonnen die hij in de loop van de jaren had gezien.
De oude man wist nog steeds niet van toegeven en bleef koppig volhouden. 'Die ruimtewezens... Zij hebben ervoor gezorgd dat het er zo uitziet. Ze kunnen alles, weet u.'
Er valt hier niets meer te doen, besloot Robert. Zijn sokken waren door het lopen door het hoge gras nat geworden. Hij begon zich om te draaien, maar aarzelde toen hij een ingeving kreeg. Hij liep terug naar de ballon.
'Wilt u hem even bij een hoek optillen?'
Beckerman keek hem een ogenblik verbaasd aan. 'U wilt dat ik een hoek optil?'
'Bitte.'
Beckerman haalde zijn schouders op. Hij pakte een hoek van de ballon vast en tilde het lichtgewichtmateriaal omhoog terwijl Robert een ande-

re hoek omhoogtrok. Robert hield de stof boven zijn hoofd terwijl hij onder de ballon door naar het midden liep. Zijn voeten zonken weg in het gras. 'Het is hieronder nat,' riep Robert.
'Natuurlijk.' Het woord *Dummkopf* werd nog net niet uitgesproken. 'Het heeft gisteren de hele dag geregend. De hele grond is nat.'
Robert kwam onder de ballon vandaan. 'Het zou eronder droog moeten zijn.' *'Raar weer,' had de piloot gezegd. 'Zondag was het hier zonnig.' De dag dat de ballon was neergestort. 'Vandaag regende het de hele dag en vanavond klaart het op. Je hebt hier geen horloge nodig. Wat je echt nodig hebt, is een barometer.'*
'Wat?'
'Wat voor weer was het toen u de UFO zag?'
Beckerman dacht even na. 'Het was een mooie middag.'
'Zonnig?'
'Ja, zonnig.'
'Maar gisteren heeft het de hele dag geregend?'
Beckerman keek hem niet-begrijpend aan. 'En wat zou dat?'
'Als de ballon hier de hele nacht is geweest, moet de grond eronder droog zijn – of hooguit vochtig door osmose. Maar de grond is drijfnat, net als de rest van dit gebied.'
Beckerman staarde hem aan. 'Ik begrijp het niet. Wat betekent dat?'
'Het zou kunnen betekenen,' zei Robert voorzichtig, 'dat iemand deze ballon hier gisteren heeft neergelegd nadat het was gaan regenen en heeft weggehaald wat u hebt gezien.' Of was er een plausibeler verklaring waaraan hij niet had gedacht.
'Wie zou zo iets krankzinnigs doen?'
Zo krankzinnig is het niet, dacht Robert. *De Zwitserse regering zou dit neergelegd kunnen hebben om nieuwsgierige bezoekers om de tuin te leiden. Als je iets in de doofpot wilt stoppen, kun je het beste beginnen met het geven van verkeerde informatie.* Robert liep door het natte gras en speurde de grond af terwijl hij zichzelf inwendig voor een lichtgelovige idioot uitschold.
Hans Beckerman sloeg Robert argwanend gade. 'Voor welk tijdschrift schreef u ook al weer?'
'Reizen en Vrije Tijd.'
Hans Beckermans gezicht klaarde op. 'O. Dan zult u wel een foto van me willen maken, net als die andere man heeft gedaan.'
'Wat?'
'Die fotograaf die foto's van ons heeft genomen.'
Robert bleef doodstil staan. 'Over wie hebt u het?'
'Over die fotograaf die foto's van ons heeft genomen bij het wrak. Hij zei

dat hij ons allemaal een afdruk zou opsturen. Sommige van de passagiers hadden ook camera's bij zich.'
Robert zei langzaam: 'Wacht even. Beweert u dat iemand hier voor de UFO foto's van de passagiers heeft genomen?'
'Dat probeer ik u te vertellen.'
'En hij beloofde u allemaal een afdruk te zullen sturen?'
'Dat klopt.'
'Dan moet hij van u allemaal de naam en het adres genoteerd hebben.'
'Natuurlijk. Hoe zou hij anders kunnen weten waar hij ze heen moet sturen?'
Robert bleef roerloos staan terwijl hij werd overmand door een gevoel van euforie. *Wat een doorslag, Robert, bofkont dat je bent!* Een onmogelijke opdracht was plotseling een fluitje van een cent geworden. Hij was niet langer op zoek naar zeven onbekende passagiers. Hij hoefde alleen nog maar één fotograaf te vinden. 'Waarom hebt u me niet eerder over hem verteld, meneer Beckerman?'
'U hebt me alleen maar naar de passagiers gevraagd?'
'U bedoelt dat hij geen passagier was?'
Hans Beckerman schudde zijn hoofd. '*Nein.*' Hij wees. 'Zijn auto stond met panne aan de andere kant van de weg. Een sleepwagen begon hem net weg te halen toen die luide klap klonk. Hij rende de weg over om te kijken wat er gebeurd was. Toen hij zag wat het was, rende hij terug naar zijn auto, greep zijn camera en kwam terug. Toen vroeg hij ons of we met zijn allen voor hem wilden poseren voor die vliegende schotel.'
'Heeft die fotograaf u zijn naam opgegeven?'
'Nee.'
'Herinnert u zich nog iets over hem?'
Hans Beckerman concentreerde zich. 'Het was een buitenlander. Een Amerikaan of een Engelsman.'
'U zei dat een sleepwagen op het punt stond zijn auto weg te halen.'
'Dat klopt.'
'Weet u nog welke richting de sleepwagen uitging?'
'Naar het noorden. Ik dacht dat hij de auto naar Bern ging slepen. Thun is dichterbij, maar daar zijn alle garages op zondag gesloten.'
Robert grijnsde. 'Dank u. U bent heel behulpzaam geweest.'
'Vergeet u niet me uw artikel toe te sturen als het klaar is?'
'Nee. Hier is uw geld en honderd franc extra omdat u me zo goed hebt geholpen. Ik zal u naar huis brengen.' Ze liepen naar de auto. Toen Beckerman het portier opende, stond hij stil en wendde zich naar Robert. 'Dat was heel royaal van u.' Hij haalde een klein rechthoekig stukje metaal ter grootte van een sigaretteaansteker uit zijn zak dat een klein wit kristal bevatte.

'Wat is dat?'
'Dat heb ik zondag op de grond gevonden voordat we weer in de bus stapten.'
Robert onderzocht het vreemde voorwerp. Het was zo licht als papier en had de kleur van zand. Een ruwe rand aan één kant duidde erop dat het misschien een deel van een ander stuk was. *Een deel van de apparatuur in de weerballon? Of een deel van een UFO?*
'Misschien brengt het u geluk,' zei Beckerman terwijl hij de bankbiljetten die Robert hem had gegeven in zijn portefeuille stak. 'Mij heeft het dat in ieder geval wél gedaan.' Hij glimlachte breed en stapte in de auto.

Het was tijd om zichzelf de moeilijke vraag te stellen: *Geloof ik echt in UFO's?* Hij had vele wilde kranteverhalen gelezen over mensen die zeiden dat ze naar ruimteschepen omhooggestraald waren en allerlei vreemde ervaringen hadden gehad. Hij had altijd het idee gehad dat die mensen publiciteitszoekers waren of zich anders maar eens bij een goede psychiater onder behandeling moesten stellen. Maar in de laatste paar jaar waren er meldingen geweest die minder gemakkelijk als onzin af te doen waren.
Er waren UFO's gesignaleerd door astronauten, luchtmachtpiloten en politiefunctionarissen, mensen die geloofwaardig waren en de publiciteit schuwden. Bovendien was er de verontrustende melding van het neerstorten van een UFO in Roswell, Nieuw Mexico, waar naar zeggen de lijken van buitenaardse wezens waren ontdekt. De regering werd verondersteld dat uit de publiciteit te hebben gehouden en al het bewijsmateriaal te hebben verwijderd.
In de Tweede Wereldoorlog hadden piloten vreemde waarnemingen gemeld van ongeïdentificeerde objecten die vlak over hen heen scheerden en vervolgens verdwenen. Er deden verhalen de ronde over steden die waren bezocht door onbekende objecten die met grote snelheid uit de hemel neerdaalden.
Als er nu eens echt buitenaardse wezens in UFO's uit een ander sterrenstelsel bestonden? vroeg Robert zich af. *Wat voor invloed zou dat op onze wereld hebben? Zou het vrede betekenen? Oorlog? Het einde van de beschaving zoals wij die kennen?* Hij merkte dat hij half hoopte dat Hans Beckerman een raaskallende krankzinnige was en dat datgene wat neergestort was echt een weerballon was.
Hij zou een andere getuige moeten vinden die Beckermans verhaal kon bevestigen of weerleggen. Oppervlakkig gezien leek het verhaal ongelooflijk, maar toch bleef iets Robert dwarszitten.
Als het slechts een weerballon was geweest die was neergestort, zelfs al had

die dan speciale apparatuur aan boord, waarom moest ik dan 's morgens om zes uur bij de National Security Agency verschijnen en waarom werd me verteld dat het van het grootste belang was dat alle getuigen zo snel mogelijk gevonden werden? Wordt er iets in de doofpot gestopt? En zo ja... waarom?

9

Later op die dag werd er in Genève een persconferentie gehouden in het sobere gebouw van het Zwitserse Ministerie van Binnenlandse Zaken. Er waren meer dan vijftig verslaggevers in de zaal aanwezig en op de gang stonden er nog een heleboel voor wie binnen geen plaats meer was. Er waren vertegenwoordigers van de televisie, de radio en de schrijvende pers uit meer dan een dozijn landen van wie er velen gebukt gingen onder het gewicht van microfoons en televisie-apparatuur. Ze leken allemaal tegelijk te spreken.
'We hebben gehoord dat het geen weerballon was...'
'Is het waar dat het een vliegende schotel was?'
'Er doen geruchten de ronde dat er lijken van buitenaardse wezens aan boord van het ruimteschip waren...'
'Was één van de buitenaardse wezens in leven?'
'Probeert de regering de waarheid voor de mensen verborgen te houden?...'
De perschef verhief zijn stem om de orde te herstellen. 'Dames en heren, er is sprake van een simpel misverstand. We krijgen aan de lopende band telefoontjes. De mensen zien satellieten, vallende sterren... Is het niet interessant dat waarnemingen van UFO's altijd anoniem gemeld worden? Misschien gelooft degene die belt echt dat hij een UFO heeft gezien, maar was het in werkelijkheid een weerballon die op de grond viel. We hebben voor vervoer gezorgd om u erheen te brengen. Als u me alstublieft wilt volgen...'
Vijftien minuten later waren er twee bussen vol verslaggevers en televisie-camera's op weg naar Uetendorf om de overblijfselen van een neergestorte weerballon te bekijken. Toen ze aankwamen, bleven ze in het natte gras staan en inspecteerden de gescheurde, metaalkleurige huid van de ballon.
De perschef zei: 'Dit is nu uw geheimzinnige vliegende schotel. Hij is opgelaten vanaf onze basis in Vevey. Naar ons beste weten, dames en heren, zijn er geen ongeïdentificeerde vliegende objecten waarvoor onze regering geen bevredigende verklaring heeft kunnen geven, en evenmin worden we bezocht door wezens uit de ruimte. Als we op dat soort be-

wijsmateriaal mochten stuiten, dan zou onze regering die informatie zonder aarzelen aan de bevolking doorgeven. Als er verder geen vragen zijn...'

10

Hangar 17 van de Langley Luchtmachtbasis in Virginia was streng beveiligd. Buiten stonden vier gewapende mariniers die het gebouw bewaakten en binnen hielden drie hoge legerofficieren om de buurt acht uur de wacht voor een hermetisch afgesloten ruimte in de hangar. Geen van de officieren wist wat hij bewaakte. Behalve de geleerden en de artsen die binnen werkten, waren er maar drie bezoekers in de afgesloten ruimte toegelaten. De vierde bezoeker arriveerde net. Hij werd verwelkomd door brigadegeneraal Paxton, de officier die de leiding had over de beveiliging. 'Welkom in onze menagerie.'
'Ik heb hiernaar uitgezien.'
'U zult niet teleurgesteld worden. Deze kant op, alstublieft.'
Voor de deur van de afgesloten ruimte stond een rek waarop vier witte steriele pakken lagen die het lichaam volledig bedekten.
'Wilt u er alstublieft eentje aantrekken?' vroeg de generaal.
'Natuurlijk.' Janus schoot het pak aan. Alleen zijn gezicht was door het glazen masker zichtbaar. Hij trok grote, witte pantoffels over zijn schoenen aan en de generaal leidde hem naar de ingang van de afgesloten ruimte. De officier die de wacht hield, stapte opzij en de generaal opende de deur. 'Hier is het.'
Janus ging het vertrek binnen en keek in het rond. In het midden ervan stond het ruimteschip. Op witte autopsietafels aan de andere kant van de ruimte lagen de lijken van de twee ruimtewezens. Een patholoog voerde op één van hen een autopsie uit.
Generaal Paxton vestigde de aandacht van de bezoeker op het ruimteschip.
'We hebben hier te maken met wat volgens ons een verkenningsschip is,' lichtte generaal Paxton toe. 'We zijn er zeker van dat het over een manier beschikt om direct met het moederschip te communiceren.'
De twee mannen liepen naar voren om het ruimteschip te onderzoeken. Het had een diameter van ongeveer elf meter. Het interieur had de vorm van een parel en een plafond dat zich kon openen. Er stonden drie banken die op leunstoelen leken. De wanden waren bedekt met panelen met trillende metalen schijven.

'Er is hier veel dat we nog niet hebben kunnen uitpuzzelen,' gaf generaal Paxton toe. 'Maar wat we tot nu toe hebben geleerd is verbazingwekkend.' Hij wees naar een serie apparaten in kleine panelen. 'Er is een geïntegreerd optisch systeem met een breed gezichtsveld, iets dat op een systeem lijkt om leven te ontdekken, een communicatiesysteem met het vermogen spraak te simuleren, en een navigatiesysteem dat ons eerlijk gezegd voor raadselen stelt. We denken dat het op een soort elektromagnetische impuls werkt.'

'Zijn er nog wapens aan boord?' vroeg Janus.

Generaal Paxton spreidde met een verslagen gebaar zijn handen uit. 'We weten het niet zeker. Er is hier een heleboel apparatuur waarvan we nog niets begrijpen.'

'Wat is de energiebron van het schip?'

'Onze beste hypothese is dat het eenatomige waterstof gebruikt in een gesloten circuit zodat het afvalprodukt, water, voortdurend weer in waterstof omgezet kan worden voor de energievoorziening. Met die onuitputtelijke energievoorraad kan het vrijelijk in de interplanetaire ruimte reizen. Het kan jaren duren voor we alle geheimen hier hebben ontsluierd. En er is nog iets raadselachtigs. De lijken van de twee ruimtewezens waren vastgebonden op de banken. Maar de indeukingen in de derde bank duiden erop dat die ook bezet was.'

'Wilt u beweren', vroeg Janus langzaam, 'dat er misschien één ontbreekt?'

'Zo ziet het er in ieder geval uit.'

Janus bleef een ogenblik met gefronst voorhoofd staan. 'Laten we eens even naar onze indringers gaan kijken.'

De twee mannen liepen naar de tafels waarop de twee ruimtewezens lagen. Janus bleef naar de vreemde wezens staren. Het was ongelooflijk dat schepsels die weinig op mensen leken als bewuste wezens konden bestaan. Het voorhoofd van de ruimtewezens was veel groter dan hij had verwacht. De schepsels waren volkomen kaal en hadden geen oogleden of wenkbrauwen. De ogen leken op pingpongballen.

De dokter die de autopsie uitvoerde, keek op toen de twee mannen vlak bij hem waren. 'Het is fascinerend,' zei hij. 'Bij een van de ruimtewezens is een hand afgerukt. Er is geen spoor van bloed, maar er is wel iets dat op aderen lijkt en een groene vloeistof bevat. Het meeste ervan is eruit gelopen.'

'Een groene vloeistof?' vroeg Janus.

'Ja.' De dokter aarzelde. 'We geloven dat deze wezens een vorm van plantaardig leven zijn.'

'Een denkende plant? Meent u dat?'

'Let u eens op.' De dokter pakte een gieter en sprenkelde water over de arm van het ruimtewezen dat een hand miste. Een ogenblik gebeurde er niets. Toen vloeide er uit het ondereind van de arm plotseling een groene materie die langzaam een hand begon te vormen.
De twee mannen staarden er geschokt naar. 'Jezus! Zijn deze wezens dood of niet?'
'Dat is een interessante vraag. Deze twee wezens leven niet in de zin die wij mensen daaraan toekennen, maar ze zijn volgens onze criteria evenmin dood. Ik zou zeggen dat ze in coma zijn.'
Janus staarde nog steeds naar de pasgevormde hand.
'Vele planten vertonen uiteenlopende vormen van intelligentie.'
'Intelligentie?'
'O ja. Er zijn planten die zich vermommen of beschermen. Op dit moment doen we verbazingwekkende experimenten met plantaardige levensvormen.'
Janus zei: 'Die experimenten zou ik weleens willen bijwonen.'
'Dat is zeker mogelijk. Ik zal het met plezier voor u regelen.'

Het enorme broeikaslaboratorium bevond zich in een complex van regeringsgebouwen dat vijfenveertig kilometer buiten Washington D.C. lag. Aan de muur hing een gravure met de tekst:

De esdoorns en de varens zijn nog steeds onbedorven.
Toch, als ze tot bewustzijn komen, zullen ook zij ongetwijfeld vloeken en tieren.

Ralph Waldo Emerson
Nature, 1836

Professor Rachman, die de supervisie over het complex had, was een ernstige gnoom van een man die zeer enthousiast was over zijn werk. 'Charles Darwin was de eerste die het vermogen tot denken van planten onderkende. Luther Burbank trad in zijn voetsporen door met ze te communiceren.'
'Gelooft u echt dat dat mogelijk is?'
'We weten het zeker. George Washington Carver voelde zich één met planten en ze schonken hem honderden nieuwe producten. Carver zei: 'Als ik een bloem aanraak, raak ik de Oneindigheid aan. Bloemen bestonden al lang voordat er mensen op de aarde waren en ze zullen nog miljoenen jaren blijven bestaan nadat de mens is verdwenen. Via de bloem sta ik in verbinding met de Oneindigheid…'
Janus keek rond in de reusachtige broeikas waarin ze stonden. Hij zag

overal planten en exotische bloemen in alle kleuren van de regenboog. De mengeling van geuren was overweldigend.
'Alles in deze ruimte leeft,' zei professor Rachman. 'Deze planten kunnen liefde, haat, pijn en opwinding voelen... net als dieren. Sir Jagadis Chandra Bose heeft bewezen dat ze op de klank van een stem reageren.'
'Hoe bewijs je zoiets?' vroeg Janus.
'Ik zal het met plezier demonstreren.' Rachman liep naar een tafel die vol planten stond. Naast de tafel stond een polygraaf. Rachman pakte een van de elektroden en bevestigde die aan de plant. De wijzer van de polygraaf stond in zijn laagste stand. 'Let op,' zei hij.
Hij leunde naar de plant voorover en fluisterde: 'Ik vind je erg mooi. Je bent mooier dan alle andere planten hier...'
Janus zag dat de wijzer heel licht bewoog.
Plotseling schreeuwde professor Rachman tegen de plant: 'Je bent lelijk! Je gaat dood! Versta je me? Je gaat dood!'
De wijzer begon te trillen en schoot toen met een ruk omhoog.
'Mijn God,' zei Janus. 'Ik kan het niet geloven.'
'Wat u ziet,' zei Rachman, 'is wat je bij een mens schreeuwen zou noemen. Er zijn hier bij ons in de V.S. tijdschriftartikelen over deze experimenten gepubliceerd. Een van de interessantste was een blind experiment dat werd uitgevoerd door zes studenten. Zonder dat de anderen het wisten, werd een van hen uitgekozen om met twee planten, waarvan er één met een polygraaf verbonden was, een kamer binnen te gaan. Hij maakte de andere plant helemaal kapot. Later werden de studenten één voor één de kamer binnengestuurd waar ze langs de planten moesten lopen. Als de onschuldige studenten binnenkwamen, registreerde de polygraaf niets. Maar op het moment dat de schuldige verscheen, schoot de wijzer van de polygraaf omhoog.'
'Dat is ongelooflijk.'
'Maar waar. We hebben ook ontdekt dat planten op verschillende soorten muziek reageren.'
'*Verschillende* soorten?'
'Ja. Ze hebben in Temple Buell College in Denver een experiment gedaan. Gezonde bloemen werden in drie afzonderlijke glazen vitrines gezet. In een ervan werd *acid rock*-muziek gespeeld, in de tweede zachte, Oostindische sitarmuziek en in de derde was geen muziek. Een cameraploeg van CBS registreerde het experiment. Na verloop van twee weken werd het effect op de bloemen met behulp van versnelde beelden zichtbaar gemaakt. De bloemen die aan de rockmuziek hadden blootgestaan waren dood, de bloemen zonder muziek groeiden normaal en die welke de sitarmuziek hadden gehoord, waren schitterend tot bloei gekomen en

hun bloemen en stelen richtten zich naar de geluidsbron. Walter Cronkite heeft de film in zijn nieuwsshow vertoond. Als u het wilt controleren, het was op 26 oktober 1970.'
'Wilt u beweren dat planten over een vorm van intelligentie beschikken?'
'Ze ademen, eten en planten zich voort. Ze kunnen pijn voelen en ze maken gebruik van verdedigingsmiddelen tegen hun vijanden. Zo gebruiken bepaalde planten bijvoorbeeld terpenen om de bodem om hun staanplaats heen te vergiftigen en zo concurrenten uit de buurt te houden. Andere planten scheiden alkaloïden af waardoor ze voor insekten oneetbaar worden. We hebben bewezen dat planten met elkaar communiceren door middel van feromonen.'
'Ja. Daarvan heb ik gehoord,' zei Janus.
'Sommige planten zijn vleeseters. De venusvliegenvanger bijvoorbeeld. Bepaalde orchideeën zien eruit en ruiken als vrouwtjesbijen om mannetjesbijen te misleiden. Andere lijken op vrouwtjeswespen om de mannetjes te lokken en het stuifmeel op te pikken. Een andere orchidee heeft de geur van rottend vlees om aasvliegen aan te trekken.'
Janus luisterde geboeid.
'Het roze vrouwenschoentje heeft een gescharnierde bovenlip die dichtklapt wanneer een bij erop landt zodat hij in de val zit. De enige ontsnappingsweg is door een nauwe doorgang aan de achterkant en terwijl de bij probeert te ontkomen krijgt hij stuifmeel op zijn kop. Er groeien vijfduizend bloemdragende planten in het noordoosten en elke soort heeft zijn typische kenmerken. Er valt niet aan te twijfelen. Het is talrijke malen bewezen dat levende planten over een vorm van intelligentie beschikken.'
Janus dacht: *En het ontbrekende ruimtewezen loopt ergens vrij rond.*

11

Derde Dag
Bern, Zwitserland
Woensdag 17 oktober

Bern was een van Roberts favoriete steden. Het was een elegante stad, vol prachtige monumenten en mooie, oude stenen gebouwen die uit de achttiende eeuw dateerden. Het was de hoofdstad van Zwitserland en een van de welvarendste en Robert vroeg zich af of het feit dat de trams groen waren iets te maken had met de kleur van geld. Hij had gemerkt dat de inwoners van Bern de dingen gemakkelijker opnamen dan de burgers van andere delen van Zwitserland. Ze bewogen zich bedaarder, spraken langzamer en waren over het algemeen kalmer. Hij had in het verleden in Bern verscheidene keren met de Zwitserse geheime dienst samengewerkt en opereerde dan vanuit hun hoofdkwartier op de Waisenhausplatz. Hij had daar vrienden die hem behulpzaam zouden kunnen zijn, maar zijn orders waren duidelijk. Raadselachtig, maar duidelijk.

Robert moest vijftien keer bellen voordat hij de garage die de auto van de fotograaf had weggesleept, gelokaliseerd had. Het was een kleine garage in de Fribourgstrasse en de monteur, Fritz Mandel, was tevens eigenaar. Mandel was achter in de veertig en had een uitgemergeld gezicht vol putjes van de acne, een mager lichaam en een enorme bierbuik. Hij was aan het werk in de smeerkuil toen Robert binnenkwam.

'Goedemiddag,' riep Robert.

Mandel keek op. '*Guten Tag*. Wat kan ik voor u doen?'

'Ik ben geïnteresseerd in een auto die u zondag hebt weggesleept.'

'Een minuutje, ik maak dit even af.'

Tien minuten later klom Mandel uit de smeerkuil en veegde zijn met olie besmeurde handen af aan een vuile doek.

'U bent degene die vanmorgen heeft gebeld. Was er een klacht over het wegslepen?' vroeg Mandel. 'Ik ben niet verantwoordelijk voor...'

'Nee,' verzekerde Robert hem. 'Ik doe een onderzoek en ik ben geïnteresseerd in de chauffeur van de auto.'

'Komt u even mee naar mijn kantoor.'

De twee mannen gingen het kleine kantoor binnen en Mandel opende een archiefkast. 'Afgelopen zondag zei u?'

'Inderdaad.'

Mandel haalde een kaartje te voorschijn. 'Ja. Dat was de *Arschficker* die een foto van ons heeft gemaakt voor de UFO.'
Roberts handpalmen werden plotseling klam. 'Hebt u de UFO gezien?'
'Ja. Het scheelde weinig of ik *brach aus*.'
'Kunt u de UFO beschrijven?'
Mandel huiverde. 'Hij... hij leek te leven.'
'Wat zegt u?'
'Ik bedoel... er was een soort licht omheen. Hij bleef van kleur veranderen. Eerst leek hij blauw... en toen groen... Ik weet het niet. Het is moeilijk te beschrijven. En binnen waren die kleine wezens. Geen mensen, maar...' Hij zweeg.
'Hoeveel waren er?'
'Twee.'
'Leefden ze?'
'Volgens mij waren ze dood.' Hij veegde zijn voorhoofd af. 'Ik ben blij dat u me gelooft. Ik heb geprobeerd het mijn vrienden te vertellen en ze lachten me uit. Zelfs mijn vrouw dacht dat ik gedronken had. Maar ik wéét wat ik gezien heb.'
'Wat die auto betreft die u hebt weggesleept...' zei Robert.
'Ja. De Renault. Hij had een lek in de olieleiding en de lagers waren versleten. Het wegslepen kostte hondervijfentwintig franc. Zondags reken ik het dubbele tarief.'
Heeft de chauffeur u met een cheque of een creditcard betaald?'
'Ik neem geen cheques en ook geen creditcards aan. Hij betaalde contant.'
'In Zwitserse francs?'
'In ponden.'
'Weet u dat zeker?'
'Ja. Ik herinner me dat ik de koers moest opzoeken.'
'Meneer Mandel, hebt u toevallig het kenteken van de auto in uw administratie?'
'Natuurlijk,' zei Mandel. Hij keek op de kaart. 'Het was een huurauto van Avis. Hij heeft hem in Genève gehuurd.'
'Zou u me dat kentekennummer kunnen opgeven?'
'Zeker. Waarom niet?' Hij schreef het nummer op een velletje papier en overhandigde het aan Robert. 'Waar gaat dit trouwens om? Om die UFO?'
'Nee,' zei Robert met zijn eerlijkste stem. Hij haalde zijn portefeuille te voorschijn en trok er een identiteitsbewijs uit. 'Ik werk bij de IAC, de Internationale Auto Club. We doen een onderzoek naar sleepwagens.'
'O.'

Robert liep de garage uit en dacht verbijsterd: *Het lijkt er verdomme op dat we hier te maken hebben met een* UFO *met twee dode ruimtewezens.* Waarom had generaal Hilliard dan tegen hem gelogen terwijl hij wist dat Robert zou ontdekken dat er geen weerballon, maar een vliegende schotel was neergestort?
Er was maar één verklaring voor en Robert voelde plotseling een koude huivering over zijn rug glijden.

12

Ogenschijnlijk bewegingloos zweefde het reusachtige moederschip geruisloos door de donkere ruimte. Het had een snelheid van eenendertigduizend kilometer per uur, volmaakt synchroon met de baan van de aarde. De zes ruimtewezens aan boord bestudeerden het driedimensionale, optische scherm dat één wand van het ruimteschip bedekte. Terwijl de planeet aarde ronddraaide, keken ze naar holografische foto's van datgene wat er onder hen lag terwijl een elektronische spectograaf de chemische componenten analyseerde van de beelden die verschenen. De atmosfeer boven de gebieden waar ze overheen vlogen, was zwaar verontreinigd. Enorme fabrieken vervuilden de lucht met dichte, zwarte, giftige gaswolken terwijl biologisch niet-afbreekbaar afval werd gedumpt op stortterreinen en in de zeeën.
De ruimtewezens keken naar de oceanen, eens blauw en ongerept maar nu zwart van de olie en bedekt met bruin schuim. Het koraal van het Grote Barrièrerif kreeg een spierwitte kleur en talloze vissen stierven. Waar de bomen in het Amazonegebied waren gekapt, was een enorme, dorre krater ontstaan. De instrumenten in het ruimteschip gaven aan dat de temperatuur van de aarde was gestegen sinds hun laatste onderzoek, nu drie jaar geleden. Ze zagen hoe er op de planeet onder hen oorlogen werden gevoerd waardoor nieuw gif de lucht in werd gespoten.
De ruimtewezens communiceerden langs telepathische weg met elkaar.
Er is bij de aardbewoners niets veranderd.
Het is jammer. Ze hebben niets geleerd.
We zullen hen onderrichten.
Heb je geprobeerd de anderen te bereiken?
Ja. Er is iets niet in orde. Ik krijg geen antwoord.
Blijf het proberen. We moeten het schip vinden.

Op de aarde, ver onder het ruimteschip, belde Robert via een veilige lijn met generaal Hilliard, die bijna onmiddellijk opnam.
'Goedemiddag, commandant. Hebt u iets te rapporteren?'
Ja. Ik zou graag willen rapporteren dat je een leugenachtige klootzak bent.
'Wat die weerballon betreft, generaal... het blijkt een UFO te zijn.' Hij wachtte.

'Ja, dat weet ik. Er waren belangrijke veiligheidsredenen waarom we u eerder niet alles konden vertellen.'
Bureaucratische onzin. Er volgde een korte stilte en toen zei generaal Hilliard: 'Ik zal u in streng vertrouwen iets vertellen, commandant. Onze regering heeft drie jaar geleden een ontmoeting gehad met buitenaardse wezens. Ze waren op een van onze NAVO-bases geland. We hebben met hen kunnen communiceren.'
Robert merkte dat zijn hart sneller begon te kloppen.
'Wat... wat zeiden ze?'
'Dat ze van plan waren ons te vernietigen.'
Er voer een schok door hem heen. *'Ons te vernietigen?'*
'Precies. Ze zeiden dat ze zouden terugkomen om de macht op deze planeet over te nemen en slaven van ons te maken en dat we niets konden doen om dat te verhinderen. Nog niet. Maar we werken aan methoden om hen tegen te houden. Daarom is het van het allergrootste belang dat we vermijden dat er paniek uitbreekt zodat we tijd kunnen winnen. Ik denk dat u nu wel begrijpt waarom het zo belangrijk is dat we de getuigen waarschuwen dat ze niet mogen praten over wat ze hebben gezien. Als er ook maar iets zou uitlekken over de Idents, zoals we hen noemen, zou dat een wereldomvattende ramp zijn.'
'Denkt u niet dat het beter zou zijn de mensen voor te bereiden en...?'
'Commandant, in 1938 heeft een jonge acteur die Orson Welles heette een hoorspel uitgezonden met de titel "Oorlog der Werelden" dat ging over ruimtewezens die de aarde overvielen. Binnen enkele minuten ontstond er in heel de V.S. paniek in de steden. Een hysterische bevolking probeerde aan de denkbeeldige aanvallers te ontkomen. De telefoonverbindingen waren overbezet en de wegen waren verstopt. Er kwamen mensen om. Er heerste totale chaos. Nee, we moeten klaar zijn om de ruimtewezens het hoofd te bieden voordat we dit openbaar maken. We willen dat u die getuigen voor hun eigen veiligheid vindt zodat we dit onder controle kunnen houden.'
Robert merkte dat hij zweette. 'Ja, ik... ik begrijp het.'
'Goed. Ik heb begrepen dat u met een van de getuigen hebt gesproken?'
'Ik heb er twee gevonden.'
'Hoe heten ze?'
'Hans Beckerman. Hij was de chauffeur van de touringcar. Hij woont in Kappel...'
'En de tweede?'
'Fritz Mandel. Hij heeft zijn eigen garage in Bern. Hij was de monteur die de auto van een derde getuige heeft weggesleept.'
'Wat is de naam van die getuige?'

'Dat weet ik nog niet. Ik ben ermee bezig. Wilt u dat ik tegen hen zeg dat ze die UFO-kwestie met niemand mogen bespreken?'
'Nee. Uw opdracht is alleen het lokaliseren van de getuigen. Daarna laten we hun eigen regeringen het verder afhandelen. Bent u te weten gekomen hoeveel getuigen er zijn?'
'Ja. Zeven passagiers plus de chauffeur, de monteur en een passerende automobilist.'
'U moet hen allemaal lokaliseren. Tot de laatste van de tien getuigen die de neergestorte UFO hebben gezien. Begrepen?'
'Ja, generaal.'
Robert legde de hoorn op de haak terwijl het hem duizelde.
UFO's bestonden. De ruimtewezens waren vijanden. Het was een angstaanjagende gedachte.
Plotseling kwam het onbehaaglijke gevoel dat Robert eerder had gehad in volle hevigheid terug. Generaal Hilliard had hem deze opdracht gegeven, maar ze hadden hem niet alles verteld. Wat hielden ze nog meer achter?

Het autoverhuurbedrijf Avis is gevestigd in het hart van Genève, in de Rue de Lausanne op nummer 44. Robert stormde het kantoor binnen en liep naar een vrouw achter de balie.
'Kan ik u helpen?'
Robert legde met een klap het velletje papier met het kentekennummer van de Renault op de balie. 'U hebt deze auto vorige week verhuurd. Ik wil de naam weten van degene die hem heeft gehuurd.' Zijn stem klonk boos.
De bediende deinsde terug. 'Het spijt me, die informatie mogen we niet geven.'
'Nou, dat is dan jammer,' antwoordde Robert fel, 'want in dat geval zal ik een groot bedrag aan schadevergoeding van uw bedrijf moeten eisen.'
'Ik begrijp het niet. Wat is het probleem?'
'Ik zal u vertellen wat het probleem is, dame. Afgelopen zondag is deze auto op de weg tegen de mijne gebotst waardoor ik een hoop schade heb opgelopen. Ik heb zijn nummer weten op te nemen, maar de man reed weg voordat ik hem kon tegenhouden.'
'Ik begrijp het.' De bediende bestudeerde Robert een ogenblik. 'Excuseert u me een momentje, alstublieft.' Ze verdween in een achterkamer. Toen ze een paar minuten later terugkwam, had ze een dossier bij zich.
'Volgens onze gegevens was er een probleem met de motor van de auto, maar er is geen melding gemaakt van een ongeluk.'
'Daar maak ik dan nu melding van. En ik stel uw bedrijf aansprakelijk

voor de schade. Jullie zullen de reparatie aan mijn auto moeten betalen. Het is een gloednieuwe Porsche en het gaat jullie een vermogen kosten...'
'Het spijt me meneer, maar aangezien het ongeluk niet gerapporteerd is, kunnen we er geen verantwoordelijkheid voor nemen.'
'Luister,' zei Robert op een redelijker toon, 'ik wil niet onbillijk zijn. Ik wil uw bedrijf niet aansprakelijk stellen. Ik wil alleen maar dat die man betaalt voor de schade die hij mijn auto heeft toegebracht. Hij is na de aanrijding doorgereden. Misschien moet ik er zelfs de politie bij halen. Als u me de naam en het adres van die man geeft, kan ik rechtstreeks met hem praten. We kunnen het dan onder elkaar regelen en uw bedrijf erbuiten laten. Kunt u daarmee akkoord gaan?'
De bediende nam een besluit. 'Ja, dat zouden we veel liever hebben.' Ze keek in het dossier in haar hand. 'Degene die de auto heeft gehuurd, heet Leslie Mothershed.'
'En wat is zijn adres?'
'Grove Road 213A, Whitechapel, Londen, Oost Drie.' Ze keek op. 'Weet u zeker dat ons bedrijf niet bij een rechtszaak betrokken zal worden?'
'U hebt mijn woord erop,' verzekerde Robert haar. 'Dit is een privékwestie tussen Leslie Mothershed en mij.'
Commandant Robert Bellamy nam de volgende vlucht van Swissair naar Londen.

Hij zat geconcentreerd alleen in het donker en nam zorgvuldig iedere fase van het plan door om zich ervan te vergewissen dat er geen mogelijkheid over het hoofd was gezien, dat er niets kon misgaan. Zijn gedachten werden onderbroken door de zachte zoemtoon van de telefoon.
'Met Janus.'
'Janus. Met generaal Hilliard.'
'Zeg het maar.'
'Commandant Bellamy heeft de eerste twee getuigen gelokaliseerd.'
'Heel goed. Neem onmiddellijk de vereiste stappen.'
'Ja, meneer.'
'Waar is de commandant nu?'
'Op weg naar Londen. Ik verwacht dat hij de naam van nummer drie spoedig zal kunnen doorgeven.'
'Ik zal de commissie van zijn vorderingen in kennis stellen. Blijf me op de hoogte houden. De status van deze operatie moet Nova Rood blijven.'
'Begrepen, meneer. Ik zou willen voorstellen...'
De verbinding was al verbroken.

SPOEDBERICHT
ULTRA TOPGEHEIM
NSA AAN ONDERDIRECTEUR *BUNDESANWALTSCHAFT*
VERTROUWELIJK
KOPIE ÉÉN
ONDERWERP: OPERATIE DOEMDAG
1. HANS BECKERMAN KAPPEL
2. FRITZ MANDEL BERN
EINDE BERICHT

13

In een kleine boerderij drieëntwintig kilometer van Uetendorf vandaan werd de familie Lagerfeld in haar slaap gestoord door een reeks vreemde gebeurtenissen. Het oudste kind werd gewekt door een flikkerend geel licht dat door het raam van zijn slaapkamer scheen. Toen hij opstond om te gaan kijken wat het was, was het licht er niet meer.

Op het erf begon Tozzi, hun Duitse herder, woedend te blaffen waardoor de oude Lagerfeld wakker werd. Onwillig stapte de boer uit bed om het dier te kalmeren en toen hij naar buiten liep, hoorde hij het geluid van angstige schapen die tegen hun kooi beukten in een poging te vluchten. Toen Lagerfeld langs de trog liep die door de recente regen tot aan de rand was gevuld, zag hij dat die gortdroog was.

Tozzi kwam jankend naar hem toerennen. Lagerfeld aaide het dier afwezig over zijn kop. 'Het is goed. Het is goed.'

Op dat moment gingen alle lichten in het huis uit. Toen de boer naar het huis terugging en de telefoon pakte om het energiebedrijf te bellen, kreeg hij geen kiestoon.

Als de lichten nog even langer aan waren gebleven, had hij een vreemdmooie vrouw kunnen zien die van zijn erf af het veld erachter in liep.

14

De Bundesanwaltschaft Genève
13.00 uur

In het binnenste heiligdom van het hoofdkwartier van de Zwitserse inlichtingendienst zat de minister toe te kijken terwijl de onderdirecteur het bericht las. Deze stopte het bericht in een dossier waarop Topgeheim stond, legde het dossier in een lade van zijn bureau en deed de lade op slot.
'Hans Beckerman *und* Fritz Mandel.'
'Ja.'
'Geen probleem, *Exzellenz*. We zorgen ervoor.'
'*Gut.*'
'*Wann?*'
'*Sofort.* Onmiddellijk.'

Toen Hans Beckerman de volgende morgen op weg naar zijn werk was, had hij last van zijn maagzweren. *Ik had bij die verslaggever erop moeten aandringen dat hij me betaalde voor dat ding dat ik op de grond heb gevonden. Die tijdschriften zijn allemaal rijk. Ik had er waarschijnlijk een paar honderd franc voor kunnen krijgen. Dan had ik naar een goede dokter kunnen gaan om mijn maagzweren te laten behandelen.*
Hij reed snel langs het Turlermeer toen hij vóór hem aan de kant van de weg een vrouw zag staan die probeerde een lift te krijgen. Beckerman ging langzamer rijden om haar beter te kunnen zien. Ze was jong en aantrekkelijk. Hans stopte aan de kant van de weg. De vrouw liep naar de auto toe.
'*Guten Tag,*' zei Beckerman. 'Kan ik u helpen?' Ze was van dichtbij gezien nog knapper.
'*Danke.*' Ze had een Zwitsers accent. 'Ik heb ruzie met mijn vriend gehad en hij heeft me hier op deze afgelegen plek uit de auto gezet.'
'Tjonge, tjonge. Dat is verschrikkelijk.'
'Hebt u er bezwaar tegen me een lift naar Zürich te geven?'
'Helemaal niet. Stap in, stap in.'
De liftster opende het portier en ging naast hem zitten. 'Dat is heel vriendelijk van u,' zei ze. 'Ik heet Karen.'
'Hans.' Hij begon te rijden.

'Ik weet niet wat ik had moeten doen als je niet was langsgekomen, Hans.'
'O, ik weet zeker dat iemand anders dan wel een mooie vrouw als jij had meegenomen.'
Ze ging dichter bij hem zitten. 'Maar ik wed dat hij er niet zo goed uitgezien zou hebben als jij.'
Hij keek haar aan. 'Ja?'
'Ik vind je heel knap.'
Hij glimlachte. 'Dat zou je tegen mijn vrouw moeten zeggen.'
'O, je bent getrouwd.' Ze klonk teleurgesteld. 'Waarom zijn alle aantrekkelijke mannen toch getrouwd? Je lijkt me ook intelligent.'
Hij rechtte zijn rug.
'Om je de waarheid te vertellen, heb ik er spijt van dat ik ooit iets met mijn vriend ben begonnen.' Ze ging verzitten en haar jurk schoof omhoog over haar dij. Hij probeerde niet te kijken. 'Ik houd van oudere, rijpe mannen, Hans. Die vind ik seksueel aantrekkelijker dan jonge mannen.' Ze vlijde zich tegen hem aan. 'Houd je van seks, Hans?'
Hij schraapte zijn keel. 'Of ik...? Ach, weet je... ik ben een man...'
'Dat kan ik wel zien,' zei ze. Ze streelde zijn dij. 'Mag ik je iets vertellen? Die ruzie met mijn vriend heeft me heel geil gemaakt. Wil je dat ik de liefde met je bedrijf?'
Hij kon niet geloven dat hij zoveel mazzel had. Ze was een schoonheid en voor zover hij kon zien, had ze een fantastisch lichaam. Hij slikte. 'Ja, maar ik ben op weg naar mijn werk en...'
'Het duurt maar een paar minuten.' Ze glimlachte. 'Er is hier verderop een zijweg die het bos in loopt. Zullen we daar stoppen?'
Hij voelde dat hij opgewonden raakte. *Sicher. Wacht tot ik dit de jongens op kantoor vertel! Ze zullen het vast niet geloven.*
'Prima. Waarom niet?' Hans draaide van de weg af en reed het kleine zandweggetje op dat naar een groepje bomen leidde waar ze niet door voorbijrijdende automobilisten gezien konden worden.
Ze liet haar hand langzaam over zijn dij omhoogglijden. *'Mein Gott,* wat heb je een sterke benen.'
'Ik ben vroeger hardloper geweest,' pochte hij.
'Laten we je broek uittrekken.' Ze maakte zijn riem los en hielp hem zijn broek naar beneden te schuiven. Hij had al een erectie.
'Ach! Ein Grosser!' Ze begon hem te strelen.
Hij kreunde: *'Leck mir doch am Schwanz.'*
'Vind je het lekker daar gekust te worden?'
'Ja.' Zijn vrouw deed dat nooit bij hem.
'Gut. Ontspan je nu maar.'

Beckerman zuchtte en sloot zijn ogen. Haar zachte handen streelden zijn ballen. Hij voelde de scherpe prik van een naald in zijn dij en zijn ogen schoten open. *'Was...?'*
Zijn lichaam verstijfde en zijn ogen begonnen uit te puilen. Hij stikte en kon geen adem meer krijgen. De vrouw keek toe terwijl Beckerman vooroverzakte over het stuur. Ze stapte uit, schoof zijn lichaam op de passagiersplaats, ging toen achter het stuur zitten en reed over het zandweggetje terug naar de grote weg. Aan de rand van de steile bergweg wachtte ze tot er geen verkeer meer op de weg was. Vervolgens opende ze het portier, trapte op het gaspedaal en toen de auto in beweging kwam, sprong ze opzij. Ze bleef staan kijken terwijl de auto over de steile rotswand naar beneden buitelde. Vijf minuten later stopte er een zwarte limousine naast haar.
'Irgendwelches Problem?'
'Keines.'

Fritz Mandel zat in zijn kantoor en stond op het punt de garage te sluiten toen er twee mannen binnenkwamen.
'Het spijt me,' zei hij. 'Ik ga net sluiten. Ik kan u niet...'
Een van de mannen onderbrak hem. 'Onze auto staat met panne langs de weg. *Kaputt!* We hebben een sleepwagen nodig.'
'Mijn vrouw wacht op me. We krijgen vanavond bezoek. Ik kan u de naam van een andere...'
'Het is ons tweehonderd dollar waard. We hebben haast.'
'Tweehonderd dollar?'
'Ja. En onze auto is er slecht aan toe. We willen graag dat u er wat reparaties aan verricht. Dat zal waarschijnlijk ook nog twee- tot driehonderd dollar opleveren.'
Mandel raakte geïnteresseerd. 'Ja?'
'Het is een Rolls,' zei een van de mannen. 'Laten we eens kijken wat voor apparatuur u hier hebt.' Ze liepen naar de onderhoudsafdeling en bleven bij de rand van de smeerkuil staan. 'Dat is prima apparatuur.'
'Ja, meneer,' zei Mandel trots. 'De beste die er te krijgen is.'
De onbekende haalde zijn portefeuille te voorschijn. 'Hier. Ik kan u alvast een voorschot geven.' Hij haalde er wat bankbiljetten uit en overhandigde die aan Mandel. Terwijl hij dat deed, gleed de portefeuille uit zijn handen en viel in de smeerkuil. *'Verflucht!'*
'Maakt u zich geen zorgen,' zei Mandel. 'Ik pak hem wel.'
Hij klom de smeerkuil in. Terwijl hij dat deed, liep een van de mannen naar de controleknop waarmee de hydraulische lift, die omhoogstond, werd bediend en drukte erop. De lift begon te dalen.

Mandel keek op. *'Voorzichtig! Wat doet u?'*
Hij begon langs de zijkant van de smeerkuil omhoog te klimmen. Toen zijn vingers zich om de rand klemden, stampte de tweede man met zijn voet op Mandels hand en verbrijzelde die. Mandel viel schreeuwend terug in de kuil. De zware hydraulische lift daalde onverbiddelijk.
'Laat me eruit!' schreeuwde hij. *'Hilfe!'*
De lift raakte hem op zijn schouder en begon hem tegen de cementvloer te drukken. Een paar minuten later toen het verschrikkelijke geschreeuw was opgehouden, drukte een van de mannen op de knop die de lift omhoog liet komen. Zijn metgezel ging de kuil in en pakte zijn portefeuille op waarbij hij er zorgvuldig op lette dat hij geen bloed op zijn kleren kreeg. De twee mannen keerden terug naar hun auto en reden in de avondstilte weg.

SPOEDBERICHT
ULTRA TOPGEHEIM
ESPIONAGE ABTEILUNG AAN ONDERDIRECTEUR NSA
VERTROUWELIJK
KOPIE ÉÉN
ONDERWERP: OPERATIE DOEMDAG
1. HANS BECKERMAN GELIQUIDEERD
2. FRITZ MANDEL GELIQUIDEERD
EINDE BERICHT

Ottawa, Canada
24.00 uur

Janus sprak de groep van twaalf toe.
'Er is bevredigende vooruitgang geboekt. Twee van de getuigen zijn tot zwijgen gebracht. Commandant Bellamy is een derde op het spoor.'
'Is er al een doorbraak wat het SDI-programma betreft?' De Italiaan. *Onstuimig. Levendig.*
'Nog niet. Maar we hebben er vertrouwen in dat de Star Wars-technieken heel spoedig zullen functioneren.'
'We moeten al het mogelijke doen om het proces te versnellen. Als het een kwestie van geld is...' De Saoedi. *Raadselachtig. Teruggetrokken.*
'Nee. Er moeten alleen nog wat tests worden gedaan.'
'Wanneer vindt de volgende test plaats?' De Australiër. *Hartelijk. Intelligent.*
'Over een week. We zullen elkaar hier over achtenveertig uur weer ontmoeten.'

15

Vierde Dag – Londen
Donderdag 18 oktober

Leslie Mothersheds grote voorbeeld was Robin Leach. Als enthousiast kijker naar het televisieprogramma 'Het Leven van Rijke en Beroemde Mensen' bestudeerde Mothershed de manier waarop Robin Leachs gasten liepen, praatten en zich kleedden, omdat hij wist dat hij eens in dat programma te gast zou zijn. Vanaf zijn kinderjaren had hij het gevoel gehad dat hij was voorbestemd om iemand te zijn, om rijk en beroemd te worden.
'Je bent heel bijzonder,' zei zijn moeder altijd tegen hem. 'Mijn schat zal over de hele wereld bekend worden.'
Als kleine jongen ging hij altijd naar bed terwijl die woorden nog in zijn oren naklonken en hij geloofde er oprecht in. Toen Mothershed ouder werd, werd hij zich ervan bewust dat hij een probleem had. Hij had er geen idee van hoe hij nu eigenlijk rijk en beroemd kon worden. Een tijdlang speelde hij met de gedachte filmster te worden, maar hij was buitengewoon verlegen. Hij had korte tijd overwogen topvoetballer te worden, maar hij had geen aanleg voor sport. Hij dacht erover een beroemde geleerde te worden, of een briljante advocaat die enorme honoraria vroeg. Zijn schoolcijfers waren helaas middelmatig en hij ging voortijdig van school zonder dat de roem ook maar iets dichterbij was gekomen. Het leven was gewoon niet eerlijk. Lichamelijk was hij onaantrekkelijk. Hij was mager, had een bleke, ziekelijke gelaatskleur en hij was klein, precies één meter vijfenzestig. Hij troostte zich met de wetenschap dat vele beroemde mannen klein waren: Dudley Moore, Dustin Hoffman, Peter Falk...
Het enige vak dat Leslie Mothershed echt interesseerde, was fotografie. Het maken van foto's was zo belachelijk eenvoudig. Iedereen kon het. Je hoefde alleen maar op een knopje te drukken. Zijn moeder had hem voor zijn zesde verjaardag een camera cadeau gedaan en ze had de foto's die hij had gemaakt buitensporig geprezen. Toen hij in zijn tienerjaren was gekomen, was Mothershed ervan overtuigd dat hij een briljant fotograaf was. Hij hield zichzelf voor dat hij minstens even goed was als Ansel Adams, Richard Avedon of Margaret Bourke-White. Met geld dat hij van zijn moeder had geleend, begon Leslie Mothershed zijn eigen fotostudio in zijn flat in Whitechapel.

'Begin klein,' zei zijn moeder tegen hem, 'maar denk groot', en dat was precies wat Leslie Mothershed deed. Hij begon heel klein en dacht heel groot, maar helaas had hij geen aanleg voor fotografie. Hij fotografeerde parades, dieren en bloemen en stuurde zijn foto's vol vertrouwen op naar kranten en tijdschriften, maar ze werden altijd geretourneerd. Mothershed troostte zich met de gedachte dat heel veel genieën waren afgewezen voordat hun kwaliteiten werden erkend. Hij beschouwde zichzelf als een slachtoffer van het alom heersende gebrek aan artistiek onderscheidingsvermogen. Toen opeens, vanuit het niets, was zijn grote kans gekomen. De neef van zijn moeder die voor de Britse uitgeverij Harper Collins werkte, had Mothershed toevertrouwd dat ze van plan waren een duur en rijkgeïllustreerd boek over Zwitserland te laten maken.

'Ze hebben de fotograaf nog niet gekozen, Leslie, dus als je nu direct naar Zwitserland gaat en met een aantal prachtige foto's terugkomt, zou het boek voor jou kunnen zijn.'

Leslie Mothershed pakte haastig zijn camera's in en vertrok naar Zwitserland. Hij wist absoluut zeker dat dit de kans was waarop hij had gewacht. Eindelijk zouden de idioten zijn talent erkennen. Hij huurde een auto in Genève en reisde het land door terwijl hij foto's maakte van Zwitserse chalets, watervallen en met sneeuw bedekte bergtoppen. Hij fotografeerde zonsopgangen en zonsondergangen en boeren die in de velden werkten. En toen, terwijl hij daarmee nog volop bezig was, gaf het lot zijn leven een nieuwe wending. Hij was op weg naar Bern toen hij een defect aan zijn motor kreeg. Woedend stopte hij langs de weg. *Waarom moet mij dit gebeuren?* kreunde Mothershed. *Waarom overkomt mij dit soort dingen altijd?* Hij bleef briesend van woede achter het stuur zitten en dacht aan de kostbare tijd die hij zou verliezen en aan de hoge kosten die hij zou moeten maken om zijn auto te laten wegslepen. Vijftien kilometer achter hem lag het dorpje Thun. *Ik zal daarvandaan een sleepwagen laten komen,* dacht Mothershed. *Dat hoeft niet zo veel te kosten.*

Hij hield een passerende tankwagen aan. 'Ik heb een sleepwagen nodig,' verklaarde Mothershed. 'Zou u bij een garage in Thun kunnen stoppen en vragen of ze me komen halen?'

De chauffeur schudde zijn hoofd. 'Het is zondag, meneer. De dichtstbijzijnde garage die open is, vindt u in Bern.'

'Bern? Dat is vijftig kilometer hiervandaan. Dat kost me een vermogen.'

De chauffeur grijnsde. 'Ja. Daar zullen ze u een flinke poot uitdraaien.' Hij begon weg te rijden.

'Wacht.' Hij kon de woorden bijna niet over zijn lippen krijgen. 'Ik... ik neem wel een sleepwagen uit Bern.'

'*Gut*. Ik laat wel iemand sturen.'

Leslie Mothershed bleef vloekend in zijn onbruikbare auto zitten. *Dat kan ik nu net nog gebruiken*, dacht hij bitter. Hij had al te veel geld uitgegeven aan filmrolletjes en nu zou hij een of andere vervloekte dief moeten betalen om hem naar een garage te slepen. Het duurde bijna twee eindeloze uren voordat de sleepwagen arriveerde. Toen de monteur de kabel van zijn truck aan de auto begon vast te maken, zag Mothershed aan de overkant van de weg een lichtflits die werd gevolgd door een luide explosie. Hij keek omhoog en zag een glinsterend voorwerp uit de lucht vallen. Het enige andere verkeer op de weg was een touringcar die achter zijn auto gestopt was. De passagiers van de bus haastten zich naar de plaats waar het voorwerp was neergestort. Mothershed aarzelde, heen en weer geslingerd tussen zijn nieuwsgierigheid en zijn verlangen te vertrekken. Hij volgde de buspassagiers naar de andere kant van de weg. Toen hij op de plaats van het ongeluk aankwam, bleef hij als aan de grond genageld staan. *Lieve God,* dacht hij. *Het kan niet waar zijn.* Wat hij zag was een vliegende schotel. Leslie Mothershed had van vliegende schotels gehoord en erover gelezen, maar hij had nooit geloofd dat ze echt bestonden. Hij staarde ontzet naar het griezelige schouwspel. De romp was opengescheurd en hij zag binnenin twee lichamen. Ze waren klein, hadden een grote schedel, diepliggende ogen, geen oren en bijna geen kin en ze droegen een soort zilverkleurig, metaalachtig pak.
De groep uit de touringcar stond om hem heen en staarde er zwijgend en vol afschuw naar. De man naast hem viel flauw. Een ander draaide zich om en gaf over. Een bejaarde priester omklemde zijn rozenkrans en mompelde onsamenhangend.
'Mijn God,' zei iemand. 'Het is een vliegende schotel!'
Op dat moment kreeg Mothershed zijn goddelijke openbaring. Een wonder was hem in de schoot geworpen. Hij, Leslie Mothershed, was met zijn camera's ter plaatse om de foto's van de eeuw te maken! Geen enkele krant of tijdschrift ter wereld zou de foto's weigeren die hij nu zou gaan maken. Een duur fotoboek over Zwitserland? Hij lachte bijna bij het idee. Hij stond op het punt de wereld versteld te doen staan. Alle praatshows op de televisie zouden hem smeken hun gast te zijn, maar hij zou eerst aan Robin Leachs show meewerken. Hij zou zijn foto's verkopen aan de *London Times,* de *Sun*, de *Mail*, de *Mirror* – aan alle Engelse kranten en aan buitenlandse kranten en tijdschriften – *Le Figaro* en *Paris Match*, *Oggi* en *Der Tag, Time* en *USA Today*. De pers over de hele wereld zou hem om zijn foto's smeken. In Japan, Zuid-Amerika, Rusland en China en... er zou geen einde aan komen. Mothersheds hart sloeg over van opwinding. *Ik geef niemand de exclusieve rechten. Ze zullen me allemaal afzonderlijk moeten betalen. Ik begin met honderdduizend pond*

per foto, misschien tweehonderdduizend. En ik zal ze steeds opnieuw verkopen. Hij begon koortsachtig uit te rekenen hoeveel geld hij zou gaan verdienen.

Leslie Mothershed had het zo druk met het uitrekenen van zijn verwachte inkomsten dat hij bijna vergat de foto's te maken. 'O, mijn God! Excuseer me,' zei hij tegen niemand in het bijzonder en hij rende terug naar de andere kant van de weg om zijn fotoapparatuur te pakken.

De monteur had net de voorkant van het kapotte voertuig omhooggehesen en stond op het punt het weg te slepen.

'Wat is er daar aan de hand?' vroeg hij.

Mothershed was druk bezig met het bij elkaar graaien van zijn fotoapparatuur. 'Kom maar mee, dan kunt u het zelf zien.'

De twee mannen staken de weg over naar het beboste gebied en Mothershed drong zich door de kring toeristen heen.

'Neem me niet kwalijk,' zei hij. 'Neem me niet kwalijk.'

Hij stelde zijn camera in en begon foto's te maken van de UFO en zijn griezelige inzittenden. Hij nam zwart-wit- en kleurenfoto's. Iedere keer dat de sluiter klikte, dacht Mothershed: *Een miljoen pond... nog een miljoen pond... nog een miljoen pond.*

De priester sloeg een kruis en zei: 'Het is het gezicht van Satan.'

Satan? Je lijkt wel gek, dacht Mothershed opgetogen. *Het is het gezicht van geld. Dit zullen de eerste foto's zijn die bewijzen dat vliegende schotels echt bestaan.* Toen schoot hem plotseling een verschrikkelijke gedachte te binnen. *Als de tijdschriften nu eens denken dat de foto's vervalst zijn? Er zijn veel vervalste foto's van* UFO's *geweest.* Zijn euforie verdween. *Als ze me nu niet geloven?* Dat was het moment waarop Leslie Mothershed zijn tweede ingeving kreeg.

Er waren negen getuigen om hem heen verzameld. Zonder het te weten, zouden zij zijn ontdekking geloofwaardigheid geven.

Mothershed ging tegenover de groep staan. 'Dames en heren,' riep hij. 'Als u allemaal wilt dat er hier een foto van u wordt gemaakt, gaat u dan om de vliegende schotel staan. U krijgt dan van mij een afdruk toegestuurd, helemaal gratis.'

Er klonken opgewonden kreten. Binnen een paar seconden stonden alle passagiers van de touringcar, behalve de priester, naast het wrak van de UFO.

De priester was onwillig. 'Ik kan het niet doen,' zei hij. 'Het is het werk van de duivel!'

Mothershed had de priester nodig. Hij zou de overtuigendste getuige van allemaal zijn.

'Dat is het 'm nu juist,' zei Mothershed overredend. 'Begrijpt u het dan

niet? Dit zal uw getuigenis zijn voor het bestaan van het kwade.'
De priester liet zich ten slotte overhalen.
'Verspreidt u zich een beetje,' beval Mothershed, 'zodat we de vliegende schotel kunnen zien.'
De getuigen veranderden van positie.
'Zo ja. Heel goed. Uitstekend. Nu even stilstaan.'
Hij nam nog een stuk of zes foto's en haalde een pen en papier te voorschijn.
'Als u uw naam en adres hierop schrijft, dan zal ik ervoor zorgen dat u allemaal een afdruk krijgt.'
Hij was niet van plan ook maar één afdruk te sturen. Hij wilde alleen maar getuigen op de foto's hebben. *Laat die vervloekte kranten en tijdschriften daar maar eens omheen zien te komen!*
Toen merkte hij plotseling op dat verscheidene mensen in de groep camera's bij zich hadden. Hij kon niet toestaan dat er ook door anderen foto's werden gemaakt! Alleen foto's waaronder 'Foto Leslie Mothershed' stond, mochten bestaan.
'Neemt u me niet kwalijk,' zei hij tegen de groep. 'Willen degenen onder u die een camera bij zich hebben die aan mij overhandigen, dan zal ik een paar foto's van u maken zodat u er ook een paar hebt die met uw eigen camera gemaakt zijn.'
De camera's werden hem snel overhandigd. Toen hij knielde om de eerste foto te maken, merkte niemand op dat Mothershed met zijn duim het filmcompartiment openklikte en op een kier hield. *Zo, een beetje mooi, helder zonlicht zal deze foto's zeer ten goede komen. Jammer, mijn vrienden, maar het is alleen fotografen toegestaan historische ogenblikken te vangen.*
Tien minuten later had Mothershed alle namen en adressen. Hij wierp nog een laatste blik op de vliegende schotel en dacht opgetogen: *Moeder had gelijk. Ik zal rijk en beroemd worden.*
Hij kon nauwelijks wachten tot hij naar Engeland kon terugkeren om zijn kostbare foto's te ontwikkelen.

'Wat is er in vredesnaam aan de hand?'
De politiebureaus in het gebied rondom Uetendorf werden de hele avond overstelpt met telefoontjes.
'Iemand sluipt rondom mijn huis...'
'Ik zie buiten vreemde lichten...'
'Mijn vee raakt door het dolle. Er moeten wolven in de buurt zijn...'
'Iemand heeft mijn drinkbak geleegd...'
En dan het onbegrijpelijkste telefoontje van allemaal: 'Commissaris, u

moet direct een heleboel sleepwagens naar de hoofdweg sturen. Het is een nachtmerrie. Al het verkeer staat stil.'
'Wat? Waarom?'
'Niemand weet het. De motoren van de auto's zijn gewoon opeens uitgevallen.'
Het was een avond die ze nooit zouden vergeten.

16

Hoe lang gaat deze opdracht duren? vroeg Robert zich af terwijl hij zijn veiligheidsriem vastmaakte in de eersteklasafdeling van het Swissair-vliegtuig. Toen het toestel de startbaan af racete en zijn enorme Rolls Royce-motoren de nachtlucht gulzig opzogen, ontspande Robert zich en hij sloot zijn ogen. *Was het echt pas een paar jaar geleden dat ik met deze zelfde vlucht met Susan naar Londen vloog? Nee. Het was eerder een heel leven geleden.*

Het toestel landde op Heathrow om 6.29 uur, precies op tijd. Robert vond zijn weg door de doolhof naar buiten en nam een taxi naar de stad. Hij passeerde een heleboel vertrouwde bezienswaardigheden en hij kon Susans stem horen die er opgewonden commentaar op gaf. In die gouden tijd maakte het nooit uit waar ze waren. Het was gewoon al genoeg als ze samen waren. Ze brachten hun eigen geluk mee, hun eigen bijzondere enthousiasme voor elkaar. Zij hadden een huwelijk dat lang en gelukkig zou zijn.
Bijna.
Hun problemen begonnen, onschuldig genoeg, met een telefoontje van admiraal Whittaker uit de Verenigde Staten toen Susan en Robert op reis waren in Thailand. Het was zes maanden geleden sinds Robert uit de marine ontslagen was en hij had al die tijd niet met de admiraal gesproken. Het was een verrassing toen ze het telefoontje in het Oriental Hotel in Bangkok kregen.
'Robert? Met admiraal Whittaker.'
'Admiraal! Wat fijn om uw stem te horen.'
'Het was niet gemakkelijk je op te sporen. Wat heb je uitgevoerd?'
'Niet erg veel. Ik heb het rustig aan gedaan. We zijn gewoon op een lange huwelijksreis.'
'Hoe gaat het met Susan? Ze heet toch Susan, hè?'
'Ja. Het gaat uitstekend met haar. Dank u.'
'Hoe snel kun je in Washington terug zijn?'
'Pardon?'
'Het is nog niet bekendgemaakt, maar ik heb een nieuwe functie gekre-

gen, Robert. Ze hebben me onderdirecteur van het 17de District van de Marine-inlichtingendienst gemaakt. Ik zou graag willen dat jij aan boord komt.'
Robert was van zijn stuk gebracht. 'De Marine-inlichtingendienst? Admiraal, ik weet niets van...'
'Dat kun je leren. Je zou je land een belangrijke dienst bewijzen, Robert. Wil je het met me komen bespreken?'
'Tja...'
'Goed. Ik verwacht je maandag om negen uur in mijn kantoor. Doe Susan de groeten van me.'
Robert vertelde Susan wat er gezegd was.
'De Marine-inlichtingendienst? Dat klinkt heel opwindend.'
'Misschien,' zei Robert twijfelachtig. 'Ik heb er geen idee van wat het werk inhoudt.'
'Dat moet je dan uitzoeken.'
Hij bestudeerde haar een ogenblik. 'Je wilt dat ik het doe, hè?'
Ze sloeg haar armen om hem heen. 'Ik wil dat je doet wat je wilt doen. Ik denk dat je klaar bent om weer aan het werk te gaan. Het is me opgevallen hoe rusteloos je de laatste weken bent geworden.'
'Ik denk dat je probeert van me af te komen,' plaagde Robert. 'De wittebroodsweken zijn voorbij.'
Susan bracht haar mond vlak bij de zijne. 'Nooit. Heb ik je ooit verteld hoe gek ik op je ben, zeeman? Ik zal het je eens laten zien...'
Toen hij er later – te laat – over nadacht, had Robert geconcludeerd dat dat het begin van het einde van hun huwelijk was geweest. Het had destijds een prachtig aanbod geleken en hij was naar Washington teruggekeerd om admiraal Whittaker te ontmoeten.
'Voor deze baan zijn hersens, moed en initiatief nodig, Robert. Jij hebt dat allemaal. Ons land is een doelwit geworden voor iedere aan zelfoverschatting lijdende dictator die een terreurgroep kan opleiden of een chemische fabriek kan bouwen. Een aantal landen werkt op dit moment aan de ontwikkeling van atoombommen zodat ze ons het mes op de keel kunnen zetten. Mijn werk is het opbouwen van een spionagenetwerk om uit te zoeken wat ze precies in hun schild voeren en te proberen hen tegen te houden. Ik wil dat jij me helpt.'
Tenslotte had Robert de baan bij de Marine-inlichtingendienst geaccepteerd en tot zijn verrassing merkte hij dat hij het werk leuk vond en er aanleg voor had. Susan had een mooi appartement gevonden in Rosslyn, Virginia, niet ver van Roberts werk vandaan en ze was druk in de weer met het meubileren ervan. Robert werd naar de Boerderij gestuurd, het opleidingscentrum van de CIA voor agenten van de geheime dienst.

De Boerderij is gelegen in het landelijke gebied van Virginia en bestaat uit een zwaarbewaakt gebouwencomplex met eromheen dertig hectare grond waarvan het grootste deel met pijnbomen is begroeid. De centrale gebouwen staan op een open plek van vier hectare op een afstand van drie kilometer van het hek vandaan. Zandweggetjes met afgesloten draaihekken vertakken zich door het bos en er staan overal borden met Verboden Toegang. Er is een klein vliegveld waar vliegtuigen zonder kentekens verscheidene keren per dag landen en opstijgen. De omgeving van de Boerderij is bedrieglijk landelijk. Er groeien lommerrijke bomen, herten rennen door de velden en kleine gebouwen staan onschuldig verspreid over de uitgestrekte gronden. Binnen het gebouwencomplex is het echter een andere wereld.

Robert had verwacht dat hij samen met het andere marinepersoneel zijn opleiding zou krijgen, maar tot zijn verbazing waren de studenten een mengeling van CIA-rekruten, mariniers, en leger-, marine- en luchtmachtpersoneel. Iedere student kreeg een nummer en werd ondergebracht in een slaapzaalachtige ruimte in een van de paar Spartaanse, bakstenen gebouwen van twee verdiepingen. In het Kwartier voor Ongehuwde Officieren waar Robert verbleef, had iedere man zijn eigen kamer en deelde de badkamer met een ander. De kantine lag aan de andere kant van de weg tegenover dit gebouw.

Op de dag dat Robert arriveerde, werd hij met dertig andere nieuwkomers naar een gehoorzaal geleid. Een lange, krachtig gebouwde, zwarte kolonel in luchtmachtuniform sprak de groep toe. Hij was een jaar of vijfenvijftig en wekte de indruk over een snelle, koude intelligentie te beschikken. Hij sprak duidelijk en afgemeten en verspilde geen woorden.

'Ik ben kolonel Frank Johnson. Ik heet jullie hier allen welkom. Tijdens jullie verblijf dienen jullie alleen jullie voornaam te gebruiken. Vanaf dit moment zal jullie leven een gesloten boek zijn. Jullie hebben allemaal geheimhouding gezworen en ik adviseer jullie die eed heel, heel ernstig te nemen. Jullie mogen je werk *nooit* met iemand bespreken, niet met jullie echtgenote, niet met je gezin en niet met je vrienden. Jullie zijn uitgekozen om hier te komen omdat jullie bijzondere kwaliteiten hebben. Jullie zullen er hard voor moeten werken om die kwaliteiten te ontwikkelen en jullie zullen het niet allemaal tot een goed einde brengen. Jullie zullen met zaken te maken krijgen waarvan jullie nog nooit gehoord hebben. Ik kan niet genoeg de nadruk leggen op het belang van het werk dat jullie gaan doen als jullie hier klaar zijn. Het is in bepaalde liberale kringen in de mode geraakt onze inlichtingendiensten aan te vallen, of het nu de CIA is of de diensten van het leger, de marine of de lucht-

macht. Ik kan jullie echter verzekeren, heren, dat zonder toegewijde mensen zoals jullie dit land in grote moeilijkheden zou verkeren. Het zal jullie werk worden de veiligheid van de V.S. te waarborgen. Degenen van jullie die slagen, zullen *case officer* worden. Om het recht voor zijn raap te zeggen, een *case officer* is een spion. Hij werkt undercover.
In de tijd dat jullie hier zijn, zullen jullie de beste opleiding ter wereld krijgen. Jullie zullen worden getraind in surveillance en contrasurveillance. Jullie krijgen cursussen in radiocommunicatie, coderen, het gebruik van wapens en kaartlezen.
Jullie zullen onderricht krijgen in interpersoonlijke relaties. Jullie zal worden geleerd hoe je een goed contact met iemand opbouwt, hoe je erachter komt wat iemand motiveert en hoe je ervoor kunt zorgen dat je doelwit zich op zijn gemak voelt.'
De toehoorders hingen aan zijn lippen.
Jullie zullen leren hoe je een agent moet ontmoeten en rekruteren. Jullie zal onderwezen worden hoe je ervoor kunt zorgen dat ontmoetingsplaatsen veilig zijn.
Jullie zullen leren hoe jullie geheime documenten met zo weinig mogelijk risico in ontvangst kunnen nemen en hoe jullie heimelijk met jullie contactpersonen kunnen communiceren. Als jullie succesvol zijn in wat jullie doen, zullen jullie je opdrachten onopgemerkt en zonder sporen na te laten uitvoeren.'
Robert voelde hoe opwinding de lucht elektriseerde.
'Sommigen van jullie zullen onder een officiële dekmantel werken, hetzij in een militaire, hetzij in een diplomatieke functie. Anderen zullen als gewone burgers een onofficiële dekmantel krijgen, bijvoorbeeld als zakenman, archeoloog of romanschrijver. Het kan ieder beroep zijn dat jullie toegang geeft tot het soort mensen dat waarschijnlijk over de informatie beschikt die jullie zoeken of tot plaatsen waar deze informatie eventueel te vergaren is. Dan ga ik jullie nu overdragen aan jullie instructeurs. Veel succes.'

Robert vond de opleiding fascinerend. De instructeurs waren ervaren professionals die in het veld hadden gewerkt. Robert nam de technische informatie gemakkelijk op. Naast de cursussen die kolonel Johnson had genoemd, was er een opfriscursus talen en een cursus cryptische codes.
Kolonel Johnson was een raadsel voor Robert. Over hem deed het gerucht de ronde dat hij sterke banden met het Witte Huis had en dat hij was betrokken bij geheime activiteiten op hoog niveau. Hij was vaak dagen achtereen weg van de Boerderij en dook dan plotseling weer op.

Een agent die Ron heette gaf les.
'Het geheime, operationele proces heeft zes fasen. De eerste is het kiezen van het doelwit. Als je weet welke informatie je nodig hebt, is je eerste probleem het identificeren en het tot doelwit maken van individuen die toegang tot die informatie hebben. De tweede fase is het beoordelen van die individuen. Als je het doelwit eenmaal hebt gekozen, moet je beslissen of hij echt over de informatie beschikt die je nodig hebt en of het mogelijk is hem te rekruteren. Wat motiveert hem? Is hij gelukkig in zijn werk? Koestert hij een wrok jegens zijn baas? Zit hij in financiële problemen? Als de kandidaat benaderbaar is en beweegredenen heeft die geëxploiteerd kunnen worden, begin je aan fase drie.
'Fase drie is ontwikkeling. Je bouwt een relatie op met een kandidaat. Je moet proberen hem zo vaak mogelijk tegen te komen en een goede verstandhouding met hem op te bouwen. De volgende fase is rekrutering. Als je denkt dat hij er klaar voor is, ga je hem psychologisch bewerken. Je gebruikt alle psychologische wapens die je hebt om hem over te halen. Wil hij wraak nemen op zijn baas, heeft hij geldgebrek, wordt hij aangelokt door de spanning? Als een *case officer* zijn werk goed doet, stemt de kandidaat gewoonlijk in.
Tot dusver is alles goed gegaan. Je hebt een spion die voor je werkt. De volgende fase is de begeleiding van de gerekruteerde. Je moet niet alleen jezelf, maar ook hem beschermen. Je moet heimelijke ontmoetingen arrangeren, hem trainen in het gebruik van microfilm en hem, indien nodig, leren clandestien radiocontact te onderhouden. Je leert hem hoe hij moet ontdekken dat hij gevolgd wordt, wat hij moet zeggen als hij wordt ondervraagd, enzovoort.
De laatste fase is het verbreken van het contact. Na een bepaalde tijd zal je rekruut misschien naar een andere functie overgeplaatst worden en niet langer toegang tot de informatie hebben, of misschien hebben we zelf die informatie niet meer nodig. In ieder geval wordt de relatie beëindigd, maar het is belangrijk er op zo'n manier een eind aan te maken dat de gerekruteerde niet het gevoel heeft dat hij gebruikt is en op wraak zint...'

Kolonel Johnson had gelijk. Niet iedereen slaagde erin de opleiding te voltooien. Er bleven vertrouwde gezichten verdwijnen van degenen die waren weggestuurd. Niemand wist waarom. Niemand vroeg ernaar.
Op een dag, toen de groep zich voorbereidde om naar Richmond te gaan voor een training in surveillance, zei Roberts instructeur: 'We zullen eens kijken hoe goed je bent, Robert. Ik zal je door iemand laten volgen.

Ik wil dat je hem afschudt. Denk je dat je dat kunt?'
'Ja, meneer.'
'Succes.'

Robert nam de bus naar Richmond en begon door de straten te wandelen.
Binnen vijf minuten had hij zijn achtervolgers geïdentificeerd. Ze waren met zijn tweeën. De ene was lopend en de andere zat in een auto. Robert dook restaurants en winkels binnen en ging dan snel door de achteruitgang naar buiten, maar hij kon hen niet afschudden. Ze waren te goed getraind. Ten slotte was het bijna tijd om naar de Boerderij terug te keren en het was Robert nog steeds niet gelukt hen kwijt te raken. Ze hielden hem te scherp in de gaten. Robert liep een warenhuis binnen en de twee mannen namen posities in vanwaar ze de in- en uitgangen in het oog konden houden. Robert ging met de lift omhoog naar de afdeling herenkleding. Toen hij een halfuur later naar beneden kwam, droeg hij een ander kostuum, een overjas en een hoed, hij praatte met een vrouw en droeg een baby in zijn armen. Hij liep langs zijn achtervolgers zonder herkend te worden.
Hij was die dag de enige wie het was gelukt zijn achtervolgers kwijt te raken.

Het jargon dat op de Boerderij werd onderwezen, was een taal op zichzelf.
'Jullie zullen al deze termen waarschijnlijk niet gebruiken,' zei de instructeur tegen hen, 'maar jullie moeten ze wel kennen. Er zijn twee soorten agenten, een "beïnvloedingsagent" en een "agent-provocateur". De "beïnvloedingsagent" probeert de publieke opinie in het land waar hij opereert te veranderen. Een agent-provocateur wordt erop uitgestuurd om problemen te veroorzaken en chaos te creëren. "Biografische pressie" is de CIA-code voor chantage. Er zijn ook "zwarte" klussen die kunnen variëren van omkoping tot inbraak. Watergate was een zwarte klus.'
Hij keek rond om er zeker van te zijn dat ze allemaal opletten. Ze waren gefascineerd.
'Sommigen van jullie zullen af en toe een "schoenmaker" nodig hebben – dat is een man die paspoorten vervalst.'
Robert vroeg zich af of hij ooit van de diensten van een 'schoenmaker' gebruik zou maken.
'Een akelige uitdrukking is *maximaal degraderen*. Er wordt mee bedoeld dat iemand definitief wordt uitgeschakeld door hem te doden. Het

woord *termineren* betekent hetzelfde. Als je iemand over de Firma hoort praten, dan is dat de bijnaam die we voor de Britse Geheime Dienst gebruiken. Als jullie wordt gevraagd een kantoor 'uit te roken' dan zijn jullie niet op zoek naar termieten, maar naar afluistermicrofoons.'
Robert was gefascineerd door de geheimzinnige uitdrukking.
'"Dames" is een eufemisme voor vrouwen die worden gebruikt om de tegenpartij te compromitteren. Een "legende" is een valse biografie van een spion die ertoe dient hem een dekmantel te geven. "Privé-persoon worden" betekent de dienst verlaten.'
De instructeur keek onderzoekend rond. 'Weet iemand van jullie wat een "leeuwentemmer" is?'
Hij wachtte op antwoord. Het bleef stil.
'Als een agent wordt ontslagen, raakt hij soms over zijn toeren en begint te dreigen dat hij zal onthullen wat hij weet. Er wordt dan een krachtpatser of "leeuwentemmmer" bij gehaald om hem van gedachten te doen veranderen. Ik weet zeker dat niemand van jullie ooit met zo iemand te maken zal krijgen.'
Een nerveus gelach volgde op die opmerking.
'Dan is er nog de term *mazelen*. Als een doelwit aan de mazelen sterft, wil dat zeggen dat hij zo efficiënt is vermoord dat het lijkt of hij een ongeluk heeft gehad of een natuurlijke dood is gestorven. Mazelen kunnen bijvoorbeeld veroorzaakt worden door "tabune" te gebruiken. Dat is een kleurloze of bruinachtige, vloeibare chemische verbinding die zenuwverlamming veroorzaakt wanneer de stof door de huid wordt geabsorbeerd. Als iemand jullie een "muziekdoos" aanbiedt, biedt hij je een draadloze zender aan. Degene die de zender bedient, wordt een musicus genoemd. In de toekomst zullen sommigen van jullie "naakt" opereren. Jullie hoeven dan niet snel je kleren uit te trekken; het betekent gewoon dat je alleen en zonder enige steun opereert.
Er is nog één ding dat ik vandaag wil bespreken. Toeval. In ons werk bestaat dat niet. Als je steeds dezelfde persoon tegenkomt of steeds dezelfde auto ziet als je op pad bent, moet je 'm smeren. Waarschijnlijk zit je dan in de problemen.
Zo is het wel genoeg voor vandaag, heren. We gaan morgen verder waar we gebleven zijn.'

Af en toe liet kolonel Johnson Robert bij zich op kantoor komen om 'een babbeltje' te maken, zoals hij het noemde. De conversatie was bedrieglijk oppervlakkig, maar Robert was zich ervan bewust dat Johnson tegelijkertijd probeerde in zijn persoonlijkheid door te dringen.
'Ik heb begrepen dat je gelukkig getrouwd bent, Robert?'

'Dat klopt.'
Het volgende halfuur brachten ze door met praten over het huwelijk, trouw en vertrouwen.
Een andere keer zei Johnson: 'Admiraal Whittaker ziet jou als een zoon, Robert. Wist je dat?'
'Ja.' Het verdriet om Edwards dood was iets dat nooit zou verdwijnen. Ze spraken over loyaliteit, plichtsbetrachting en de dood.
'Je hebt meer dan eens de dood in de ogen gekeken, Robert. Ben je bang om te sterven?'
'Nee.' *Maar ik wil wel voor een goede zaak sterven*, dacht Robert. *Niet zinloos.*
De gesprekken waren frustrerend voor Robert, omdat het leek alsof hij aan de verkeerde kant van een doorkijkspiegel zat. Kolonel Johnson kon hém duidelijk zien, maar bleef zelf onzichtbaar, een raadsel gehuld in een waas van geheimzinnigheid.
De opleiding duurde zestien weken en gedurende die tijd was het niemand toegestaan met de buitenwereld te communiceren. Robert miste Susan verschrikkelijk. Ze waren nog nooit zo lang van elkaar gescheiden geweest. Toen de vier maanden voorbij waren, liet kolonel Johnson Robert bij zich op kantoor komen.
'We moeten afscheid nemen. Je hebt het uitstekend gedaan, commandant. Ik denk dat je je toekomst heel interessant zult vinden.'
'Dank u, meneer. Ik hoop het.'
'Veel succes.'
Kolonel Johnson keek Robert na toen deze vertrok. Hij bleef nog vijf minuten roerloos zitten en nam toen een besluit. Hij liep naar de deur en deed hem op slot. Toen pakte hij de telefoon.

Susan wachtte op hem. Ze opende de deur van hun appartement, slechts gekleed in een niets verhullend negligé. Ze vloog in zijn armen en drukte hem dicht tegen zich aan. 'Hallo, zeeman. Wil je je amuseren?'
'Ik amuseer me,' zei Robert tevreden, 'alleen al door je in mijn armen te houden.'
'God, ik heb je zo gemist!' Susan maakte zich van hem los en zei fel: 'Ik denk dat ik het niet zou overleven als er ooit iets met je zou gebeuren.'
'Er zal nooit iets met me gebeuren.'
'Is dat afgesproken?'
'Afgesproken.'
Ze bestudeerde hem een ogenblik met een bezorgde uitdrukking op haar gezicht. 'Wat zie je er vermoeid uit.'
'Het was een nogal intensieve opleiding,' gaf Robert toe. Hij drukte zich

zacht uit. Ze hadden naast de praktijklessen zoveel teksten en handboeken moeten bestuderen, dat geen van de rekruten meer dan een paar uur per nacht had kunnen slapen. Er werd om een heel eenvoudige reden weinig over gemopperd. Ze waren er allemaal van doordrongen dat wat ze leerden eens hun leven zou kunnen redden.
'Ik weet precies wat je nodig hebt,' zei Susan.
Robert grijnsde. 'Dat wil ik wel geloven.' Robert stak zijn handen naar haar uit.
'Wacht. Geef me vijf minuten. Kleed je maar vast uit.'
Hij keek haar na terwijl ze wegliep en dacht: *Wat bof ik toch ontzettend.* Hij begon zich uit te kleden.
Susan kwam een paar minuten later terug. Ze zei zacht: 'Mmm, ik vind je naakt zo aantrekkelijk.'
Hij hoorde de stem van de instructeur die zei: 'Een paar van jullie zullen "naakt" opereren. Het betekent dat je alleen en zonder enige steun werkt.' *Wat heb ik me op de hals gehaald? Waar heb ik Susan bij betrokken?*
Ze leidde hem de badkamer binnen. De badkuip was gevuld met warm, geurig water en het enige licht kwam van vier kaarsen die op de wasbak flakkerden.
'Welkom thuis, schat.' Ze gleed uit haar negligé en stapte de badkuip in. Hij volgde haar.
'Susan...'
'Niet praten. Leun maar achterover tegen me aan.'
Hij voelde hoe haar handen zachtjes zijn rug en schouders streelden en hij voelde de zachte welvingen van haar lichaam tegen zich aan. Hij vergat hoe moe hij was. Ze bedreven de liefde in het warme water en toen ze zich hadden afgedroogd, zei Susan: 'Het voorspel zit er nu op. Laten we nu aan het echte werk beginnen.'
Ze bedreven de liefde nog een keer en later, terwijl Robert in slaap viel met Susan in zijn armen, dacht hij: *Het zal altijd zo blijven. Altijd.*

17

De maandagmorgen daarop meldde Robert zich voor zijn eerste werkdag bij het kantoor van het 17de District van de Marine-inlichtingendienst in het Pentagon.
Admiraal Whittaker zei hartelijk: 'Welkom thuis, Robert. Kennelijk heb je een diepe indruk op kolonel Johnson gemaakt.'
Robert glimlachte. 'Hij is zelf ook nogal indrukwekkend.'
Onder het koffiedrinken vroeg de admiraal: 'Ben je klaar om aan het werk te gaan?'
'Ik verlang er zelfs naar.'
'Goed. We hebben een probleem in Rhodesië.'

Het werken bij de Marine-inlichtingendienst was nog opwindender dan Robert had verwacht. Iedere opdracht was anders en Robert kreeg opdrachten die als buitengewoon gevoelig werden geclassificeerd. Hij bracht een overloper naar de V.S. die Noriega's drugssmokkel in Panama onthulde, ontmaskerde een mol die voor Marcos in het Amerikaanse consulaat in Manila werkte en hielp bij het opzetten van een geheime luisterpost in Marokko.
Hij werd uitgezonden voor missies in Zuid-Amerika en Oost-Indië. Het enige dat hem dwarszat, was dat hij steeds zo lang van Susan gescheiden was. Hij haatte het van haar vandaan te zijn en hij miste haar verschrikkelijk. Hij had zijn opwindende werk om zijn tijd te vullen, maar Susan had niets. Robert kreeg steeds meer zaken te behandelen en hij bracht steeds minder tijd thuis door. Toen begon het probleem met Susan ernstig te worden.
Iedere keer dat Robert thuiskwam, vlogen ze elkaar gretig in de armen en bedreven hartstochtelijk de liefde. Maar die keren begonnen steeds verder uit elkaar te liggen. Het scheen Susan toe dat Robert, zodra hij van een missie terugkeerde, al weer op een volgende werd uitgestuurd.
Tot overmaat van ramp kon Robert zijn werk niet met haar bespreken. Susan had er geen notie van waar hij heen ging of wat hij deed. Ze wist alleen dat het altijd gevaarlijk was, waarmee hij zich ook bezighield, en ze was doodsbang dat hij op een dag zou vertrekken en niet meer zou

terugkeren. Ze durfde hem geen vragen te stellen. Ze voelde zich een vreemde die volledig afgesloten was van een belangrijk deel van zijn leven. Van *hun* leven. *Ik kan zo niet doorgaan,* besliste Susan.
Toen Robert terugkeerde van een opdracht in Midden-Amerika die vier weken had geduurd, zei Susan: 'Robert, ik vind dat we eens moeten praten.'
'Wat is het probleem?' vroeg Robert. Hij wist wat het probleem was.
'Ik ben bang. We beginnen elkaar te ontglippen en ik wil niet dat we elkaar verliezen. Ik zou het niet kunnen verdragen.'
'Susan...'
'Wacht. Laat me uitpraten. Weet je hoeveel tijd we de laatste vier maanden met elkaar hebben doorgebracht? Minder dan twee weken. Als je thuiskomt, heb ik het gevoel dat je een bezoeker bent in plaats van mijn echtgenoot.'
Hij nam Susan in zijn armen en drukte haar stevig tegen zich aan. 'Je weet hoeveel ik van je houd.'
Ze legde haar hoofd op zijn schouder. 'Laat er alsjeblieft niets met ons gebeuren.'
'Wees maar niet bang,' beloofde hij. 'Ik zal met admiraal Whittaker praten.'
'Wanneer?'
'Onmiddellijk.'

'De admiraal kan u nu ontvangen, commandant.'
'Dank u.'
Admiraal Whittaker zat achter zijn bureau papieren te ondertekenen. Hij keek op toen Robert binnenkwam en glimlachte. 'Welkom thuis, Robert, en gefeliciteerd. Dat was prima werk in El Salvador.'
'Dank u, meneer.'
'Ga zitten. Wil je koffie?'
'Nee, dank u, admiraal.'
'Je wilde me spreken? Mijn secretaresse zei dat het dringend was. Wat kan ik voor je doen?'
Het was moeilijk om te beginnen. 'Tja, admiraal, dit is iets persoonlijks. Ik ben nog geen twee jaar getrouwd en...'
'Je hebt een goede keuze gedaan, Robert. Susan is een geweldige vrouw.'
'Ja, dat ben ik met u eens. Het probleem is dat ik het grootste deel van de tijd weg ben en ze lijdt daaronder.' Hij voegde er snel aan toe: 'En ze heeft daar ook alle recht toe. Het is geen normale situatie.'
Admiraal Whittaker leunde achterover in zijn stoel en zei peinzend: 'Na-

tuurlijk levert de aard van je werk geen normale situatie op. Soms moeten er offers worden gebracht.'
'Dat weet ik,' zei Robert koppig, 'maar ik ben niet bereid mijn huwelijk op te offeren. Het betekent te veel voor me.'
De admiraal bestudeerde hem nadenkend. 'Ik begrijp het. Waar vraag je om?'
'Ik had gehoopt dat u een paar opdrachten voor me zou kunnen vinden waarbij ik niet zo vaak van huis ben. Dit is zo'n grote organisatie; er moeten een heleboel dingen voor me te doen zijn waarbij ik dichter bij huis kan blijven.'
'Dichter bij huis.'
'Ja.'
De admiraal zei langzaam: 'Je hebt dat zeker verdiend. Ik zie niet in waarom zoiets niet geregeld zou kunnen worden.'
Robert glimlachte opgelucht. 'Dat is heel vriendelijk van u, admiraal. Ik zou het zeer op prijs stellen.'
'Ja, ik denk dat we dat beslist kunnen regelen. Vertel Susan maar namens mij dat het probleem opgelost is.'
Robert stond stralend op. 'Ik weet niet hoe ik u moet bedanken.'
Admiraal Whittaker maakte een wegwerpgebaar. 'Je bent een te waardevolle kracht voor me om je iets te laten overkomen. Ga nu maar naar huis naar je vrouw.'

Toen Robert Susan het nieuws vertelde, was ze enthousiast. Ze sloeg haar armen om hem heen. 'O schat, wat heerlijk.'
'Ik ga hem vragen of ik een paar weken vrij kan krijgen zodat we op reis kunnen. Het zal een tweede huwelijksreis worden.'
'Ik ben vergeten hoe een huwelijksreis is,' mompelde Susan. 'Laat het me maar eens zien.'
Robert liet het haar zien.

Admiraal Whittaker liet Robert de volgende morgen bij zich komen. 'Ik wilde je alleen maar zeggen dat ik die kwestie die we gisteren hebben besproken aan het regelen ben.'
'Dank u, admiraal.' Dit was het moment om te vragen of hij vakantie kon krijgen. 'Admiraal...'
Admiraal Whittaker zei: 'Er is iets aan het licht gekomen, Robert.' De admiraal begon te ijsberen. Toen hij verder sprak, had zijn stem een klank van diepe bezorgdheid. 'Ik heb net gehoord dat de CIA is geïnfiltreerd. Het schijnt dat er continu topgeheime informatie is gelekt. Het enige dat ze over de spion weten, is dat zijn codenaam de Vos is. Hij is op

het ogenblik in Argentinië. Ze hebben iemand van buiten hun eigen organisatie nodig om de zaak in handen te nemen. De directeur van de CIA heeft om jou gevraagd. Ze zouden graag willen dat jij de man opspoort en hem terugbrengt naar de V.S. Ik heb hun verteld dat je zelf moet beslissen. Wil je de zaak op je nemen?'
Robert aarzelde. 'Ik ben bang dat ik dat niet kan doen, admiraal.'
'Ik respecteer je besluit, Robert. Je bent constant op reis geweest en je hebt nog nooit een opdracht afgewezen. Ik weet dat het niet bevorderlijk voor je huwelijk is geweest.'
'Ik zou deze klus graag aannemen, admiraal. Het is alleen zo dat...'
'Je hoeft het niet te zeggen, Robert. Mijn mening over je werk en je toewijding zal altijd dezelfde blijven. Ik wil je alleen nog om één gunst vragen.'
'Zegt u het maar, admiraal.'
'De onderdirecteur van de CIA heeft gevraagd of hij je kon spreken, hoe je besluit ook mocht uitvallen. Als hoffelijk gebaar. Je hebt daar toch geen bezwaar tegen?'
'Natuurlijk niet, meneer.'

De volgende dag reed Robert naar Langley voor zijn ontmoeting met de onderdirecteur.
Gaat u zitten, commandant,' zei de onderdirecteur toen Robert het grote hoekkantoor was binnengekomen. 'Ik heb veel over u gehoord. Niets dan goeds, uiteraard.'
'Dank u, meneer.'
De onderdirecteur was een man van voor in de zestig. Hij was broodmager en had fijn zilvergrijs haar en een borstelsnorretje dat op en neer bewoog als hij aan zijn pijp trok. Hij was afgestudeerd in Yale en tijdens de Tweede Wereldoorlog bij de OSS gaan werken. Toen de oorlog afgelopen was, was hij bij de CIA in dienst getreden. Hij was gestaag opgeklommen tot hij zijn huidige positie in een van de grootste en machtigste inlichtingendiensten van de wereld had bereikt.
'Ik wil u zeggen, commandant, dat ik uw besluit respecteer.'
Bellamy knikte naar de onderdirecteur.
'Er is echter één feit waarvan ik het gevoel heb dat ik het onder uw aandacht moet brengen.'
'Wat is dat, meneer?'
'De president is persoonlijk betrokken bij de operatie om de Vos te ontmaskeren.'
'Dat wist ik niet, meneer.'
'Hij is van mening, evenals ik, dat dit een van de belangrijkste opdrach-

ten is die deze dienst sinds zijn oprichting heeft gehad. Ik weet van uw situatie thuis, en ik ben er zeker van dat de president er ook begrip voor heeft. Zijn huwelijk is voor hem ook heel belangrijk. Maar als u deze opdracht niet zou accepteren, zou dat – hoe zal ik het zeggen – een smet kunnen werpen op de Marine-inlichtingendienst *en* op admiraal Whittaker.'
'De admiraal had met mijn besluit niets uit te staan, meneer,' zei Robert.
'Dat begrijp ik, commandant, maar zal de president dat ook begrijpen?'
De tweede huwelijksreis zal uitgesteld moeten worden, dacht Robert.

Toen Robert Susan het nieuws had verteld, zei hij zacht: 'Dit is mijn laatste opdracht in het buitenland. Hierna zal ik zoveel tijd thuis doorbrengen dat je misselijk van me wordt.'
Ze glimlachte naar hem. 'Zoveel tijd bestaat er niet. We zullen altijd samen zijn.'
Robert had nog nooit zo iets frustrerends meegemaakt als de jacht op de Vos. Hij kwam hem in Argentinië op het spoor, maar miste zijn prooi met één dag. Het spoor leidde naar Tokio en China en vervolgens naar Maleisië. Wie de Vos ook was, hij liet altijd een spoor achter naar de plaats waar hij was geweest, maar nooit naar de plaats waar hij was.
De dagen regen zich aaneen tot weken en de weken tot maanden en Robert miste de Vos steeds op het nippertje. Hij belde Susan bijna elke dag. In het begin zei hij steeds: 'Ik ben over een paar dagen thuis, schat. Daarna werd het: 'Misschien ben ik volgende week thuis.' En ten slotte was het: 'Ik weet niet wanneer ik thuiskom.' Uiteindelijk moest Robert het opgeven. Hij had zonder succes tweeëneenhalve maand achter de Vos aan gezeten.
Toen hij bij Susan terugkeerde, leek ze veranderd. Ze was een beetje koeler.
'Het spijt me, schat,' verontschuldigde Robert zich. 'Ik had er geen idee van dat het zo lang zou duren. Het kwam alleen doordat...'
'Ze zullen je nooit laten gaan, hè, Robert?'
'Wat? Natuurlijk wel.'
Ze schudde haar hoofd. 'Ik denk het niet. Ik heb een baan aangenomen in het Washington Memorial Hospital.'
Hij was van zijn stuk gebracht. 'Wat heb je gedaan?'
'Ik word weer verpleegster. Ik kan hier niet blijven zitten wachten tot je naar huis komt terwijl ik me afvraag waar je bent en wat je doet en of je nog leeft.'
'Susan, ik...'
'Het is goed, liefste. In ieder geval doe ik iets nuttigs terwijl je weg bent. Het zal het wachten gemakkelijker maken.'

Robert wist niet wat hij daarop moest zeggen.
Hij deed bij admiraal Whittaker verslag van zijn mislukte missie. De admiraal voelde met hem mee.
'Het is mijn schuld omdat ik erin heb toegestemd je de opdracht te laten uitvoeren. Van nu af aan zullen we de CIA haar eigen problemen laten oplossen. Het spijt me, Robert.'
Robert vertelde hem dat Susan een baan als verpleegster had aangenomen.
'Dat is waarschijnlijk een goed idee,' zei de admiraal peinzend. 'Daardoor zal de spanning in je huwelijk verminderen. Als je af en toe wat opdrachten in het buitenland zou aannemen, zou dat niet meer zoveel uitmaken.'
'Af en toe' bleek bijna voortdurend te zijn. Toen begon het met hun huwelijk echt bergafwaarts te gaan.

Susan werkte als operatiezuster in het Washington Memorial Hospital en steeds wanneer Robert thuis was, probeerde ze vrij te nemen om bij hem te kunnen zijn, maar ze ging steeds meer in haar werk op.
'Ik vind het echt leuk, schat. Ik heb het gevoel dat ik iets nuttigs doe.'
Ze praatte vaak met Robert over haar patiënten en hij herinnerde zich hoe ze zich om hem had bekommerd, hoe ze hem verpleegd had tot hij weer gezond was en hem zijn leven had teruggegeven. Hij was blij dat ze belangrijk werk deed waarvan ze hield, maar het was een feit dat ze elkaar steeds minder zagen. Ze groeiden steeds meer uit elkaar. Er was een stroefheid in hun omgang gekomen die er nog nooit was geweest. Ze leken op twee vreemden die wanhopig hun best doen het gesprek op gang te houden.
Toen Robert naar Washington terugkeerde van een opdracht in Turkije die zes weken had geduurd, nam hij haar mee uit eten in Sans Souci.
Susan zei: 'We hebben een nieuwe patiënt in het ziekenhuis. Hij is bij een vliegtuigongeluk ernstig gewond geraakt en de dokters denken niet dat hij in leven zal blijven, maar ik zal ervoor zorgen dat hij het haalt.' Haar ogen glansden.
Zo was ze bij mij ook, dacht Robert. En hij vroeg zich af of ze zich ook over de nieuwe patiënt heen had gebogen en gezegd: 'Word beter. Ik wacht op je.' Hij verwierp die gedachte.
'Hij is zo aardig, Robert. Alle verpleegsters zijn dol op hem.'
Alle verpleegsters? vroeg hij zich af.
Er bleef een lichte twijfel aan hem knagen, maar hij slaagde erin het gevoel kwijt te raken.
Ze bestelden het diner.

De volgende zaterdag vertrok Robert naar Portugal en toen hij drie weken later terugkeerde, begroette Susan hem opgewonden.
'Monte heeft vandaag voor het eerst weer gelopen!' Ze kuste hem plichtmatig.
'Monte?'
'Monte Banks. Zo heet hij. Hij wordt helemaal beter. De dokters konden het niet geloven, maar we hebben niet opgegeven.'
We. 'Vertel me eens over hem.'
'Het is een echte schat. Hij geeft ons altijd cadeaus. Hij is heel rijk. Hij vliegt met zijn eigen vliegtuig en hij is daarmee neergestort en...'
'Wat voor cadeaus?'
'O, je weet wel, kleine dingetjes, snoep, bloemen, boeken en platen. Hij heeft geprobeerd ons allemaal een duur horloge te geven, maar natuurlijk moesten we dat weigeren.'
'Natuurlijk.'
'Hij heeft een jacht, polopony's...'
Op die dag begon Robert hem Geldbuidel te noemen.
Susan praatte iedere keer dat ze uit het ziekenhuis thuiskwam over hem.
'Hij is echt heel lief, Robert.'
Lief is gevaarlijk.
'En hij is zo attent. Weet je wat hij vandaag heeft gedaan? Hij heeft de Jockey Club voor alle verpleegsters op de verdieping een lunch laten bezorgen.'
Die man maakt me misselijk. Het was belachelijk, maar Robert merkte dat hij boos begon te worden. 'Is die fantastische patiënt van je getrouwd?'
'Nee, schat. Hoezo?'
'Ik vroeg het me alleen maar af.'
Ze lachte. 'In vredesnaam, Robert, je bent toch niet jaloers?'
'Op een of andere oude man die net leert lopen? Natuurlijk niet.' *En of ik jaloers ben.* Maar hij gunde Susan niet de voldoening dat hij het toegaf.
Als Robert thuis was, probeerde Susan niet over haar patiënt te praten, maar als zij het onderwerp niet ter sprake bracht, deed Robert het.
'Hoe gaat het met Geldbuidel?'
'Hij heet geen Geldbuidel,' zei ze afkeurend. 'Hij heet Monte Banks.'
'Wat dan ook.' *Jammer dat de klootzak niet bij het vliegtuigongeluk is omgekomen.*
De volgende dag was Susan jarig.
'Ik zal je eens wat vertellen,' zei Robert enthousiast. 'We gaan het vieren. We gaan heerlijk eten in de stad en...'
'Ik moet tot acht uur in het ziekenhuis werken.'

'Goed. Dan kom ik je ophalen.'
'Prima. Monte wil je dolgraag ontmoeten. Ik heb hem alles over je verteld.'
'Ik zie ernaar uit de oude man te ontmoeten,' verzekerde Robert haar.
Toen Robert in het ziekenhuis aankwam, zei de receptioniste: 'Goedenavond, commandant. Susan werkt op de orthopedische afdeling op de derde verdieping. Ze verwacht u.' Ze pakte de telefoon.
Toen Robert uit de lift stapte, stond Susan op hem te wachten. Ze droeg haar witte, gesteven uniform en zijn hart miste een slag. Ze was zo verschrikkelijk mooi.
'Hallo, schoonheid.'
Susan glimlachte, merkwaardig slecht op haar gemak. 'Hallo, Robert. Ik ben over een paar minuten klaar. Kom mee, dan zal ik je aan Monte voorstellen.'
Ik kan haast niet wachten.
Ze leidde hem een grote privé-kamer binnen die vol stond met boeken, bloemen en fruitmanden en zei: 'Monte, dit is mijn echtgenoot, Robert.'
Robert staarde naar de man in het bed. Hij was drie of vier jaar ouder dan Robert en leek op Paul Newman. Robert had onmiddellijk een hekel aan hem.
'Het is me een genoegen u te ontmoeten, commandant. Susan heeft me veel over u verteld.'
Praten ze over mij wanneer ze midden in de nacht naast zijn bed zit?
'Ze is erg trots op je.'
Goed zo, vriend, gooi me maar een paar kruimels toe.
Susan keek Robert aan en probeerde hem met haar wil te dwingen beleefd te zijn. Hij deed zijn best.
'Ik heb begrepen dat je hier snel weg zult zijn.'
'Ja, dat dank ik grotendeels aan je vrouw. Ze is een wonderdoenster.'
Kom nou, zeeman. Denk je dat ik een andere verpleegster dat fantastische lichaam laat verplegen? 'Ja, dat is haar specialiteit.' Robert kon niet voorkomen dat de bitterheid in zijn stem doorklonk.

Het verjaardagsdiner was een fiasco. Susan wilde alleen maar over haar patiënt praten.
'Deed hij je aan iemand denken, schat?'
'Boris Karloff.'
'Waarom moest je nou zo onbeleefd tegen hem zijn?'
Hij zei koeltjes: 'Ik dacht dat ik heel beleefd was. Toevallig mag ik hem niet.'
Susan staarde hem aan. 'Je kent hem niet eens. Wat bevalt je niet aan hem?'

De manier waarop hij naar je kijkt, bevalt me niet. De manier waarop jij naar hem kijkt, bevalt me niet. Het bevalt me niet dat ons huwelijk naar de knoppen gaat. God, ik wil je niet verliezen. 'Het spijt me. Ik denk dat het gewoon komt doordat ik moe ben.'
Ze beëindigden hun maaltijd zwijgend.
De volgende morgen toen Robert zich gereedmaakte om naar kantoor te gaan, zei Susan: 'Robert, ik moet je iets zeggen...'
Het was alsof hij een klap in zijn maag kreeg. Hij kon het niet verdragen dat ze wat er gebeurde onder woorden bracht.
'Susan...'
'Je weet dat ik van je houd. Ik zal altijd van je houden. Je bent de liefste, meest fantastische man die ik ooit heb gekend.'
'Alsjeblieft...'
'Nee, laat me uitspreken. Dit is heel moeilijk voor me. In het laatste jaar hebben we elkaar nauwelijks gezien. We hebben geen huwelijk meer. We zijn uit elkaar gegroeid.'
Ieder woord was als een messteek.
'Je hebt gelijk,' zei hij wanhopig. 'Ik zal veranderen. Ik zal ontslag nemen. Nu. Vandaag. We gaan samen ergens heen en...'
Ze schudde haar hoofd. 'Nee, Robert. We weten allebei dat het niet zou werken. Je doet wat je wilt doen. Als je om mij met je werk zou ophouden, zou je dat altijd blijven dwarszitten. Dit is niemands schuld. Het is gewoon gebeurd. Ik wil van je scheiden.'
Het leek of zijn wereld instortte. Hij voelde zich plotseling misselijk.
'Dat meen je niet, Susan. We zullen een manier vinden om...'
'Het is te laat. Ik heb hier lang over nagedacht. De hele tijd dat je weg was en ik alleen thuis zat te wachten tot je zou terugkomen, heb ik erover nagedacht. We hebben langs elkaar heen geleefd. Dat houd ik niet meer vol. Ik heb iets nodig dat jij me niet meer kunt geven.'
Hij stond voor haar en kon zijn emoties met moeite beheersen. 'Heeft dit... heeft dit iets te maken met Geldbuidel?'
Susan aarzelde. 'Monte heeft me gevraagd met hem te trouwen.'
Hij voelde een steek in zijn hart. 'En ga je dat doen?'
'Ja.'
Het was een krankzinnige nachtmerrie. *Dit gebeurt niet*, dacht hij. *Het kan niet waar zijn.* Zijn ogen vulden zich met tranen.
Susan sloeg haar armen om hem heen en drukte hem stevig tegen zich aan. 'Ik zal nooit meer voor een andere man voelen wat ik voor jou heb gevoeld. Ik heb met hart en ziel van je gehouden. Ik zal altijd van je houden. Je bent mijn liefste vriend.' Ze liet hem los en keek hem aan. 'Maar dat is niet genoeg. Begrijp je dat?'

Hij begreep alleen dat ze hem kapotmaakte. 'We zouden het nog een keer kunnen proberen. We kunnen opnieuw beginnen en...'
'Het spijt me, Robert.' Haar stem was verstikt. 'Het spijt me heel erg, maar het is voorbij.'
Susan vloog naar Reno om de scheiding te regelen en commandant Robert Bellamy zette het twee weken lang op een zuipen.

Oude gewoonten zijn moeilijk af te leren. Robert belde een vriend bij de FBI. Hun paden hadden elkaar in het verleden een keer of zes gekruist en Robert vertrouwde Al Traynor.
'Tray, ik moet je om een gunst vragen.'
'Een gunst? Je hebt een psychiater nodig. Hoe heb je Susan in godsnaam kunnen laten gaan?'
Het nieuws was waarschijnlijk in de hele stad bekend.
'Het is een lang, droevig verhaal.'
'Het spijt me echt heel erg, Robert. Ze was een fantastische vrouw. Ik... laat maar. Wat kan ik voor je doen?'
'Ik wil dat je iemand voor me natrekt in jullie computer.'
'Dat komt voor elkaar. Geef me de naam maar.'
'Monte Banks. Het is alleen maar een routineonderzoek.'
'Goed. Wat wil je weten?'
'Jullie hebben waarschijnlijk geen gegevens over hem, Tray, maar als dat wel zo is... heeft hij ooit een parkeerboete gehad, zijn hond geslagen, is hij ooit door een rood licht gereden? De gebruikelijke dingen.'
'Doe ik.'
'En ik ben er nieuwsgierig naar waar hij zijn geld vandaan heeft. Ik zou graag zijn antecedenten weten.'
'Dus alleen maar een routineonderzoek, hè?'
'En Tray, laten we dit onder ons houden. Het is persoonlijk, oké?'
'Geen probleem. Ik bel je morgenochtend.'
'Bedankt. Ik trakteer je op een lunch.'
'Een dineetje.'
'Ook goed.'
Robert legde de hoorn op de haak en dacht: *Ik klamp me aan een strohalm vast. Waar ik op hoop, is dat hij Jack de Ripper is en dat Susan bij me terugkomt.*

Dustin Thornton liet Robert de volgende morgen vroeg bij zich komen.
'Waar ben je nu mee bezig, commandant?'
Hij weet precies waarmee ik bezig ben, dacht Robert. 'Ik ben mijn dossier over die diplomaat uit Singapore aan het afmaken en...'

'Het lijkt erop dat dat niet al je tijd in beslag neemt.'
'Pardon?'
'Voor het geval u het bent vergeten, commandant, de Marine-inlichtingendienst is niet bevoegd een onderzoek in te stellen naar Amerikaanse burgers.'
Robert keek hem niet-begrijpend aan. 'Waar hebt u het...'
'Ik ben er door de FBI van in kennis gesteld dat u hebt geprobeerd informatie te verkrijgen die volledig buiten de jurisdictie van deze dienst valt.'
Robert werd plotseling woedend. Die rotzak van een Traynor had hem verraden. Mooie vriend. 'Het was een persoonlijke kwestie,' zei Robert. 'Ik...'
'De computers van de FBI zijn er niet voor uw gemak en ze zijn er evenmin om u te helpen burgers lastig te vallen. Is dat duidelijk?'
'Zeer duidelijk.'
'Dat was alles.'
Robert ging snel terug naar zijn kantoor. Zijn vingers trilden toen hij 202324-3000 draaide. Een stem antwoordde: 'FBI.'
'Al Traynor.'
'Een ogenblik, alstublieft.'
Een minuut later hoorde hij een mannenstem over de lijn. 'Hallo. Kan ik u helpen?'
'Ja. Ik zou graag Al Traynor willen spreken.'
'Het spijt me. Agent Traynor werkt hier niet meer.'
Robert voelde een schok door zich heen gaan. 'Wat?'
'Agent Traynor is overgeplaatst.'
'Overgeplaatst?'
'Ja.'
'Waar naar toe?'
'Naar Boise. Maar ik vrees dat het nog wel eens een tijd kan duren voordat hij daar zal zijn.'
'Wat bedoelt u?'
'Hij is gisteravond toen hij aan het joggen was in het Rock Creek Park aangereden door iemand die daarna is doorgereden. Kunt u dat geloven? Een of andere idioot moet totaal bezopen zijn geweest. Hij is met zijn auto het joggingpad opgereden. Traynors lichaam werd meer dan twaalf meter weggeslingerd. Hij haalt het misschien niet.'
Robert legde de hoorn op de haak. Het duizelde hem. Wat was er in godsnaam aan de hand? Monte Banks, de blauwogige, op en top Amerikaanse jongen werd beschermd. Waartegen? Door wie? *Jezus*, dacht Robert, *waar is Susan nu in verzeild geraakt?*
Hij ging haar die middag bezoeken.

Ze was in haar nieuwe appartement, een prachtige maisonnette in M Street. Hij vroeg zich af of Geldbuidel het had gekocht. Hij had haar al in geen weken gezien en de adem stokte hem in de keel toen hij haar zag.
'Neem me niet kwalijk dat ik zomaar kom binnenvallen, Susan. Ik weet dat ik beloofd heb dat niet te zullen doen.'
'Je zei dat het om iets ernstigs ging.'
'Dat is het ook. Nu hij bij haar was, wist hij niet hoe hij moest beginnen. *Susan, ik ben hier gekomen om je te redden?* Ze zou hem in zijn gezicht uitlachen.
'Wat is er gebeurd?'
'Het gaat om Monte.'
Ze fronste haar voorhoofd. 'Wat is er met hem?'
Dit was het moeilijkste deel. Hoe kon hij haar vertellen wat hij zelf niet wist? Hij wist alleen dat er iets verschrikkelijk mis was. Monte Banks zat inderdaad in de FBI-computer, met een speciale aantekening: *Zonder de juiste machtiging mag deze informatie niet worden verstrekt.* En de Marine-inlichtingendienst was direct op de hoogte gesteld van de poging informatie in te winnen. *Waarom?*
'Ik denk niet dat hij is... hij is niet wat hij lijkt te zijn.'
'Ik begrijp het niet.'
'Susan... hoe komt hij aan zijn geld?'
Er verscheen een verbaasde uitdrukking op haar gezicht. 'Monte heeft een zeer succesvol import-exportbedrijf.'
De oudste dekmantel van de wereld.
Hij had beter moeten weten dan hier binnen te komen stormen met zijn halfbakken theorie. Hij voelde zich een idioot. Susan wachtte op antwoord en hij had niets te zeggen.
'Waarom vraag je dat?'
'Ik was... ik wilde er alleen maar zeker van zijn dat hij de juiste man voor je is,' zei Robert zwakjes.
'O Robert.' Haar stem klonk teleurgesteld.
'Ik had niet moeten komen.' *Dat klopt, vriend.* 'Het spijt me.'
Susan kwam naar hem toe en omhelsde hem. 'Ik begrijp het,' zei ze zacht.
Maar ze begreep het niet. Ze begreep niet dat een onschuldig onderzoek naar Monte Banks was geblokkeerd, dat de Marine-inlichtingendienst op de hoogte was gesteld en dat de man die had geprobeerd de informatie te krijgen was overgeplaatst naar een uithoek van het land.

Er waren nog andere manieren om aan informatie te komen en Robert ging omzichtig te werk. Hij belde een vriend die bij het tijdschrift *Forbes* werkte.

'Robert! Dat is lang geleden. Wat kan ik voor je doen?'
Robert vertelde het hem.
'Monte Banks? Interessant dat je over hem begint. We denken dat hij op de Forbes-lijst van de vierhonderd rijkste mannen hoort te staan, maar we kunnen geen harde informatie over hem krijgen. Heb jij iets voor ons?'
Nul op het rekest.
Robert ging naar de openbare bibliotheek en zocht Monte Banks op in *Wie is Wie*. Zijn naam stond er niet in.
Hij raadpleegde de microfiches en zocht oude nummers van de *Washington Post* op die waren uitgekomen omstreeks de tijd dat Monte Banks zijn vliegtuigongeluk had gehad. Er was een klein artikel over het ongeluk. Banks werd aangeduid als ondernemer.
Het klonk allemaal onschuldig genoeg. *Misschien vergis ik me,* dacht Robert. *Misschien is Monte Banks juist een voorbeeld van deugdzaamheid. Onze regering zou hem niet beschermd hebben als hij een spion, een crimineel of een drugshandelaar was... De waarheid is dat ik nog steeds probeer Susan vast te houden.*

Hij leidde een eenzaam, leeg bestaan nu hij weer vrijgezel was. Het was een aaneenschakeling van drukke dagen en slapeloze nachten. Zonder enige waarschuwing werd hij overspoeld door wanhoop en dan huilde hij. Hij huilde om zichzelf en om Susan en om alles wat ze hadden verloren. Susans aanwezigheid was nog overal voelbaar. Het appartement wemelde van de herinneringen aan haar. Robert was behept met een absoluut geheugen en in iedere kamer werd hij gekweld door herinneringen aan Susans stem, haar lach, haar warmte. Hij herinnerde zich de zachte welvingen van haar lichaam als ze naakt in bed op hem lag te wachten en zijn verdriet was ondraaglijk.
Zijn vrienden maakten zich zorgen om hem.
'Je moet niet alleen blijven, Robert.'
Hun strijdkreet werd: 'Ik heb nú toch een meisje voor je!'
Ze waren lang en mooi en klein en sexy. Ze waren model, advocate of secretaresse, ze werkten op reclamebureaus of waren gescheiden. Maar ze waren geen van allen Susan. Hij had met geen van hen iets gemeen en hij voelde zich alleen maar eenzamer als hij probeerde met vreemden in wie hij niet geïnteresseerd was, over koetjes en kalfjes te praten. Robert wilde met geen van hen naar bed. Hij wilde alleen zijn. Hij wilde de film tot aan het begin toe terugspoelen en het script herschrijven. Terugblikkend was het zo gemakkelijk zijn fouten te zien, om te zien hoe de scène met admiraal Whittaker gespeeld had moeten worden.

De CIA *is geïnfiltreerd door een man die de Vos heet. De onderdirecteur heeft gevraagd of jij hem wilt opsporen.*
Nee, admiraal. Het spijt me. Ik ga met mijn vrouw op tweede huwelijksreis.
Hij wilde zijn leven redigeren om het een gelukkig einde te geven. Het was te laat. Het leven gaf geen herkansingen. Hij was alleen.
Hij deed zelf de boodschappen, kookte voor zichzelf en als hij thuis was ging hij één keer in de week naar de wasserette in de buurt.
Het was een eenzame, ellendige tijd in Roberts leven. Maar het ergste moest nog komen. Een beeldschone ontwerpster die hij in Washington had ontmoet, belde hem een paar keer op om te vragen of hij bij haar wilde komen eten. Robert had niet veel zin gehad, maar ten slotte had hij toegestemd. Ze had voor hen beiden een heerlijke maaltijd bij kaarslicht bereid.
'Je kunt heel goed koken,' zei Robert.
'Ik kan alles heel goed.' Wat ze bedoelde was niet voor tweeërlei uitleg vatbaar. Ze ging dichter bij hem zitten. 'Laat me het eens bewijzen.' Ze legde haar handen op zijn dijen en liet haar tong om zijn lippen glijden.
Het is lang geleden, dacht Robert. *Misschien te lang.*
Ze gingen naar bed en tot Roberts ontzetting werd het een ramp. Voor de eerste maal in zijn leven was Robert impotent. Hij voelde zich vernederd.
'Maak je geen zorgen, schat,' zei ze. 'Het komt wel weer in orde.'
Ze vergiste zich.
Robert ging beschaamd en diep terneergeslagen naar huis. Hij wist dat hij op een of andere krankzinnige, duistere manier het gevoel had gehad dat het verraad aan Susan zou zijn als hij de liefde met een andere vrouw zou bedrijven.
Hoe kom ik op zo iets doms?
Hij probeerde een paar weken later weer de liefde te bedrijven met een intelligente secretaresse van de Marine-inlichtingendienst. Ze was in bed heftig gepassioneerd geweest. Ze had zijn lichaam gestreeld en zijn penis in haar warme mond genomen. Maar het had niet mogen baten. Hij wilde alleen Susan maar. Daarna probeerde hij het niet meer. Hij dacht erover een dokter te raadplegen, maar hij schaamde zich te diep. Hij wist wat de oplossing voor zijn probleem was en medisch advies zou hem niet helpen. Hij stopte al zijn energie in zijn werk.
Susan belde hem minstens één keer per week op. 'Vergeet niet je overhemden op te halen bij de wasserij,' zei ze dan. Of: 'Ik stuur een werkster naar je toe om het appartement op te ruimen. Ik wed dat het een bende is.'

Ieder telefoontje maakte de eenzaamheid moeilijker te verdragen. Ze had hem de avond voor haar huwelijk opgebeld.
'Robert, ik wil dat je weet dat ik morgen ga trouwen.'
Hij kon moeilijk adem krijgen. Hij begon te hyperventileren.
'Susan...'
'Ik houd van Monte,' zei ze. 'Maar ik houd ook van jou. Ik zal tot mijn dood van je houden. Ik wil niet dat je dat ooit vergeet.'
Wat moest hij daarop zeggen?
'Robert, is alles in orde met je?'
Natuurlijk. Het gaat fantastisch met me. Ik ben alleen een godvergeten eunuch.
'Robert?'
Hij wilde haar niet met zijn probleem straffen. 'Het gaat uitstekend met me. Wil je me alleen een plezier doen, schat?'
'Vanzelfsprekend.'
'Laat... laat hem je op jullie huwelijksreis niet naar de plaatsen meenemen waar wij zijn geweest.'
Hij hing op, ging naar buiten en bezatte zich.
Dat was nu een jaar geleden. Dat was verleden tijd. Hij was gedwongen onder ogen te zien dat Susan nu van iemand anders was. Hij moest in het heden leven. Hij had werk te doen. Het werd tijd een praatje te gaan maken met Leslie Mothershed, de fotograaf die de foto's en de adressen had van de getuigen die Robert moest opsporen bij wat zijn laatste opdracht zou zijn.

18

Leslie Mothershed was in een stemming die euforie te boven ging. Zodra hij met zijn kostbare film tegen zijn borst geklemd in Londen was teruggekeerd, was hij haastig naar de kleine bijkeuken gegaan die hij tot donkere kamer had omgebouwd. Hij ging na of hij alle benodigdheden bij de hand had: ontwikkeltank, thermometer, wasknijpers, vier grote bekers, een tijdopnemer en ontwikkelaar, stopbadoplossingen en fixeer. Hij deed het licht uit en deed een kleine rode lamp boven zijn hoofd aan. Zijn handen trilden toen hij de cassettes opende en de film eruit haalde. Hij haalde een paar keer diep adem om kalm te worden. *Er mag deze keer niets verkeerd gaan,* dacht hij. *Niets. Dit is voor u, moeder.*
Voorzichtig draaide hij de film op een spiraal. Hij legde de rolletjes in de tank en vulde die met ontwikkelaar, de eerste van de vloeistoffen die hij zou gebruiken. De temperatuur moest constant twintig graden Celsius blijven en hij moest regelmatig schudden. Na elf minuten liet hij de ontwikkelaar weglopen en gooide de fixeer over de rolletjes.
Hij werd weer zenuwachtig en hij was doodsbang een fout te maken. Hij goot de fixeer uit de tank, vulde deze met water en liet de film er tien minuten in liggen. Daarna schudde hij de film twee minuten constant in een stabilisator en zette de film nog twaalf minuten onder water. Door de film dertig seconden in een waterontharder onder te dompelen zorgde hij ervoor dat er geen strepen of vlekken op de negatieven zouden achterblijven. Tenslotte haalde hij de film er heel, heel voorzichtig uit, hing hem op met de wasknijpers en veegde met een rubberrol de laatste druppels af. Hij wachtte ongeduldig tot de negatieven droog zouden zijn.
Het was tijd om een kijkje te nemen. Met ingehouden adem en bonzend hart pakte Mothershed de eerste strook negatieven en hield die omhoog tegen het licht. *Perfect. Absoluut perfect!*
Het waren stuk voor stuk juweeltjes, foto's waarop elke fotograaf in de wereld trots zou zijn. Ieder detail van het vreemde ruimteschip was scherp weergegeven, met inbegrip van de lichamen van de twee ruimtewezens die erin lagen.
Twee dingen die Mothershed niet eerder waren opgevallen, sprongen hem in het oog en hij keek er wat beter naar. Op de plaats waar het ruim-

teschip was opengereten, zag hij drie smalle banken en toch waren er maar twee ruimtewezens. Het andere vreemde was dat een van de ruimtewezens een hand miste. De hand was nergens op de foto te zien. *Misschien had het wezen maar één hand,* dacht Mothershed. *Mijn God, deze foto's zijn meesterwerken! Moeder had gelijk. Ik ben een genie.* Hij keek in de kleine ruimte rond en dacht: *De volgende keer dat ik mijn film ontwikkel, zal het in een grote, mooie, donkerekamer zijn in mijn herenhuis op Eaton Square.*

Hij liet zijn kostbaarheden maar steeds opnieuw door zijn handen glijden als een vrek zijn goud. Ieder tijdschrift en elke krant op de wereld zou een moord doen om deze foto's in handen te krijgen. Al die jaren hadden de rotzakken zijn foto's geweigerd met hun beledigende briefjes. 'We bedanken u voor het toesturen van de foto's die we hierbij retourneren. Het is niet het materiaal waaraan we op het ogenblik behoefte hebben.' En: 'Bedankt voor uw inzending. De foto's lijken te veel op reeds door ons gepubliceerd materiaal.' Of simpelweg: 'Hierbij retourneren we de foto's die u ons hebt toegestuurd.'

Jarenlang had hij de rotzakken gesmeekt om werk, nu zouden ze op hun knieën naar hem toe komen en hij zou hen laten bloeden.

Hij kon niet langer wachten. Hij moest onmiddellijk beginnen. Sinds die vervloekte British Telecom zijn telefoon had afgesloten, alleen maar omdat hij een paar weken te laat was met het betalen van zijn laatste kwartaalrekening, moest Mothershed het huis uit om te bellen. Impulsief besloot hij naar Langan te gaan, een zaak die door vele beroemdheden werd bezocht, en zichzelf op een welverdiende lunch te trakteren. Langan was veel te duur voor hem, maar als hij ooit wat te vieren had, was het nu wel. Stond hij niet op het punt rijk en beroemd te worden?

Een gerant gaf Mothershed een plaats aan een tafel in een hoek van het restaurant en daar, nog geen drie meter van hem vandaan, zag hij twee bekende gezichten. Hij besefte plotseling wie ze waren en er ging een schokje door hem heen. Michael Caine en Roger Moore in hoogsteigen persoon! Hij wou dat zijn moeder nog leefde zodat hij het haar zou kunnen vertellen. Ze vond het altijd heerlijk over filmsterren te lezen. De twee mannen lachten en amuseerden zich, ze waren volkomen zorgeloos en Mothershed kon er niets aan doen dat hij naar hen bleef staren. Hun blikken gleden langs hem heen. *Zelfgenoegzame rotzakken,* dacht Leslie Mothershed woedend. *Ze verwachten zeker dat ik naar hen toe kom om hun handtekening te vragen. Wel, over een paar dagen zullen ze me om de mijne vragen. Ze zullen over elkaar struikelen om me aan hun vrienden te kunnen voorstellen.* 'Leslie, mag ik je voorstellen aan Charles en Di, en dit

zijn Fergie en Andrew. Leslie is de man die die beroemde foto's van de UFO *heeft gemaakt.'*
Toen Mothershed klaar was met eten, liep hij langs de twee sterren en ging naar boven naar de telefooncel. Via de inlichtingen kreeg hij het nummer van de *Sun.*
'Ik zou graag uw fotoredacteur spreken.'
Hij hoorde een mannenstem over de lijn. 'Chapman.'
'Wat zou het u waard zijn om foto's in uw bezit te krijgen van een UFO met de lijken van twee ruimtewezens erin?'
De stem aan de andere kant van de lijn zei: 'Als de foto's goed genoeg zijn, plaatsen we ze misschien als voorbeeld van een slimme trucopname, en...'
Mothershed zei nijdig: 'Toevallig is dit geen trucopname. Ik heb de namen van negen betrouwbare getuigen, onder wie een priester, die kunnen bevestigen dat de foto's echt zijn.'
De man sloeg onmiddellijk een andere toon aan. 'O. En waar zijn deze foto's gemaakt?'
'Dat doet er niet toe,' zei Mothershed ontwijkend. Hij was niet van plan zich door hen informatie te laten ontfutselen. 'Bent u geïnteresseerd?'
De stem zei voorzichtig: 'Als u kunt bewijzen dat de foto's authentiek zijn, zouden we inderdaad heel erg geïnteresseerd zijn.'
Dat zou ik ook denken, dacht Mothershed opgewekt. 'Ik bel u nog wel.'
Hij hing op.
De andere twee telefoontjes waren even bevredigend. Mothershed moest toegeven dat het noteren van de namen en adressen van de getuigen een geniale inval was geweest. Er was nu geen enkele manier waarop iemand hem ervan zou kunnen beschuldigen dat hij probeerde bedrog te plegen. Deze foto's zouden op de voorpagina van alle belangrijke kranten en tijdschriften ter wereld verschijnen. *Met mijn naam eronder: Foto's Leslie Mothershed.*
Toen Mothershed het restaurant verliet, kon hij de verleiding niet weerstaan naar de box te lopen waar de twee sterren zaten. 'Neemt u me niet kwalijk dat ik u lastig val, maar mag ik misschien uw handtekening?'
Roger Moore en Michael Caine glimlachten vriendelijk tegen hem. Ze krabbelden hun namen op velletjes papier en overhandigden die aan de fotograaf.
'Dank u.'
Toen Leslie Mothershed buiten kwam, scheurde hij de velletjes driftig kapot en gooide ze weg.
Ze kunnen doodvallen! dacht hij. *Ik ben belangrijker dan zij.*

19

Robert nam een taxi naar Whitechapel. Ze reden in oostelijke richting door de City, de zakenwijk van Londen, tot ze de Whitechapel Road bereikten in het stadsdeel dat een eeuw geleden door Jack de Ripper berucht geworden was. Langs de Whitechapel Road stonden tientallen kraampjes die van alles verkochten, van kleren tot verse groenten en tapijten.
Toen de taxi Mothersheds adres naderde, begon de buurt er steeds verwaarloosder uit te zien. De afbladderende gebouwen van bruine zandsteen waren allemaal beklad met graffiti. Ze kwamen langs de Weaver's Arms Pub. *Dat moest Mothersheds stamcafé zijn*, dacht Robert. Op een ander uithangbord stond: Walter Bookmaker...
Mothershed wedt hier waarschijnlijk op paarden.
Ten slotte kwamen ze bij Grove Road 213A aan. Robert betaalde de chauffeur en bestudeerde het gebouw vóór hem. Het was een lelijk gebouw van twee verdiepingen dat in kleine appartementen was onderverdeeld. Binnen was de man die over een complete lijst beschikte van de getuigen die Robert moest zien te vinden.

Leslie Mothershed zat in de huiskamer in gedachten verdiept over de foto's gebogen die hem een fortuin zouden opleveren toen de bel ging. Hij keek geschrokken op en plotseling maakte zich een onverklaarbare angst van hem meester. Er werd weer gebeld. Hij pakte zijn kostbare foto's op en haastte zich de donkerekamer binnen. Hij liet de foto's tussen een stapel oude afdrukken glijden, liep toen terug naar de huiskamer en opende de voordeur. Hij staarde de vreemde die voor hem stond aan.
'Ja?'
'Leslie Mothershed?'
'Dat klopt. Wat kan ik voor u doen?'
'Mag ik binnenkomen?'
'Dat weet ik nog niet. Waar gaat het over?'
Robert haalde een identiteitsbewijs van het Ministerie van Defensie te voorschijn en liet het aan Mothershed zien. 'Ik ben hier voor een officiële zaak, meneer Mothershed. We kunnen hier praten of anders op het Mi-

nisterie.' Hij blufte, maar hij zag plotseling een uitdrukking van angst op het gezicht van de fotograaf verschijnen.
Leslie Mothershed slikte. 'Ik weet niet waarover u het hebt, maar... komt u binnen.'
Robert liep de saaie kamer binnen. De inrichting was somber en getuigde van kale chic. Het was geen huis waar iemand zou gaan wonen als hij een andere keuze had.
'Zou u zo vriendelijk willen zijn te vertellen wat u hier komt doen?' Mothershed legde de juiste toon van onschuld en ergernis in zijn stem.
'Ik ben hier om u te ondervragen over enkele foto's die u hebt genomen.'
Hij wist het! Hij wist het al op het moment dat de bel was gegaan. *De rotzakken gaan proberen me mijn fortuin af te pakken. Nou, dat zal hun niet lukken.*
'Over welke foto's hebt u het?'
Robert zei geduldig: 'De foto's die u hebt gemaakt op de plaats waar de UFO is neergestort.'
Mothershed staarde Robert een ogenblik aan alsof hij verrast was en forceerde toen een lach. 'O, *die foto's*! Ik wou dat ik ze u kon geven.'
'U hebt die foto's toch gemaakt?'
'Ik heb het geprobeerd.'
'Hoe bedoelt u... geprobeerd?'
'Die vervloekte dingen zijn mislukt.' Mothershed kuchte nerveus. 'De lens van mijn camera was beslagen. Het is de tweede keer dat me dat is overkomen.' Hij begon snel en nerveus te praten. 'Ik heb zelfs de negatieven weggegooid. Ik had er niets aan. Het was een totale verspilling van film. En u weet hoe duur film tegenwoordig is.'
Hij liegt slecht, dacht Robert. *Hij staat op het punt in paniek te raken.*
Robert zei meelevend: 'Jammer. Die foto's hadden heel nuttig kunnen zijn.' Hij zei niets over de lijst met de namen van de passagiers. Als Mothershed loog over de foto's zou hij ook over de lijst liegen. Robert keek rond. De foto's en de lijst moesten hier ergens verborgen zijn. *Ze moeten niet moeilijk te vinden zijn.* Het appartement bestond uit een kleine huiskamer, een slaapkamer, een badkamer. Verder zag hij een deur die toegang gaf tot iets dat een bijkeuken zou kunnen zijn. Er was geen enkele manier om de man te dwingen hem het materiaal te overhandigen. Hij had geen enkele officiële bevoegdheid. Maar hij wilde die foto's en de lijst met namen hebben voordat de Britse geheime dienst ze kwam halen. Hij had die lijst voor zichzelf nodig.
'Ja.' Mothershed zuchtte. 'Die foto's zouden een fortuin waard zijn geweest.'
'Vertelt u me eens over het ruimteschip,' zei Robert.

Mothershed huiverde onwillekeurig. Het griezelige tafereel stond voorgoed in zijn geheugen gegrift. 'Ik zal het nooit vergeten,' zei hij. 'Het ruimteschip leek te... te pulseren, alsof het leefde. Er ging iets onheilspellends van uit. En er lagen die twee dode ruimtewezens in.'
'Kunt u me iets vertellen over de passagiers van de bus?'
Dat kan ik zeker. Mothershed verkneukelde zich inwendig. *Ik heb al hun namen en adressen.* 'Nee, ik vrees van niet.' Mothershed bleef doorpraten om zijn nervositeit te verbergen. 'De reden dat ik u wat die passagiers betreft niet kan helpen, is dat ik niet in die bus zat. Het waren allemaal vreemden.'
'Ik begrijp het. Wel, bedankt voor uw medewerking, meneer Mothershed. Ik waardeer het. Het spijt me van uw foto's.'
'Mij ook,' zei Mothershed. Hij zag hoe de deur zich achter de onbekende sloot en dacht tevreden: *Het is me gelukt! Ik ben de rotzakken te slim af geweest.*
Buiten in de gang bestudeerde Robert het slot van de deur. Een Chubb. En een oud model. Hij zou het in een paar seconden open hebben. Hij zou midden in de nacht beginnen het huis in de gaten te houden en wachten tot de fotograaf in de ochtend zijn appartement zou verlaten. *Als ik eenmaal die lijst met de namen van de passagiers in handen heb, zal de rest van mijn opdracht simpel zijn.*

Robert nam zijn intrek in een klein hotel in de buurt van Mothersheds appartement en belde generaal Hilliard.
'Ik heb de naam van de Engelse getuige, generaal.'
'Een ogenblik. Goed. Zegt u het maar, commandant.'
'Leslie Mothershed. Hij woont in Whitechapel, Grove Road 213A.'
'Uitstekend. Ik zal ervoor zorgen dat de Britse autoriteiten met hem gaan praten.'
Robert zei niets over de lijst met namen en de foto's. Dat waren zijn troeven die hij achter de hand hield.

Reggie's Vis- en Patatzaak lag in een kleine doodlopende straat die op de Brompton Road uitkwam. Het was een klein zaakje met een klantenkring die hoofdzakelijk bestond uit kantoorbedienden en secretaresses die in de buurt werkten. De muren waren bedekt met voetbalposters en de delen ervan die onbedekt waren, hadden sinds de Suezcrisis geen verfkwast meer gezien.
De telefoon achter de toonbank ging twee keer over voordat er werd opgenomen door een grote man die een vettige, wollen sweater droeg. De man zag eruit als een typische East Ender, alleen had hij een monocle

met een gouden rand stevig in zijn linkeroog geklemd. De reden waarom hij de monocle droeg was iedereen duidelijk die de man wat beter bekeek: zijn andere oog was van glas en had de kleur blauw die je gewoonlijk op posters van reisbureaus ziet.
'Met Reggie.'
'Met de Bisschop.'
'Ja, meneer,' zei Reggie terwijl zijn stem tot een fluistertoon daalde.
'De naam van onze cliënt is Mothershed. Voornaam Leslie. Woont op Grove Road 213A. Deze bestelling moet snel uitgevoerd worden. Begrepen?'
'Het komt zonder meer in orde, meneer.'

20

Leslie Mothershed was verzonken in een verrukkelijke dagdroom. Hij werd geïnterviewd door vertegenwoordigers van de wereldpers. Ze ondervroegen hem over het enorme kasteel in Schotland dat hij net had gekocht, over zijn *château* in Zuid-Frankrijk en zijn reusachtige jacht. *'En is het waar dat de koningin u heeft gevraagd de officiële hoffotograaf te worden? Ja, ik heb gezegd dat ik het haar zou laten weten. Als u me dan nu wilt excuseren, dames en heren, ik ben te laat voor mijn show bij de BBC...'*

Zijn mijmering werd onderbroken door het geluid van de bel. Hij keek op zijn horloge. Elf uur. *Is die man teruggekomen?* Hij liep naar de deur en opende hem voorzichtig. In de deuropening stond een man die kleiner was dan Mothershed (dat was het eerste dat hem aan de man opviel), een dikke bril droeg en een mager, bleek gezicht had.
'Neemt u me niet kwalijk,' zei de man bedeesd. 'Ik woon hier een eindje verderop. Op het bord buiten staat dat u fotograaf bent..'
'En?'
'Maakt u ook pasfoto's?'
Maakt Leslie Mothershed pasfoto's? De man die op het punt staat de wereld te veroveren. Dat is alsof je Michelangelo vraagt de badkamer te schilderen.
'Nee,' zei hij grof. Hij begon de deur te sluiten.
'Ik vind het echt heel vervelend dat ik u stoor, maar ik zit vreselijk in de nesten. Mijn vliegtuig vertrekt morgenochtend om acht uur naar Tokio en toen ik een poosje geleden mijn paspoort voor de dag haalde, zag ik dat mijn foto op een of andere manier losgescheurd was. Ik kan hem niet vinden. Ik heb overal gezocht. Ze zullen me niet aan boord van dat vliegtuig toelaten zonder pasfoto.' De kleine man was bijna in tranen.
'Het spijt me,' zei Mothershed. 'Ik kan u niet helpen.'
'Ik ben bereid u honderd pond te betalen.'
Honderd pond? Aan een man die een kasteel, een château en een jacht bezit? Dat is een belediging.
Het meelijwekkende mannetje vervolgde: 'Ik zou zelfs meer kunnen bieden. Tweehonderd of driehonderd pond. Ik moet namelijk echt in dat vliegtuig zitten, anders verlies ik mijn baan.'

Driehonderd pond om een pasfoto te maken? Buiten het ontwikkelen, zou het ongeveer tien seconden duren. Mothershed begon te rekenen. Het kwam neer op achttienhonderd pond per minuut. Achttienhonderd pond per minuut was tienduizend achthonderd pond per uur. Als hij acht uur per dag werkte, zou hij vierennegentigduizend vierhonderd pond per dag verdienen. In een week zou dat neerkomen op...
'Doet u het?'
Mothersheds ego streed met zijn hebzucht en de hebzucht won. *Ik kan wel een beetje zakgeld gebruiken.*
'Komt u binnen,' zei Mothershed. 'Gaat u maar tegen die muur staan.'
'Dank u. Ik waardeer dit zeer.'
Mothershed wou dat hij een Polaroid-camera had. Dat zou het zo gemakkelijk hebben gemaakt. Hij pakte zijn Vivitar en zei: 'Blijft u stilstaan.'
Tien seconden later was het gebeurd.
'Het duurt even voor de foto ontwikkeld is,' zei Mothershed. 'Als u terugkomt over...'
'Als u er geen bezwaar tegen hebt, wacht ik wel.'
'Zoals u wilt.'
Mothershed ging met de camera de donkerekamer binnen, stopte hem in de zwarte zak, deed het plafondlicht uit en de rode lamp aan en haalde de film uit de camera. Hij zou dit snel doen. Pasfoto's zagen er trouwens altijd verschrikkelijk uit. Vijftien minuten later toen Mothershed controleerde hoe lang de film in de ontwikkeltank lag, kreeg hij de geur van rook in zijn neusgaten. Hij hield even op met zijn werk. Was het zijn verbeelding? Nee. De geur werd sterker. Hij draaide zich om naar de deur en probeerde hem te openen. De deur leek klem te zitten. Mothershed duwde ertegen. Hij gaf geen millimeter mee.
'Hallo,' riep hij. "Wat is er binnen aan de hand?'
Er kwam geen antwoord.
'Hallo?' Hij duwde met zijn schouder tegen de deur maar er leek iets zwaars aan de andere kant ervan te staan dat hem gesloten hield. 'Meneer?'
Er kwam geen antwoord. Het enige geluid dat hij hoorde, was een luid geknetter. De geur van de rook werd overweldigend. Het appartement stond in brand. *Daarom is hij waarschijnlijk vertrokken. Hij moet hulp zijn gaan halen.* Leslie Mothershed beukte met zijn schouder tegen de deur, maar er zat geen beweging in. 'Help!' schreeuwde hij. 'Haal me hieruit!'
Rook begon onder de deur door te komen en Mothershed voelde aan de hitte dat de vlammen eraan likten. Het werd moeilijk om lucht te krijgen.

Hij begon te stikken. Happend naar lucht begon hij aan zijn boord te trekken. Zijn longen leken in brand te staan. Hij begon het bewustzijn te verliezen en zakte op zijn knieën. 'O, God, alstublieft, laat me nu niet sterven. Niet nu ik rijk en beroemd ga worden...'

'Met Reggie.'
'Is de bestelling bezorgd?'
'Ja, meneer. Een beetje overgaar, maar wel op tijd.'
'Uitstekend.'

Toen Robert om twee uur 's nachts op de Grove Road aankwam om met zijn surveillance te beginnen, zag hij een enorme verkeersopstopping. De straat stond vol officiële voertuigen, een brandweerauto, ziekenwagens en drie politieauto's. Robert drong zich door de menigte omstanders en haastte zich naar het centrum van de bedrijvigheid. Het hele gebouw had van de brand te lijden gehad. Van buiten zag hij dat de flat op de eerste verdieping waar de fotograaf woonde helemaal uitgebrand was.
'Hoe is het gebeurd?' vroeg Robert aan een brandweerman.
'Dat weten we nog niet. Wilt u alstublieft naar achteren gaan?'
'Mijn neef woont in die flat. Is alles in orde met hem?'
'Ik vrees van niet.' Hij kreeg een meelevende klank in zijn stem. 'Ze brengen hem net het gebouw uit.'
Robert zag dat twee ziekenbroeders een brancard met een lichaam erop de ambulance binnendroegen.
'Ik logeerde bij hem,' zei Robert. 'Al mijn kleren zijn nog binnen. Ik zou graag naar binnen gaan om...'
De brandweerman schudde zijn hoofd. 'Dat zou geen zin hebben, meneer. Er is van de flat niets dan as over.'
Niets dan as. Dus ook van de foto's en de kostbare lijst met namen en adressen van de passagiers. Dat was dan mijn meevaller, dacht Robert bitter.

In Washington zat Dustin Thornton met zijn schoonvader te lunchen in de luxueuze privé-eetzaal in het kantoor van Willard Stone. Dustin Thornton was nerveus. Hij was altijd nerveus in het bijzijn van zijn machtige schoonvader.
Willard Stone was in een goed humeur. 'Ik heb gisteravond met de president gedineerd. Hij heeft me verteld dat hij heel tevreden over je werk is, Dustin.'
'Ik ben erg vereerd.'

'Je doet het uitstekend. Je helpt ons tegen de horden beschermen.'
'De horden?'
'Degenen die willen proberen dit fantastische land op zijn knieën te krijgen. Maar het is niet alleen de vijand buiten de muren voor wie we op onze hoede moeten zijn. Het zijn degenen die pretenderen ons land te dienen en hun plicht verzaken. Degenen die hun orders niet uitvoeren.'
'De individualisten?'
'Dat klopt, Dustin. De individualisten. Ze moeten gestraft worden. Als...'
Een man kwam de eetzaal binnen. 'Neemt u me niet kwalijk, meneer Stone. De heren zijn gearriveerd. Ze wachten op u.'
'Ja.'
Stone wendde zich naar zijn schoonzoon. 'Eet maar rustig verder, Dustin. Ik moet iets belangrijks regelen. Eens zal ik je misschien kunnen vertellen wat het is.'

21

In de straten van Zürich liepen overal griezelig uitziende vreemdgevormde wezens; misvormde reuzen met grote, groteske lichamen, kleine ogen en een huid die de kleur van gekookte vis had. Het waren vleeseters en ze haatte de stinkende geur die hun lichaam afscheidde. Sommigen van de vrouwen droegen dierevellen, de overblijfselen van de beesten die ze hadden vermoord. Ze was nog steeds van streek door het verschrikkelijke ongeluk dat haar metgezellen hun levensgeest had ontnomen.
Ze was nu vier cycli van wat deze vreemd uitziende wezens *luna* noemden op aarde en ze had al die tijd niet gegeten. Ze was flauw van de dorst. Het enige water dat ze had kunnen drinken was het verse regenwater in de drinkbak van de boer en het had niet meer geregend sinds de dag dat ze aangekomen was. De rest van het water op aarde was ondrinkbaar. Ze was een voederplaats van de aardwezens binnengegaan, maar ze had de stank niet kunnen verdragen. Ze had geprobeerd hun rauwe groente en fruit te eten, maar die hadden nauwelijks smaak en leken niet op het sappige voedsel thuis.
Ze werd de Gracieuze genoemd en ze was lang, statig en mooi en had lichtgevende, groene ogen. Ze had het uiterlijk van een aardbewoner aangenomen nadat ze de plaats van het ongeluk had verlaten en ze viel in de drukke straten niet op.
Ze zat aan een tafel in een harde, oncomfortabele stoel die was gebouwd voor het menselijk lichaam en ze las de gedachten van de wezens om haar heen.
Twee van de wezens zaten aan een tafel vlak bij haar. De ene was aan het woord. 'Het is de kans van je leven, Franz! Voor vijftigduizend franc kun je vanaf het begin meedoen. Je hebt toch wel vijftigduizend franc?' Ze las zijn overduidelijke gedachten. *Schiet op, zwijn. Ik heb de commissie nodig.*
'Zeker, maar ik weet niet...' *Ik zal het van mijn vrouw moeten lenen.*
'Heb ik je ooit een slecht investeringsadvies gegeven?' *Neem een besluit.*
'Het is een hoop geld.' *Ze zal het me nooit geven.*
'Wat denk je van de potentiële mogelijkheden. Er is een kans dat je miljoenen gaat verdienen.' *Zeg ja.*

'Goed dan. Ik doe mee.' *Misschien kan ik wat van haar sieraden verkopen. Ik heb hem te pakken!* 'Je zult er geen spijt van krijgen, Franz.' *Hij kan het altijd van de belastingen aftrekken.*
De Gracieuze had er geen idee van wat het gesprek inhield.
Aan de andere kant van het restaurant zaten een man en een vrouw aan een tafel. Ze spraken zachtjes. Ze spande haar geest in om hen te horen.
'Jezus Christus!' zei de man. 'Hoe ben je nu in godsnaam zwanger geworden?' *Stomme teef!*
'Hoe denk je dat ik zwanger ben geworden?' *Jouw pik heeft me zwanger gemaakt.*
Zwanger was wanneer deze wezens een kind kregen. Ze plantten zich onhandig voort met hun geslachtsdelen, net als hun dieren in het veld.
'Wat ga je eraan doen, Tina?' *Je moet het laten aborteren.*
'Wat verwacht je dat ik doe? Je zei dat je je vrouw over me zou vertellen.' *Vuile leugenaar.*
'Luister, liefste, dat wil ik ook, maar dit is er een slecht tijdstip voor.' *Ik ben gek dat ik me ooit met je heb ingelaten. Ik had moeten weten dat je voor moeilijkheden zou zorgen.*
'Het is voor mij ook een slecht tijdstip, Paul. Ik geloof zelfs niet dat je van me houdt.' *Zeg me alsjeblieft dat het wél zo is.*
'Natuurlijk houd ik van je.' Het is alleen dat mijn vrouw op het ogenblik een moeilijke periode doormaakt.' *Ik ben niet van plan haar te verliezen.*
'Ik maak op het ogenblik ook een moeilijke periode door. Begrijp je dat dan niet? Ik krijg een kind van je.' *En je zúlt met me trouwen.* Er kwam water uit haar ogen.
'Stil maar, schat. Alles komt heus goed. Ik wil het kind net zo graag als jij. *Ik zal haar moeten overhalen het te laten aborteren.*
Aan de tafel naast hen zat een mannelijk wezen in zijn eentje.
Ze hebben het me beloofd. Ze hebben gezegd dat de race doorgestoken kaart was, dat ik niet zou kunnen verliezen en als een idioot ben ik erin getrapt en heb hun al mijn geld gegeven. Ik moet een manier vinden om het terug te leggen voordat de accountants komen. Ik zou het niet kunnen verdragen als ze me in de gevangenis zouden zetten. Ik maak me nog liever van kant. Ik zweer het, ik maak me van kant.
Aan een andere tafel waren een man en een vrouw in een discussie verwikkeld.
'... Zo is het helemaal niet. Het is alleen dat ik dat prachtige chalet in de bergen heb en ik dacht dat het goed voor je zou zijn er een weekend tussenuit te gaan om je te ontspannen.' *We zullen een hoop tijd doorbrengen met ontspannen in mijn bed, chérie.*

'Ik weet het niet, Claude. Ik ben nog nooit met een man weggeweest.' *Ik vraag me af of hij dat gelooft.*
'*Oui*, maar dit gaat niet om seks. Ik dacht alleen aan het chalet omdat je zei dat je rust nodig had. Je kunt me als een broer beschouwen.' *Dan zullen we eens wat lekkere, ouderwetse incest plegen.*
De Gracieuze was zich er niet van bewust dat de mensen om haar heen verschillende talen spraken, want ze kon alles wat ze hoorde met haar bewustzijn filteren en begrijpen wat ze zeiden.
Ik moet een manier vinden om contact met het moederschip te krijgen, dacht ze. Ze haalde de kleine, zilverkleurige zender te voorschijn. Het was een apparaatje met een uit twee delen bestaand systeem van neuronenverbindingen. De helft was van levend, organisch materiaal en de andere helft van een metaalverbinding uit een ander sterrenstelsel. Het organische materiaal bestond uit duizenden enkele cellen die zich vermenigvuldigden om de plaatsen van de afgestorven cellen op te vullen, zodat de verbindingen intact bleven. Helaas was het dilithiumkristal dat de zender activeerde, afgebroken en verloren geraakt. Ze had geprobeerd met het moederschip te communiceren, maar de zender werkte niet zonder het kristal.
Ze probeerde nog een blaadje sla te eten, maar ze kon de stank niet langer verdragen. Ze stond op en begon naar de deur te lopen. De caissière riep haar na: 'Wacht even, juffrouw. U hebt nog niet betaald.'
'Het spijt me. Ik beschik niet over uw betaalmiddel.'
'Vertelt u dat maar aan de politie.'
De Gracieuze staarde de caissière in de ogen en zag haar slap worden. Ze draaide zich om en liep de voederplaats uit.
Ik moet het kristal vinden. Ze wachten tot ze wat van me horen. Ze moest zich concentreren om haar zintuigen te laten functioneren, maar ze zag alles vaag en verwrongen. Ze wist dat ze zonder water spoedig zou sterven.

22

Vijfde Dag
Bern, Zwitserland

Robert was op een dood punt aangekomen. Hij had niet beseft hoe sterk hij erop had gerekend Mothersheds lijst met namen in handen te krijgen. *In rook opgegaan*, dacht Robert. *Letterlijk.* Het spoor was nu koud. *Ik had de lijst in bezit moeten krijgen toen ik in Mothersheds flat was. Dat is een goede les voor me... les.* Natuurlijk! Een gedachte die in zijn achterhoofd steeds aanwezig was geweest, trad nu op de voorgrond. Hans Beckerman had gezegd: '*Affenarsch! Alle andere passagiers waren er opgewonden over dat ze de* UFO *met die dode ruimtewezens erin zagen, maar die oude man bleef maar klagen en zei dat we snel naar Bern moesten omdat hij een of ander college voor de universiteit moest voorbereiden.*' Het was een gok, maar het was Roberts enige kans.

Hij huurde een auto op het vliegveld van Bern en reed naar de universiteit. Hij sloeg af bij de Rathausgasse, de hoofdstraat van Bern, en reed naar de Länggassestrasse waar de Universiteit van Bern was gevestigd. De universiteit bestaat uit verscheidene gebouwen. Het hoofdgedeelte is een groot gebouw van vier verdiepingen met twee vleugels en een dak dat is versierd met grote stenen waterspuwers. Aan beide kanten van het plein voor het gebouw zijn dakramen boven de collegezalen en aan de achterkant van de universiteit ligt een groot park dat uitzicht biedt op de Aare.

Robert liep de trap naar het administratiegebouw op en ging de receptieruimte binnen. De enige informatie die Beckerman hem had gegeven, was dat de passagier een Duitser was en dat hij voor maandag een college voorbereidde.

Een student verwees hem naar de administratie. De vrouw die achter het bureau zat, was een formidabele verschijning. Ze droeg een sober mantelpak, een bril met een zwart montuur en haar haar zat in een wrong. Ze keek op toen Robert haar kantoor binnenkwam.

'*Bitte?*'

Robert haalde een identiteitsbewijs te voorschijn. 'Interpol. Ik doe een onderzoek en ik zou uw medewerking op prijs stellen, juffrouw...'

'Frau. Frau Schreiber. Wat voor onderzoek?'

'Ik zoek een professor.'

Ze fronste haar voorhoofd. 'Hoe heet hij?'
'Dat weet ik niet.'
'U weet niet hoe hij heet?'
'Nee. Hij is gastprofessor. Hij heeft hier een paar dagen geleden een college gegeven. *Montag*.'
'Er komen hier iedere dag veel gastprofessoren om college te geven. Wat is zijn discipline?'
'Pardon?'
'Waarin is hij professor?' Haar toon werd ongeduldiger. 'Over welk onderwerp gaf hij college?'
'Dat weet ik niet.'
Ze liet haar ergernis blijken. '*Tut mir leid*. Ik kan u niet helpen. En ik heb het te druk voor dit soort onnozele vragen…' Ze begon zich van hem af te wenden.
'O, het is niet onnozel,' verzekerde Robert haar. '*Es ist sehr dringend*.' Hij leunde naar voren en zei met zachte stem: 'Ik zal u in vertrouwen moeten nemen. De professor die we zoeken is betrokken bij een prostitutiesyndicaat.'
Frau Schreibers mond vormde een kleine 'o' van verbazing.
'Interpol zit al maanden achter hem aan. De laatste informatie die we over hem hebben, is dat hij Duitser is en dat hij hier op de vijftiende van deze maand een college heeft gegeven.' Hij ging rechtop staan. 'Als u ons niet wilt helpen, kunnen we een officieel onderzoek op de universiteit uitvoeren. Natuurlijk zou de publiciteit…'
'*Nein, nein!*' zei ze. 'De universiteit mag bij zoiets niet betrokken raken.' Ze keek bezorgd. 'Op welke dag zei u dat hij hier college had gegeven?'
'Op de vijftiende. Op maandag.'
Frau Schreiber stond op en liep naar een archiefkast. Ze trok hem open en keek wat papieren door. Ze haalde verscheidene vellen uit een map. 'Dat zijn ze. Er waren drie professoren die hier op de vijftiende college hebben gegeven.'
'De man die ik zoek, is een Duitser.'
'Het zijn alle drie Duitsers,' zei Frau Schreiber stijfjes. Ze verschoof de papieren in haar hand. 'Een van de colleges ging over economie, een over scheikunde en een over psychologie.'
'Mag ik ze even zien?'
Onwillig overhandigde ze Robert de papieren.
Hij bestudeerde de vellen. Op elk ervan stond een naam, een huisadres en een telefoonnummer geschreven.
'Ik kan er een kopie van maken, als u dat wilt.'
'Nee, dank u.' Hij had de namen en de nummers al uit zijn hoofd geleerd.

'De man die ik zoek, zit hier niet bij.'
Frau Schreiber zuchtte opgelucht. 'Godzijdank. Prostitutie! Het is ondenkbaar dat we met zoiets wat te maken zouden hebben.'
'Het spijt me dat ik u voor niets heb lastig gevallen.' Robert vertrok en liep de straat op tot hij bij een telefooncel kwam.
Het eerste gesprek was met Berlijn. 'Professor Streubel.'
'Ja.'
'Met busonderneming Sunshine Tours. U hebt afgelopen zondag een bril in onze bus laten liggen toen u met ons een tour door Zwitserland maakte en...'
'Ik weet niet waarover u het hebt.' Hij klonk geërgerd.
'U was toch op de veertiende in Zwitserland, professor?'
'Nee. Op de vijftiende. Om een college te geven aan de Universiteit van Bern.'
'En u bent niet met onze bustour mee geweest?'
'Ik heb geen tijd voor dat soort onzin. Ik ben een drukbezet man.' De professor hing op.
Het tweede gesprek was met Hamburg. 'Professor Heinrich?'
'Daar spreekt u mee.'
'Met busonderneming Sunshine Tours. Was u de veertiende van deze maand in Zwitserland?'
'Waarom wilt u dat weten?'
'Omdat we in een van onze bussen een aktentas van u hebben gevonden, professor, en...'
'Dan hebt u de verkeerde te pakken. Ik heb niet in een tourbus gezeten.'
'Bent u niet met een bus van ons naar de Jungfrau geweest?'
'Dat zeg ik u net, nee.'
'Het spijt me dat ik u heb lastig gevallen.'
Het derde gesprek was met München. 'Professor Otto Schmidt?'
'Ja.'
'Professor Schmidt, met busonderneming Sunshine Tours. We hebben een bril van u gevonden die u een paar dagen geleden in een van onze bussen hebt laten liggen en...'
'Dat moet een vergissing zijn.'
De moed zonk Robert in de schoenen. Hij had gegokt en verloren. Zijn onderzoek was op niets uitgelopen.
De stem vervolgde. 'Ik heb mijn bril hier. Ik ben hem niet kwijt.'
Robert vatte weer moed. 'Weet u dat zeker, professor? U *hebt* op de veertiende toch deelgenomen aan een bustour naar de Jungfrau?'
'Ja, ja. Maar ik heb u al gezegd dat ik niets kwijt ben.'
'Dank u zeer, professor.' Robert legde de hoorn op de haak. *Jackpot!*

Robert draaide weer een nummer en binnen twee minuten had hij generaal Hilliard aan de lijn.
'Ik heb twee dingen te rapporteren,' zei Robert. 'Die getuige in Londen over wie ik u heb verteld?'
'Ja?'
'Die is gisteravond bij een brand omgekomen.'
'O ja? Dat spijt me.'
'Ja, generaal. Maar ik geloof dat ik een andere getuige gelokaliseerd heb. Ik zal het u laten weten zodra ik het heb nagetrokken.'
'Ik wacht uw berichten af, commandant.'

Generaal Hilliard deed verslag aan Janus.
'Commandant Bellamy heeft weer een getuige gelokaliseerd.'
'Goed. De groep wordt ongeduldig. Iedereen maakt zich er zorgen over dat dit verhaal openbaar zal worden voordat het SDI-programma operationeel is.'
'Ik zal u snel meer informatie kunnen geven.'
'Ik wil geen informatie. Ik wil resultaten.'
'Ja, Janus.'

De Plattenstrasse in München is een rustige, deftige straat met saaie herenhuizen van bruine zandsteen die dicht op elkaar staan alsof ze bescherming bij elkaar zoeken. Nummer 5 was identiek aan de huizen ernaast. In de vestibule was een rij brievenbussen. Op een klein bordje onder één ervan stond: 'Professor Otto Schmidt'. Robert belde aan.
De deur van het appartement werd geopend door een lange, magere man met een slordige bos grijs haar. Hij droeg een versleten sweater en rookte een pijp. Robert vroeg zich af of hij het beeld van de stereotiepe professor had gecreëerd of dat het andersom was.
'Professor Schmidt?'
'Ja.'
'Zou ik u een ogenblik kunnen spreken. Ik werk bij...'
'We hebben elkaar al gesproken,' zei professor Schmidt. 'U bent degene die me vanmorgen heeft gebeld. Ik ben een expert in het herkennen van stemmen. Komt u binnen.'
'Dank u.' Robert liep een huiskamer binnen die vol stond met boeken. De muren waren van de grond tot het plafond bedekt met boekenkasten die waren gevuld met honderden boeken. Overal stonden stapels boeken: op tafels, op de vloer en op de stoelen. Het spaarzame meubilair in de kamer leek er achteraf aan toegevoegd te zijn.
'U werkt niet bij een Zwitserse busonderneming, hè?'

'Wel, ik...'
'U bent Amerikaan.'
'Ja.'
'En dit bezoek heeft niets te maken met mijn verloren bril die niet verloren is.'
'Eigenlijk niet, meneer.'
'U bent geïnteresseerd in de UFO die ik heb gezien. Het was een zeer verontrustende ervaring. Ik heb altijd geloofd dat ze misschien bestonden, maar ik heb nooit gedacht dat ik er een zou zien.'
'Het moet een vreselijke schok zijn geweest.'
'Dat was het ook.'
'Kunt u me er iets over vertellen?'
'Het leek... het leek bijna alsof het ruimteschip leefde. Er was een soort flikkerend licht omheen. Blauw. Nee, misschien eerder grijs. Ik... ik ben er niet zeker van.'
Hij herinnerde zich Mandels beschrijving. *'Het bleef van kleur veranderen. Eerst was het blauw... en daarna groen.'*
'Het was opengescheurd en ik zag binnen twee lichamen van kleine wezens met grote ogen. Ze droegen een soort zilverkleurig pak.'
'Kunt u me iets over uw medepassagiers vertellen?'
'Mijn medepassagiers in de bus?'
'Ja.'
De professor haalde zijn schouders op. 'Ik weet niets van hen. Het waren allemaal vreemden. Ik concentreerde me op een college dat ik de volgende morgen zou geven en ik heb heel weinig aandacht aan de andere passagiers besteed.'
Robert keek hem aan en wachtte af.
'Als het u zou helpen,' zei de professor, 'kan ik u vertellen uit welke landen sommigen van hen kwamen. Ik geef college in scheikunde, maar fonetiek is mijn hobby.'
'Alles wat u zich kunt herinneren is welkom.'
'Er waren een Italiaanse priester, een Hongaar, een Amerikaan met een Texaans accent, een Engelsman, een Russisch meisje...'
'Russisch?'
'Ja, maar ze kwam niet uit Moskou. Naar haar accent te oordelen, zou ik zeggen dat ze uit Kiev kwam, of daar uit de buurt.'
Robert wachtte, maar de professor zweeg. 'U hebt niemand van hen zijn naam horen noemen of over zijn beroep horen praten?'
'Het spijt me. Ik zei u al dat ik aan mijn college dacht. Het was moeilijk me te concentreren. De Texaan en de priester zaten bij elkaar. De Texaan praatte aan één stuk door. Het leidde me erg af. Ik weet niet hoeveel de priester ervan verstond.'

'De priester...'
'Hij had een Romeins accent.'
'Kunt u me over één van hen nog iets meer vertellen?'
De professor haalde zijn schouders op. 'Ik ben bang van niet.' Hij trok nog een keer aan zijn pijp. 'Het spijt me dat ik u niet kan helpen.'
Plotseling schoot Robert iets te binnen. 'U zei dat u scheikundige bent?'
'Ja.'
'Zou u misschien even naar iets willen kijken, professor?' Robert stak zijn hand in zijn zak en haalde het stukje metaal dat Beckerman hem had gegeven te voorschijn. 'Kunt u me vertellen wat dit is?'
Professor Schmidt pakte het voorwerp aan en terwijl hij het bestudeerde, veranderde zijn gelaatsuitdrukking. 'Waar... waar hebt u dit vandaan?'
'Ik vrees dat ik dat niet kan vertellen. Weet u wat het is?'
'Het lijkt een onderdeel van een soort zender.'
'Weet u dat zeker?'
Hij draaide het in zijn hand om. 'Het kristal is dilithium. Het is heel zeldzaam. Ziet u die kerfjes hier? Daaruit kan afgeleid worden dat dit in een groter geheel past. Het metaal zelf is... Mijn God... ik heb nog nooit zoiets gezien!' Zijn stem klonk opgewonden. 'Mag ik dit een paar dagen houden? Ik zou er graag een paar spectografische onderzoeken op doen.'
'Ik vrees dat dat uitgesloten is,' zei Robert.
'Maar...'
'Het spijt me.' Robert pakte het stukje metaal terug.
De professor probeerde zijn teleurstelling te verbergen. 'Misschien kunt u het een andere keer hier brengen. Als u me uw kaartje geeft, dan bel ik u als me nog iets te binnen schiet.'
Robert voelde even in zijn zakken. 'Ik geloof dat ik mijn kaartjes niet bij me heb.'
Professor Schmidt zei langzaam: 'Ja, dat dacht ik wel.'

'Commandant Bellamy is aan de lijn.'
Generaal Hilliard pakte de telefoon op. 'Ja, commandant.'
'De naam van de laatste getuige is professor Schmidt. Hij woont in de Plattenstrasse 5 in München.'
'Dank u, commandant. Ik zal de Duitse autoriteiten onmiddellijk op de hoogte stellen.'
Robert stond op het punt te zeggen: 'Dat is de laatste getuige die ik zal kunnen vinden', maar iets hield hem tegen. Hij haatte het toe te moeten geven dat hij had gefaald. En toch zat hij op dood spoor. Een Texaan en een priester. De priester kwam uit Rome, evenals een miljoen andere

priesters. Punt uit. Er was geen enkele manier om achter zijn identiteit te komen. *Ik heb een keuze,* dacht Robert. *Ik kan het opgeven en teruggaan naar Washington of ik kan naar Rome gaan en nog een laatste poging wagen...*

Het *Bundesverfassungsschutzamt,* het hoofdkwartier van de Dienst ter Bescherming van de Grondwet, ligt in het centrum van Berlijn in de Neumarkterstrasse. Het is een groot, grijs, onopvallend gebouw dat zich niet onderscheidt van de gebouwen eromheen. In de vergaderzaal op de tweede verdieping bestudeerde inspecteur Otto Joachim, het hoofd van de dienst, een bericht. Hij las het tweemaal en pakte toen de rode telefoon op zijn bureau op.

Zesde Dag
München, Duitsland

Toen Otto Schmidt de volgende morgen op weg was naar zijn scheikundig laboratorium dacht hij na over het gesprek dat hij de vorige avond met de Amerikaan had gevoerd. Waar zou dat stukje metaal vandaan gekomen zijn? Hij had er geen idee van en hij was een dergelijk metaal nog nooit tegengekomen. En hij wist ook niet wat hij van de Amerikaan moest denken. *Hij had gezegd dat hij geïnteresseerd was in de buspassagiers. Waarom? Omdat ze allemaal de vliegende schotel hadden gezien? Zullen ze gewaarschuwd worden dat ze er niet over mogen praten? Als dat zo was, waarom had de Amerikaan hem dan niet gewaarschuwd? Er is hier iets vreemds aan de hand,* concludeerde de professor. Hij ging het laboratorium binnen, trok zijn jasje uit en hing het op. Hij deed een schort voor opdat zijn kleren niet vuil zouden worden en liep naar de tafel om verder te gaan met een chemisch experiment waarmee hij al wekenlang bezig was. *Als dit lukt,* dacht hij, *zou dat wel eens een Nobelprijs kunnen betekenen.* Hij tilde de beker met gesteriliseerd water op en begon de inhoud uit te gieten in een bak die met een gele vloeistof gevuld was. *Dat is vreemd. Ik herinner me niet dat de kleur ervan zo helder was.* Er volgde een verschrikkelijke explosie. Het laboratorium ontplofte met een gigantische knal en stukjes glas en menselijk vlees spatten tegen de muren.

SPOEDBERICHT
ULTRA TOPGEHEIM
BFV AAN ONDERDIRECTEUR NSA
VERTROUWELIJK

KOPIE ÉÉN
ONDERWERP: OPERATIE DOEMDAG
4. OTTO SCHMIDT GELIQUIDEERD
EINDE BERICHT

Robert miste het nieuws van de dood van de professor. Hij was aan boord van een Alitalia-vliegtuig op weg naar Rome.

23

Dustin Thornton werd onrustig. Hij had nu macht en dat werkte als een drug. Hij wilde meer. Zijn schoonvader, Willard Stone, bleef hem maar beloven dat hij hem zou introduceren in een of andere geheimzinnige, intieme kring van machtige mannen, maar tot dusver had hij deze belofte niet ingelost.
Het was puur toeval dat Thornton ontdekte dat zijn schoonvader elke vrijdag verdween. Thornton had opgebeld om te vragen of Willard met hem wilde gaan lunchen.
'Het spijt me,' ze Willard Stones privé-secretaresse, 'maar meneer Stone is de hele dag afwezig.'
'O. Jammer. Misschien kunnen we dan volgende week vrijdag gaan lunchen?'
'Het spijt me, meneer Thornton. Meneer Stone is er volgende week vrijdag ook niet.'
Vreemd. En het werd nog vreemder, want toen Thornton twee weken later belde, kreeg hij hetzelfde antwoord. *Waar gaat de oude man iedere vrijdag heen?* Hij was geen golfspeler of iemand die er hobby's op nahield.
De voor de hand liggende verklaring was een vrouw. Willard Stones echtgenote was erg extravert en erg rijk. Ze was een dominante vrouw die op haar manier een bijna even sterke persoonlijkheid was als haar echtgenoot. Ze was niet het soort vrouw dat zou toestaan dat haar echtgenoot er een vriendin op na hield. *Als hij een vriendin heeft,* dacht Thornton, *heb ik hem bij zijn ballen.* Hij wist dat hij het moest uitzoeken. Met alle faciliteiten die hij tot zijn beschikking had, zou Dustin Thornton heel snel hebben kunnen uitvinden wat zijn schoonvader in zijn schild voerde, maar Thornton was geen dwaas. Hij wist dat hij in grote problemen zou komen als hij één misstap deed. Willard Stone was niet het soort man dat duldde dat er inbreuk op zijn privé-leven werd gemaakt. Thornton besloot de zaak zelf te gaan onderzoeken.

De volgende vrijdag om vijf uur 's morgens zat Dustin Thornton een half blok van Willard Stones indrukwekkende herenhuis vandaan weggezakt achter het stuur van een onopvallende Ford Taunus. Het was een koude, ellendige ochtend en Thornton bleef zich afvragen wat hij hier eigenlijk deed. Er was waarschijnlijk een volkomen redelijke verklaring voor Stones vreemde gedrag. *Ik verknoei mijn tijd,* dacht Thornton. Maar iets deed hem op zijn post blijven.

Om zeven uur ging het hek van de oprijlaan open en er kwam een auto naar buiten. Willard Stone zat achter het stuur. Hij was niet zoals gewoonlijk met de limousine, maar reed in plaats daarvan in een kleine, zwarte bestelwagen die door zijn personeel werd gebruikt. Een gevoel van opgetogenheid maakte zich van Thornton meester. Hij wist dat hij iets op het spoor was. Mensen gedroegen zich volgens een vast patroon en Stone verbrak het patroon. Het *moest* een andere vrouw zijn.

Thornton reed voorzichtig en bleef ruim achter de bestelwagen terwijl hij zijn schoonvader door de straten van Washington volgde naar de weg die naar Arlington leidde.

Ik zal hier heel tactisch mee moeten omspringen, dacht Thornton. *Ik moet hem niet te veel onder druk zetten. Ik zal zoveel mogelijk informatie over zijn maîtresse verzamelen en dan zal ik hem daarmee confronteren. Ik zal hem vertellen dat ik hem alleen maar wil beschermen. Hij zal het begrijpen. Het laatste wat hij wil is een publiek schandaal.*

Dustin Thornton was zo in gedachten verdiept dat hij bijna rechtdoor reed toen Willard Stone afsloeg. Ze waren in een deftige wijk. De zwarte bestelwagen reed plotseling een lange door bomen overschaduwde oprijlaan op.

Dustin Thornton stopte en dacht erover na wat hij nu het beste kon doen. Zou hij Willard Stone nu met zijn ontrouw confronteren? Of zou hij wachten tot Stone vertrokken was en dan eerst met de vrouw praten? Of zou hij heimelijk alle informatie verzamelen die hij nodig had en dan een gesprek met zijn schoonvader voeren? Hij besloot op verkenning uit te gaan.

Thornton parkeerde zijn auto in een zijstraat en liep om naar de achterkant van het huis dat twee verdiepingen had. Om de tuin stond een houten schutting, maar die vormde geen probleem. Thornton opende het hek en stapte naar binnen. Hij zag het huis achter in de uitgestrekte, schitterend onderhouden tuin liggen.

Hij bewoog zich geruisloos voort in de schaduw van de bomen die het gazon omzoomden. Hij bleef bij de achterdeur staan en overdacht wat zijn volgende stap zou zijn. Hij had bewijs nodig van wat er gebeurde. Als hij dat niet had, zou de oude man hem uitlachen. Wat er binnen gebeurde, zou de sleutel tot zijn toekomst kunnen zijn. Hij moest het uitzoeken.

Thornton probeerde heel voorzichtig de achterdeur te openen. De deur zat niet op slot. Hij glipte naar binnen en merkte dat hij in een grote, ouderwetse keuken stond. Er was niemand. Thornton liep naar de dienstdeur en duwde hem een stukje open. Hij keek een grote ontvangsthal binnen. Aan de andere kant ervan was een deur die toegang zou kunnen geven tot een bibliotheek. Thornton liep geruisloos in de richting van de deur en bleef even stilstaan om te luisteren. Er was geen teken van leven in het huis. *De oude man is waarschijnlijk boven in de slaapkamer.* Thornton liep naar de gesloten deur en opende hem. Hij bleef in de deuropening staan en staarde naar binnen. In de kamer zaten twaalf mannen om een grote tafel.
'Kom binnen, Dustin,' zei Willard Stone. 'We verwachtten je al.'

24

Robert had het moeilijk in Rome. Het bezoek aan de stad bleek een emotionele beproeving die hem uitputte. Hij was hier tijdens zijn huwelijksreis met Susan geweest en de herinneringen waren overweldigend. Rome was Roberto, die het Hassler Hotel runde voor zijn moeder. Hij was gedeeltelijk doof, maar kon in vijf talen liplezen. Rome was de tuinen van de Villa d'Este in Tivoli en het restaurant Sibilla en Susans verrukte reactie op de honderd fonteinen die waren aangelegd door de zoon van Lucrezia Borgia. Rome was Otello aan de voet van de Spaanse Trappen, het Vaticaan, het Colosseum, het Forum en Michelangelo's Mozes. Rome was samen een *tartufo* eten in Tre Scalini en het geluid van Susans lach en van haar stem die zei: 'Beloof me alsjeblieft dat we altijd zo gelukkig zullen zijn, Robert.'
Wat doe ik hier in godsnaam? vroeg Robert zich af. *Ik heb er geen idee van wie de priester is en of hij zelfs maar in Rome is. Het is tijd om met dit werk op te houden, naar huis te gaan en dit allemaal te vergeten.*
Maar iets in hem, een koppige trek die hij van een reeds lang geleden overleden voorvader had geërfd, stond hem dat niet toe. *Ik probeer het nog één dag,* besloot Robert. *Nog één dag.*

Het was druk op het vliegveld Leonardo da Vinci en het scheen Robert toe dat één op de twee mensen een priester was. Hij zocht naar één priester in een stad met... hoeveel zouden het er zijn? Vijftigduizend priesters? Honderdduizend? In de taxi op weg naar het Hassler Hotel, zag hij op straat massa's priesters in hun zwarte gewaad. *Dit is onmogelijk*, dacht Robert. *Ik lijk wel gek.*
In de hal van het Hassler Hotel werd hij begroet door de assistent-manager.
'Commandant Bellamy! Wat een genoegen u weer te zien.'
'Dank je, Pietro. Heb je een kamer voor één nacht?'
'Voor u... natuurlijk. Altijd!'
Robert werd naar de kamer gebracht die hij al eerder had gehad.
'Als u iets nodig hebt, commandant...'
Ik heb een wonder nodig, dacht Robert. Hij ging op het bed zitten, leun-

de achterover en probeerde zijn gedachten te ordenen.
Waarom zou een priester uit Rome naar Zwitserland reizen? Er waren verscheidene mogelijkheden. Hij zou op vakantie kunnen zijn gegaan of er zou een bijeenkomst van priesters kunnen zijn geweest. Hij was de enige priester in de touringcar. Wat betekende dat? Niets. Misschien alleen dat hij niet met een groep reisde. Het zou dus een reis kunnen zijn geweest om zijn familie of vrienden te bezoeken. Of misschien had hij wél met een groep gereisd en hadden zij voor die dag andere plannen gehad. Roberts gedachten draaiden vruchteloos in cirkels rond.

Terug naar het begin. Hoe was de priester naar Zwitserland gereisd? De kans is behoorlijk groot dat hij geen eigen auto heeft. Iemand zou hem een lift gegeven kunnen hebben, maar het was waarschijnlijker dat hij met de trein of het vliegtuig was gegaan of een bus had genomen. Als hij op vakantie was geweest, zou hij niet veel tijd hebben gehad. Laten we er dus van uitgaan dat hij met het vliegtuig was gegaan. Die redenering leidde nergens toe. Luchtvaartmaatschappijen noteerden het beroep van hun passagiers niet. Alleen de naam van de priester zou op de passagierslijst staan. Maar als hij in een groep had gereisd...

Het Vaticaan, de officiële residentie van de paus, verrijst majestueus op de Vaticaanheuvel op de westelijke oever van de Tiber, in het noordwestelijke deel van Rome. De koepel van de basiliek van Sint-Pieter, ontworpen door Michelangelo, verheft zich boven het enorme plein dat dag en nacht is gevuld met enthousiaste bezoekers van alle gezindten.
Het plein wordt omgeven door twee halfronde colonnades die in 1667 door Bernini gebouwd zijn. Ze bestaan uit 284 zuilen van travertijnmarmer die in vier rijen zijn geplaatst en worden omringd door een balustrade waarop 140 beelden staan. Robert was er al een keer of tien geweest, maar iedere keer opnieuw was het een adembenemend gezicht.
Het interieur van het Vaticaan was uiteraard nog spectaculairder. De Sixtijnse Kapel, het museum en de Sala Rotonda waren onbeschrijflijk mooi.
Maar Robert was op deze dag niet gekomen om de bezienswaardigheden te bekijken.
Hij vond het Bureau voor Public Relations van het Vaticaan in de vleugel van het gebouw dat aan wereldse zaken was gewijd. De jongeman achter de balie was beleefd.
'Kan ik u helpen?'
Robert liet hem een identiteitsbewijs zien. 'Ik werk voor *Time*. Ik ben bezig aan een artikel over enkele priesters die in de afgelopen twee weken een bijeenkomst in Zwitserland hebben bijgewoond. Ik ben op zoek naar achtergrondinformatie.'

De man bestudeerde hem een ogenblik en fronste toen zijn voorhoofd. 'Een paar van onze priesters hebben vorige maand een bijeenkomst in Venetië bijgewoond, maar geen van hen is onlangs in Zwitserland geweest. Het spijt me. Ik ben bang dat ik u niet kan helpen.'
'Het is echt heel belangrijk,' zei Robert ernstig. 'Hoe zou ik aan die informatie kunnen komen?'
'De groep die u zoekt... welke tak van de Kerk vertegenwoordigt die?'
'Pardon?'
'Er zijn vele rooms-katholieke orden. Je hebt de franciscanen, de maristen, de benedictijnen, de trappisten, de jezuïeten, de dominicanen en nog verscheidene andere. Ik stel voor dat u de orde bezoekt waarbij ze horen en daar informeert.'
Waar is 'daar' in vredesnaam? vroeg Robert zich af. 'Hebt u nog andere suggesties?'
'Helaas niet.'
Ik ook niet, dacht Robert. *Ik heb de hooiberg gevonden, maar niet de speld.*
Hij vertrok uit het Vaticaan en dwaalde door de straten van Rome. Hij concentreerde zich op zijn probleem en besteedde geen aandacht aan de mensen om hem heen. Op het Piazza del Popolo ging hij op een terras zitten en bestelde een Cinzano. De wijn bleef onaangeroerd voor hem staan.
Voor zover hij wist, kon de priester nog in Zwitserland zijn. *Bij welke orde hoort hij? Ik weet het niet. En ik heb alleen het woord van de professor dat hij Romein is.*
Hij nam een slokje van zijn drankje.
Laat in de middag vertrok er een vliegtuig naar Washington. *Daar zal ik in zitten,* besloot Robert. *Ik geef het op.* De gedachte deed hem pijn. *Ik verlaat de dienst niet met een succes, maar met een zeperd.* Het was tijd om te vertrekken.
'*Il conto, per favore.*'
'*Si, signore.*'
Robert liet zijn blik doelloos over het plein glijden. Tegenover het café stapten mensen in een bus. In de rij stonden twee priesters. Robert keek toe terwijl de passagiers een kaartje kochten en naar achteren in de bus liepen. Toen de priesters bij de bestuurder kwamen, glimlachten ze tegen hem en gingen zitten zonder te betalen.
'Uw rekening, *signore*,' zei de kelner.
Robert hoorde hem niet eens. Hij dacht razendsnel na. Hier in het hart van de Katholieke Kerk, hadden priesters bepaalde privileges. Er was een mogelijkheid, een kleine mogelijkheid...

Het adres van het kantoor van Swissair is Via Po nummer 10, vijf minuten lopen van de Via Veneto vandaan. Robert werd begroet door een man achter de balie.
'Kan ik de manager spreken, alstublieft?'
'Ik ben de manager. Kan ik u helpen?'
Robert liet een identiteitsbewijs zien. 'Michael Hudson, Interpol.'
'Wat kan ik voor u doen, meneer Hudson?'
'Enkele internationale luchtvaartmaatschappijen klagen over onwettige kortingen in Europa, met name in Rome. Volgens internationale afspraken...'
'Neemt u me niet kwalijk, meneer Hudson, maar Swissair geeft geen kortingen. Iedereen betaalt de vastgestelde prijs.'
'Iedereen?'
'Met uitzondering van medewerkers van de maatschappij, uiteraard.'
'Geeft u priesters geen korting?'
'Nee. Bij deze maatschappij betalen ze de volle prijs.'
Bij deze maatschappij. 'Bedankt voor uw tijd.' Robert vertrok.
Zijn volgende stopplaats – en zijn laatste hoop – was Alitalia. 'Onwettige kortingen?' De manager staarde Robert verbaasd aan. 'We geven alleen korting aan onze werknemers.'
'Geeft u geen korting aan priesters?'
Het gezicht van de manager klaarde op. ' Ah, dat, ja. Maar dat is niet onwettig. We hebben afspraken met de Katholieke Kerk.'
Roberts hart sprong op. 'Dus als een priester van Rome naar, laten we zeggen, Zwitserland wil vliegen, zou hij dat met deze maatschappij doen?'
'Dat zou inderdaad goedkoper voor hem zijn, ja.'
Robert zei: 'Het zou ons bij het up-to-date brengen van onze computers helpen als u ons zou kunnen opgeven hoeveel priesters in de laatste twee weken naar Zwitserland zijn gevlogen. Dat kunt u toch in uw administratie terugvinden, nietwaar?'
'Ja, natuurlijk. Voor de belasting.'
'Ik zou het zeer op prijs stellen als u me die informatie zou geven.'
'U wilt weten hoeveel priesters in de afgelopen twee weken naar Zwitserland zijn gevlogen?'
'Ja. Naar Zürich of Genève.'
'Een ogenblik. Ik zal het even nakijken op de computer.'
Vijf minuten later kwam de manager terug met een computeruitdraai. 'Er is in de afgelopen twee weken maar één priester geweest die met Alitalia naar Zwitserland is gevlogen.' Hij raadpleegde de uitdraai. 'Hij is de zevende uit Rome naar Zürich vertrokken. Zijn retourvlucht is twee dagen geleden geboekt.'

Robert haalde diep adem. 'Hoe heet hij?'
'Vader Romero Patrini.'
'En zijn adres?'
Hij keek weer op het papier. 'Hij woont in Orvieto. Als u nog meer...'
Hij keek op.
Robert was al verdwenen.

25

Zevende Dag
Orvieto, Italië

Hij zette de auto stil in een haarspeldbocht op de S-71 vanwaar hij een schitterend uitzicht had op de stad die aan de andere kant van de vallei hoog op een helling van vulkanisch rotsgesteente lag. Ze had een oud Etruskisch centrum met een wereldberoemde kathedraal, een stuk of zes kerken en een priester die een neergestorte UFO had gezien.
De stad was onaangetast door de tijd en had straten met kinderhoofdjes, prachtige oude gebouwen en een openluchtmarkt waar boeren hun verse groenten en kippen kwamen verkopen.
Robert vond een parkeerplaats op de Piazza del Duomo. Hij liep naar de kathedraal en ging naar binnen. Er was niemand in de enorme ruimte, op een bejaarde priester na die net van het altaar vandaan liep.
'Neemt u me niet kwalijk, vader,' zei Robert. 'Ik zoek een priester uit deze stad die vorige week in Zwitserland was. Misschien kunt u me...'
De priester deinsde met een vijandig gezicht terug. 'Ik kan daar niet over praten.'
Robert keek hem verbaasd aan. 'Ik begrijp het niet. Ik wil alleen de priester vinden...'
'Hij hoort niet bij deze kerk. Hij hoort bij de kerk van San Giovenale. De priester liep snel langs Robert. *Waarom is hij zo onvriendelijk?*

De kerk van San Giovenale was in het Quartiere Vecchio, een kleurrijke wijk met middeleeuwse torens en kerken. Een jonge priester was de tuin ernaast aan het verzorgen. Hij keek op toen Robert naar hem toe kwam.
'*Buon giorno, signore.*'
'Goedemorgen. Ik zoek een van de priesters die vorige week in Zwitserland waren. Hij...'
'Ja, ja. Arme vader Patrini. Het was iets verschrikkelijks dat hem is overkomen.'
'Ik begrijp het niet. Wat voor verschrikkelijks?'
'Dat hij het voertuig van de duivel heeft gezien. Het was meer dan hij kon verdragen. De arme man heeft een zenuwinzinking gehad.'
'Het spijt me dat te horen,' zei Robert. 'Waar is hij nu? Ik zou hem graag willen spreken.'

'Hij ligt in het ziekenhuis vlak bij het Piazza di San Patrizio, maar ik betwijfel of de dokters toestaan dat hij bezoek krijgt.'
Robert bleef in verwarring staan. Een man die een zenuwinzinking heeft, zou hem niet veel verder kunnen helpen. 'Ik begrijp het. Dank u zeer.'
Het ziekenhuis was een weinig pretentieus gebouw van twee verdiepingen vlak bij de rand van de stad. Hij parkeerde de auto en ging de kleine hal binnen. Er stond een verpleegster achter de receptiebalie.
'Goedemorgen,' zei Robert. 'Ik zou vader Patrini graag willen bezoeken.'
'Mi scusi, ma... dat is onmogelijk. Hij mag met niemand spreken.'
Robert was vastbesloten zich nu niet te laten tegenhouden. Hij moest het spoor volgen dat professor Schmidt hem had gegeven. 'U begrijpt het niet,' zei Robert beminnelijk. 'Vader Patrini heeft *gevraagd* of hij me kon spreken. Ik ben op zijn verzoek naar Orvieto gekomen.'
'Heeft hij *gevraagd* of hij u kon spreken?'
'Ja. Ik woon in Amerika en hij heeft me geschreven. Ik ben helemaal hierheen gekomen om hem te bezoeken.'
De verpleegster aarzelde. 'Ik weet niet wat ik moet zeggen. Hij is erg ziek. *Molto.*'
'Ik weet zeker dat mijn bezoek hem zal opvrolijken.'
'De dokter is er niet.' Ze nam een besluit. 'Goed dan. U mag naar zijn kamer gaan, *signore*, maar u mag maar een paar minuten blijven.'
'Meer tijd heb ik niet nodig,' zei Robert.
'Deze kant uit, *per piacere.*'
Ze liepen door een korte gang met aan weerszijden kleine, keurige kamers. De verpleegster leidde Robert naar een van de deuren.
'Een paar minuten maar, *signore.*'
'Grazie.'
Robert ging de kleine kamer binnen. De man in het bed zag eruit als een bleke schaduw op de witte lakens. Robert liep naar hem toe en zei zacht: 'Vader...'
De priester keek naar hem op en Robert had nog nooit zo'n pijn in de ogen van een mens gezien.
'Vader, mijn naam is...'
Hij greep Roberts arm vast. 'Help me,' mompelde de priester. 'U moet me helpen. Mijn geloof is verdwenen. Mijn hele leven heb ik gepredikt over God en de Heilige Geest en nu weet ik dat God niet bestaat. Alleen de duivel bestaat en hij is gekomen om ons te halen...'
'Vader, als u...'
'Ik heb het met mijn eigen ogen gezien. Ze waren met zijn tweeën in het

voertuig van de duivel, maar o, er zullen er meer komen! Er zullen anderen komen! Wacht maar af. We zijn allemaal veroordeeld tot de hel.'
'Vader... luister naar me. Wat u hebt gezien was niet de duivel. Het was een ruimteschip dat...'
De priester liet Roberts arm los en keek hem plotseling met een heldere uitdrukking in zijn ogen aan. 'Wie bent u? Wat wilt u?'
Robert zei: 'Ik ben een vriend. Ik ben hier gekomen om u een paar vragen te stellen over de bustour die u in Zwitserland hebt gemaakt.'
'De bus. Ik wou dat ik er nooit bij in de buurt was gekomen.' Hij begon weer opgewonden te raken.
Robert haatte het hem te moeten pressen, maar hij had geen keus.
'U zat in die bus naast een man. Een Texaan. U hebt een lang gesprek met hem gevoerd, weet u dat nog?'
'Een gesprek. De Texaan. Ja, dat herinner ik me.'
'Heeft hij verteld waar in Texas hij woont?'
'Ja, ik herinner me hem. Hij kwam uit Amerika.'
'Ja. Uit Texas. Heeft hij u verteld waar hij woonde?'
'Ja, ja. Dat heeft hij me verteld.'
'Waar, vader? Waar woont hij?'
'In Texas. Hij praatte over Texas.'
Robert knikte bemoedigend. 'Dat klopt.'
'Ik heb hen met mijn eigen ogen gezien. Ik wou dat God me met blindheid had geslagen. Ik...'
'Vader... de man uit Texas. Heeft hij gezegd waar hij vandaan kwam? Heeft hij een naam genoemd?'
'Texas, ja. De Ponderosa.'
Robert probeerde het nog een keer. 'Dat is op de televisie. Deze man was echt. Hij zat naast u in de...'
De priester raakte weer buiten zinnen. 'Ze komen! Armageddon is nabij. De bijbel liegt! De duivel zal de aarde overvallen.' Hij schreeuwde nu luid. 'Kijk uit! Kijk uit! Ik zie hen!'
De verpleegster kwam haastig binnen. Ze keek Robert verwijtend aan.
'U moet nu vertrekken, *signore.*'
'Ik heb nog maar een minuutje nodig...'
'*No, signore. Adesso!*'
Robert wierp nog een laatste blik op de priester. Hij brabbelde onsamenhangend. Robert draaide zich om en vertrok. Hij kon verder niets doen. Hij had erop gegokt dat de priester hem op het spoor van de Texaan zou kunnen zetten en hij had verloren.

Robert liep terug naar zijn auto en reed terug naar Rome. Het was eindelijk voorbij. De enige aanwijzing die hij nog had – als het tenminste een aanwijzing genoemd kon worden – was dat er volgens de professor een Russische vrouw, een Texaan en een Hongaar onder de passagiers waren geweest. Maar er was geen enkele manier om dat te controleren. *Schaak en schaakmat.* Het was frustrerend zover te zijn gekomen en dan opeens geen enkele vooruitgang meer te kunnen boeken. Was de priester maar lang genoeg begrijpelijk blijven praten om hem de informatie te geven die hij nodig had! Hij was er zo dichtbij geweest. Wat had de priester ook al weer gezegd? *De Ponderosa.* De oude priester had te veel naar de televisie gekeken en in zijn ijltoestand had hij kennelijk Texas geassocieerd met de eens zo populaire tv-serie 'Bonanza'. De Ponderosa was de ranch waar de legendarische familie Cartwright woonde. Robert ging langzamer rijden en stopte aan de kant van de weg terwijl hij koortsachtig nadacht. Hij maakte een U-bocht en reed met hoge snelheid terug naar Orvieto.

Een halfuur later zat Robert met de barkeeper van een klein restaurant op de Piazza della Repubblica te praten. 'Dit is een mooie stad,' zei Robert. 'Het is hier heel vredig.'
'O, *si, signore,* we zijn hier heel tevreden. Bent u al eerder in Italië geweest?'
'Ik heb een deel van mijn wittebroodsweken in Rome doorgebracht. *'Je hebt al mijn dromen laten uitkomen, Robert. Ik heb Rome al willen zien sinds ik een klein meisje was.'*
'Ah, Rome. Te groot. Te lawaaiig.'
'Dat ben ik met u eens.'
'We leven hier een simpel leven, maar we zijn gelukkig.'
Robert zei terloops: 'Ik heb op vele daken hier televisieantennes gezien.'
'O ja, dat klopt. We gaan in dat opzicht met onze tijd mee.'
'Dat kun je wel zien. Hoeveel kanalen kun je hier in de stad ontvangen?'
'Maar één.'
'Ik veronderstel dat u ook goede Amerikaanse programma's te zien krijgt?'
'*Nee, nee.* Dit is het staatskanaal. We krijgen alleen programma's te zien die in Italië zijn gemaakt.'
Bingo! 'Dank u.'

Robert vroeg een gesprek aan met admiraal Whittaker. Een secretaresse beantwoordde de telefoon. 'Met het kantoor van admiraal Whittaker.'
Robert kon zich het kantoor voorstellen. Het zou het soort anonieme hok zijn dat de overheid reserveerde voor onbelangrijke personen die geen nut meer voor haar hadden.

'Zou ik alstublieft met de admiraal kunnen spreken? Met commandant Bellamy.'
'Een ogenblikje, commandant.'
Robert vroeg zich af of iemand de moeite nam contact met de admiraal te houden nu de eens zo machtige figuur zich bezighield met de reservevloot. Waarschijnlijk niet.
'Robert, ik ben blij wat van je te horen.' De stem van de oude man klonk vermoeid. 'Waar ben je?'
'Dat mag ik niet zeggen, admiraal.'
Er viel een stilte. 'Ik begrijp het. Kan ik iets voor je doen?'
'Ja, admiraal. Dit is nogal pijnlijk omdat ik bevel heb gekregen met niemand over mijn opdracht te spreken. Maar ik heb hulp van buiten nodig. Zou u misschien iets voor me kunnen natrekken?'
'Ik kan het zeker proberen. Wat wil je weten?'
'Ik wil weten of er ergens in Texas een ranch is die De Ponderosa heet?'
'Zoals in *Bonanza*?'
'Ja, admiraal.'
'Dat kan ik uitzoeken. Hoe kan ik je bereiken?'
'Ik denk dat het beter is als ik u terugbel, admiraal.'
'Goed. Geef me een paar uur. Ik zal dit onder ons houden.'
'Dank u.'
Het scheen Robert toe dat de vermoeidheid uit de stem van de oude man was verdwenen. Er was hem eindelijk gevraagd iets te doen, al was het dan maar zo iets triviaals als het lokaliseren van een ranch.
Twee uur later belde Robert admiraal Whittaker weer.
'Ik heb op je telefoontje gewacht,' zei de admiraal. Zijn stem had een tevreden klank. 'Ik heb de informatie waarom je vroeg.'
'En?' Robert hield zijn adem in.
'Er *is* een ranch die De Ponderosa heet in Texas. Hij ligt net buiten Waco. De eigenaar is een zekere Dan Wayne.'
Robert slaakte een diepe zucht van opluchting. 'Dank u zeer, admiraal,' zei Robert. 'Ik zal u op een etentje trakteren als ik terug ben.'
'Dat lijkt me leuk, Robert.'

Robert belde vervolgens generaal Hilliard. 'Ik heb in Italië nog een getuige gelokaliseerd. Vader Patrini.'
'Een priester?'
'Ja. In Orvieto. Hij ligt in het ziekenhuis, hij is erg ziek. Ik ben bang dat de Italiaanse autoriteiten niet met hem zullen kunnen communiceren.'
'Ik zal het doorgeven. Dank u, commandant.'

Twee minuten later voerde generaal Hilliard een telefoongesprek met Janus.
'Ik heb weer wat van commandant Bellamy gehoord. De laatste getuige is een priester. Een zekere vader Patrini uit Orvieto.'
'Regel het.'

SPOEDBERICHT
ULTRA TOPGEHEIM
NSA AAN ONDERDIRECTEUR SIFAR
VERTROUWELIJK
KOPIE ÉÉN
ONDERWERP: OPERATIE DOEMDAG
5. VADER PATRINI ORVIETO
EINDE BERICHT

Het hoofdkwartier van de SIFAR is gevestigd op de Via della Pineto, aan de zuidelijkste rand van Rome in een wijk die wordt omringd door boerderijen. De enige reden waarom een voorbijganger een tweede blik zou werpen op de onschuldige, fabrieksachtig ogende stenen gebouwen die twee vierkante blokken beslaan, is dat het complex is omgeven door een hoge muur waarop prikkeldraad is bevestigd en dat er op iedere hoek beveiligingsposten zijn. In dit militaire complex is de SIFAR verborgen en het is een van de geheimzinnigste veiligheidsdiensten ter wereld en tevens een van de onbekendste. Er staan borden voor het complex met de tekst: *Vietate Passare Oltre i Limiti.*
In een Spartaans kantoor op de eerste verdieping bestudeerde kolonel Francesco Cesar het spoedbericht dat hij net had ontvangen. De kolonel was een man van voor in de vijftig met een gespierd lichaam en een pokdalig bulldoggezicht. Hij las het bericht voor de derde keer.
Dus Operatie Doemdag is eindelijk op gang gekomen. E una bella fregatura. Het is goed dat we ons hierop hebben voorbereid, dacht Cesar. Hij keek weer naar het bericht. Een priester.

Het was na middernacht toen de non in het kleine ziekenhuis in Orvieto langs de balie liep van de verpleegsters die nachtdienst hadden.
'Ik denk dat ze signora Fillipi gaat bezoeken,' zei zuster Tomasino.
'Haar of de oude Rigano. Het is met hen allebei een aflopende zaak.' De non gleed geruisloos de hoek om en liep direct de kamer van de priester binnen. Hij lag vredig te slapen met zijn handen dicht bij elkaar op zijn borst, bijna alsof hij bad. Een streep maanlicht viel door de jaloezieën en wierp een goudkleurige baan over het gezicht van de priester.

De non haalde een kleine doos onder haar habijt vandaan. Voorzichtig pakte ze er een prachtige rozenkrans van geslepen glas uit en legde die in de handen van de oude priester. Terwijl ze de kralen rechtschoof, trok ze één ervan snel over zijn duim. Er verscheen een dun straaltje bloed. De non pakte een klein flesje uit de doos en druppelde met een oogdruppelaar voorzichtig drie druppels in het open wondje.

Het dodelijke, snel werkende gif had maar een paar minuten nodig. De non zuchtte terwijl ze een kruis sloeg boven de dode man. Ze vertrok even geruisloos als ze was gekomen.

SPOEDBERICHT
ULTRA TOPGEHEIM
SIFAR AAN ONDERDIRECTEUR NSA
VERTROUWELIJK
KOPIE ÉÉN
ONDERWERP: OPERATIE DOEMDAG
5. VADER PATRINI ORVIETO GELIQUIDEERD
EINDE BERICHT

26

Frank Johnson was gerekruteerd omdat hij als Groene Baret in Vietnam had gevochten en onder zijn kameraden bekendstond als de Moordmachine. Hij hield van doden. Hij was gemotiveerd en hoogst intelligent.
'Hij is perfect voor ons,' zei Janus. 'Benader hem voorzichtig. Ik wil hem niet kwijtraken.'
De eerste ontmoeting vond plaats in een legerkazerne. Een kapitein praatte met Frank Johnson.
'Maak jij je geen zorgen over onze regering?' vroeg de kapitein. 'We worden geregeerd door een weekhartig stelletje sukkels die het land naar de knoppen laten gaan. Dit land heeft kernenergie nodig, maar die vervloekte politici verbieden dat er nieuwe kerncentrales worden gebouwd. We zijn van die verdomde Arabieren afhankelijk voor onze olie, maar staat de regering toe dat we zelf voor de kust olieboringen doen? O nee. Ze maken zich meer zorgen over de vissen dan over ons. Vind jij dat logisch?'
'Ik begrijp wat u bedoelt,' zei Frank Johnson.
'Dat wist ik, want je bent intelligent.' Hij lette op Johnsons gelaatsuitdrukking terwijl hij sprak. 'Als het Congres niets doet om ons land te redden, dan is het aan sommige van ons om iets doen.'
Frank Johnson keek niet-begrijpend. 'Sommige van *ons*?'
'Ja.' *Voorlopig is het genoeg,* dacht de kapitein. 'We praten er nog wel over.'

Het volgende gesprek was specifieker. 'Er bestaat een groep patriotten, Frank, die onze wereld graag willen beschermen. Het zijn behoorlijk machtige heren. Ze hebben een comité gevormd. Het comité zal het misschien met een paar wetten niet zo nauw moeten nemen om zijn werk te kunnen doen, maar uiteindelijk zal het de moeite waard zijn. Ben je geïnteresseerd?'
Frank Johnson grijnsde. 'Ik ben zeer geïnteresseerd.'

Dat was het begin. De volgende ontmoeting vond plaats in Ottawa, Canada, en Frank Johnson ontmoette een paar leden van het comité. Ze vertegenwoordigden grote belangen in een twaalftal landen.

'We zijn goedgeorganiseerd,' legde een lid Frank Johnson uit. 'We hebben een strenge bevelstructuur. Er zijn een propaganda-afdeling, een rekruteringsafdeling, een afdeling strategie, een verbindingsafdeling... en een doodseskader.' Hij vervolgde: 'Bijna iedere inlichtingendienst ter wereld neemt hieraan deel.'
'U bedoelt de hoofden van...?'
'Nee, niet de hoofden. De onderdirecteuren. De mensen van de praktijk die weten wat er gebeurt, die weten in welk gevaar onze landen zich bevinden.'
De bijeenkomsten vonden over de hele wereld plaats – Zwitserland, Marokko, China – en Johnson woonde ze allemaal bij.

Het duurde zes maanden voordat kolonel Johnson Janus ontmoette. Janus had hem laten halen.
'Ik heb uitstekende rapporten over u ontvangen, kolonel.'
Frank Johnson grijnsde. 'Ik houd van mijn werk.'
'Dat heb ik gehoord. U bent in een gunstige positie om ons te helpen.'
Frank Johnson rechtte zijn rug. 'Ik zal alles doen wat ik kan.'
'Goed. Op de Boerderij hebt u de supervisie over de opleiding van geheim agenten in de verschillende diensten.'
'Dat klopt.'
'En je leert hen en hun kwaliteiten goed kennen.'
'Heel goed.'
'Wat ik wil dat u doet,' zei Janus, 'is dat u degenen rekruteert van wie u het gevoel hebt dat ze het nuttigst zouden zijn voor onze organisatie. We zijn alleen geïnteresseerd in de besten.'
'Dat is gemakkelijk,' zei kolonel Johnson. 'Geen probleem.' Hij aarzelde een ogenblik. 'Ik vraag me af...'
'Ja?'
'Dit kan ik met één hand op mijn rug doen. Ik zou eigenlijk graag iets meer doen, iets belangrijkers.' Hij leunde naar voren. 'Ik heb gehoord van Operatie Doemdag. Doemdag is een kolfje naar mijn hand. Ik zou daaraan graag meedoen, meneer.'
Janus bestudeerde hem een ogenblik. Toen knikte hij. 'Goed dan, u doet mee.'
Johnson glimlachte. 'Dank u. U zult er geen spijt van krijgen.' Kolonel Johnson verliet Janus als een gelukkig man. Nu zou hij de kans krijgen hun te laten zien wat hij kon.

27

Achtste Dag
Waco, Texas

Dan Wayne had geen goede dag. Eigenlijk had hij een afschuwelijke dag. Hij was net terug uit het gerechtsgebouw van het Waco-district waar hij had moeten verschijnen in verband met zijn ophanden zijnde faillissement. Zijn vrouw, die een verhouding had gehad met haar jonge dokter, was van hem aan het scheiden en was uit op de helft van alles wat hij bezat (wat de helft van niets zou kunnen zijn, had hij haar advocaat verzekerd). Bovendien moest een van zijn bekroonde stieren afgemaakt worden. Dan Wayne had het gevoel dat hij door het noodlot te grazen werd genomen. Hij had dit nergens aan verdiend. Hij was een goede echtgenoot en een goede rancher geweest. Hij zat in zijn studeerkamer zijn sombere toekomst te overdenken.
Dan Wayne was een trotse man. Hij was zich sterk bewust van de grappen over Texanen waarin ze werden afgeschilderd als luidruchtige, enorme opscheppers, maar hij vond oprecht dat hij iets had om over op te scheppen. Hij was geboren in Waco, in het rijke landbouwgebied van de Brazos-vallei. Waco was modern, maar het had nog steeds de sfeer van het verleden waarin zijn bronnen van inkomsten vee, katoen, koren, de universiteit en cultuur waren geweest. Wayne hield met hart en ziel van Waco en toen hij in de Zwitserse touringcar de Italiaanse priester had ontmoet, had hij bijna vijf uur achtereen over zijn vaderstad gesproken. De priester had hem verteld dat hij zijn Engels wilde oefenen, maar als Dan eraan terugdacht, had hij eigenlijk bijna alleen maar zelf gepraat.
'Waco heeft alles,' had hij de priester toevertrouwd. 'We hebben een heerlijk klimaat. Het wordt er nooit te warm en nooit te koud. We hebben drieëntwintig scholen in de scholenwijk en de Baylor Universiteit. We hebben vier kranten, tien radiostations en vijf televisiestations. We hebben een gebouw waar beroemde ex-Texaanse politiemannen worden herdacht, waarvan je achteroverslaat. We praten hier echt over *geschiedenis*. Als u van vissen houdt, vader, dan moet u dat in de Brazos doen, u zult het nooit vergeten. Dan hebben we nog een safari-ranch en een groot kunstcentrum. Ik zeg u dat Waco een van de bijzonderste steden van de wereld is. U moet ons eens komen bezoeken.'
De kleine, oude priester had geglimlacht en geknikt en Wayne vroeg zich af hoeveel Engels hij eigenlijk verstond.

Dan Waynes vader had hem vierhonderd hectare grond nagelaten en de zoon had zijn veestapel uitgebreid van tweeduizend tot tienduizend dieren. Er was ook een bekroonde hengst bij die een fortuin waard zou worden en de rotzakken probeerden het allemaal van hem af te pakken. Het was niet zijn schuld dat de handel in vee was ingestort en dat hij achter geraakt was met zijn hypotheekaflossingen. De banken roken bloed en zijn enige kans zichzelf te redden, was iemand te vinden die de ranch zou kopen, zijn schuldeisers zou afbetalen en nog een beetje winst voor hem zou overlaten.
Wayne had gehoord over een rijke Zwitser die een ranch in Texas zocht en hij was naar Zürich gevlogen om hem te ontmoeten. Ten slotte bleek dat een totale misser te zijn geweest. Die kerel had het idee dat een ranch één of twee hectare groot was en dat er een leuk groentetuintje bij zat. *Klote!*
Daarom had Dan Wayne toevallig in die touringcar gezeten toen dat buitengewone voorval plaatsvond. Hij had over vliegende schotels gelezen, maar hij had er nooit in geloofd. Nu, bij God, deed hij dat zeker. Zodra hij weer thuis was, had hij de hoofdredacteur van de plaatselijke krant gebeld.
'Johnny, ik heb net een echte vliegende schotel gezien met een paar dode mensen erin die er raar uitzagen.'
'O ja? Heb je nog foto's gemaakt, Dan?'
'Nee. Ik heb er een paar genomen, maar ze zijn mislukt.'
'Maakt niet uit. We sturen wel een fotograaf naar je toe. Staat de vliegende schotel op je ranch?'
'Nou, nee. Ik heb hem in Zwitserland gezien.'
Er viel een stilte.
'O. Bel me dan weer als je er eentje op je ranch tegenkomt, Dan.'
'Wacht! Ik krijg een foto opgestuurd van een man die het ding heeft gezien.' Maar Johnny had al opgehangen.
En dat was dat.
Wayne wenste bijna dat er een invasie van buitenaardse wezens zou plaatsvinden. Misschien zouden ze zijn vervloekte schuldeisers uitmoorden. Hij hoorde een auto die de oprijlaan opkwam en hij stond op en liep naar het raam. De man zag eruit als iemand uit het Oosten. *Waarschijnlijk weer een schuldeiser.* Tegenwoordig stonden ze om de haverklap voor zijn neus.
Dan Wayne opende de voordeur.
'Goedendag.'
'Daniel Wayne?'
'Mijn vrienden noemen me Dan. Wat kan ik voor u doen?'

Dan Wayne beantwoordde helemaal niet aan Roberts verwachtingen. Hij had zich het stereotiep van een forse Texaan voorgesteld. Dan Wayne was tenger, had een aristocratisch voorkomen en een bijna verlegen manier van optreden. Het enige dat zijn herkomst verraadde, was zijn accent.
'Zou ik misschien een paar minuutjes van uw tijd mogen vragen?'
'Dat is ongeveer het enige dat ik nog over heb,' zei Wayne. 'Tussen haakjes, u bent toch geen schuldeiser, hè?'
'Een schuldeiser? Nee.'
'Goed. Kom maar binnen.'
De twee mannen gingen de huiskamer binnen. De kamer was groot en comfortabel gemeubileerd in Texaanse stijl.
'Mooie woning hebt u hier,' zei Robert.
'Ja. Ik ben in dit huis geboren. Kan ik u iets aanbieden? Iets fris misschien?'
'Nee, dank u.'
'Gaat u zitten.'
Robert nam plaats op een zachte, leren bank.
'Waarover wilde u me spreken?'
'Ik geloof dat u vorige week een bustour in Zwitserland hebt gemaakt?'
'Dat klopt. Laat mijn ex-vrouw me soms volgen? U werkt toch niet voor haar, hè?'
'Nee, meneer.'
'O.' Hij begreep het plotseling. 'U bent geïnteresseerd in die UFO. Ik heb nog nooit zoiets gezien. Hij bleef maar van kleur veranderen. En dan die dode ruimtewezens!' Hij huiverde. 'Ik droom er nog steeds van.'
'Meneer Wayne, kunt u me iets over de andere passagiers in die bus vertellen?'
'Het spijt me, maar ik kan u wat dat betreft niet helpen. Ik reisde alleen.'
'Dat weet ik, maar u hebt toch met een paar andere passagiers gesproken?'
'Om u de waarheid te zeggen, had ik een hoop aan mijn hoofd. Ik heb aan niemand veel aandacht besteed.'
'Herinnert u zich over één van hen iets?'
Dan Wayne zweeg even. 'Er was een Italiaanse priester bij. Ik heb veel met hem gepraat. Het leek me een aardige kerel. Ik zal u iets vertellen, hij was echt van streek door die vliegende schotel. Hij bleef maar over de duivel praten.'
'Hebt u nog met iemand anders gesproken?'
Dan Wayne haalde zijn schouders op. ' Eigenlijk niet... Wacht even. Ik heb nog een beetje gepraat met een man die een bank heeft in Canada.'

Hij liet zijn tong over zijn lippen glijden. 'Om u de waarheid te vertellen, heb ik hier een financieel probleempje met de ranch. Het ziet ernaar uit dat ik hem misschien kwijtraak. Ik haat die vervloekte bankiers. Het zijn allemaal bloedzuigers. In ieder geval dacht ik dat deze man misschien anders zou zijn. Toen ik erachter was gekomen dat hij bankier was, heb ik gevraagd of het mogelijk was een soort lening bij hem af te sluiten. Maar hij was net als de rest. Hij had niet minder geïnteresseerd kunnen zijn.'
'U zei dat hij uit Canada kwam?'
'Ja, uit Fort Smith, in de Noordwestelijke Territoria. Ik vrees dat dat ongeveer alles is wat ik u kan vertellen.'
Robert probeerde zijn opwinding te verbergen. 'Dank u, meneer Wayne, u hebt me erg goed geholpen.' Robert stond op.
'Is dat alles?'
'Dat is alles.'
'Wilt u niet blijven eten?'
'Nee, dank u. Ik moet ervandoor. Veel succes met de ranch.'
'Bedankt.'

Fort Smith, Canada
Noordwestelijke Territoria

Robert wachtte tot generaal Hilliard aan de telefoon kwam.
'Ja, commandant?'
'Ik heb weer een getuige opgespoord. Dan Wayne. Hij is eigenaar van de Ponderosa, een ranch vlak bij Waco, Texas.
'Heel goed. Ik zal onze afdeling in Dallas met hem laten praten.'

SPOEDBERICHT
ULTRA TOPGEHEIM
NSA AAN ONDERDIRECTEUR DCI
VERTROUWELIJK
KOPIE ÉÉN
ONDERWERP: OPERATIE DOEMDAG
6. DANIEL WAYNE WACO
EINDE BERICHT

In Langley, Virginia, bestudeerde de onderdirecteur van de CIA het bericht nadenkend. *Nummer zes.* De zaken gingen goed. Commandant Bellamy deed uitstekend werk. Het besluit hem de opdracht te geven was verstandig geweest. Janus had gelijk gehad. De man had altijd gelijk en hij had de macht zijn besluiten te laten uitvoeren. Zoveel macht... De onderdirecteur keek weer naar het bericht. *Ik moet ervoor zorgen dat het op een ongeluk lijkt,* dacht hij. *Dat moest niet al te moeilijk zijn.* Hij drukte op een zoemer.

De twee mannen arriveerden bij de ranch in een donkerblauwe bestelwagen. Ze parkeerden op het erf, stapten uit en keken behoedzaam in het rond. Daniel Waynes eerste gedachte was dat ze beslag kwamen leggen op de ranch. Hij opende de deur voor hen.
'Dan Wayne?'
'Ja. Wat kan ik...'
Verder kwam hij niet.
De tweede man was achter hem gaan staan en sloeg hem met een ploertendoder hard op het hoofd.
De grootste van de twee mannen zwaaide de bewusteloze rancher over zijn schouder en droeg hem naar buiten naar de schuur. Er stonden acht paarden in de schuur. De mannen negeerden de dieren en liepen helemaal naar achteren naar de laatste box. Er stond een prachtige, zwarte hengst in.
De grote man zei: 'Dit is 'm.' Hij legde Waynes lichaam op de grond.
De tweede man pakte een stroomstok van de grond, liep naar de deur van de box en sloeg de hengst ermee. De hengst hinnikte en steigerde. De man sloeg het paard hard op zijn neus. De hengst die in de kleine ruimte weinig bewegingsvrijheid had, bokte nu wild en beukte met ontblote tanden tegen de wanden van de box terwijl het wit van zijn ogen zichtbaar was.
'Nu,' zei de kleinste man. Zijn metgezel tilde het lichaam van Dan Wayne op en gooide het over de halve deur de box in. Ze bleven nog even naar het bloederige tafereel kijken, toen draaiden ze zich tevreden om en vertrokken.

SPOEDBERICHT
ULTRA TOPGEHEIM
DCI AAN ONDERDIRECTEUR NSA
VERTROUWELIJK
KOPIE ÉÉN
ONDERWERP: OPERATIE DOEMDAG
6. DANIEL WAYNE WACO GELIQUIDEERD
EINDE BERICHT

28

Negende Dag
Fort Smith, Canada

Fort Smith, in de Noordwestelijke Territoria, is een welvarend stadje met tweeduizend inwoners. De meesten van hen zijn boeren en veehouders en een kleine minderheid is handelaar. Het klimaat is grimmig met lange, strenge winters en het stadje is het levende bewijs van Darwins theorie over de overleving van de sterken.
William Mann was een van de sterken, iemand die erin slaagt te overleven. Hij was geboren in Michigan, maar toen hij begin dertig was, was hij tijdens een vistocht door Fort Smith gekomen en hij had geconcludeerd dat de gemeenschap nog wel een goede bank kon gebruiken. Hij had zijn kans gegrepen. Er was daar maar één andere bank en het kostte William Mann minder dan een jaar om zijn concurrent uit te schakelen. De wiskunde was zijn afgod en hij zorgde ervoor dat de cijfers altijd in zijn voordeel uitkwamen. Zijn lievelingsverhaal was de mop over de man die een bankier om een lening smeekte zodat zijn zoontje onmiddellijk een operatie kon ondergaan die zijn leven zou redden. Toen de man vertelde dat hij geen onderpand had, zei de bankier tegen hem dat hij dan wel kon gaan.
'Ik zal gaan,' zei de man, 'maar ik wil u zeggen dat ik in mijn hele leven nog nooit iemand heb ontmoet die zo hardvochtig is als u.'
'Wacht even,' antwoordde de bankier. 'Ik zal u een sportief voorstel doen. Ik heb een glazen oog. Als u me kunt vertellen welk dat is, krijgt u de lening.'
De man zei onmiddellijk: 'Uw linkeroog.'
De bankier was verbaasd. 'Niemand weet dat. Hoe hebt u dat gezien?'
De man zei: 'Heel gemakkelijk. Ik dacht een ogenblik dat ik even een uitdrukking van medeleven in uw linkeroog zag, dus ik wist dat dat het glazen oog moest zijn.'
Voor William Mann was dat een goed verhaal over zakendoen. Je deed geen zaken op basis van medeleven. Alleen het resultaat telde. Terwijl andere banken in Canada en de Verenigde Staten over de kop gingen, was William Manns bank sterker dan ooit. Zijn filosofie was simpel: geen leningen om een zaak te beginnen, geen investeringen in speculatie, geen leningen aan buren als hun kinderen hard een operatie nodig hadden.

Mann had een aan ontzag grenzend respect voor het Zwitserse banksysteem. De geldmagnaten in Zürich waren de bankiers van de bankiers, dus op een dag besloot William Mann naar Zwitserland te gaan om met enkele bankiers te spreken om erachter te komen of hij iets over het hoofd zag, of er een manier was waarop hij meer centen uit de Canadese dollar kon persen. Hij was hoffelijk ontvangen, maar uiteindelijk had hij niets nieuws geleerd. Zijn eigen methoden van bankieren waren bewonderenswaardig en de Zwitserse bankiers hadden niet geaarzeld hem dat te vertellen.

Op de dag dat hij naar huis zou vertrekken, besloot Mann dat hij zichzelf op een bustour door de Alpen zou trakteren. Hij had de tour vervelend gevonden. Het landschap was interessant, maar niet mooier dan het landschap rondom Fort Smith. Een van de passagiers, een Texaan, had de euvele moed gehad een poging te doen hem over te halen een hypotheek te verstrekken op een ranch die op het punt stond failliet te gaan. Hij had de man in zijn gezicht uitgelachen. Het enige interessante aan de tour was de zogenaamde vliegende schotel die neergestort was. Mann had geen moment geloofd dat het ding echt was. Hij was ervan overtuigd dat het allemaal door de Zwitserse regering in scène was gezet om indruk te maken op toeristen. Hij was in Walt Disney World geweest en had daar vergelijkbare dingen gezien die echt leken, maar nep waren. *Het is het glazen oog van Zwitserland,* dacht hij sarcastisch.

William Mann was blij toen hij naar huis terugging.

De bankier had zijn werkdagen tot de laatste minuut zorgvuldig gepland en toen zijn secretaresse binnenkwam en zei dat een onbekende hem wilde spreken, was Manns eerste gedachte hem te laten wegsturen. 'Wat wil hij?'

'Hij zegt dat hij u wil interviewen. Hij schrijft een artikel over bankiers.'

Dat was heel andere koek. Het juiste soort publiciteit was uit zakelijk oogpunt gunstig. William Mann trok zijn jasje recht, streek zijn haar glad en zei: 'Stuur hem maar naar binnen.'

Zijn bezoeker was een Amerikaan. Hij was goedgekleed, wat erop duidde dat hij voor een van de betere tijdschriften of kranten werkte.

'Meneer Mann?'

'Ja.'

'Robert Bellamy.'

'Mijn secretaresse heeft me verteld dat u een artikel over me wilt schrijven.'

'Niet helemaal alleen over u,' zei Robert. 'Maar u zult er zeker een opvallende plaats in hebben. Mijn krant...'

'Welke krant is dat?'
'De *Wall Street Journal*.'
Ah, ja. Dit kan mooi worden.
'De *Journal* heeft het gevoel dat de meeste bankiers te weinig deel hebben aan wat er in de rest van de wereld gebeurt. Ze reizen zelden, ze gaan niet naar andere landen. U daarentegen, meneer Mann, hebt de reputatie een zeer bereisd man te zijn.'
'Dat ben ik vermoedelijk ook,' zei Mann bescheiden. 'In feite ben ik pas vorige week teruggekomen van een reis naar Zwitserland.'
'Is dat zo? Hebt u het leuk gehad?'
'Ja. Ik heb daar verscheidene andere bankiers ontmoet. We hebben de wereldeconomie besproken.'
Robert had een notitieboekje te voorschijn gehaald en maakte aantekeningen. 'Hebt u nog tijd voor ontspanning gehad?'
'Eigenlijk niet. O, ik heb een kleine bustour gemaakt. Ik had de Alpen nog nooit gezien.'
Robert maakte weer een aantekening. 'Een tour. Dat is nu precies wat we zoeken,' zei Robert bemoedigend. 'U zult in de bus wel veel interessante mensen ontmoet hebben.'
'Interessant?' Hij dacht aan de Texaan die had geprobeerd geld te lenen. 'Niet bepaald.'
'O?'
Mann keek hem aan. De verslaggever verwachtte kennelijk dat hij meer zou zeggen. *'U zult er zeker een opvallende plaats in hebben.'* 'Er was een Russisch meisje.'
Robert maakte een aantekening. 'Is dat zo? Vertelt u me eens wat over haar?'
'Wel, we raakten aan de praat en ik heb haar uitgelegd hoe achterlijk Rusland is en wat voor verschrikkelijke problemen ze zouden krijgen als ze niet veranderden.'
'Ze moet erg onder de indruk zijn geweest,' zei Robert.
'O, zeker. Het leek me een intelligent meisje. Voor iemand uit Rusland tenminste. Ze leven daar allemaal behoorlijk geïsoleerd, moet u weten.'
'Heeft ze haar naam genoemd?'
'Nee... wacht. Het was Olga en nog wat.'
'Heeft ze toevallig gezegd waar ze vandaan kwam?'
'Ja. Ze werkt als bibliothecaresse in de centrale bibliotheek in Kiëv. Het was de eerste keer dat ze in het buitenland was, dat komt door *glasnost*, denk ik. Als u mijn mening wilt horen...' Hij zweeg om er zeker van te zijn dat Robert zijn woorden zou noteren. 'Gorbatsjov heeft Rusland naar de verdommenis gejaagd. Oost-Duitsland is Bonn op een presen-

teerblaadje aangeboden. Op het politieke front is Gorbatsjov te snel gegaan en op het economische front te langzaam.'
'Dat is fascinerend,' mompelde Robert. Hij bleef nog anderhalf uur bij de bankier en luisterde naar zijn eigenzinnige commentaren op van alles en nog wat, van de EEG tot wapenbeheersing. Hij kon geen informatie meer krijgen over andere passagiers.

Toen Robert in zijn hotel teruggekeerd was, belde hij het kantoor van generaal Hilliard.
'Een ogenblikje, commandant Bellamy.'
Hij hoorde een serie klikken en daarna kwam generaal Hilliard aan de lijn.
'Ja, commandant.'
'Ik heb weer een getuige opgespoord, generaal.'
'Hoe is de naam?'
'William Mann. Hij is eigenaar van een bank in Fort Smith in Canada.'
'Dank u. Ik zal de Canadese autoriteiten direct met hem laten praten.'
'Tussen haakjes, hij heeft me op een ander spoor gezet. Ik vlieg vanavond naar Rusland. Ik heb een visum nodig van Intourist.'
'Waar belt u vandaan?'
'Fort Smith.'
'Ga langs bij het Visigoth Hotel in Stockholm. Er zal bij de receptie een envelop voor u klaarliggen.'
'Dank u.'

SPOEDBERICHT
ULTRA TOPGEHEIM
NSA AAN ONDERDIRECTEUR CGHQ
VERTROUWELIJK
KOPIE ÉÉN
ONDERWERP: OPERATIE DOEMDAG
7. WILLIAM MANN FORT SMITH
EINDE BERICHT

Die avond om elf uur werd er bij William Mann gebeld. Hij verwachtte niemand en hij had een hekel aan onaangekondigd bezoek. Zijn huishoudster was vertrokken en zijn vrouw lag boven in haar kamer te slapen. Geërgerd opende William Mann de voordeur. Twee in zwarte pakken geklede mannen stonden in de deuropening.
'William Mann?'
'Ja.'

Een van de mannen haalde een identiteitsbewijs te voorschijn. 'We zijn van de Canadese Bank. Mogen we binnenkomen?'
Mann fronste zijn wenkbrauwen. 'Waar gaat het om?'
'We zouden dit liever binnen bespreken als u er geen bezwaar tegen hebt.'
'Goed dan.' Hij leidde de mannen de huiskamer binnen.
'U bent onlangs in Zwitserland geweest, nietwaar?'
De vraag bracht hem uit zijn evenwicht. 'Wat? Ja, maar wat heeft dat in vredesnaam...?'
'Terwijl u weg was, hebben we uw boeken gecontroleerd, meneer Mann. Bent u zich ervan bewust dat uw bank een tekort van een miljoen dollar heeft?'
William Mann keek de twee mannen ontzet aan. 'Waar hebt u het over? Ik controleer die boeken iedere week zelf. Er is nog nooit een cent te weinig geweest.'
'Eén miljoen dollar, meneer Mann. We denken dat u verantwoordelijk bent voor de verduistering ervan.'
Zijn gezicht werd rood. Hij sputterde: 'Hoe... hoe durft u! Eruit voordat ik de politie bel.'
'Dat zal u niets helpen. Wat we willen is dat u berouw toont.'
Hij staarde hen nu in verwarring aan. 'Berouw toont? Berouw over *wat*? U bent gek!'
'Nee, meneer.'
Een van de mannen trok een revolver. 'Gaat u zitten, meneer Mann.'
O, mijn God. Ik word beroofd. 'Luister,' zei Mann, 'neem maar wat jullie willen. Het is niet nodig geweld te gebruiken en...'
'Gaat u zitten, alstublieft.'
De tweede man liep naar de drankkast. Hij zat op slot. Hij sloeg het glas kapot en opende de kast. Hij pakte een groot waterglas, vulde dat met whisky en kwam ermee naar Mann toe.
'Drink op. Het zal u ontspannen.'
'Ik... ik drink nooit na het avondeten. Mijn dokter...'
De andere man drukte de revolver tegen William Manns slaap. 'Drink op, of direct zit dat glas vol met je hersens.'
Mann begreep nu dat hij in de macht van twee maniakken was. Hij pakte het glas in zijn bevende handen en nam een slokje.
'Drink het leeg.'
Hij nam een grotere slok. 'Wat... wat willen jullie?' Hij verhief zijn stem in de hoop dat zijn vrouw hem zou horen en naar beneden zou komen, maar het was valse hoop. Hij wist hoe vast ze sliep. De mannen waren kennelijk gekomen om het huis leeg te roven. *Waarom schieten ze er dan niet mee op?*

'Neem maar wat jullie willen,' zei hij. 'Ik zal jullie niet tegenhouden.'
'Drink het glas helemaal leeg.'
'Dat is niet nodig. Ik...'
De man sloeg hem hard boven zijn oor. Mann snakte naar adem van de pijn. 'Drink leeg.'
Hij sloeg de rest van de whisky in één teug achterover en voelde de drank in zijn keel branden. Hij begon zich duizelig te voelen. 'Mijn safe staat boven in de slaapkamer,' zei hij. Hij begon met dubbelslaande tong te spreken. 'Ik zal hem voor jullie openen.' Misschien zou zijn vrouw daardoor wakker worden en de politie bellen.
'Er is geen haast bij,' zei de man met de revolver. 'U hebt genoeg tijd om nog een drankje te drinken.'
De tweede man liep terug naar de drankkast en vulde het glas weer tot de rand. 'Hier.'
'Nee, echt niet,' protesteerde William Mann. 'Ik wil niet meer.'
Het glas werd in zijn handen gedrukt. 'Drink op.'
'Ik begrijp echt niet...'
Een vuist raakte hem met kracht op dezelfde plaats boven zijn oor. Mann viel bijna flauw van de pijn.
'Drink op.'
Nou ja, als ze dat nu willen, waarom niet? Hoe sneller deze nachtmerrie voorbij is, hoe beter. Hij nam een grote slok en kokhalsde.
'Als ik nog meer drink, word ik misselijk.'
De man zei kalm: 'Als u misselijk wordt, schiet ik u dood.'
Mann keek eerst naar hem op en vervolgens naar zijn partner. Er leken er van allebei twee te zijn.
'Wat willen jullie met zijn allen?' mompelde hij.
'Dat hebben we u al gezegd, meneer Mann. We willen dat u berouw toont.'
William Mann knikte dronken. 'Oké, ik heb berouw.'
De man glimlachte. 'Dat is alles wat we vragen, begrijpt u. Goed...' Hij drukte een vel papier in Manns hand. 'U hoeft nu alleen nog maar op te schrijven: "Het spijt me. Vergeef me."'
William Mann keek met een wazige blik naar hen op. 'Is dat alles?'
'Dat is alles. Daarna gaan we weg.'
Hij voelde zich plotseling opgetogen. *Dus daar gaat het allemaal om. Het zijn religieuze fanatici.* Zodra ze vertrokken waren, zou hij de politie bellen en hen laten arresteren. *Ik zal ervoor zorgen dat de rotzakken hun verdiende loon krijgen.*
'Schrijf op, meneer Mann.'
Het was moeilijk voor hem zich te concentreren. 'Wat wilde u ook al weer dat ik opschreef?'

'Schrijf alleen: "Het spijt me. Vergeef me." '
'Goed.' Hij kon de pen met moeite vasthouden. Hij concentreerde zich scherp en begon te schrijven. 'Het spijt me. Vergeef me.'
De man pakte het vel papier uit Manns hand terwijl hij het bij de randen vasthield. 'Heel goed, meneer Mann. Ziet u hoe gemakkelijk het is?' De kamer begon te draaien. 'Ja. Dank u. Ik heb berouw getoond. Wilt u nu vertrekken?'
'Ik zie dat u linkshandig bent.'
'Wat?'
'U bent linkshandig.'
'Ja.'
'Er zijn hier de laatste tijd veel misdaden gepleegd, meneer Mann. U mag deze revolver van ons houden.'
Hij voelde dat er een revolver in zijn linkerhand werd gedrukt.
'Weet u met een revolver om te gaan?'
'Nee.'
'Het is heel eenvoudig. U moet het zo doen...' De man bracht de revolver omhoog naar William Manns slaap en drukte de vinger van de bankier op de trekker. Er klonk een gedempte knal. Het met bloed besmeurde briefje viel op de grond.
'Dat is alles,' zei een van de mannen. 'Welterusten, meneer Mann.'

SPOEDBERICHT
ULTRA TOPGEHEIM
CGQH AAN ONDERDIRECTEUR NSA
VERTROUWELIJK
KOPIE ÉÉN
ONDERWERP: OPERATIE DOEMDAG
7. WILLIAM MANN FORT SMITH GELIQUIDEERD
EINDE BERICHT

Tiende Dag
Fort Smith, Canada

De volgende morgen verklaarden bankonderzoekers dat Manns bank een miljoen dollar tekort kwam. De politie concludeerde dat Mann zelfmoord had gepleegd. Het ontbrekende geld werd nooit gevonden.

29

Elfde Dag
Brussel, 3.00 uur

Generaal Shipley, de bevelhebber van het NAVO-hoofdkwartier werd door zijn adjudant gewekt.
'Het spijt me dat ik u wakker moet maken, generaal, maar er lijken problemen te zijn.'
Generaal Shipley ging rechtop zitten en wreef de slaap uit zijn ogen. Het was de vorige avond laat geworden omdat hij gastheer had moeten spelen voor een groep senatoren uit de Verenigde Staten. 'Wat is de moeilijkheid, Billy?'
'Ik ben net gebeld door de radartoren, generaal. Onze apparatuur is helemaal dolgedraaid of we hebben vreemde bezoekers.'
Generaal Shipley duwde zichzelf uit bed. 'Zeg hun dat ik er over vijf minuten ben.'

De verduisterde radarkamer zat vol dienstplichtigen en officieren die zich om de verlichte radarschermen in het midden van de kamer verzameld hadden. Ze draaiden zich om en sprongen in de houding toen de generaal binnenkwam.
'Op de plaats rust.' Hij liep naar kapitein Miller, de officier die de leiding had. 'Wat is er hier aan de hand, Lewis?'
Kapitein Miller krabde op zijn hoofd. 'Ik begrijp er niets van. Kent u een vliegtuig dat met een snelheid van drieëndertigduizend kilometer per uur vliegt, van het ene moment op het andere kan stoppen en vervolgens achteruitvliegt?'
Generaal Shipley staarde hem aan. 'Waar heb je het over?'
'Volgens onze radarschermen is dat wat er het laatste halfuur gebeurt. Eerst dachten we dat er misschien een of ander elektronisch apparaat werd getest, maar we hebben het nagevraagd bij de Russen, de Britten en de Fransen en zij hebben hetzelfde op hun radarschermen opgevangen.'
'Dus het kan geen storing in de apparatuur zijn,' bracht generaal Shipley moeizaam uit.
'Nee, generaal. Alleen als u wilt aannemen dat alle radarapparatuur in de wereld plotseling dolgedraaid is.'

'Hoeveel van die objecten zijn er op het scherm verschenen?'
'Meer dan een dozijn. Ze bewegen zich zo snel voort dat het moeilijk is om ze zelfs maar te volgen. We vangen ze op en ze verdwijnen weer. We hebben atmosferische condities, meteoren, vuurbollen, weerballonnen en alle bekende soorten vliegende toestellen geëlimineerd. Ik wilde een paar vliegtuigen laten opstijgen, maar deze objecten – wat ze ook mogen zijn – vliegen zo verdomd snel dat we nooit bij ze in de buurt zullen kunnen komen.'
Generaal Shipley liep naar een van de radarschermen. 'Vangen jullie nu op een van de schermen iets op?'
'Nee, generaal. Ze zijn verdwenen.' Hij aarzelde een ogenblik. 'Maar ik heb het verschrikkelijke voorgevoel dat ze zullen terugkomen, generaal.'

30

Ottawa, 5.00 uur

Toen Janus het verslag van generaal Shipley had voorgelezen, stond de Italiaan op en zei opgewonden: 'Ze maken zich gereed voor een invasie!'
'De invasie is al begonnen.' De Fransman.
'We zijn te laat. Het is een ramp.' De Rus. 'Er is geen enkele manier...'
Janus onderbrak hem. 'Heren, dit is een ramp die we kunnen voorkomen.'
'Hoe? U weet wat hun eisen zijn.' De Engelsman.
'Hun eisen kunnen in geen geval ingewilligd worden.' De Braziliaan. 'Het gaat hun niets aan wat wij met onze bomen doen. Het zogenaamde broeikaseffect is wetenschappelijk gezien flauwekul, er is geen enkel bewijs voor.'
'En wij dan?' De Duitser. 'Als ze ons zouden dwingen de lucht boven onze steden schoon te maken, zouden we onze fabrieken moeten sluiten. We zouden geen industrie meer over hebben.'
'En wij zouden moeten stoppen met het fabriceren van auto's,' zei de Japanner. 'En wat zou er dan van de beschaafde wereld terechtkomen?'
'We zitten allemaal in hetzelfde schuitje.' De Rus. 'Als we aan alle vervuiling een eind zouden maken, zoals ze eisen, zou de wereldeconomie vernietigd worden. We moeten tijd winnen totdat het Star Wars-programma ver genoeg gevorderd is om de strijd met hen te kunnen aanbinden.'
Janus zei afgemeten: 'Daarover zijn we het eens. Ons directe probleem is de mensen rustig te houden en te voorkomen dat er paniek uitbreekt.'
'Schiet commandant Bellamy al op?' De Canadees.
'Hij maakt grote vorderingen. Hij moet in de loop van de komende paar dagen klaar kunnen zijn.'

31

Kiëv, de Sovjet-Unie

Zoals de meeste van haar landgenoten was Olga Romantsjanko teleurgesteld in de *perestrojka*. De beloften dat er in Moedertje Rusland allerlei veranderingen zouden gaan plaatsvinden, hadden in het begin zo opwindend geklonken. De wind van de vrijheid woei door de straten en er hing hoop in de lucht. Er was beloofd dat er vers vlees en groenten in de winkels te koop zouden zijn en mooie jurken en schoenen van echt leer en talloze andere prachtige dingen. Maar nu, zes jaar later, begonnen de mensen bitter gedesillusioneerd te raken. De goederen waren schaarser dan ooit. Het was onmogelijk te overleven zonder de zwarte markt. De hoofdstraten zaten nog steeds vol *rytvina* – enorme kuilen. Er waren protestdemonstraties op straat en de misdaad nam toe. De mensen moesten zich steeds meer beperkingen opleggen. *Perestrojka* en *glasnost* leken even weinig voor te stellen als de beloften van de politici die er propaganda voor hadden gemaakt.

Olga werkte al zeven jaar in de bibliotheek op het Lenkomsomolplein in het centrum van Kiëv. Ze was tweeëndertig jaar oud en was nog nooit buiten de Sovjet-Unie geweest. Olga was redelijk aantrekkelijk, hoewel iets te dik, maar in Rusland werd dat niet als een nadeel beschouwd. Ze was tweemaal verloofd geweest met mannen die waren verhuisd en haar in de steek hadden gelaten: Dmitri, die naar Leningrad was vertrokken, en Iwan, die naar Moskou was gegaan. Olga had geprobeerd naar Moskou te verhuizen om bij Iwan te kunnen zijn, maar zonder *propiska*, een woonvergunning voor Moskou, was dat niet mogelijk.

Toen haar drieëndertigste verjaardag naderde, was Olga vastbesloten iets van de wereld te zien voordat het IJzeren Gordijn weer neergelaten zou worden. Ze ging naar de hoofdbibliothecaresse die toevallig haar tante was.

'Ik zou mijn vakantie graag nu opnemen,' zei Olga.

'Wanneer wil je vertrekken?'

'Volgende week.'

'Amuseer je.'

Zo eenvoudig was het. In de tijd voor *perestrojka* zou de vakantiebestemming onvermijdelijk de Zwarte Zee, Samarkand, Tbilisi of een van een

tiental andere plaatsen binnen de Sovjet-Unie zijn geweest, maar nu stond de hele wereld voor haar open. De wereld buiten Rusland was zo groot! Je had Afrika, Azië, Noord- en Zuid-Amerika... Zo ver durfde ze zich niet te wagen. Olga sloeg de kaart van Europa op. *Zwitserland*, dacht ze. *Daar ga ik heen.*
Ze zou het nooit aan iemand hebben durven bekennen, maar de belangrijkste reden dat ze zich tot Zwitserland aangetrokken voelde, was dat ze eens Zwitserse chocola had geproefd en dat was ze nooit vergeten. Ze was dol op snoep. Het snoep in Rusland – als het tenminste te krijgen was – bevatte geen suiker en smaakte verschrikkelijk.
Haar voorkeur voor chocola zou Olga haar leven kosten.

De reis met Aeroflot naar Zürich was een opwindend begin. Ze had nog nooit gevlogen. Ze landde vol verwachting op het vliegveld in Zürich. Er hing iets in de lucht dat anders was. *Misschien is het de geur van echte vrijheid*, dacht Olga. Haar financiële middelen waren zeer beperkt en ze had gereserveerd in een klein, goedkoop hotel, de Leonhare, op de Limmatquai 136.
Olga schreef zich in bij de receptiebalie. 'Dit is de eerste keer dat ik in Zwitserland ben,' vertrouwde ze de receptionist in gebrekkig Engels toe. 'Zou u me een paar leuke dingen kunnen aanbevelen die ik kan doen?'
'Zeker. Er is hier veel te doen,' antwoordde hij. 'Misschien kunt u het beste beginnen met een rondrit door de stad. Ik regel het wel.'
'Dank u.'

Olga vond Zürich buitengewoon boeiend. Ze was diep onder de indruk van wat er in de stad allemaal te zien en te horen viel. De mensen op straat droegen allemaal zulke prachtige kleren en reden in zulke dure auto's. In Olga's ogen moest iedereen in Zürich miljonair zijn. En dan de winkels! Ze winkelde in de Bahnhofstrasse, de belangrijkste winkelstraat van Zürich, en ze verbaasde zich over de ongelooflijke overvloed van goederen in de etalages. Ze zag jurken, jassen, schoenen, ondergoed, sieraden, borden, meubels, auto's, boeken, televisietoestellen, radio's, speelgoed en piano's. Er leek een onuitputtelijke hoeveelheid artikelen te koop te zijn. Toen stuitte Olga op Sprüngli, dat beroemd was om zijn suikergoed en chocola. En wat voor chocola! Er stonden vier grote etalages vol met een verbijsterend rijke sortering. Er waren enorme dozen met gemengde chocola, chocoladekonijntjes, chocoladebroden en noten. Er waren gechocolateerde bananen en chocoladebonen gevuld met likeur. Het was een feest om alleen maar naar de uitstalling in de etalages te kunnen kijken. Olga wilde alles kopen, maar toen ze de prij-

zen hoorde, nam ze genoegen met een kleine doos gemengde chocolaatjes en een grote reep.
In de loop van de volgende week bezocht Olga de Zürichhorn Tuinen, het Rietberg Museum en de Grossmünster, de kerk die in de elfde eeuw was gebouwd, en een tiental andere schitterende toeristische attracties. Ten slotte begon haar tijd op te raken.
De receptionist in de Leonhare zei tegen haar: 'De Sunshine Tours heeft een mooie tour door de Alpen. Ik denk dat u het wel leuk zult vinden om daaraan voor uw vertrek deel te nemen.'
'Dank u,' zei Olga. 'Ik zal het proberen.'
Toen Olga het hotel verliet, bezocht ze eerst Sprüngli nog een keer en daarna ging ze direct naar het kantoor van Sunshine Tours, waar ze reserveerde voor een tour. Het bleek heel opwindend te zijn. Het landschap was adembenemend mooi en halverwege de tour hadden ze gezien dat er iets neerstortte wat volgens haar een vliegende schotel was, maar de Canadese bankier naast wie ze zat, had haar uitgelegd dat het slechts een schouwspel was dat door de Zwitserse overheid voor toeristen werd georganiseerd en dat vliegende schotels niet bestonden. Olga was niet helemaal overtuigd. Toen ze naar Kiëv terugkeerde, besprak ze het onderwerp met haar tante.
'Natuurlijk bestaan vliegende schotels,' zei haar tante. 'Ze vliegen de hele tijd boven Rusland. Je moet je verhaal aan een krant verkopen.'
Olga had het overwogen, maar ze was bang dat ze uitgelachen zou worden. De Communistische Partij hield er niet van dat haar leden in de publiciteit kwamen, vooral niet als ze daardoor een mikpunt van spot zouden kunnen worden. Al met al concludeerde Olga dat haar vakantie het hoogtepunt van haar leven was geweest, afgezien van Dmitri en Iwan. Het zou moeilijk worden weer aan de dagelijkse sleur te wennen.

De rit in de Intourist-bus over de pas aangelegde verkeersweg van het vliegveld naar het centrum van Kiëv duurde een uur. Robert was voor het eerst in Kiëv en het maakte indruk op hem dat er langs de hele weg werd gebouwd en dat er overal grote flatgebouwen verrezen. De bus stopte voor het Dnjepr Hotel en braakte zijn twee dozijn passagiers uit. Robert keek op zijn horloge. Acht uur in de avond. De bibliotheek zou nu gesloten zijn. Hij zou moeten wachten tot de volgende morgen. Hij nam zijn intrek in het hotel waar voor hem was gereserveerd, dronk wat aan de bar en ging de sobere, witgeverfde eetzaal binnen waar hij een maaltijd bestelde die bestond uit kaviaar, komkommer en tomaten, gevolgd door een aardappelcasserole met kleine stukjes vlees, die was bedekt met een laag zwaar deeg en bij dit alles dronk hij wodka en mineraalwater.

Zijn visum had voor hem klaargelegen in het hotel in Stockholm, precies zoals generaal Hilliard had beloofd. *Dat was een staaltje van snelle internationale samenwerking,* dacht Robert. *Maar voor mij geen samenwerking. 'Naakt' is het woord dat voor dit soort opdrachten gebruikt wordt.*
Na het diner had Robert bij de balie wat inlichtingen gevraagd en hij wandelde op zijn gemak naar het Lenkomsomolplein. Kiëv was een verrassing voor hem. Het was een aantrekkelijke, Europees ogende stad met groene parken en door bomen omzoomde straten. De stad lag aan de Dnjepr en was een van de oudste van Rusland. Er stonden overal kerken en ze waren spectaculaire voorbeelden van religieuze architectuur, zoals de Sint Vladimir-, de Sint Andreas- en de Sint Sophiakerk. De bouw van de laatste was in 1037 voltooid. De kerk was zuiver wit en had een hoog oprijzende, blauwe klokketoren. Een ander voorbeeld ervan was het Petsjersk-klooster dat het hoogste gebouw van de stad was. *Susan zou dit prachtig hebben gevonden,* dacht Robert. Ze was nooit in Rusland geweest. Hij vroeg zich af of ze al uit Brazilië was teruggekeerd. Toen hij weer in zijn hotelkamer was, belde hij haar impulsief op en tot zijn verbazing kreeg hij haar bijna onmiddellijk aan de lijn.
'Hallo?' *Die hese, sexy stem.*
'Hoi. Hoe was het in Brazilië?'
'Robert! Ik heb een paar keer geprobeerd je te bellen, maar ik kreeg geen gehoor.'
'Ik ben niet thuis.'
'O.' Ze was te goedgetraind om te vragen waar hij was. 'Voel je je goed?' *Voor een eunuch voel ik me geweldig.* 'Jazeker. Prima. Hoe gaat het met Geld... Monte?'
'Het gaat goed met hem, Robert. We vertrekken morgen naar Gibraltar.'
Met dat klotejacht van Geldbuidel natuurlijk. Hoe heette dat ook al weer? O ja. De Halcyon. 'Met het jacht?'
'Ja. Je kunt me er bellen. Herinner je je de letters en het nummer?'
Hij wist het nog. *WS 337. Waar stonden de letters ook al weer voor? Weg Susan?... Waarom scheiden?...*
'Robert?'
'Ja, ik weet het nog. Whisky Suiker 337.'
'Bel je me? Om me te laten weten hoe het met je gaat?'
'Natuurlijk. Ik mis je, schat.'
Er viel een lange, pijnlijke stilte. Hij wachtte. Wat verwachtte hij dat ze zou zeggen? *Kom me redden uit de klauwen van deze charmante man die eruitziet als Paul Newman en me dwingt met hem mee te varen op zijn tachtig meter lange jacht en te wonen in onze smerige kleine paleisjes in*

Monte Carlo, Marokko, Parijs, Londen en God mag weten waar nog meer. Als een idioot hoopte hij half dat ze het zou zeggen.
'Ik mis jou ook, Robert. Wees voorzichtig.' De verbinding werd verbroken. Hij was in Rusland, alleen.

Twaalfde Dag
Kiëv, de Sovjet-Unie

De volgende morgen vroeg, tien minuten nadat de bibliotheek was opengegaan, ging Robert het reusachtige, sombere gebouw binnen en liep naar de receptiebalie.
'Goedemorgen,' zei Robert.
De vrouw achter de balie keek op. 'Goedemorgen. Kan ik u helpen?'
'Ja. Ik zoek een vrouw die hier volgens mij werkt. Olga...'
'Olga? Ja, ja.' Ze wees naar een andere zaal. 'Ze is daarbinnen.'
'Dank u.'
Zo gemakkelijk ging het. Robert liep de andere zaal binnen langs groepen studenten die aan lange tafels ernstig zaten te studeren. *Op wat voor toekomst bereiden ze zich voor?* vroeg Robert zich af. Hij kwam bij een kleinere leeszaal en liep naar binnen. Een vrouw was druk bezig met het vullen van de boekenkasten.
'Neemt u me niet kwalijk,' zei Robert.
Ze draaide zich om. 'Ja?'
'Olga?'
'Ik ben Olga. Wat wilt u van me?'
Robert glimlachte ontwapenend. 'Ik schrijf een krantenartikel over *perestrojka* en het effect ervan op de gemiddelde Rus. Is uw leven er sterk door veranderd?'
De vrouw haalde haar schouders op. 'Voor Gorbatsjov waren we bang om onze mond open te doen. Nu kunnen we onze mond wel opendoen, maar we hebben niets om erin te stoppen.'
Robert probeerde een andere aanpak. 'Er zijn toch zeker wel wat positieve veranderingen? U kunt nu bijvoorbeeld reizen.'
'U maakt een grapje. Als je een man en zes kinderen hebt, kun je je toch niet permitteren te reizen?'
Robert vervolgde: 'Toch bent u naar Zwitserland gegaan en...'
'Zwitserland? Ik ben van mijn leven nog niet in Zwitserland geweest.'
Robert zei langzaam: 'Bent u nooit in Zwitserland geweest?'
'Dat zeg ik u toch.' Ze knikte naar een donkerharige vrouw die boeken van een tafel pakte. 'Zij is de gelukkige die in Zwitserland is geweest.'
Robert wierp een snelle blik op de vrouw. 'Hoe heet ze?'

'Olga. Net als ik.'
Hij zuchtte. 'Dank u.'
Een minuut later sprak Robert met de tweede Olga.
'Neemt u me niet kwalijk,' zei Robert. 'Ik schrijf een kranteartikel over *perestrojka* en het effect ervan op het leven in Rusland.'
Ze keek hem op haar hoede aan. 'Ja?'
'Hoe heet u?'
'Olga. Olga Romantsjanko.'
'Vertel me eens, Olga, heeft *perestrojka* voor jou persoonlijk verschil gemaakt?'
Zes jaar eerder zou Olga niet met een buitenlander hebben durven praten, maar nu was het toegestaan. 'Nou nee,' zei ze voorzichtig. 'Alles is grotendeels hetzelfde.'
De vreemdeling hield vol. 'Is er helemaal niets veranderd in je leven?'
Ze schudde haar hoofd. 'Nee.' Toen voegde ze vaderlandslievend eraan toe: 'Natuurlijk mogen we nu naar het buitenland reizen.'
Dit leek hem te interesseren. 'En bent u in het buitenland geweest?'
'O ja,' zei ze trots. 'Ik ben pas uit Zwitserland teruggekomen. Het is een heel mooi land.'
'Dat ben ik met je eens,' zei hij. 'Heb je tijdens je reis nog mensen leren kennen?'
'Ik heb veel mensen leren kennen. Ik heb een bustour gemaakt en we zijn door hoge bergen gereden. De Alpen.' Plotseling besefte Olga dat ze dat niet had moeten zeggen omdat de vreemdeling haar misschien over het ruimteschip zou vragen en daarover wilde ze niet praten. Ze zou er alleen maar moeilijkheden mee kunnen krijgen.
'Werkelijk?' vroeg Robert. 'Vertel me eens over de mensen in de bus.'
Opgelucht antwoordde Olga: 'Heel aardig. De kleding die ze droegen, was zo...' Ze maakte een gebaar. 'Heel mooi. Ik heb zelfs een man uit uw hoofdstad, Washington D.C., ontmoet.'
'O ja?'
'Ja. Hij was heel aardig. Hij heeft me een kaartje gegeven.'
Roberts hart miste een slag. 'Heb je dat nog?'
'Nee. Ik heb het weggegooid.' Ze keek in het rond. 'Het is beter om dat soort dingen niet te bewaren.'
Verdomme!
Toen voegde ze eraan toe: 'Ik herinner me zijn naam nog. Parker, net als uw Amerikaanse pen. Kevin Parker. Heel belangrijk in de politiek. Hij vertelt senatoren hoe te stemmen.'
Robert was onaangenaam verrast. 'Heeft hij je dat verteld?'
'Ja. Hij neemt hen mee op reisjes en geeft hun geschenken en dan stem-

men ze voor de dingen die zijn cliënten nodig hebben. Zo werkt de democratie in Amerika.'
Een lobbyist. Robert liet Olga nog vijftien minuten doorpraten, maar hij kreeg geen nuttige informatie meer over de andere passagiers.

Robert belde generaal Hilliard uit zijn hotelkamer.
'Ik heb de Russische getuige gevonden. Haar naam is Olga Romantsjanko. Ze werkt in de centrale bibliotheek in Kiëv.'
'Ik zal een Russische functionaris met haar laten praten.'

**SPOEDBERICHT
ULTRA TOPGEHEIM
NSA AAN ONDERDIRECTEUR GRU
VERTROUWELIJK
KOPIE ÉÉN
ONDERWERP: OPERATIE DOEMDAG
8. OLGA ROMANTSJANKO KIËV
EINDE BERICHT**

Die middag vloog Robert in een Toepolev 154 van Aeroflot naar Parijs. Toen hij drie uur en vijfentwintig minuten later aankwam, stapte hij over op een vlucht van Air France naar Washington D.C.
Om twee uur 's nachts hoorde Olga het gegier van remmen toen een auto stopte voor het flatgebouw in de Vertrykstraat waarin ze woonde. De muren van de flat waren zo dun dat ze de stemmen buiten op straat kon horen. Ze stapte uit bed en keek uit het raam. Twee mannen in burgerkleren stapten uit een zwarte Tsjaika, de auto die door overheidsfunctionarissen werd gebruikt. Ze liepen naar de ingang van haar flatgebouw. Bij hun aanblik voer er een huivering door haar heen. In de loop van de jaren waren enkele van haar buren verdwenen en ze had hen nooit meer teruggezien. Sommigen van hen waren naar de Goelag Archipel in Siberië gestuurd. Olga vroeg zich af achter wie de geheime politie nu aan zat en nog terwijl ze dat deed, werd er op haar deur geklopt. Ze schrok. *Wat willen ze van me?* vroeg ze zich af. *Het moet een vergissing zijn.*
Toen ze de deur opende, zag ze de twee mannen staan.
'Kameraad Olga Romantsjanko?'
'Ja.'
'*Glavnoje Ravzedyvatelnoje Oepravlenije.*'
De gevreesde GROE.
Ze drongen zich langs haar heen de kamer binnen.
'Wat... wat wilt u?'

'Wij stellen hier de vragen. Ik ben sergeant Joeri Gromkov. Dit is sergeant Vladimir Zemski.'
Ze werd plotseling overmand door angst. 'Wat... wat is er mis? Wat heb ik gedaan?'
Zemski ging gretig op haar woorden in. 'O, je weet dus dat je iets verkeerds hebt gedaan?'
'Nee, natuurlijk niet,' zei Olga nerveus. 'Ik weet niet waarom u hier bent.'
'Ga zitten,' schreeuwde Gromkov. Olga ging zitten.
'Je bent pas teruggekeerd van een reis naar Zwitserland, *njet*?'
'J-ja,' stotterde ze, maar het... het was... Ik had toestemming van...'
'Spionage is onwettig, Olga Romantsjanko.'
'Spionage?' Ze was ontzet. 'Ik weet niet waarover u het hebt.'
De grootste man staarde naar haar lichaam en Olga realiseerde zich plotseling dat ze alleen maar een dunne nachtjapon droeg.
'We gaan. U komt met ons mee.'
'Maar dit moet een verschrikkelijke vergissing zijn. Ik ben bibliothecaresse. U kunt het hier aan iedereen vragen die...'
Hij trok haar overeind. 'Kom mee.'
'Waar neemt u me mee naar toe?'
'Naar het hoofdkwartier. Ze willen u ondervragen.'
Ze stonden haar toe een jas over haar nachtjapon aan te trekken en daarna werd ze de trap af en de Tsjaika in geduwd. Olga dacht aan alle mensen die in auto's als deze weggevoerd en nooit meer teruggekeerd waren en ze was verdoofd van angst.
De grootste man, Gromkov, reed. Olga zat naast Zemski achterin. Hij leek haar op een of andere manier minder angstaanjagend, maar ze was verlamd van angst doordat ze wist wie ze waren en door de onzekerheid over wat er met haar zou gaan gebeuren.
'Geloof me alstublieft,' zei Olga oprecht. 'Ik zou nooit verraad plegen aan mijn...'
'Kop dicht,' blafte Gromkov.
Vladimir Zemski zei: 'Eigenlijk geloof ik haar.'
Olga's hart sprong op van vreugde.
'De tijden zijn veranderd,' vervolgde kameraad Zemski. 'Kameraad Gorbatsjov houdt er niet van dat we onschuldige mensen lastig vallen. Die tijd is voorbij.'
'Wie zegt dat ze onschuldig is?' gromde Gromkov. 'Misschien wel, misschien niet. Daar zullen ze in het hoofdkwartier snel genoeg achter komen.'
Olga luisterde naar de twee mannen die over haar spraken alsof ze er niet bij was.

Zemski zei: 'Kom nou, Joeri, je weet dat ze op het hoofdkwartier zal bekennen, of ze nu schuldig is of niet. Dit bevalt me niet.'
'Dat is jammer. We kunnen er niets aan doen.'
'Toch wel.'
'Wat dan?'
De man naast Olga zweeg een ogenblik. 'Luister,' zei hij, 'waarom laten we haar niet gewoon gaan? We kunnen hun vertellen dat ze niet thuis was. We houden hen een paar dagen aan het lijntje en daarna zullen ze haar vergeten omdat ze zoveel mensen te ondervragen hebben.'
Olga probeerde wat te zeggen, maar haar keel was te droog. Ze verlangde wanhopig dat de man naast haar de discussie zou winnen.
Gromkov zei knorrig: 'Waarom zouden wij onze nek voor haar uitsteken? Wat levert dat ons op? Wat doet zij voor ons?'
Zemski draaide zich naar haar toe en keek Olga vragend aan. Olga vond haar spraak terug. 'Ik heb geen geld,' zei ze.
'Wat hebben we aan je geld? We hebben volop geld.'
Gromkov zei: 'Ze heeft wel iets anders.'
Voordat Olga kon antwoorden, zei Zemski: 'Wacht even, Joeri Ivanovitsj, je kunt niet verwachten dat ze dat doet.'
'Dat moet ze zelf beslissen. Ze kan lief voor ons zijn of meegaan naar het hoofdkwartier en een paar weken slaag krijgen. Misschien sluiten ze haar op in een mooie *sjizo*.'
Olga had over *sjizo's* gehoord. Het waren onverwarmde cellen van één bij twee meter met een bed zonder dekens dat alleen uit houten planken bestond. '*Lief zijn voor ons.*' Wat betekende dat?
'Ze moet het zelf beslissen.'
Zemski wendde zich tot Olga. 'Wat kies je?'
'Ik... ik begrijp het niet.'
'Mijn partner zegt eigenlijk dat als je lief voor ons bent, we deze hele zaak zouden kunnen laten schieten. Over een tijdje zullen ze je waarschijnlijk vergeten zijn.'
'Wat... wat zou ik dan moeten doen?'
Gromkov grijnsde tegen haar in de achteruitkijkspiegel. 'Geef ons alleen een paar minuten van je tijd.' Hij herinnerde zich iets dat hij eens had gelezen: 'Blijf maar gewoon liggen en denk aan de tsaar.' Hij grinnikte.
Olga begreep plotseling wat ze bedoelden. Ze schudde haar hoofd. 'Nee, dat kan ik niet doen.'
'Goed.' Gromkov begon harder te rijden. 'Ze zullen zich op het hoofdkwartier wel met je amuseren.'
'Wacht!' Ze was in paniek en wist niet wat ze moest doen. Ze had gruwelverhalen gehoord over wat er gebeurde met mensen die waren gearres-

teerd en *zeks* waren geworden. Ze had gedacht dat hieraan een eind was gekomen, maar nu zag ze in dat ze zich had vergist. *Perestrojka* was nog steeds een droom. Ze zouden haar niet toestaan een advocaat te nemen of met iemand te spreken. In het verleden waren vriendinnen van haar verkracht en vermoord door de GROE. Ze zat in de val. Als ze naar de gevangenis ging, konden ze haar wekenlang vasthouden en haar mishandelen en verkrachten of nog erger. Met deze twee mannen zou het tenminste in een paar minuten voorbij zijn en dan zouden ze haar laten gaan. Olga nam een besluit.
'Goed dan,' zei ze treurig. 'Wilt u teruggaan naar mijn appartement?'
Gromkov zei: 'Ik weet een betere plaats.' Hij keerde de auto.
Zemski fluisterde: 'Het spijt me, maar hij heeft de leiding. Ik kan hem niet tegenhouden.'
Olga zei niets.
Ze reden langs het helderrode Sjevtsjenko Operagebouw en zetten koers naar een groot door bomen omzoomd park. Het was om deze tijd volkomen verlaten. Gromkov reed de auto tot onder de bomen, deed de lichten uit en zette de motor af.
'Laten we uitstappen,' zei hij.
Ze stapten alle drie uit.
Gromkov keek Olga aan. 'Je boft. Je komt er gemakkelijk van af. Ik hoop dat je dat waardeert.'
Olga knikte, te bang om een woord te kunnen uitbrengen.
Gromkov leidde hen naar een kleine open plek. 'Kleed je uit.'
'Het is koud,' zei Olga. 'Kunnen we niet...?'
Gromkov sloeg haar hard in het gezicht. 'Doe wat je gezegd wordt voordat ik van gedachten verander.'
Olga aarzelde een moment, maar toen hij zijn arm terugtrok om haar weer te slaan, begon ze haar jas los te knopen.
'Trek 'm uit.'
Ze liet hem op de grond vallen.
'Nu de nachtjapon.'
Langzaam trok Olga de nachtjapon over haar hoofd uit. Ze stond naakt in het maanlicht en rilde in de koude nachtlucht.
'Mooi lichaam,' zei Gromkov. Hij kneep in haar tepels.
'Alstublieft...'
'Als je nog één geluid maakt, nemen we je mee naar het hoofdkwartier.' Hij drukte haar tegen de grond.
Ik moet ergens anders aan denken. Ik doe net of ik in Zwitserland in de bus zit en naar het mooie landschap kijk.
Gromkov had zijn broek laten zakken en spreidde Olga's benen.

Ik zie de met sneeuw bedekte Alpen. Er komt een arreslee langs met een jongen en een meisje erin.
Ze voelde dat hij zijn handen onder haar heupen zette en zijn mannelijkheid in haar duwde. Het deed pijn.
Er rijden mooie auto's op de weg. Meer auto's dan ik ooit heb gezien. In Zwitserland heeft iedereen een auto.
Hij drong nu dieper in haar binnen, hij kneep haar en maakte wilde, dierlijke geluiden.
Eens zal ik een huisje in de bergen hebben. Hoe noemen de Zwitsers die ook al weer? Chalets. En ik zal iedere dag bonbons eten. Dozen vol.
Zwaar hijgend liet Gromkov zich van haar af glijden. Hij stond op en zei tegen Zemski: 'Jouw beurt.'
Ik zal trouwen en kinderen krijgen en we gaan 's winters met zijn allen skiën in de Alpen.
Zemski had zijn broek opengeritst en ging op haar liggen.
Het zal zo'n prachtig leven zijn. Ik zal nooit meer naar Rusland teruggaan. Nooit.
Hij was nu in haar en deed haar nog meer pijn dan de andere man. Hij kneep in haar billen en duwde haar lichaam tegen de koude grond totdat de pijn bijna ondraaglijk was.
We gaan op een boerderij wonen waar het altijd stil en vredig is en we zullen een tuin met mooie bloemen hebben.
Zemski was met haar klaar en keek op naar zijn partner. 'Ik wed dat ze ervan genoten heeft.' Hij grijnsde.
Hij stak zijn handen uit en brak Olga's nek.

De volgende dag stond er een artikeltje in de lokale krant over een bibliothecaresse die in het park verkracht en gewurgd was. In het stukje wezen de autoriteiten jonge vrouwen er ernstig op dat het gevaarlijk was om 's nachts alleen naar het park te gaan.

SPOEDBERICHT
ULTRA TOPGEHEIM
ONDERDIRECTEUR GROE AAN ONDERDIRECTEUR NSA
VERTROUWELIJK
KOPIE ÉÉN
ONDERWERP: OPERATIE DOEMDAG
8. OLGA ROMANTSJANKO KIËV GELIQUIDEERD
EINDE BERICHT

32

Willard Stone en Monte Banks waren natuurlijke vijanden. Ze waren allebei meedogenloze roofdieren en ze gingen op jacht in de stenen jungle van Wall Street met zijn vijandige fusies, speculatieve opkopingen en zijn effectenhandel.

De eerste keer dat de twee mannen met elkaar botsten, was tijdens een poging een reusachtig openbaar nutsbedrijf over te nemen. Willard Stone deed het eerste bod en verwachtte geen problemen. Hij was zo machtig en had zo'n gevreesde reputatie dat maar heel weinig mensen hem durfden te tarten. Het was een grote verrassing voor hem toen hij hoorde dat een jonge zakenman in opkomst, die Monte Banks heette, eveneens had geboden. Stone was gedwongen zijn bod te verhogen en de inzet bleef stijgen. Willard Stone kreeg het bedrijf ten slotte in handen, maar tegen een veel hogere prijs dan hij had verwacht.

Zes maanden later, bij het bieden op een groot elektronicabedrijf, vond Stone Monte Banks weer tegenover zich. Het bieden ging maar door en deze keer won Banks.

Toen Willard Stone vernam dat Monte Banks van plan was met hem te wedijveren om een computerbedrijf in handen te krijgen, besloot hij dat het tijd werd kennis te maken met zijn concurrent. De twee mannen ontmoetten elkaar op neutraal terrein op Paradise Island, op de Bahama's. Willard Stone had de antecedenten van zijn concurrent grondig onderzocht en hij had ontdekt dat Monte Banks afkomstig was uit een rijke oliefamilie en dat hij er op een briljante manier in was geslaagd zijn erfenis te benutten om een internationaal conglomeraat op te bouwen.

De twee mannen gingen samen lunchen. Willard Stone, oud en wijs; Monte Banks, jong en gretig.

Willard Stone opende het gesprek. 'Je bent een lastpak geworden.'

Monte Banks grijnsde. 'Uit jouw mond is dat een compliment.'

'Wat wil je?' vroeg Stone.

'Hetzelfde als jij. Ik wil de hele wereld bezitten.'

Willard Stone zei peinzend: 'De wereld is groot genoeg.'

'Wat wil je daarmee zeggen?'

Op díe dag werden ze compagnons. Ze leidden elk hun eigen onderneming, maar als het ging om nieuwe projecten – hout, olie en onroerend goed – maakten ze samen afspraken in plaats van met elkaar te concurreren. De Anti-trustafdeling van het Ministerie van Justitie probeerde verscheidene keren hun afspraken te verhinderen, maar door Willard Stones connecties slaagden ze daar nooit in. Monte Banks was eigenaar van chemische bedrijven die verantwoordelijk waren voor massale vervuiling van meren en rivieren, maar toen hij in staat van beschuldiging werd gesteld, werd de aanklacht op een geheimzinnige manier ingetrokken. De twee mannen hadden een perfecte symbiotische relatie.

Operatie Doemdag was een kolfje naar hun hand en ze waren er in hoge mate bij betrokken. Ze stonden op het punt een overeenkomst af te sluiten om vier miljoen hectare dichtbegroeid, bomenrijk land te kopen in de regenwouden van het Amazonegebied. Het zou een van de winstgevendste transacties worden die ze ooit hadden afgesloten.

Ze konden het zich niet veroorloven zich door wat dan ook te laten tegenhouden.

33

Dertiende Dag
Washington D.C.

De Senaat van de Verenigde Staten was in plenaire zitting bijeen. De jonge senator van Utah voerde het woord.
'... en wat er met ons milieu gebeurt, is een nationale schande. Het wordt tijd dat dit vertegenwoordigend lichaam zich realiseert dat het zijn dure plicht is de kostbare erfenis die onze voorvaderen ons hebben toevertrouwd, te bewaren. Het is niet alleen onze dure plicht maar ook ons recht om het land, de lucht en de zee te beschermen tegen degenen met gevestigde belangen die ze ten eigen bate vernietigen. En doen we dat? Doen we allemaal oprecht ons best? Of laten we ons door de stem van de mammon beïnvloeden...?'
Kevin Parker die in de bezoekersgalerij zat, keek voor de derde maal in vijf minuten op zijn horloge. Hij vroeg zich af hoe lang de toespraak nog zou duren. Hij zat dit alleen maar uit omdat hij met de senator zou gaan lunchen en hij wilde hem om een gunst vragen. Kevin Parker hield ervan door de wandelgangen te lopen, met congresleden en senatoren te babbelen en door vrijgevigheid politieke gunsten te verwerven.
Hij was arm opgegroeid in Eugene, Oregon. Zijn vader was een alcoholist die een kleine houthandel had. Hij was een onbekwaam zakenman die een bedrijf dat florerend had moeten zijn, naar de knoppen wist te helpen. Als jongen had hij vanaf zijn veertiende jaar moeten werken en omdat zijn moeder jaren geleden met een andere man was weggelopen, had hij helemaal geen huiselijk leven. Hij had gemakkelijk een mislukkeling kunnen worden en als zijn vader kunnen eindigen, maar dat lot werd hem bespaard doordat hij buitengewoon knap en innemend was. Hij had golvend blond haar en fijnbesneden, aristocratische trekken die hij van een of andere langvergeten voorvader geërfd moest hebben. Een paar rijke inwoners van de stad kregen medelijden met de jongen. Ze gaven hem baantjes, stimuleerden hem en deden alle mogelijke moeite hem te steunen. De rijkste man van de stad, Jeb Goodspell, wilde Kevin bijzonder graag helpen en hij gaf hem een part-time baan bij een van zijn bedrijven. Goodspell, een vrijgezel, nodigde de jonge Parker vaak bij hem thuis uit om te eten.
'Jij kunt in dit leven iemand worden,' zei Goodspell tegen hem, 'maar zonder vrienden lukt dat niet.'

'Dat weet ik, meneer. En ik stel uw vriendschap zeer op prijs. Het heeft me echt uit de brand geholpen dat ik voor u mag werken.'
'Ik zou nog veel meer voor je kunnen doen,' zei Goodspell. Ze zaten na het eten op de bank in de huiskamer. Hij sloeg zijn arm om de jongen heen. 'Heel veel meer.' Hij drukte de jongen even iets steviger tegen zich aan. 'Je hebt een mooi lichaam, wist je dat?'
'Dank u, meneer.'
'Ben je nooit eenzaam?'
Hij was altijd eenzaam. 'Ja, meneer.'
'Wel, je hoeft niet meer eenzaam te zijn.' Hij streelde de arm van de jongen. 'Ik ben ook vaak eenzaam, weet je. Je hebt iemand nodig die je stevig tegen zich aandrukt en je troost.'
'Ja, meneer.'
'Heb je ooit een meisje gehad?'
'Ja, ik ben een tijdje met Sue Ellen gegaan.'
'Heb je met haar geslapen?'
De jongen bloosde. 'Nee, meneer.'
'Hoe oud ben je, Kevin?'
'Zestien, meneer.'
'Dat is een mooie leeftijd. Het is een leeftijd waarop je met je carrière moet beginnen.' Hij bestudeerde de jongen een ogenblik. 'Ik wed dat je heel goed in politiek bent.'
'Politiek? Daar weet ik niets van, meneer.'
'Daarom ga je naar school, om dingen te leren. En ik zal je helpen.'
'Dank u.'
'Er zijn een heleboel manieren om mensen te bedanken,' zei Goodspell. Hij streek met zijn hand over de dij van de jongen. 'Een heleboel.' Hij keek in Parkers ogen. 'Weet je wat ik bedoel?'
'Ja, Jeb.'
Dat was het begin.
Toen Parker voor zijn eindexamen van de middelbare school was geslaagd, stuurde Goodspell hem naar de Universiteit van Oregon. De jongen studeerde politieke wetenschappen en Goodspell zorgde ervoor dat zijn protégé met iedereen kennis maakte. Ze waren allemaal onder de indruk van de aantrekkelijke jongeman. Parker merkte dat hij door zijn contacten belangrijke mensen gunsten kon bewijzen en mensen bij elkaar kon brengen. Het was een logische stap dat hij lobbyist werd en Parker was goed in zijn werk.
Goodspell was twee jaar geleden overleden, maar Parker had inmiddels de smaak te pakken gekregen van wat zijn mentor hem had geleerd. Hij pikte graag jonge jongens op en nam hen mee naar afgelegen hotels waar hij niet herkend zou worden.

De senator uit Utah beëindigde zijn toespraak eindelijk... 'En ik zeg u nu dat we deze wet moeten aannemen als we willen redden wat er van ons milieu over is. Dan wil ik nu om een hoofdelijke stemming vragen.'
Goddank, de eindeloze zitting was bijna voorbij. Kevin Parker dacht aan de avond die voor hem lag en hij begon een erectie te krijgen. De vorige avond had hij in Danny's P Street Station, een bekende homobar, een jongeman ontmoet. Helaas was de jongeman met iemand anders geweest. Maar ze hadden in de loop van de avond naar elkaar zitten kijken en voordat hij vertrok, had Parker een briefje geschreven dat hij in de hand van de jongeman had laten glijden. Er stond alleen maar op: 'Morgenavond'. De jonge man had geglimlacht en geknikt.

Kevin Parker was zich gehaast aan het omkleden om uit te gaan. Hij wilde in de bar zijn als de jongen binnenkwam. De jongeman was veel te aantrekkelijk en Parker wilde niet dat hij door iemand anders werd opgepikt. De bel ging. *Verdomme*. Parker deed open.
Er stond een vreemde voor hem. 'Kevin Parker?'
'Ja...'
'Mijn naam is Bellamy. Ik zou u graag een minuutje spreken.'
Parker zei ongeduldig: 'Dan zult u een afspraak met mijn secretaresse moeten maken. Ik bespreek geen zaken buiten kantooruren.'
'Het gaat niet over zaken, meneer Parker. Het gaat over de reis naar Zwitserland die u een paar weken geleden hebt gemaakt.'
'Mijn reis naar Zwitserland? Wat wilt u daarover weten?'
'Mijn dienst is geïnteresseerd in een paar mensen die u daar hebt ontmoet.' Robert liet zijn valse CIA-identiteitsbewijs zien.
Kevin Parker bestudeerde de man zorgvuldiger. Wat moest de CIA van hem? Ze waren zo vervloekt nieuwsgierig. *Ben ik voorzichtig genoeg geweest?*
Het had geen zin de man verder tegen zich in het harnas te jagen. Hij glimlachte. 'Komt u binnen. Ik ben al laat voor een afspraak, maar u zei dat het niet langer dan een minuut zou duren?'
'Inderdaad. Ik geloof dat u vanuit Zürich een bustour hebt gemaakt?'
Dus daar gaat het allemaal om. Die kwestie met de vliegende schotel.
Het was het vreemdste dat hij ooit had gezien. 'U wilt weten hoe het met die UFO zat, nietwaar? Nou, ik kan u wel vertellen dat het een krankzinnige ervaring was.'
'Dat zal wel, maar eerlijk gezegd, geloven we bij de dienst niet in vliegende schotels. Ik ben hier om u te vragen wat u me over uw medepassagiers in de bus kunt vertellen.'
Parker was verrast. 'O. Ik ben bang dat ik u dan niet kan helpen. Het waren allemaal vreemden.'

'Dat begrijp ik, meneer Parker,' zei Robert geduldig, 'maar u moet zich toch *iets* over hen herinneren.'
Parker haalde zijn schouders op. 'Ach, een paar dingen... Ik herinner me dat ik een paar woorden heb gesproken met een Engelsman die foto's van ons heeft gemaakt.'
Leslie Mothershed. 'En met wie nog meer?'
'O ja. Ik heb even met een Russisch meisje gepraat. Ze leek me heel sympathiek. Ik geloof dat ze zei dat ze ergens bibliothecaresse was.'
Olga Romantsjanko. 'Dat is uitstekend. Kunt u zich nog iemand anders herinneren, meneer Parker?'
'Nee, ik denk dat dat wel zo'n beetje... o, er waren nog twee andere mannen. De ene was een Amerikaan, een Texaan.'
Dan Wayne. 'En de andere?'
'Dat was een Hongaar. Hij was in Hongarije eigenaar van een kermis of een circus of zoiets.' Hij herinnerde het zich weer. 'Het was een kermis.'
'Weet u dat zeker, meneer Parker?'
'O ja. Hij heeft me een paar verhalen verteld over de kermisbusiness. Hij was erg enthousiast toen hij die UFO zag. Ik denk dat hij zo'n ding wel als attractie op zijn kermis zou willen hebben als dat mogelijk zou zijn. Ik moet toegeven dat het nogal een angstaanjagend gezicht was. Ik zou het voorval hebben gerapporteerd, maar ik kan het me niet veroorloven op één hoop te worden gegooid met al die mafketels die beweren dat ze een vliegende schotel hebben gezien.'
'Heeft hij toevallig zijn naam genoemd?'
'Ja, maar het was een van die onuitsprekelijke buitenlandse namen. Ik ben bang dat ik het niet meer weet.'
'Herinnert u zich nog iets anders over hem?'
'Alleen dat hij haast had om weer naar zijn kermis terug te gaan.' Hij keek op zijn horloge. 'Kan ik nog iets anders voor u doen? Ik begin een beetje in tijdnood te raken.'
'Nee, dank u, meneer Parker. U hebt me erg goed geholpen.'
'Graag gedaan.' Hij glimlachte even stralend naar Robert. 'U moet me eens op mijn kantoor komen opzoeken. Dan kunnen we even gezellig babbelen.'
'Dat zal ik doen.'
Dus het is bijna voorbij, dacht Robert. *Ze kunnen mijn baan krijgen en 'm in hun reet steken. Het is tijd om de brokstukken van mijn leven aan elkaar te lijmen en opnieuw te beginnen.*

Robert vroeg een gesprek aan met generaal Hilliard. 'Ik heb de zaak bijna rond, generaal. Ik heb Kevin Parker gevonden. Hij is lobbyist in Wa-

shington, D.C. Ik ben op weg om de laatste passagier na te trekken.'
'Ik ben heel tevreden,' zei generaal Hilliard. 'U hebt uitstekend werk geleverd, commandant. Neem weer zo snel mogelijk contact met me op.'
'Ja, generaal.'

SPOEDBERICHT
ULTRA TOPGEHEIM
NSA AAN ONDERDIRECTEUR CIA
VERTROUWELIJK
KOPIE ÉÉN
ONDERWERP: OPERATIE DOEMDAG
9. KEVIN PARKER WASHINGTON, D.C.
EINDE BERICHT

Toen Kevin Parker in Danny's P Street Station aankwam, was het nog drukker dan de vorige avond. De oudere mannen waren gekleed in traditionele kostuums, terwijl de meeste jongere mannen spijkerbroeken, blazers en laarzen droegen. Er waren er een paar die in hun zwartleren outfit uit de toon vielen en Parker vond die types weerzinwekkend. Gewelddadige schandknapen waren gevaarlijk en hij had zich nooit tot dat soort bizarre gedrag aangetrokken gevoeld. *Discretie*, dat was altijd zijn motto geweest. *Discretie*. De knappe jongen was er nog niet, maar dat had Parker ook niet verwacht. Hij zou later zijn entree maken, mooi en fris, terwijl de anderen in de bar al vermoeid en bezweet waren. Kevin Parker liep naar de bar, bestelde een drankje en keek om zich heen. De televisietoestellen aan de muren waren op MTV afgestemd. In bars zoals deze namen de jonge mannen allerlei poses aan waardoor ze er zo aantrekkelijk mogelijk uitzagen, terwijl de oudere mannen, de kopers, hen bekeken en hun keuze maakten. Dit type zaak was het sjiekst. Er werd nooit gevochten want de meeste klanten hadden kronen en wilden het risico niet lopen dat ze uit hun mond geslagen werden.
Kevin Parker merkte op dat veel van de vaste klanten hun partners al hadden uitgekozen. Hij luisterde naar de vertrouwde gesprekken die om hem heen gevoerd werden. Het fascineerde hem dat de gesprekken altijd hetzelfde waren, of ze nu gevoerd werden in leerbars, dansbars, videobars of illegale bars die elke week van adres veranderden. Je hoorde er een typisch homotaaltje. 'Dat mietje stelt niets voor. Ze denkt dat ze Miss Kanjer is...'
'Hij ging zonder enige reden tegen me tekeer. Hij raakt altijd zo van streek. Over gevoelig gesproken...'
'Ben je meester of knecht?'

'Meester. Ik moet de bevelen geven, meisje', zei een man en hij knipte met zijn vingers.
'Goed. Ik volg ze graag op...'
'Hij had van alles en nog wat op me aan te merken... Hij bleef me maar bekritiseren... mijn gewicht, mijn huid, mijn manier van doen. Ik zei: "Meid, het is uit tussen ons." Maar het deed pijn. Daarom ben ik vanavond hier... om te proberen hem te vergeten. Kan ik nog een drankje krijgen?...'
Om één uur kwam de jongen binnen. Hij keek in het rond, zag Parker en kwam naar hem toe. De jongen was nog mooier dan Parker zich herinnerde.
'Goedenavond.'
'Goedenavond. Het spijt me dat ik zo laat ben.'
'Dat geeft niet. Ik vond het niet erg om te wachten.'
De jonge man haalde een sigaret te voorschijn en wachtte tot de oudere man hem vuur zou geven.
'Ik heb aan je gedacht,' zei Parker.
'O ja.'
De jongen had ongelooflijk lange wimpers.
'Ja. Wil je wat drinken?'
'Als ik je daar een plezier mee doe.'
Parker glimlachte. 'Wil je me graag een plezier doen?'
De jongen keek hem in zijn ogen en zei zacht: 'Ik denk het wel.'
'Ik heb de man gezien met wie je hier gisteren was. Hij is niet geschikt voor je.'
'En jij bent wel geschikt voor me?'
'Dat zou kunnen. Waarom proberen we het niet uit? Heb je zin om een wandelingetje te maken?'
'Dat klinkt goed.'
Parker voelde een tinteling van opwinding. 'Ik weet een gezellige plek waar we alleen kunnen zijn.'
'Uitstekend. Laat dat drankje maar zitten.'
Terwijl ze naar de ingang begonnen te lopen, ging de deur plotseling open en twee grote jongemannen kwamen binnen. Ze bleven voor de jongen stilstaan en versperden hem de weg. 'Daar ben je, klootzak. Waar is het geld dat ik van je krijg?'
De jongeman keek verbijsterd naar hem op. 'Ik weet niet waar je het over hebt. Ik heb je nog nooit eerder ge...'
'Kom me niet met dat gelul aan boord.' De man greep hem bij zijn schouder en begon hem de zaak uit te duwen.
Parker bleef woedend staan. Hij kwam in de verleiding in te grijpen,

maar hij kon het zich niet permitteren betrokken te raken bij iets dat op een schandaal zou kunnen uitdraaien. Hij bleef waar hij was en zag de jongen in het donker verdwijnen.
De tweede man glimlachte meelevend tegen Kevin Parker. 'Je moet je gezelschap beter uitkiezen. Hij deugt niet.'
Parker bekeek hem eens wat beter. Hij was blond en aantrekkelijk en had een bijna volmaakt gezicht. Parker kreeg het gevoel dat de avond misschien toch geen totale mislukking zou worden. 'Je zou wel eens gelijk kunnen hebben,' zei hij.
'We weten nooit wat het lot voor ons in petto heeft, nietwaar?' Hij keek Parker in de ogen.
'Nee, dat is waar. Ik heet Tom. Hoe heet jij?'
'Paul.'
'Laat me een drankje voor je bestellen, Paul.'
'Graag.'
'Heb je nog speciale plannen voor vanavond?'
'Dat hangt van jou af.'
'Zou je de nacht met me willen doorbrengen?'
'Dat lijkt me fijn.'
'Over hoeveel geld hebben we het?'
'Ik vind je leuk. Voor jou tweehonderd.'
'Dat lijkt me redelijk.'
'Dat is het ook. Je zult er geen spijt van krijgen.'
Dertig minuten later leidde Paul Kevin Parker een oud flatgebouw in Jefferson Street binnen. Ze liepen de trap op naar de derde verdieping en gingen een kleine kamer binnen. Parker keek om zich heen. 'Het is niet veel bijzonders, hè? Een hotelkamer zou prettiger zijn geweest.'
Paul grijnsde. 'We hebben hier meer privacy. Bovendien hebben we alleen het bed maar nodig.'
'Je hebt gelijk. Waarom kleed je je niet uit? Ik wil graag zien waarvoor ik betaal.'
'Natuurlijk.' Paul begon zijn kleren uit te trekken. Hij had een fantastisch lichaam.
Parker keek toe en hij voelde het vertrouwde gevoel van begeerte in zich oplaaien.
'Nu moet jij je uitkleden,' fluisterde Paul. 'Vlug, ik verlang naar je.'
'Ik verlang ook naar jou, schat.' Parker begon zijn kleren uit te trekken.
'Waar houd je van?' vroeg Paul. 'Mond of kont?'
'Laten we het maar allebei doen. We hebben de hele nacht.'
'Natuurlijk. Ik ga even naar de badkamer. Ik ben zo terug.'
Parker lag naakt op bed in afwachting van de exquise genoegens die hem

ten deel zouden vallen. Hij hoorde zijn metgezel uit de badkamer komen en naar het bed lopen.
Hij stak zijn armen naar hem uit. 'Kom bij me, Paul,' zei hij.
'Ik kom al.'
Parker voelde een explosie van pijn toen het mes zich in zijn borst boorde. Zijn ogen schoten open. Hij keek naar adem happend omhoog.
'Mijn God, wat...?'
Paul begon zich aan te kleden. 'Maak je geen zorgen om het geld,' zei hij. 'Deze keer was gratis.'

SPOEDBERICHT
ULTRA TOPGEHEIM
CIA AAN ONDERDIRECTEUR NSA
VERTROUWELIJK
KOPIE ÉÉN
ONDERWERP: OPERATIE DOEMDAG
9. KEVIN PARKER WASHINGTON, D.C. GELIQUIDEERD
EINDE BERICHT

Robert Bellamy miste de late nieuwsuitzending omdat hij in een vliegtuig op weg was naar Hongarije om een man te zoeken die eigenaar van een kermis was.

34

Veertiende Dag
Boedapest

De vlucht van Parijs naar Boedapest met Malév Airlines duurde twee uur en vijf minuten. Robert wist heel weinig over Hongarije behalve dat het land tijdens de Tweede Wereldoorlog aan de kant van de Asmogendheden had gestaan en later een Russische satellietstaat was geworden. Robert nam de bus van het vliegveld naar het centrum van Boedapest en was onder de indruk van wat hij zag. De gebouwen waren oud en de architectuur klassiek. Het parlementsgebouw op de Rudolphkade was een enorm, neogotisch bouwwerk dat de stad domineerde en hoog boven de stad op de Kasteelheuvel stond het Koninklijk Paleis. De straten waren vol auto's en winkelende mensen.
De bus stopte voor Hotel Duna Intercontinental. Robert liep de hal binnen naar de portier.
'Neemt u me niet kwalijk,' zei Robert, 'spreekt u Engels?'
'*Igan*. Ja. Wat kan ik voor u doen?'
'Een vriend van me was een paar dagen geleden in Boedapest en hij vertelde me dat hij op een prachtige kermis was geweest. Nu ik toch in de stad ben, was ik van plan er ook eens een kijkje te gaan nemen. Kunt u me vertellen waar ik de kermis kan vinden?'
De portier fronste zijn wenkbrauwen. 'Kermis?' Hij haalde een vel papier te voorschijn en liet zijn blik erover glijden. 'Even kijken. We hebben in Boedapest op het ogenblik een opera, verscheidene theaterprodukties, ballet, dag- en nachttours door de stad, excursies naar het platteland...' Hij keek op. 'Het spijt me. Er zijn geen kermissen.'
'Weet u dat zeker?'
'De portier overhandigde Robert de lijst. 'Kijkt u zelf maar.' De tekst was in het Hongaars.
Robert gaf hem de lijst terug. 'Goed. Is er iemand anders aan wie ik dit zou kunnen vragen?'
De portier zei: 'Bij het Ministerie van Cultuur kunnen ze u misschien helpen.'
Dertig minuten later stelde Robert een bediende in het kantoor van het Ministerie van Cultuur dezelfde vraag.
'Er is geen kermis in Boedapest. Weet u zeker dat uw vriend hier in Hongarije naar de kermis is geweest?'

'Ja.'
'Maar hij heeft niet gezegd waar?'
'Nee.'
'Het spijt me. Dan kan ik u niet helpen.' De bediende werd ongeduldig. 'Als u niets anders te vragen hebt...'
'Nee.' Robert stond op. 'Dank u.'
Hij aarzelde. 'Ik heb nog één vraag. Als ik met een circus of een kermis Hongarije zou willen binnenkomen, zou ik dan een vergunning moeten hebben?'
'Zeker.'
'Waar zou ik die moeten halen?'
'Bij het Vergunningenbureau van Boedapest.'

Het Vergunningenbureau was in Boeda, vlak bij de middeleeuwse stadsmuur. Robert moest dertig minuten wachten voordat hij het kantoor van een formele, gewichtig doende ambtenaar werd binnengeleid.
'Kan ik u helpen?'
Robert glimlachte. 'Ik hoop het. Het spijt me dat ik beslag op uw tijd leg met zo'n triviale vraag, maar ik ben hier met mijn zoontje en hij heeft gehoord dat er ergens in Hongarije een kermis is en ik heb beloofd hem er mee naar toe te nemen. U weet hoe kinderen zijn als ze eenmaal iets in hun hoofd hebben.'
De ambtenaar staarde Robert niet-begrijpend aan. 'Waarover wilde u me spreken?'
'Om u de waarheid te zeggen, lijkt niemand te weten waar de kermis is en Hongarije is zo'n groot, prachtig land. In ieder geval is me verteld dat als er iemand is die het zou weten, u dat bent.'
De ambtenaar knikte. 'Ja. Dat soort dingen is alleen toegestaan als er een vergunning voor verstrekt is.' Hij drukte op een zoemer en er kwam een secretaresse binnen. Ze wisselden snel enkele woorden in het Hongaars. De secretaresse vertrok en kwam twee minuten later terug met een paar vellen papier. Hij keek ze in en zei tegen Robert: 'In de laatste drie maanden hebben we maar twee vergunningen voor kermissen verstrekt. De ene is een maand geleden gesloten.'
'En de andere?'
'De andere staat op het ogenblik in Sopron. Een klein stadje vlak bij de Duitse grens.'
'Hebt u de naam van de eigenaar?'
De ambtenaar raadpleegde de papieren weer. 'Bushfekete. Laszlo Bushfekete.'

Laszlo Bushfekete had een van de beste dagen van zijn leven. Weinig mensen hebben het geluk dat ze in hun leven precies kunnen doen wat ze willen en Laszlo Bushfekete was een van die gelukkigen. Bushfekete was een grote man. Hij was één meter drieënnegentig en woog honderdvijfendertig kilo. Hij droeg een polshorloge met diamantjes, ringen met een flinke diamant erin en een grote gouden armband. Zijn vader was eigenaar van een kleine kermis geweest en na zijn dood was zijn zoon ermee doorgegaan. Hij had nooit een ander leven gekend.

Laszlo Bushfekete had grootse dromen. Hij was van plan zijn kleine kermis uit te breiden tot de grootste en beste van Europa. Hij wilde bekend worden als de P.T. Barnum van de kermiswereld. Op het moment kon hij zich echter alleen de gebruikelijke extra attracties permitteren: de Dikke Dame en de Getatoeëerde Man, de Siamese Tweeling en de Duizend-jaar-oude Mummie 'opgegraven uit de graftomben in het oude Egypte'. Dan had je nog de Degenslikker, de Vuurvreter en de knappe, kleine Slangenbezweerster, Marika. Maar uiteindelijk kwam het erop neer dat het gewoon de zoveelste rondtrekkende kermis was.

Nu, van de ene dag op de andere, zou dat allemaal veranderen. Laszlo Bushfeketes droom stond op het punt in vervulling te gaan.

Hij was naar Zwitserland gegaan om een boeienkoning een auditie af te nemen. Het *pièce de résistance* van zijn optreden was een act waarbij de boeienkoning geblinddoekt en met geboeide handen in een kleine koffer werd opgesloten die vervolgens in een grotere koffer werd gezet die eveneens op slot ging. Tenslotte lieten ze hem in een watertank zakken. Door de telefoon had het fantastisch geklonken, maar toen Bushfekete naar Zwitserland was gevlogen om het optreden te zien, had hij gemerkt dat de act één onoverkomelijk probleem had. Het kostte de boeienkoning dertig minuten om zich te bevrijden. Geen enkel publiek ter wereld zou het geduld opbrengen om dertig minuten lang naar een watertank te blijven staren.

Het had ernaar uitgezien dat de reis verspilling van tijd was geweest. Laszlo Bushfekete had besloten een bustour te gaan maken om de dag door te komen tot het tijd was om met het vliegtuig te vertrekken. Zoals zou blijken, veranderde die tour zijn leven.

Evenals zijn medepassagiers had Bushfekete de explosie gezien en was over het veld gerend om te proberen eventuele overlevenden van wat in hun ogen een vliegtuigongeluk was, te helpen. Maar wat ze toen hadden gezien, was ongelooflijk. Er bestond geen twijfel over dat het een vliegende schotel was en erin lagen twee er vreemd uitziende wezens met een klein lichaam. De andere passagiers bleven er met open mond naar staan kijken. Laszlo Bushfekete was eromheen gelopen om te kijken hoe de achterkant van de UFO eruitzag. Toen zag hij iets liggen en hij bleef ernaar staan staren. Buiten het gezichtsveld van de andere passagiers, ongeveer drie meter achter het wrak, lag een kleine afgerukte hand op de grond met zes vingers en aan weerskanten een duim. Zonder er zelfs maar bij na te denken, had Bushfekete zijn zakdoek gepakt, de hand opgeraapt en in zijn weekendtas laten glijden. Zijn hart bonsde wild. Hij had de hand van een echt buitenaards wezen in zijn bezit! *Van nu af aan kun je alle dikke dames, getatoeëerde mannen, degenslikkers en vuurvreters wel vergeten,* dacht hij. 'Komt u maar hier, dames en heren, voor de opwindendste gebeurtenis van uw leven. Wat u gaat zien, heeft geen enkele sterveling vóór u gezien. U kijkt naar een van de ongelooflijkste voorwerpen van het universum. Het is geen dier. Het is geen plant. Het is geen mineraal. Wat is het dan wel? Het is een deel van het stoffelijk overschot van een buitenaards wezen... een wezen uit de ruimte... Dit is geen science fiction, dames en heren, dit is echt... Voor vijfhonderd forints, kunt u op de foto met de...'

Daardoor dacht hij er weer aan. Hij hoopte dat de fotograaf die erbij was geweest eraan zou denken hem de foto te sturen die hij hem had beloofd. Hij zou de foto laten vergroten en hem naast de tentoongestelde hand zetten. Dat zou er net de finishing touch aan geven. *Publiek weten te trekken. Daar ging het in het leven om. Publiek weten te trekken.*

Hij kon bijna niet wachten tot hij naar Hongarije kon terugkeren waar zijn grootse droom eindelijk zou uitkomen.

Toen hij thuiskwam en de hand uitpakte, merkte hij dat deze gekrompen was. Maar toen Bushfekete met water het vuil eraf veegde, herkreeg hij zijn oorspronkelijke stevigheid.

Bushfekete had de hand veilig opgeborgen, er een indrukwekkende glazen vitrine voor besteld en er een speciaal bevochtigingsapppparaat voor laten bouwen. Als hij de hand niet meer op zijn kermis tentoon zou stellen, zou hij ermee door heel Europa gaan reizen. Door de hele wereld. Hij zou hem in musea tentoonstellen en hij zou hem in besloten kring aan wetenschappers tonen, misschien zelfs wel aan staatshoofden. En hij zou hen allemaal laten betalen. Het fortuin dat hij eraan zou verdienen, was niet te schatten.

Hij had aan niemand verteld wat voor geluk hem ten deel was gevallen, zelfs niet aan zijn geliefde, Marika, het sexy danseresje dat met cobra's en pofadders werkte, twee van de gevaarlijkste slangesoorten. Natuurlijk waren hun gifzakken verwijderd, maar het publiek wist dat niet omdat Bushfekete ook een cobra hield die zijn gifzak nog wel had. Hij vertoonde de slang gratis aan het publiek dat toekeek terwijl het dier ratten doodde. Het was niet verbazingwekkend dat de mensen opgewonden raakten als ze naar de mooie Marika keken terwijl ze haar slangen over haar halfnaakte, sensuele lichaam liet glijden. Twee of drie nachten per week kwam Marika naar Bushfeketes tent en kroop over zijn lichaam terwijl haar tong haar mond in en uit schoot als die van haar slangen. Ze hadden de vorige nacht de liefde bedreven en Bushfekete was nog steeds uitgeput door Marika's ongelooflijke gymnastische toeren. Zijn mijmeringen werden onderbroken door een bezoeker.

'Meneer Bushfekete?'
'Inderdaad. Wat kan ik voor u doen?'
'Ik heb begrepen dat u vorige week in Zwitserland was.'
Bushfekete was onmiddellijk op zijn hoede. *Heeft iemand gezien dat ik de hand opraapte?* 'Wat... wat wilt u daarover weten?'
'U bent vorige week zondag met een bustour mee geweest?'
Bushfekete zei voorzichtig: 'Ja.'
Robert Bellamy ontspande zich. Het was eindelijk voorbij. Dit was de laatste getuige. Hij had een onmogelijke opdracht aangenomen en hij had goed werk geleverd. *Verdomd goed werk, al zeg ik het zelf. 'We hebben er geen idee van wie ze zijn en we weten evenmin waar ze zijn.'* En hij had hen allemaal gevonden. Hij had het gevoel alsof er een zware last van zijn schouders was gevallen. Hij was nu vrij. Vrij om naar huis terug te keren en een nieuw leven te beginnen.
'Wat wilt u over die bustour weten, meneer?'
'Het is niet belangrijk,' verzekerde Robert Bellamy hem. En dat was het ook niet, niet meer. 'Ik was geïnteresseerd in uw medepassagiers, meneer Bushfekete, maar ik denk dat ik nu over alle informatie beschik die ik nodig heb, dus...'
'O, ik kan u alles over hen vertellen,' zei Laszlo Bushfekete. 'Er was een Italiaanse priester uit Orvieto in Italië; een Duitser, ik geloof dat hij scheikundeprofessor in München was; een Russisch meisje dat in een bibliotheek in Kiëv werkte; een rancher uit Waco in Texas; een Canadese bankier uit de Territoria en een lobbyist uit Washington, D.C., die Parker heette.'
Mijn God, dacht Robert. *Als ik hem het eerst had gevonden, zou ik heel wat tijd hebben bespaard. De man is verbazingwekkend. Hij herinnert zich alle passagiers.* 'U hebt een geweldig geheugen,' zei Robert.
'Ja.' Bushfekete glimlachte. 'O, en dan was er die andere vrouw nog.'
'De Russische vrouw?'
'Nee, nee, die *andere* vrouw. Die lange, magere die in het wit gekleed was.'
Robert dacht een ogenblik na. Geen van de anderen had het over een tweede vrouw gehad. 'Ik denk dat u zich vergist.'

'Nee hoor.' Bushfekete leek zeker van zijn zaak. 'Er waren daar twee vrouwen.'
Robert telde in gedachten de passagiers. Het kon eenvoudigweg niet. 'Dat is niet mogelijk.'
Bushfekete was beledigd. 'Toen die fotograaf foto's van ons maakte terwijl we voor de UFO stonden, stond zij vlak naast me. Het was een echte schoonheid.'
Hij zweeg. 'Het rare is dat ik me niet herinner dat ik haar in de bus heb gezien. Ze zat waarschijnlijk ergens achterin. Ik herinner me dat ze nogal bleek was. Ik maakte me een beetje zorgen om haar.'
Robert fronste zijn voorhoofd. 'Was ze bij jullie toen jullie allemaal naar de bus teruggingen?'
'Nu ik erover nadenk, herinner ik me niet dat ik haar daarna heb gezien. Maar ik was zo opgewonden door die UFO dat ik er niet erg op heb gelet.'
Hij was hier op iets gestuit dat niet klopte. *Zouden er elf getuigen geweest kunnen zijn in plaats van tien? Ik zal dat moeten controleren,* dacht Robert. 'Dank u, meneer Bushfekete,' zei hij.
'Graag gedaan.'
'Veel succes met uw kermis.'
Bushfekete grijnsde. 'Bedankt.' Dat hoefden ze hem niet toe te wensen. Niet meer. Niet nu hij de hand van een echt ruimtewezen in zijn bezit had.

Die avond deed Robert voor de laatste maal verslag aan generaal Hilliard. 'Ik heb zijn naam. Hij heet Laszlo Bushfekete. Hij heeft een kermis buiten Sopron in Hongarije.'
'Dat is de laatste getuige?'
Robert aarzelde een ogenblik. 'Ja, generaal.' Hij wilde over de achtste passagier beginnen, maar hij besloot te wachten tot hij het had geverifieerd. Het leek te onwaarschijnlijk.
'Dank u, commandant. Goed gedaan.'

SPOEDBERICHT
ULTRA TOPGEHEIM
NSA AAN ONDERDIRECTEUR HQR
VERTROUWELIJK
KOPIE ÉÉN
ONDERWERP: OPERATIE DOEMDAG
10. LASZLO BUSHFEKETE SOPRON
EINDE BERICHT

Ze arriveerden midden in de nacht toen de kermis gesloten was. Ze vertrokken vijftien minuten later, even geruisloos als ze waren gekomen.
Laszlo Bushfekete droomde dat hij bij de ingang van een grote, witte tent stond en naar het enorme aantal bezoekers keek dat voor de kassa in de rij stond om hun kaartjes van vijfhonderd forint te kopen.
'Deze kant op, mensen. Kom kijken naar het lichaamsdeel van een buitenaards wezen. Geen tekening, geen foto, maar het echte lichaamsdeel van een echt ruimtewezen. Slechts vijfhonderd forint voor de opwindendste gebeurtenis van uw leven, deze aanblik zult u nooit vergeten.'
Toen lag hij in bed met Marika. Ze waren allebei naakt en hij voelde haar tepels tegen zijn borst drukken en haar tong over zijn hele lichaam glijden. Ze kroop helemaal over hem heen en hij kreeg een erectie. Hij stak zijn handen naar haar uit en ze omsloten iets kouds en glibberigs. Hij werd wakker, opende zijn ogen en schreeuwde. Op dat moment beet de cobra toe.
Ze vonden zijn lichaam in de ochtend. De kooi van de giftige slang was leeg.

SPOEDBERICHT
ULTRA TOPGEHEIM
HQR AAN ONDERDIRECTEUR NSA
VERTROUWELIJK
KOPIE ÉÉN
ONDERWERP: OPERATIE DOEMDAG
10. LASZLO BUSHFEKETE SOPRON GELIQUIDEERD
EINDE BERICHT

Generaal Hilliard voerde een gesprek over de rode telefoon. 'Janus, ik heb het laatste rapport van commandant Bellamy ontvangen. Hij heeft de laatste getuige gevonden. Ze zijn allemaal uitgeschakeld.'
'Uitstekend. Ik zal de anderen op de hoogte brengen. Ik wil dat u direct verdergaat met de rest van ons plan.'
'Onmiddellijk.'

SPOEDBERICHT
ULTRA TOPGEHEIM
NSA AAN ONDERDIRECTEUREN:
SIFAR, MI6, GROE, CIA, COMSEC, DCI, CGHQ, BFV
VERTROUWELIJK
KOPIE ÉÉN
ONDERWERP: OPERATIE DOEMDAG

11. COMMANDANT BELLAMY LIQUIDEREN
EINDE BERICHT

DEEL 2
De prooi

35

Vijftiende Dag

Robert Bellamy stond voor een dilemma. *Zou er een elfde getuige kunnen zijn? En als dat zo was, waarom had geen van de anderen haar dan genoemd?* De bediende die de buskaartjes verkocht, had hem verteld dat er maar zeven passagiers waren. Robert was ervan overtuigd dat de Hongaarse kermisexploitant zich vergist had. Het zou gemakkelijk zijn geweest er verder geen aandacht aan te schenken en aan te nemen dat wat de man hem had verteld onwaar was, maar door zijn opleiding kon Robert zichzelf dat niet toestaan. Hij was te goedgetraind. Bushfeketes verhaal moest nagetrokken worden. *Maar hoe?* Robert dacht erover na. *Hans Beckerman. De buschauffeur moet het weten.*
Hij vroeg een gesprek aan met Sunshine Tours. Het kantoor was gesloten. Hans Beckerman stond niet in het telefoonboek van Kappel. *Ik zal naar Zwitserland moeten teruggaan om uitsluitsel te krijgen,* dacht Robert. *Ik kan geen losse eindjes achterlaten.*

Het was laat in de avond toen Robert in Zürich aankwam. Het was tintelend koud en het was volle maan. Robert huurde een auto en reed het nu vertrouwde traject naar het dorpje Kappel. Hij reed langs de kerk en stopte voor Hans Beckermans huis in de overtuiging dat hij op spoken jaagde. Het huis was donker. Robert klopte op de deur en wachtte. Hij klopte weer en huiverde in de koude nachtlucht.
Mevrouw Beckerman deed eindelijk open. Ze droeg een verkleurde flanellen kamerjas. '*Bitte?*'
'Mevrouw Beckerman, kent u mij nog? Ik ben de journalist die een artikel over Hans schrijft. Het spijt me dat ik u zo laat nog stoor, maar het is belangrijk dat ik uw echtgenoot te spreken krijg.'
Zijn woorden werden met stilzwijgen begroet. 'Mevrouw Beckerman?'
'Hans is dood.'
Robert voelde een schokje door zich heen gaan. 'Wat?'
'Mijn echtgenoot is dood.'
'Het... het spijt me. Hoe is hij gestorven?'
'Hij is met zijn auto van de weg geraakt en langs de berghelling naar beneden gestort.' Haar stem was vervuld van bitterheid. 'Die *Dummkopf*

Polizei zei dat het was gekomen doordat hij vol met drugs zat.'
'Drugs?' *'Maagzweren. De dokters kunnen me zelfs geen middelen geven om de pijn te verlichten. Ik ben er allergisch voor, voor allemaal.'*
'Zei de politie dat het een ongeluk was?'
'Ja.'
'Hebben ze een lijkschouwing gedaan?'
'Ja, en ze hebben drugs gevonden. Het is niet logisch.'
Hij wist niet wat hij moest zeggen. 'Het spijt me verschrikkelijk, mevrouw Beckerman. Ik...'

De deur werd gesloten en Robert bleef alleen in de avondkou achter.
Eén getuige was overleden. Nee... twee. Leslie Mothershed was bij een brand omgekomen. Robert bleef lang staan nadenken. Twee getuigen dood. Hij hoorde in gedachten de stem van zijn instructeur op de Boerderij: *'Er is nog één ding dat ik vandaag met jullie wil bespreken. Toeval. In ons werk bestaat zoiets niet. Het duidt gewoonlijk op gevaar. Als je steeds opnieuw dezelfde persoon tegenkomt of je ziet steeds dezelfde auto als je op pad bent, probeer 'm dan te smeren. Waarschijnlijk zit je dan in de problemen.'*
'Waarschijnlijk in de problemen.' Robert werd bevangen door tegenstrijdige emoties. Wat er was gebeurd, *moest* toeval zijn en toch... *Ik moet controleren of die mysterieuze passagiere er inderdaad was.*

Hij belde eerst naar Fort Smith in Canada. Hij hoorde een bedroefde vrouwenstem. 'Ja?'
'William Mann, alstublieft.'
De stem zei huilerig: 'Het spijt me. Mijn echtgenoot is... is niet langer onder ons.'
'Ik begrijp u niet.'
'Hij heeft zelfmoord gepleegd.'
Zelfmoord? Die ongevoelige bankier? Wat is er in vredesnaam aan de hand? vroeg Robert zich af. Wat hij dacht was onvoorstelbaar en toch... Hij begon het ene telefoongesprek na het andere te voeren.

'Professor Schmidt, alstublieft.'
'*Ach!* De professor is omgekomen bij een ontploffing in zijn laboratorium...'

'Ik zou Dan Wayne graag willen spreken.'
'De arme drommel. Zijn bekroonde hengst heeft hem gisteravond doodgetrapt...'

* * *

'Laszlo Bushfekete, alstublieft.'
'De kermis is gesloten. Laszlo is dood...'

'Fritz Mandel, alstublieft.'
'Fritz is bij een heel vreemd ongeluk omgekomen.'
De sirenes in zijn hoofd gingen nu op volle kracht janken.

'Olga Romantsjanko.'
'Het arme meisje... En ze was nog zo jong.'

'Ik bel om te vragen hoe het met vader Patrini gaat.'
'De arme ziel is in zijn slaap overleden.'

'Ik moet Kevin Parker spreken.'
'Kevin is vermoord...'

Dood. Alle getuigen waren dood. En hij was degene die hen gevonden en geïdentificeerd had. Waarom had hij niet geweten wat er gaande was? Omdat de rotzakken steeds hadden gewacht tot hij het land uit was voordat ze hun slachtoffers executeerden. De enige aan wie hij verslag had uitgebracht, was generaal Hilliard. *'We moeten niemand bij deze opdracht betrekken... Ik wil dat u me iedere dag verslag uitbrengt van uw vorderingen.'*
Ze hadden hem gebruikt om de getuigen aan te wijzen. *Wat zit hier allemaal achter?* Otto Schmidt was in Duitsland vermoord, Hans Beckerman en Fritz Mandel in Zwitserland. Olga Romantsjanko in Rusland, Dan Wayne en Kevin Parker in Amerika, William Mann in Canada, Leslie Mothershed in Engeland, vader Patrini in Italië en Laszlo Bushfekete in Hongarije. Dat betekende dat de veiligheidsdiensten in meer dan een half dozijn landen betrokken waren bij de grootste doofpotaffaire in de geschiedenis. Iemand op een zeer hoog niveau had besloten dat alle getuigen van het neerstorten van de UFO moesten sterven. *Maar wie? En waarom?*
Het is een internationale samenzwering en ik zit er middenin.

Onderduiken, dat is nu het belangrijkste. Het was voor Robert moeilijk te geloven dat ze van plan waren hem ook te doden. Hij was een van hen. Maar hij kon geen risico's nemen voordat hij zeker wist dat het niet zo was. Hij moest eerst zorgen dat hij een vals paspoort kreeg. Dat beteken-

de dat hij Ricco in Rome moest opzoeken.
Robert nam het volgende vliegtuig en moest zijn uiterste best doen om wakker te blijven. Hij had zich niet gerealiseerd hoe uitgeput hij was. De druk waaraan hij de laatste tien dagen had blootgestaan plus alle jet-lags hadden het uiterste van hem gevergd.
Hij landde op het vliegveld Leonardo da Vinci en toen hij het luchthavengebouw binnenliep, was de eerste persoon die hij zag Susan. Hij bleef geschokt staan. Haar rug was naar hem toegekeerd en een ogenblik dacht hij dat hij zich vergiste. Toen hoorde hij haar stem.
'Dank u. Ik word door een auto opgehaald.'
Robert ging naast haar staan. 'Susan...'
Ze draaide zich geschrokken naar hem toe. 'Robert! Wat... wat een toeval! Maar wat een heerlijke verrassing.'
'Ik dacht dat je in Gibraltar was,' zei Robert.
Ze glimlachte ongemakkelijk. 'Ja. We zijn erheen op weg. Monte moest eerst hier nog wat zaken afhandelen. We vertrekken vanavond. Wat doe jij in Rome?'
Vluchten om mijn leven te redden. 'Ik ben een klus aan het afmaken.' *Het is mijn laatste. Ik heb ontslag genomen, schat. Van nu af aan kunnen we samen zijn en niets zal ons ooit meer kunnen scheiden. Verlaat Monte en kom bij me terug.* Maar hij kon zich er niet toe brengen de woorden uit te spreken. Hij had haar al genoeg aangedaan. Ze was gelukkig in haar nieuwe leven. *Begin er niet over,* dacht Robert.
Ze keek hem aan. 'Je ziet er vermoeid uit.'
Hij glimlachte. 'Ik heb me een beetje druk gemaakt.'
Ze keken elkaar in de ogen en de magie was er nog steeds. De brandende begeerte, de herinneringen, het gelach en het verlangen.
Susan nam zijn hand in de hare en zei zacht: 'Robert. O, Robert. Ik wou dat we...'
'Susan...'
Op dat moment kwam een forse man in een chauffeursuniform op Susan af. 'De auto staat klaar, mevrouw Banks.' De betovering was verbroken.
'Dank u.' Ze wendde zich tot Robert. 'Het spijt me. Ik moet nu gaan. Wees alsjeblieft voorzichtig.'
'Natuurlijk.' Hij keek haar na. Er waren zoveel dingen die hij tegen haar wilde zeggen. *Het leven heeft een slecht gevoel voor timing.* Het was heerlijk Susan weer te zien, maar wat was het dat hem nu dwars zat? Natuurlijk! *Toeval. Weer een toeval.*
Hij nam een taxi naar het Hassler Hotel.

'Welkom, commandant.'

'Dank je.'
'Ik zal uw koffers door een piccolo naar boven laten brengen.'
'Wacht.' Robert keek op zijn horloge. Het was tien uur. Hij kwam in de verleiding naar boven te gaan om te slapen, maar hij moest eerst zijn paspoort regelen.
'Ik ga niet direct naar mijn kamer,' zei Robert. 'Ik zou het op prijs stellen als je mijn bagage naar boven laat brengen.'
'Natuurlijk, commandant.'
Toen Robert zich omdraaide om te vertrekken, ging de liftdeur open en een groep Amerikanen kwam lachend en pratend naar buiten. Ze hadden kennelijk het een en ander gedronken. Een van hen, een gezette man met een rood gezicht, zwaaide naar Robert.
'Hallo, vriend... amuseer je je?'
'Heel goed,' zei Robert. 'Uitstekend.'
Robert liep door de hal naar buiten naar de taxistandplaats. Toen hij in de taxi wilde stappen, zag hij een onopvallende, grijze Opel die aan de overkant van de straat geparkeerd was. Hij was te onopvallend. Hij sprong in het oog tussen de grote, luxeauto's eromheen.
'Via Monte Grappa,' zei Robert tegen de taxichauffeur. Tijdens de rit keek Robert door de achterruit. Geen grijze Opel. *Ik word nerveus*, dacht Robert. Toen ze op de Via Monte Grappa kwamen, zag hij uit een oogboek de grijze Opel een half blok achter hem. Toch zou hij hebben gezworen dat de auto hem niet had gevolgd. Hij betaalde de taxi en begon langzaam van de auto vandaan te wandelen terwijl hij af en toe stilstond om in etalages te kijken. In de weerspiegeling van een etalageruit zag hij dat de Opel langzaam achter hem aan reed. Toen hij bij de volgende hoek kwam, zag hij dat het een straat met eenrichtingsverkeer was. Hij ging de hoek om en begon tegen het drukke verkeer in te lopen. De Opel aarzelde bij de hoek en reed toen snel weg om eerder dan Robert bij de andere hoek te zijn. Robert draaide zich om en liep terug naar de Via Monte Grappa. De Opel was nergens te bekennen.
Robert hield een taxi aan. 'Via Monticelli.'

Het gebouw was oud en onaantrekkelijk en had duidelijk betere tijden gekend. Robert had het bij diverse missies al vele malen bezocht. Hij liep de drie treden naar de kelder af en klopte op de deur. Er verscheen een oog voor het kijkgaatje en een ogenblik later zwaaide de deur open.
'Roberto!' riep een man uit. Hij sloeg zijn armen om Robert heen. 'Hoe gaat het met je, *mi amico*?'
Het was een dikke man van in de zestig met een grijze stoppelbaard, dikke wenkbrauwen, gele tanden en een paar onderkinnen. Hij sloot de

deur achter zich en deed hem op slot.
'Uitstekend, Ricco.'
Ricco had geen achternaam. *'Voor een man als ik', snoefde hij graag, 'is één naam genoeg. Net als Garbo.'* 'Wat kan ik deze keer voor je doen, mijn vriend?'
'Ik werk aan een zaak', zei Robert, 'en ik heb haast. Kun je voor een paspoort zorgen?'
Ricco glimlachte. 'Is de paus katholiek?' Hij waggelde naar een kast in de hoek en opende hem. 'Uit welk land wil je komen?' Hij haalde een handvol paspoorten met omslagen in verschillende kleuren te voorschijn en bladerde ze door. 'We hebben een Grieks paspoort, een Turks, een Joegoslavisch, een Engels...'
'Een Amerikaans,' zei Robert.
Ricco pakte een paspoort met een blauwe omslag. 'Hier heb ik het. Wat vind je van de naam Arthur Butterfield?'
'Perfect,' zei Robert.
'Als je daar bij de muur gaat staan, maak ik een pasfoto van je.'
Robert liep naar de muur. Ricco opende een lade en haalde er een Polaroid-camera uit. Een minuut later bekeek Robert een foto van zichzelf.
'Ik glimlachte niet,' zei Robert.
Ricco keek hem niet-begrijpend aan. 'Wat?'
'Ik glimlachte niet. Neem er nog maar een.'
Ricco haalde zijn schouders op. 'Prima. Wat je maar wilt.'
Robert glimlachte toen de tweede pasfoto werd gemaakt. Hij keek ernaar en zei: 'Dat is beter.' Hij liet de eerste foto achteloos in zijn zak glijden.
'Nu komt het technisch geavanceerde deel,' kondigde Ricco aan. Robert keek toe terwijl Ricco naar een werkbank liep waarop een lamineermachine stond. Hij legde de foto op de eerste bladzijde van het paspoort.
Robert liep naar een tafel die bedekt was met pennen, inkt en andere accessoires en liet een scheermes en een klein flesje lijm in zijn jaszak glijden.
Ricco bestudeerde zijn werk. 'Niet slecht,' zei hij. Hij overhandigde Robert het paspoort. 'Dat is dan vijfduizend dollar.'
'Dat is het zeker waard,' verzekerde Robert hem en hij telde tien biljetten van vijfhonderd dollar uit.
'Het is altijd een genoegen zaken met jullie te doen. Je weet hoe ik over jullie denk.'
Robert wist precies hoe hij over hen dacht. Ricco was een deskundig vervalser die voor een half dozijn verschillende regeringen werkte... maar

geen enkele ervan kon op zijn loyaliteit rekenen. Hij stopte het paspoort in zijn jaszak.
'Veel succes, meneer Butterfield.' Ricco glimlachte.
'Bedankt.'
Zodra Robert de deur achter zich dichtsloeg, pakte Ricco de telefoon. Informatie was altijd wel voor iemand geld waard.
Twintig meter verderop in de straat haalde Robert het paspoort uit zijn zak en begroef het in een vuilnisbak. Het dwaalspoor was gelegd. *Laat ze maar naar Arthur Butterfield zoeken.*
De grijze Opel stond een half blok verderop geparkeerd. Ze wachtten op hem. *Onmogelijk.* Robert was er zeker van dat er geen andere auto's waren die hem schaduwden. Hij wist zeker dat de Opel hem niet was gevolgd en toch vonden ze hem steeds. Ze moesten een manier hebben om erachter te komen waar hij was. Er was maar één mogelijkheid. Ze moesten het signaal van een of andere zender die hij bij zich droeg opvangen. Was die aan zijn kleding bevestigd? Nee. Daarvoor hadden ze geen gelegenheid gehad. Kapitein Dougherty was bij hem gebleven terwijl hij pakte, maar hij had niet kunnen weten welke kleren Robert zou meenemen. Robert ging in gedachten na wat hij bij zich had... geld, sleutels, een portefeuille, een zakdoek, een creditcard. *De creditcard!* 'Ik betwijfel of ik die nodig zal hebben, generaal.' 'Neem hem nu maar. *En zorg dat u hem te allen tijde bij u draagt.*'
De stiekeme rotzak. Geen wonder dat ze hem zo snel hadden kunnen vinden.
De grijze Opel was uit het gezicht verdwenen. Robert haalde de creditcard te voorschijn. Hij was iets dikker dan een normale creditcard. Door erin te knijpen, kon hij voelen dat er een extra laag in was aangebracht. Ze zouden de creditcard met een afstandsbediener kunnen activeren. *Goed,* dacht Robert. *Laten we de schoften bezighouden.*
Er stonden verscheidene vrachtwagens in de straat die geladen en gelost werden. Robert bestudeerde de kentekennummers. Toen hij bij een rode vrachtwagen met Franse nummerplaten kwam, keek hij om zich heen om er zeker van te zijn dat hij niet geobserveerd werd en gooide de creditcard achterin.
Hij hield een taxi aan. 'Het Hassler, *per favore.*'
Robert ging de hal binnen en liep naar de portier. 'Wilt u alstublieft even kijken of er vannacht een vlucht naar Parijs vertrekt?'
'Zeker, commandant. Hebt u voorkeur voor een bepaalde maatschappij?'
'Dat maakt niet uit. Ik wil de eerste vlucht nemen.'
'Ik zal het graag voor u regelen.'

'Dank u.' Robert liep naar de receptionist. 'Mijn sleutel, alstublieft. Kamer 314. En ik vertrek over een paar minuten.'
'Uitstekend, commandant Bellamy.' De receptionist stak zijn hand in een van de vakjes en haalde er een sleutel en een envelop uit.
'Er is een brief voor u.'
Robert verstijfde. De envelop was verzegeld en was simpelweg geadresseerd aan commandant Robert Bellamy. Hij betastte de envelop om te controleren of er plastic of metaal in zat. Hij opende hem voorzichtig. Er zat een gedrukt reclamekaartje in van een Italiaans restaurant. Het was onschuldig genoeg. Behalve natuurlijk dat zijn naam op de envelop stond.
'Herinnert u zich toevallig wie u dit heeft gegeven?'
'Het spijt me,' zei de receptionist verontschuldigend, 'maar we hebben het vanavond zo druk gehad...'
Het was niet belangrijk. De man zou gezichtsloos zijn geweest. Hij zou het kaartje ergens meegenomen hebben en het in de envelop hebben gestopt. Hij zou bij de balie zijn blijven staan om te kijken wat het kamernummer was van het vakje waarin de envelop werd gelegd. Hij zou nu boven in Roberts kamer wachten. Het werd tijd om het gezicht van de vijand te zien.
Robert hoorde luide stemmen. Hij draaide zich om en zag de Amerikanen die hij eerder had gezien lachend en zingend de hal binnenkomen. Ze hadden kennelijk nog een paar drankjes genomen. De gezette man zei: 'Hallo, vriend. Je hebt een geweldig feest gemist.'
Robert dacht razendsnel na. 'Houdt u van feesten?'
'En of!'
'Er is boven een knalfeest aan de gang,' zei Robert. 'Drank, meisjes... wat je maar wilt. Volg mij maar, mannen.'
'Dat is de Amerikaanse mentaliteit, vriend.' De man sloeg Robert op zijn rug. 'Horen jullie dat, jongens? Onze vriend hier geeft een feestje.'
Ze stapten met zijn allen de lift in en gingen omhoog naar de derde etage. De gezette man zei: 'Die Italianen weten wel van het leven te genieten. Ik denk dat zij de orgie hebben uitgevonden, hè?'
'Ik zal u eens een échte orgie laten zien,' beloofde Robert.
Ze volgden hem door de gang naar zijn kamer. Robert stak zijn sleutel in het slot en draaide zich naar de groep om. 'Willen jullie allemaal plezier hebben?'
Er werd in koor 'ja' geroepen.
Robert draaide de sleutel om, duwde de deur open en stapte opzij naar binnen. De kamer was donker. Hij knipte het licht aan. Midden in de kamer stond een lange, magere man die een Mauser met geluiddemper

half getrokken had. De man keek met een geschrokken uitdrukking op zijn gezicht naar de groep en duwde de revolver snel terug in zijn jasje.
'Hé! Waar is de drank?' vroeg een van de mannen uit de groep.
Robert wees naar de man in de kamer. 'Die heeft hij. Pak het maar.'
De groep drong naar de man op. 'Waar is de drank, vriend?'... 'Waar zijn de meisjes?'... 'Laten we met het feest beginnen...'
De magere man probeerde tussen hen door bij Robert te komen, maar ze versperden hem de weg. Hij keek hulpeloos toe terwijl Robert de deur uit stormde. Hij rende met twee treden tegelijk de trap af.
Toen Robert beneden in de hal naar de uitgang liep, hoorde hij de portier roepen: 'O, commandant Bellamy, ik heb voor u geboekt. U hebt vlucht 312 van Air France naar Parijs. De vertrektijd is één uur.'
'Bedankt,' zei Robert gehaast.
Hij was de deur uit en stond op het pleintje dat uitkeek op de Spaanse Trappen. Een taxi zette een passagier af. Robert stapte in. 'Via Monte Grappa.'
Hij had nu zijn antwoord. Ze waren van plan hem te doden. *Dat zal hun niet meevallen.* Hij was nu de prooi in plaats van de jager, maar hij had één groot voordeel. Ze hadden hem goed opgeleid. Hij kende al hun technieken en hun sterke en zwakke punten en hij was van plan die kennis te gebruiken om hen tegen te houden. Eerst moest hij een manier vinden om te zorgen dat ze zijn spoor kwijtraakten. De mannen die achter hem aan zaten, zouden een of ander verhaal te horen hebben gekregen. Hij zou gezocht worden wegens drugssmokkel, moord of spionage. Ze zouden gewaarschuwd zijn: *Hij is gevaarlijk. Neem geen risico. Schiet om te doden.*
Robert zei tegen de taxichauffeur: 'Roma Termini.' Ze maakten jacht op hem, maar ze zouden nog niet genoeg tijd hebben gehad om zijn foto te verspreiden. Tot nu toe had hij geen gezicht.
De taxi stopte op de Via Giovanni Giolitti 36 en de chauffeur kondigde aan: 'Stazione Termini, *signore.*'
'Laten we hier even een minuutje wachten.' Robert bleef in de taxi zitten en bestudeerde de voorkant van het station. Er heerste slechts de gebruikelijke bedrijvigheid. Alles leek normaal te zijn. Taxi's en limousines kwamen aan en vertrokken, zetten passagiers af en pikten hen op. Kruiers laadden bagage in en uit. Een politieman had het druk met het wegsturen van auto's uit de strook waar parkeren verboden was. Maar iets verontrustte Robert. Hij realiseerde zich plotseling wat er mis was. Recht voor het station, op een deel van de weg waar niet geparkeerd mocht worden, stonden drie onopvallende sedans waarin niemand zat. De politieman negeerde ze.

'Ik ben van gedachten veranderd,' zei Robert tegen de chauffeur. 'Via Veneto 110/A.' Het was de laatste plaats waar iemand hem zou zoeken.

De ambassade en het consulaat van de Verenigde Staten zijn gevestigd op de Via Veneto in een roze, gepleisterd gebouw met een zwart smeedijzeren hek ervoor. De ambassade was om deze tijd gesloten, maar de paspoortafdeling van het consulaat was vierentwintig uur per dag open voor noodgevallen. In de hal op de begane grond zat een marinier achter een bureau.
De marinier keek op toen Robert voor hem stond. 'Kan ik u helpen, meneer?'
'Ja,' zei Robert. 'Ik wil informeren hoe ik aan een nieuw paspoort kan komen. Ik heb het mijne verloren.'
'Bent u Amerikaans staatsburger?'
'Ja.'
De marinier gebaarde naar een kantoor aan het andere eind van de hal.
'Daar zullen ze het verder voor u regelen, meneer. De laatste deur.'
'Dank u.'
Er stonden een stuk of zes mensen in het kantoor die paspoorten aanvroegen, opgaven dat ze hun paspoort kwijt waren, hun paspoort lieten verlengen of een visum wilden hebben.
'Heb ik een visum nodig voor Albanië? Ik heb daar familie…'
'Ik wil dit paspoort vannacht nog verlengd hebben. Ik moet een vliegtuig halen…'
'Ik weet niet wat ermee gebeurd is. Ik moet het in Milaan achtergelaten hebben…'
'Ze hebben mijn paspoort zo uit mijn tasje gegraaid…'
Robert stond te luisteren. Het stelen van paspoorten was een bloeiende huisindustrie in Italië. Iemand hier zou een nieuw paspoort krijgen. Vooraan in de rij stond een goedgeklede man van middelbare leeftijd die een Amerikaans paspoort overhandigd kreeg.
'Hier is uw nieuwe paspoort, meneer Cowan. Het spijt me dat u zo'n nare ervaring hebt gehad. Ik ben bang dat er heel veel zakkenrollers in Rome zijn.'
'Ik zal er zeker voor zorgen dat ze dit niet te pakken krijgen,' zei Cowan.
'Doet u dat, meneer.'
Robert zag Cowan het paspoort in zijn jaszak steken en zich omdraaien om weg te gaan. Robert ging voor hem lopen. Toen er een vrouw hem rakelings passeerde, botste Robert tegen Cowan aan alsof hij was geduwd waardoor Cowan bijna tegen de grond viel. 'Het spijt me verschrikkelijk,' verontschuldigde Robert zich. Hij leunde naar voren en trok het colbert van de man recht.

'Het geeft niet,' zei Cowan.
Robert draaide zich om en liep naar het herentoilet in de gang met het paspoort van Cowan in zijn zak. Hij keek om zich heen om er zeker van te zijn dat hij alleen was en ging toen een van de toiletten binnen. Hij haalde het scheermes en het flesje lijm te voorschijn die hij van Ricco had gestolen. Heel voorzichtig sneed hij de bovenkant van het plastic hoesje open en verwijderde Cowans foto. Daarna schoof hij de foto van zichzelf die Ricco had genomen in het hoesje. Hij plakte de bovenkant van het plastic hoesje dicht en bestudeerde zijn handwerk. Perfect. Hij was nu Harry Cowan. Vijf minuten later was hij buiten en stapte op de Via Veneto in een taxi. 'Leonardo da Vinci.'
Het was halféén toen Robert op het vliegveld aankwam. Hij bleef buiten staan en keek of hij iets ongewoons zag. Oppervlakkig gezien leek alles normaal. Geen politieauto's, geen mannen die er verdacht uitzagen. Robert ging het luchthavengebouw binnen en bleef vlak achter de deur staan. Er waren diverse balies die door het grote gebouw verspreid lagen. Er leek niemand rond te hangen of zich achter een van de zuilen te verbergen. Hij bleef waar hij was, nog steeds op zijn hoede. Hij had er geen verklaring voor, maar op een of andere manier leek alles *te* normaal.
Aan de andere kant van de hal was een balie van Air France. '*U hebt Air France vlucht 312 naar Parijs... U vertrekt om één uur.*'
Robert liep de balie van Air France voorbij en richtte zich tot de vrouw in uniform achter de balie van Alitalia. 'Goedenavond.'
'Goedenavond. Kan ik u helpen, *signore*?'
'Ja,' zei Robert. 'Wilt u alstublieft commandant Bellamy laten oproepen om naar de servicetelefoon te komen?'
'Zeker,' zei ze. Ze pakte een microfoon.
Een meter verder controleerde een dikke vrouw van middelbare leeftijd een aantal koffers terwijl ze een verhitte discussie voerde met een medewerker van de vliegtuigmaatschappij over de overgewichtkosten. 'In Amerika hebben ze me nog nooit voor overgewicht laten betalen.'
'Het spijt me, mevrouw. Maar als u al deze koffers wilt meenemen, moet u voor overgewicht betalen.'
Robert ging er dichterbij staan. Hij hoorde de stem van de baliebediende door de luidspreker. 'Commandant Robert Bellamy wordt verzocht naar de witte servicetelefoon te komen.' De oproep echode door het luchthavengebouw.
Een man met een draagtas liep langs Robert. 'Neemt u me niet kwalijk,' zei Robert.
De man draaide zich naar hem toe. 'Ja?'
'Ik hoor dat mijn vrouw me heeft laten omroepen, maar' – hij wees op de

bagage van de vrouw – 'ik kan mijn bagage niet achterlaten.' Hij haalde een biljet van tien dollar te voorschijn en overhandigde dat de man. 'Zou u alstublieft naar die witte telefoon willen gaan en haar zeggen dat ik haar over een uur in ons hotel kom afhalen. Ik zou u erg dankbaar zijn.'
De man keek naar het tien-dollarbiljet in zijn hand. 'Natuurlijk.'
Robert keek toe terwijl de man naar de servicetelefoon liep en de hoorn van de haak nam. Hij hield de hoorn tegen zijn oor en zei: 'Hallo?... Hallo?...'
Het volgende ogenblik doken er uit het niets vier grote, in het zwart geklede mannen op die hem insloten en de ongelukkige man tegen de muur vastpinden.
'Hé! Wat heeft dit te betekenen?'
'Laten we dit kalm afhandelen,' zei een van de mannen.
'Wat doen jullie? Blijf met je handen van me af!'
'Maak geen heisa, commandant. Het heeft geen zin...'
'*Commandant?* Jullie hebben de verkeerde voor je! Ik heet Melvyn Davis. Ik kom uit Omaha!'
'Laten we geen spelletjes spelen.'
'Wacht even! Ik ben erin geluisd. De man die jullie zoeken, is daar!' Hij wees naar de plek waar Robert had gestaan.
Er was daar niemand.

Buiten de luchthaven stond een bus van het vliegveld gereed om te vertrekken. Robert stapte in en mengde zich onder de andere passagiers. Hij ging achter in de bus zitten en dacht ingespannen na over wat hem nu te doen stond.
Hij wilde wanhopig graag met admiraal Whittaker praten om te proberen erachter te komen wat er aan de hand was, om aan de weet te komen wie er verantwoordelijk was voor het vermoorden van onschuldige burgers die getuige waren geweest van iets dat ze eigenlijk niet hadden mogen zien. Was het generaal Hilliard? Dustin Thornton? Of Thorntons schoonvader Willard Stone, de geheimzinnige figuur op de achtergrond? Zou hij hier op een of andere manier bij betrokken kunnen zijn? Was het Edward Sanderson, de directeur van de NSA? Zouden ze misschien samenwerken? Had zelfs de president er misschien mee te maken? Robert had antwoorden op die vragen nodig. De busrit naar Rome duurde een uur. Toen de bus voor het Eden Hotel stopte, stapte Robert uit.
Ik moet het land uit komen, dacht Robert. Er was maar één man in Rome die hij kon vertrouwen. Kolonel Francesco Cesar, het hoofd van de SIFAR, de Italiaanse geheime dienst.
Hij zou Robert helpen uit Italië te vluchten.

Kolonel Cesar werkte laat. Er waren boodschappen heen en weer geseind tussen buitenlandse veiligheidsdiensten en ze hadden allemaal betrekking op commandant Robert Bellamy. Kolonel Cesar had in het verleden met Robert samengewerkt en hij was zeer op hem gesteld. Cesar zuchtte toen hij het laatste bericht las dat voor hem lag. *Liquideren.* Terwijl hij het las, kwam zijn secretaresse binnen.
'Ik heb commandant Bellamy voor u aan de lijn.'
Kolonel Cesar staarde haar aan. 'Bellamy? Zelf? Laat maar.' Hij wachtte tot de secretaresse de kamer verlaten had en griste toen de hoorn van de haak.
'Robert?'
'*Ciao,* Francesco. Wat is er in godsnaam aan de hand?'
'Vertel jij mij dat maar, *amico*. Ik heb allerlei dringende communiqués over je ontvangen. Wat heb je gedaan?'
'Het is een lang verhaal,' zei Robert. 'En ik heb geen tijd. Wat heb je gehoord?'
'Dat je niet meer bij de dienst werkt. Dat je bent overgelopen en alles wat je weet doorbrieft.'
'*Wat?*'
'Ik heb gehoord dat je een deal met de Chinezen hebt gemaakt en...'
'*Jezus Christus.* Dat is belachelijk!'
'O ja? Waarom?'
'Omdat ze een uur later al weer hongerig zouden zijn naar meer informatie.'
'In godsnaam, Robert, dit is niet iets om grapjes over te maken.'
'Vertel míj wat, Francesco. Ik heb net tien onschuldige mensen de dood in gejaagd. Ik sta als nummer elf op de lijst.'
'Waar ben je?'
'Ik ben in Rome. Het lijkt erop dat ik die klotestad van jullie niet uit kan komen.'
'*Cacatura!*' Er viel een nadenkende stilte. 'Hoe kan ik je helpen?'
'Breng me naar een veilig adres waar we kunnen praten en waar ik kan bedenken hoe ik weg kan komen. Kun je daarvoor zorgen?'
'Ja, maar je moet voorzichtig zijn. Heel voorzichtig. Ik kom je zelf ophalen.'
Robert slaakte een diepe zucht van opluchting. 'Bedankt, Francesco. Ik waardeer het bijzonder.'
'Je staat bij me in het krijt. Waar ben je?'
'In de Lido Bar in Trastevere.'
'Wacht daar. Ik zie je over precies een uur.'
'Bedankt, *amico*.' Robert hing op. Het zou een lang uur worden.

Dertig minuten later kwamen twee onopvallende auto's op tien meter afstand van de Lido Bar vandaan langzaam tot stilstand. Er zaten in iedere auto vier mannen en ze waren gewapend met automatische geweren.
Kolonel Cesar stapte uit de eerste auto. 'Laten we dit snel doen. We willen niet dat er iemand anders gewond raakt. *Andate al dietro, subito.*'
De helft van de mannen liep geruisloos naar de achterkant van het gebouw om daar de boel onder schot te houden.
Robert Bellamy keek vanaf het dak aan de overkant van het gebouw toe terwijl Cesar en zijn mannen hun wapens in de aanslag brachten en de bar binnenstormden.
Goed, rotzakken, dacht Robert grimmig, *we zullen het op jullie manier spelen.*

36

Zeventiende Dag
Rome, Italië

Robert belde kolonel Cesar op vanuit een telefooncel op de Piazza del Duomo. 'Wat is er met de vriendschap gebeurd?' vroeg Robert.
'Wees niet naïef, mijn vriend. Ik sta onder orders, net als jij. Ik kan je verzekeren, dat het geen zin heeft om te vluchten. Je staat boven aan de lijst van gezochte personen van iedere geheime dienst. De helft van alle regeringen van de wereld laat naar je zoeken.'
'Geloof je dat ik een verrader ben?'
Cesar zuchtte. 'Het doet er niet toe wat ik geloof, Robert. Dit is niet persoonlijk. Ik heb mijn orders.'
'Om me te doden.'
'Je kunt het gemakkelijker voor jezelf maken door je aan te geven.'
'Bedankt, *paesano*. Als ik meer advies nodig heb, bel ik Lieve Lita wel.'
Hij legde de hoorn met een klap op de haak.
Robert besefte dat hij meer gevaar zou lopen naarmate hij langer op de vlucht was. Veiligheidsagenten van een half dozijn landen zouden het net om hem heen aantrekken.
Er moet een boom zijn, dacht Robert. De zin was afkomstig uit een verhaal over een jager die vertelde over een ervaring die hij eens op een safari had gehad. 'Een grote leeuw kwam op me af rennen en al mijn geweerdragers waren gevlucht. Ik had geen geweer en ik kon me nergens verbergen. Er was nergens een struik of boom te bekennen. Het beest stormde recht op me af en kwam steeds dichterbij.'
'Hoe ben je ontkomen?' vroeg een luisteraar. 'Ik ben naar de dichtstbijzijnde boom gerend en erin geklommen.' 'Maar je zei dat er geen bomen waren.' 'Je begrijpt het niet. Er *moet* een boom zijn!' *En ik moet hem vinden,* dacht Robert.
Hij keek rond op het plein. Het was om deze tijd bijna verlaten. Hij besloot dat het tijd was om te praten met de man die ervoor had gezorgd dat hij in deze nachtmerrie verzeild geraakt was, generaal Hilliard. Maar hij zou voorzichtig moeten zijn. Met de moderne elektronische apparatuur konden telefoongesprekken bijna onmiddellijk nagetrokken worden. Robert zag dat de twee telefooncellen naast die waarin hij stond allebei leeg waren. *Perfect.* Hij liet het privé nummer dat generaal Hilliard hem

had gegeven voor wat het was en draaide het nummer van de centrale van de NSA. Toen een telefoniste antwoordde, zei Robert: 'Generaal Hilliard, alstublieft.'
Een ogenblik later hoorde hij de stem van een secretaresse zeggen: 'Met het kantoor van generaal Hilliard.'
Robert zei: 'Wacht u alstublieft even op een internationaal gesprek.' Hij liet de hoorn los en liep snel de volgende telefooncel in. Snel draaide hij het nummer opnieuw. Een andere secretaresse antwoordde: 'Met het kantoor van generaal Hilliard.'
'Wacht alstublieft even op een internationaal gesprek,' zei Robert. Hij liet de hoorn hangen, liep de derde cel in en draaide opnieuw. Toen er weer een secretaresse antwoordde, zei Robert: 'Met commandant Bellamy. Ik wil generaal Hilliard spreken.'
Ze stootte haar adem uit van verbazing. 'Een ogenblik, commandant.' De secretaresse drukte op de zoemer van de intercom. 'Generaal, ik heb commandant Bellamy op lijn drie.'
'Generaal Hilliard wendde zich naar Harrison Keller. 'Bellamy zit op lijn drie. Trek het gesprek na, snel.'
Harrison Keller haastte zich naar een telefoon op een wandtafel en draaide het nummer van het Communicatiecentrum dat vierentwintig uur per dag bemand was. De hoofdofficier van dienst nam op: 'Communicatiecentrum. Adams.'
'Hoe lang duurt het om in een spoedgeval een binnenkomend gesprek te traceren?' vroeg Keller fluisterend.
'Tussen de één en de twee minuten.'
'Begin maar. Het kantoor van generaal Hilliard, lijn drie. Ik wacht.'
Hij keek de generaal aan en knikte.
Generaal Hilliard pakte de telefoon.
'Commandant... bent u dat?'
In het Communicatiecentrum toetste Adams een nummer in op de computer. 'Daar gaan we,' zei hij.
'Ik vond het tijd worden dat we eens met elkaar praatten, generaal.'
'Ik ben blij dat u belt, commandant. Waarom komt u niet hierheen zodat we de situatie kunnen bespreken? Ik zorg ervoor dat u door een vliegtuig wordt opgehaald, dan kunt u hier over...'
'Nee, dank u. Er gebeuren te veel ongelukken in vliegtuigen, generaal.'
In het Communicatiecentrum was het elektronische schakelsysteem, ESS, in werking gezet. Het computerscherm begon op te lichten. AX121-B... AX122-C... AX123-C...
'Hoe gaat het?' fluisterde Keller in de telefoon.
'Het Communicatiecentrum in New Jersey zoekt de hoofdlijnen van Washington D.C. af. Wacht even.'

Het scherm werd leeg. Toen verschenen de woorden *Internationale Hoofdlijn Eén* op het scherm.
'Het gesprek komt ergens uit Europa. We traceren het land...'
Generaal Hilliard zei: 'Commandant Bellamy, ik denk dat er een misverstand is geweest. Ik heb een voorstel.'
Robert hing op.
Generaal Hilliard keek Keller aan. 'Heb je het?'
Harrison Keller praatte door de telefoon met Adams. 'Wat is er gebeurd?'
'We zijn hem kwijt.'
Robert ging de tweede cel binnen en pakte de telefoon.
Generaal Hilliards secretaresse zei: 'Commandant Bellamy op lijn twee.'
De twee mannen keken elkaar aan. Generaal Hilliard drukte op de knop voor lijn twee.
'Commandant?'
'Laat *mij* een voorstel doen,' zei Robert.
Generaal Hilliard legde zijn hand over het mondstuk. 'Begin weer met traceren.'
Harrison Keller pakte de telefoon en zei tegen Adams: 'Hij belt weer. Lijn twee. Snel.'
'Oké.'
'Mijn voorstel, generaal, is dat u al uw mannen terugroept. En ik bedoel *nu*.'
'Ik denk dat u de situatie verkeerd begrijpt, commandant. We kunnen dit probleem oplossen als...'
'Ik zal u vertellen hoe we dit probleem kunnen oplossen. Er is bevel gegeven me te liquideren. Ik wil dat u dat bevel intrekt.'
In het Communicatiecentrum verscheen een nieuwe boodschap op het scherm: AX155-C *Secundaire lijn A21 bevestigd. Circuit 301 naar Rome. Transatlantische Hoofdlijn 1.*
'We hebben het,' zei Adams in de telefoon. 'We hebben de hoofdlijn naar Rome getraceerd.'
'Geef me het nummer en de lokatie,' zei Keller tegen hem.
In Rome keek Robert op zijn horloge. 'U hebt me een opdracht gegeven. Ik heb hem uitgevoerd.'
'U hebt het heel goed gedaan, commandant. Dit is wat ik...'
De verbinding werd verbroken.
De generaal wendde zich tot Keller. 'Hij heeft weer opgehangen.'
Keller zei in de telefoon: 'Heb je hem kunnen vinden?'
'Het ging te snel, meneer.'

Robert ging de volgende cel binnen en pakte de telefoon.
De secretaresse van generaal Hilliard zei over de intercom: 'Commandant Bellamy op lijn drie, generaal.'
De generaal snauwde: 'Vind de rotzak!' Hij nam de telefoon op. 'Commandant?'
'Ik wil dat u heel goed luistert, generaal. U hebt een heleboel onschuldige mensen laten vermoorden. Als u uw mannen niet terugroept, ga ik naar de media en vertel wat er aan de hand is.'
'Ik zou u niet aanraden dat te doen tenzij u een wereldwijde paniek wil veroorzaken. De ruimtewezens zijn echt en we zijn weerloos tegen hen. Ze maken zich gereed voor de aanval. U hebt er geen idee van wat er zou gebeuren als dit zou uitlekken.'
'U evenmin,' kaatste Robert terug. 'Ik geef u geen keuze. Trek het bevel me te doden in. Als er nog een aanslag op me wordt gepleegd, maak ik alles openbaar.'
'Goed dan,' zei generaal Hilliard. 'U wint. Ik zal de zaak terugdraaien. Waarom doen we het volgende niet? We kunnen...'
'Ik denk dat u nu al aardig opschiet met het traceren,' zei Robert. 'Een prettige dag verder.'
De verbinding werd verbroken.
'Heb je hem gevonden?' blafte Keller in de telefoon.
Adams zei: 'Bijna, meneer. Hij belde uit een wijk in het centrum van Rome. Hij wisselde steeds van nummer.'
De generaal keek Keller aan. 'En?'
'Het spijt me, generaal. We weten alleen dat hij ergens in Rome is. Gelooft u in zijn dreigement? Trekken we het bevel hem te doden in?'
'Nee. We zullen hem liquideren.'

Robert ging zijn keuzemogelijkheden nog eens na. Het waren er meelijwekkend weinig. Ze zouden de vliegvelden, de spoorwegstations, de busstations en autoverhuurbedrijven in de gaten houden. Hij kon geen hotel nemen omdat de SIFAR het bericht verspreid zou hebben dat ze in dat geval gewaarschuwd moesten worden. Toch moest hij weg uit Rome. Hij had een dekmantel nodig. Een metgezel. Ze zouden niet zoeken naar een man en een vrouw die samen reisden. Het was een begin.
Er stond een taxi op de hoek. Robert haalde zijn vingers door zijn haar zodat het flink in de war zat, trok zijn stropdas los en waggelde dronken naar de taxi. 'Hé,' riep hij. 'Jij daar!'
De taxichauffeur keek hem vol weerzin aan.
Robert haalde een twintig-dollarbiljet te voorschijn en sloeg dat met een klap in de hand van de man. 'Hé, maat, ik wil een wip maken. Weet je

wat dat betekent? Spreek je een beetje Engels?'
De chauffeur keek naar het bankbiljet. 'U wenst een vrouw?'
'Je snapt het, maat. Ik wens een vrouw.'
Andiamo, zei de chauffeur.
Robert liet zich in de taxi ploffen en ze reden weg. Robert keek om. Ze werden niet gevolgd. Zijn bloed werd vol adrenaline gepompt. *'De helft van de regeringen van de wereld laat naar je zoeken.'* En er zou geen beroep mogelijk zijn. Er was bevel gegeven hem te doden.
Twintig minuten later hadden ze Tor di Ounto bereikt, de rosse buurt van Rome die werd bevolkt door hoeren en pooiers. Ze reden de Passeggiata Archeologica af en de chauffeur stopte op een hoek.
'Hier zult u een vrouw vinden,' zei hij.
'Bedankt, maat.' Robert betaalde het bedrag dat op de meter stond en stapte wankelend de taxi uit die met piepende banden wegreed.
Robert keek om zich heen en bestudeerde zijn omgeving. Een paar auto's en een handjevol voetgangers. Meer dan een dozijn hoeren liep er te tippelen. In de geest van 'Laten we de gebruikelijke verdachten oppakken' had de politie zijn tweemaandelijkse schoonmaakactie gehouden om de verdedigers van de zedelijkheid te bevredigen en de prostituées van de stad van de Via Veneto, waar ze erg in het oog vielen, overgebracht naar deze wijk, waar ze de douairières die thee dronken bij Doney geen aanstoot zouden geven. Om die reden waren de meeste dames aantrekkelijk en goedgekleed. Er was er een bij die in het bijzonder Roberts aandacht trok.
Ze was voor in de twintig. Ze had lang, zwart haar en was smaakvol gekleed in een zwarte rok en een witte blouse waarover ze een kameelharen jas droeg. Robert vermoedde dat ze part-time als actrice of model werkte. Ze keek naar Robert. Robert waggelde naar haar toe. 'Hallo, schat,' mompelde hij. 'Spreek je Engels?'
'Ja.'
'Goed. Laten we samen een feestje bouwen.'
Ze glimlachte onzeker. Dronkelappen konden lastig zijn. 'Misschien moet je eerst ontnuchteren.' Ze had een zacht Italiaans accent.
'Hé, ik ben nuchter genoeg.'
'Het gaat je honderd dollar kosten.'
'Dat is prima, schat.'
Ze nam een besluit. *'Va bene.* Kom maar mee. Er is net om de hoek een hotel.'
'Geweldig. Hoe heet je, schat?'
'Pier.'
'Ik heet Henry.' In de verte verscheen een politieauto die hun kant op kwam. 'Laten we gaan.'

De andere vrouwen wierpen Pier jaloerse blikken toe toen ze met haar Amerikaanse klant wegliep.

Het hotel was geen Hassler, maar de jongen met het puisterige gezicht beneden achter de balie vroeg niet om een paspoort. In feite keek hij nauwelijks op toen hij Pier een sleutel overhandigde. 'Vijftigduizend lire.'

Pier keek Robert aan. Hij haalde het geld uit zijn zak en gaf het de jongen.

De kamer die ze binnengingen, was gemeubileerd met een groot bed dat in de hoek stond en een kleine tafel en twee houten stoelen. Boven de wasbak hing een spiegel. Er was een kledingrek achter op de deur.

'Je moet me vooruitbetalen.'

'Uitstekend.'

Robert telde honderd dollar uit.

'*Grazie.*'

Pier begon zich uit te kleden. Robert liep naar het raam. Hij trok een hoek van het gordijn opzij en tuurde naar buiten. Alles leek normaal. Hij hoopte dat de politie nu de rode vrachtwagen naar Frankrijk zou volgen. Robert liet het gordijn zakken en draaide zich om. Pier was naakt. Ze had een verrassend mooi lichaam. Stevige, jonge borsten, ronde heupen, een slanke taille en lange, goedgevormde benen.

Ze keek Robert aan. 'Kleed jij je niet uit, Henry?'

Dit was het lastige gedeelte. 'Om je de waarheid te vertellen,' zei Robert, 'denk ik dat ik toch een beetje te veel gedronken heb. Ik maak niets meer klaar.'

Ze keek hem met een behoedzame blik in haar ogen aan. 'Waarom heb je me dan…?'

'Als ik hier blijf en mijn roes uitslaap, kunnen we het morgenochtend doen.'

Ze haalde haar schouders op. 'Ik moet werken. Het zou me geld kosten als ik…'

'Maak je geen zorgen. Daarvoor zorg ik wel.' Hij haalde een paar honderd-dollarbiljetten te voorschijn en overhandigde die aan haar. 'Is dat voldoende?'

Pier keek naar het geld terwijl ze probeerde tot een besluit te komen. Het was verleidelijk. Het was koud buiten en er was weinig te doen. Daar stond tegenover dat er iets vreemds aan deze man was. Ten eerste leek hij niet echt dronken. Hij was goedgekleed en voor zoveel geld had hij haar kunnen meenemen naar een goed hotel. *Ach,* dacht Pier, *wat kan het me schelen! Questo cazzo se ne frega?* 'Goed. Er is alleen dit bed voor ons tweeën.'

'Dat is prima.'
Pier keek toe terwijl Robert weer naar het raam liep en het gordijn een beetje opzij trok.
'Zoek je iets?'
'Is er een achteruitgang in dit hotel?'
Wat haal ik me op de hals? vroeg Pier zich af. Haar beste vriendin was vermoord toen ze met gangsters op stap was. Pier beschouwde zichzelf als iemand die mannen goed kon beoordelen, maar van deze man kon ze geen hoogte krijgen. Hij leek haar geen misdadiger, maar toch... 'Ja, die is er,' zei ze.
Er werd plotseling geschreeuwd en Robert draaide zich snel om.
'*Dio! Dio! Sono venuta tre volte!*' Het was een vrouwenstem die door de papierdunne muren uit de kamer naast de hunne klonk.
'Wat was dat?' Roberts hart bonsde.
Pier grijnsde. 'Ze heeft plezier. Ze zei dat ze net voor de derde keer was klaargekomen.'
Robert hoorde het gekraak van beddeveren.
'Ga je naar bed?' Pier stond zonder enige schaamte naakt naar hem te kijken. 'Zeker.' Robert ging op het bed zitten.
'Kleed je je niet uit?'
'Nee.'
'Zoals je wilt.' Pier liep naar het bed en ging naast Robert liggen. 'Ik hoop dat je niet snurkt,' zei ze.
'Dat hoor ik morgenochtend wel van je.'
Robert was niet van plan te gaan slapen. Hij wilde in de nacht de straat blijven controleren om er zeker van te zijn dat ze niet naar het hotel kwamen. Ze zouden uiteindelijk aan deze kleine derdeklashotelletjes toekomen, maar het zou hun tijd kosten. Hij ging dodelijk vermoeid liggen en sloot een ogenblik zijn ogen om uit te rusten. Hij viel in slaap. Hij was weer thuis in zijn eigen bed en hij voelde Susans warme lichaam tegen het zijne. *Ze is terug,* dacht hij gelukkig. *Ze is bij me teruggekomen. Schat, ik heb je zo gemist.*

Zeventiende Dag
Rome, Italië

Robert werd gewekt door de zon die fel op zijn gezicht scheen. Hij ging abrupt rechtop zitten en keek een ogenblik gealarmeerd en gedesoriënteerd om zich heen. Toen hij Pier zag, herinnerde hij zich alles weer. Pier stond voor de spiegel haar haar te borstelen.
'*Buon giorno,*' zei ze. 'Je snurkt niet.'

Robert keek op zijn horloge. Negen uur. Hij had kostbare uren verspild.
'Wil je nu met me naar bed? Je hebt er al voor betaald.'
'Het is goed zo,' zei Robert.
Pier liep naakt en uitdagend naar het bed. 'Weet je het zeker?'
Ik zou het niet kunnen al zou ik willen, dame. 'Ik weet het zeker.'
'Va bene.' Ze begon zich aan te kleden. Terloops vroeg ze: 'Wie is Susan?'
De vraag bracht hem uit zijn evenwicht. 'Susan? Waarom vraag je dat?'
'Je praat in je slaap.'
Hij herinnerde zich zijn droom. Susan was bij hem teruggekomen. Misschien was het een teken. 'Ze is een vriendin.' *Ze is mijn vrouw. Ze zal genoeg krijgen van Geldbuidel en op een dag bij me terugkomen. Dat wil zeggen, als ik dan nog leef.*
Robert liep naar het raam. Hij tilde het gordijn op en keek naar buiten. Het was nu druk op straat, er waren veel voetgangers en middenstanders die hun winkels openden. Hij zag geen tekenen van gevaar.
Het werd tijd zijn plan in werking te stellen. Hij keerde zich naar het meisje. 'Pier, zou je een reisje met me willen maken?'
Ze keek hem achterdochtig aan. 'Een reisje... waarheen?'
'Ik moet voor zaken naar Venetië en ik heb er een hekel aan alleen te reizen. Houd je van Venetië?'
'Ja...'
'Mooi. Ik zal je voor je tijd betalen en we nemen samen een kleine vakantie.' Hij staarde uit het raam. 'Ik weet daar een prachtig hotel. De Cipriani.' Jaren geleden had hij met Susan in de Koninklijke Danieli gelogeerd, maar hij was er daarna vaker geweest en het was erg achteruitgegaan en de bedden waren onmogelijk. Het enige dat nog van de oude élégance van het hotel was overgebleven, was Luciano, de receptionist.
'Dat kost je duizend dollar per dag.' Ze was bereid om genoegen te nemen met vijfhonderd dollar.
'Afgesproken,' zei Robert. Hij telde tweeduizend dollar uit. 'We zullen hiermee beginnen.'
Pier aarzelde. Ze had het gevoel dat er iets niet klopte. Maar de eerste opnamen van de film waarin haar een klein rolletje was beloofd, waren uitgesteld en ze had het geld nodig. 'Goed dan,' zei ze.
'Laten we gaan.'

Pier zag dat hij beneden voorzichtig de straat afspeurde voordat hij naar buiten stapte om een taxi aan te houden. *Hij is het doelwit van iemand,* dacht Pier. *Ik moet maken dat ik wegkom.*
'Luister,' zei Pier. 'Ik weet niet zeker of ik wel met je naar Venetië moet gaan. Ik...'

'We zullen ons kostelijk amuseren,' zei Robert tegen haar.
Recht tegenover hen in de straat zag hij een juwelierszaak. Hij pakte Piers hand vast. 'Kom mee. Ik ga iets moois voor je kopen.'
'Maar...'
Hij leidde haar naar de juwelierszaak.
De bediende achter de toonbank zei: *'Buon giorno, signore.* Kan ik u helpen?'
'Ja,' zei Robert. 'We zoeken iets moois voor de dame.' Hij wendde zich tot Pier. 'Houd je van smaragden?'
'Ik... ja.'
Robert zei tegen de bediende: 'Hebt u een armband met smaragden?'
'Si signore. Ik heb een prachtige smaragden armband.' Hij liep naar een vitrine en haalde er een armband uit. 'Dit is het mooiste dat we in huis hebben. Het kost vijftienduizend dollar.'
Robert keek Pier aan. 'Vind je hem mooi?'
Ze was sprakeloos. Ze knikte.
'We nemen hem,' zei Robert. Hij overhandigde de bediende zijn creditcard van de Marine-inlichtingendienst.
'Een ogenblik, alstublieft.' De bediende verdween in de achterkamer. Toen hij terugkwam, zei hij: 'Zal ik de armband voor u inpakken of...?'
'Nee, mijn vriendin doet hem gelijk om.' Robert deed de armband om Piers pols. Ze staarde er verbijsterd naar.
Robert zei: 'Dat zal mooi staan in Venetië, of niet?'
Pier glimlachte naar hem. 'Heel mooi.'
Toen ze weer op straat stonden, zei Pier: 'Ik... ik weet niet hoe ik je moet bedanken.'
'Ik wil alleen dat je het naar je zin hebt,' zei Robert tegen haar. 'Heb je een auto?'
'Nee. Ik heb een oude auto gehad, maar hij is gestolen.'
'Heb je je rijbewijs nog steeds?'
Ze keek hem niet-begrijpend aan. 'Ja, maar wat heb je aan een rijbewijs zonder auto?'
'Dat zul je wel zien. Laten we hier weggaan.'
Hij hield een taxi aan. 'Via Po, alstublieft.'
In de taxi zat ze hem te bestuderen. Waarom wilde hij zo graag dat ze met hem meeging? Hij had haar zelfs niet aangeraakt. *Zou hij misschien...?*
'Qui!' riep Robert tegen de chauffeur. Ze waren honderd meter van het autoverhuurbedrijf Maggiore verwijderd.
'We stappen hier uit,' zei Robert tegen Pier. Hij betaalde de chauffeur en wachtte tot de taxi uit het gezicht verdwenen was. Hij overhandigde Pier een dikke bundel bankbiljetten. 'Ik wil dat je een auto voor ons huurt.

Vraag om een Fiat of een Alfa Romeo. Zeg tegen hen dat we hem vier of vijf dagen nodig hebben. Dit geld is genoeg voor de borgsom. Huur hem op jouw naam. Ik wacht op je in het café aan de overkant.'

Minder dan acht blokken verder ondervroegen twee rechercheurs de ongelukkige chauffeur van een rode vrachtwagen met Franse nummerborden.
'*Vous me faites chier.* Ik heb er geen idee van hoe die creditcard achter in mijn vrachtwagen terechtgekomen is,' schreeuwde de chauffeur. 'Een of andere krankzinnige Italiaan heeft hem daar waarschijnlijk neergelegd.' De twee rechercheurs keken elkaar aan. Een van hen zei: 'Ik bel het wel door.'

Francesco Cesar zat achter zijn bureau en dacht na over de laatste ontwikkelingen. De opdracht had eerst zo eenvoudig geleken. *'Het zal geen moeite kosten hem te vinden. Als de tijd daar is, zullen we de zender activeren en je zult direct naar hem toe geleid worden.'* Iemand had commandant Bellamy kennelijk onderschat.

Kolonel Frank Johnson zat in het kantoor van generaal Hilliard en zijn massieve gestalte vulde de stoel.
'De helft van de agenten in Europa is naar hem op zoek,' zei generaal Hilliard. 'Tot dusver hebben ze geen geluk gehad.'
'Er is meer voor nodig dan geluk,' zei kolonel Johnson. 'Bellamy is goed.'
'We weten dat hij in Rome is. De rotzak heeft net op onze kosten een armband van vijftienduizend dollar gekocht. We hebben hem in de tang. Hij kan Italië op geen enkele manier verlaten. We kennen de naam op het paspoort dat hij gebruikt... Arthur Butterfield.'
Kolonel Johnson schudde zijn hoofd. 'Bellamy kennende, hebt u er geen idee van welke naam hij gebruikt. Het enige waarop u kunt rekenen, is dat Bellamy niet zal doen wat we verwachten dat hij zal doen. We zitten achter een man aan die een van de besten in het vak is. Als er ook maar één plaats is waarheen hij kan vluchten, zal Bellamy daarheen vluchten. Als er ook maar één plaats is waar hij zich kan verbergen, zal hij zich daar verbergen. Ik denk dat we de meeste kans hebben als we hem uit zijn tent lokken, als we hem uitroken. Op het ogenblik bepaalt hij wat er gaat gebeuren. We moeten hem het initiatief uit handen nemen.'
'Bedoel je de openbaarheid zoeken? Moeten we het verhaal aan de pers geven?'
'Precies.'

Generaal Hilliard tuitte zijn lippen. 'Dat gaat hachelijk worden. We kunnen het ons niet permitteren ons bloot te geven.'
'Dat hoeft ook niet. We zullen een communiqué uitgeven waarin we verklaren dat hij wordt gezocht wegens drugssmokkel. Op die manier kunnen we Interpol en alle politiekorpsen in Europa inschakelen zonder ons in de kaart te laten kijken.'
Generaal Hilliard dacht er een ogenblik over na. 'Het bevalt me.'
'Goed. Ik vertrek naar Rome,' zei kolonel Johnson. 'Ik ga zelf de leiding van de jacht op me nemen.'
Toen kolonel Johnson in zijn kantoor terugkeerde, was hij in een nadenkende stemming. Hij speelde een gevaarlijk spel. Daar was geen twijfel aan. Hij moest commandant Bellamy vinden.

37

Robert hoorde de telefoon keer op keer overgaan. Het was in Washington zes uur in de morgen. *Ik maak de oude man altijd wakker,* dacht Robert.
Nadat de telefoon zes keer gerinkeld had, nam de admiraal op. 'Hallo...'
'Admiraal, ik...'
'Robert! Wat..?'
'Zeg niets. Uw telefoon wordt waarschijnlijk afgeluisterd. Ik zal dit snel afmaken. Ik wilde u alleen zeggen dat u niets moet geloven van wat ze over me zeggen. Ik zou graag willen dat u uitzocht wat er aan de hand is. Ik heb uw hulp misschien later nog nodig.'
'Vanzelfsprekend. Ik zal alles doen wat ik kan, Robert.'
'Dat weet ik. Ik bel u nog.'
Robert legde de hoorn op de haak. Er was geen tijd geweest om het gesprek te traceren. Hij zag een blauwe Fiat voor het café stoppen. Pier zat achter het stuur.
'Schuif eens op,' zei Robert. 'Ik rijd wel.'
Pier maakte ruimte voor hem terwijl hij zich achter het stuur liet glijden.
'Gaan we nu naar Venetië?' vroeg Pier.
'Ja, maar eerst moeten we nog een paar keer ergens stoppen.'
Het was tijd om nog wat dwaalsporen uit te zetten. Hij reed de Viale Rossini op. Voor hem was het Rossini Reisbureau. Robert zette de auto aan de kant. 'Ik ben zo terug.'
Pier keek hem na terwijl hij het reisbureau binnenging. *Ik zou zo kunnen wegrijden, dacht ze, en het geld houden. Hij zou me nooit vinden, maar die vervloekte auto is op mijn naam gehuurd.*
Binnen in het bureau liep Robert naar de vrouw achter de balie.
'Goededag. Kan ik u helpen?'
'Ja. Ik ben commandant Bellamy. Ik ga een beetje reizen,' zei Robert tegen haar. 'Ik zou graag wat reserveringen maken.'
Ze glimlachte. 'Daarvoor zijn we hier, *signore.*' Waar wilt u heen?'
'Ik wil graag een eersteklas vliegticket naar Beijing, enkele reis.'
Ze maakte een aantekening. 'En wanneer wilt u vertrekken?'
'Aanstaande vrijdag.'

'Heel goed.' Ze drukte op een paar toetsen van de computer.
'Er vertrekt vrijdagavond om zeven uur veertig een vlucht van Air China.'
'Dat is uitstekend.'
Ze drukte op een paar andere toetsen. 'Zo. Uw reservering is bevestigd. Betaalt u contant of...'
'O. Ik ben nog niet klaar. Ik wil een treinreis naar Boedapest boeken.'
'En voor wanneer is dat, commandant?'
'Voor aanstaande maandag.'
'En op welke naam?'
'Dezelfde.'
Ze keek hem vreemd aan. 'U vliegt vrijdag naar Beijing en...'
'Ik ben nog niet klaar,' zei Robert vriendelijk. 'Ik wil een vliegticket enkele reis naar Miami in Florida voor zondag.'
Ze staarde hem nu openlijk verbaasd aan. *'Signore,* als dit een of andere...'
Robert haalde zijn creditcard van de Marine-inlichtingendienst te voorschijn en overhandigde haar die. 'Ik betaal hiermee.'
Ze bestudeerde de creditcard een ogenblik. 'Excuseert u me. Ze ging een kantoortje binnen en kwam een paar minuten later terug.
'Het is allemaal in orde. We zullen de boekingen graag doen. Wilt u dat alle reserveringen op dezelfde naam komen?'
'Ja. Commandant Robert Bellamy.'
'Uitstekend.'
Robert keek toe terwijl ze nog meer toetsen van de computer indrukte. Een minuut later verschenen er drie tickets. Ze scheurde ze van de printer.
'Wilt u de tickets alstublieft in aparte enveloppen doen?' vroeg Robert.
'Natuurlijk. Wilt u dat ik ze opstuur naar...'
'Ik neem ze mee.'
'Si signore.'
Robert tekende de kwitantie en ze overhandigde hem zijn ontvangstbewijs.
'Alstublieft. En een goede reis... reizen... eh...'
Robert grijnsde. 'Dank u.' Een minuut later zat hij achter het stuur van de auto.'
'Gaan we nu?' vroeg Pier.
'We moeten nog een paar keer stoppen,' zei Robert. Pier zag dat hij de straat zorgvuldig afspeurde voordat hij wegreed.
'Ik wil dat je iets voor me doet,' zei Robert tegen haar.
Nu komt het, dacht Pier. *Hij gaat me vragen iets verschrikkelijks te doen.*
'Wat dan?' vroeg ze.

Ze waren gestopt voor het Victoria Hotel. Robert overhandigde Pier een van de enveloppen. 'Ik wil dat je naar de balie gaat en een suite reserveert op naam van commandant Robert Bellamy. Zeg tegen hen dat je zijn secretaresse bent en dat hij over een uur aankomt, maar dat je mee naar boven wilt om te kijken of de suite naar wens is. Als je binnen bent, laat je deze envelop op de tafel in de kamer achter.'
Ze keek hem niet-begrijpend aan. 'Is dat alles?'
'Dat is alles.'
Ze begreep niets van de man. *'Bene.'* Ze wou dat ze wist wat die krankzinnige Amerikaan in zijn schild voerde. *En wie is commandant Robert Bellamy?* Pier stapte uit de auto en liep de hal van het hotel binnen. Ze was een beetje nerveus. Tijdens de uitoefening van haar beroep was ze een paar eersteklashotels uitgegooid. Maar de receptionist achter de balie begroette haar beleefd. 'Kan ik u helpen, *signora?*'
'Ik ben de secretaresse van commandant Robert Bellamy. Ik wil een suite voor hem reserveren. Hij zal hier over een uur zijn.'
De receptionist raadpleegde het kamerschema. 'We hebben toevallig een heel mooie suite vrij.'
'Mag ik hem alstublieft zien?' vroeg Pier.
'Zeker. Ik zal u door iemand naar boven laten brengen.'
Een assistent-manager begeleidde Pier naar boven. Ze liepen de zitkamer van de suite binnen en Pier keek om zich heen. 'Is dit naar wens, *signora?*'
Pier had er geen flauw benul van. 'Ja, dit is uitstekend.'
Ze haalde de envelop uit haar tasje en legde hem op de koffietafel. 'Ik laat deze envelop hier voor de commandant achter,' zei ze.
'Bene.'
Pier kon haar nieuwsgierigheid niet bedwingen. Ze opende de envelop. Er zat een vliegticket enkele reis naar Beijing in op naam van commandant Robert Bellamy. Pier stopte het ticket terug in de envelop, legde die op de tafel en ging naar beneden.
De blauwe Fiat was voor het hotel geparkeerd.
'Nog problemen gehad?' vroeg Robert.
'Nee.'
'We moeten nog twee keer stoppen en dan gaan we op weg,' zei Robert opgewekt.
De volgende stopplaats was Hotel Valadier. Robert overhandigde Pier weer een envelop. 'Ik wil dat je hier een suite reserveert op naam van commandant Robert Bellamy. Zeg tegen hen dat hij binnen een uur zijn intrek neemt. Dan...'
'Laat ik de envelop boven achter.'

'Precies.'
Deze keer liep Pier het hotel met meer zelfvertrouwen binnen. *Gedraag je als een dame,* dacht ze. *Je moet waardigheid uitstralen. Dat is het geheim.*
Het hotel had een suite vrij.
'Ik zou de suite graag willen zien,' zei Pier.
'Natuurlijk, *signora.*'
Een assistent-manager begeleidde Pier naar boven. 'Dit is een van onze mooiste suites,' zei hij. De suite was inderdaad prachtig.
Pier zei uit de hoogte: 'Ik veronderstel dat het er wel mee door kan. De commandant is heel kieskeurig, moet u weten.' Ze haalde de tweede envelop uit haar tasje, opende hem, en keek erin. Hij bevatte een treinkaartje naar Boedapest op naam van commandant Robert Bellamy. Pier staarde er in verwarring naar. *Wat is dit voor spelletje?* Ze liet de envelop achter op het tafeltje naast het bed.
Toen Pier weer in de auto zat, vroeg Robert: 'Hoe ging het?'
'Uitstekend.'
'Dit wordt de laatste stopplaats.'
Deze keer was het Hotel Leonardo da Vinci. Robert gaf Pier de derde envelop. 'Ik wil dat je...'
'Ik weet het.'
De receptionist achter de balie zei: 'Ja, inderdaad, *signora,* we hebben een prachtige suite vrij. Wanneer zou de commandant ook al weer arriveren?'
'Over een uur. Ik zou graag willen kijken of de suite naar wens is.'
'Natuurlijk, *signora.*'
De suite was luxueuzer dan de andere twee die Pier had bekeken. De assistent-manager liet haar de enorme slaapkamer met een groot hemelbed in het midden zien. *Wat een verspilling,* dacht Pier. *Ik zou hier in één nacht een fortuin kunnen verdienen.* Ze haalde de derde envelop te voorschijn en keek erin. Er zat een vliegticket naar Miami in Florida in. Pier liet de envelop op het bed achter.
De assistent-manager leidde Pier terug naar de zitkamer. 'We hebben kleurentelevisie,' zei hij. Hij liep naar het televisietoestel en zette het aan. Een foto van Robert sprong op het scherm. De stem van de presentator zei: '...en Interpol gelooft dat hij momenteel in Rome is. Hij wordt gezocht om hem te kunnen ondervragen in verband met een internationale drugssmokkel. Dit was Bernard Shaw voor CNN.' Pier staarde als versteend naar het scherm.
De assistent-manager zette het toestel uit. 'Is alles naar wens?'
'Ja,' zei Pier langzaam. *Een drugsmokkelaar!*

'We zien ernaar uit de commandant te ontvangen.'
Toen Pier zich weer bij Robert in de auto voegde, bekeek ze hem met andere ogen.
'Nu zijn we klaar.' Robert glimlachte.

Een man in een donker pak bestudeerde in het Victoria Hotel het gastenboek. Hij keek op naar de receptionist. 'Hoe laat heeft commandant Bellamy zich ingeschreven?'
'Hij is hier nog niet geweest. Zijn secretaresse heeft de suite gereserveerd. Ze zei dat hij hier binnen een uur zou zijn.'
De man wendde zich tot zijn metgezel. 'Laat het hotel in de gaten houden. Laat versterking aanrukken. Ik wacht boven.' Hij richtte zich tot de receptionist. 'Maak de suite voor me open.'
Drie minuten later opende de receptionist de deur van de suite. De man in het donkere pak liep behoedzaam naar binnen met zijn revolver in zijn hand. De suite was leeg. Hij zag de envelop op de tafel liggen en pakte hem op. Op de voorkant ervan stond: 'Commandant Robert Bellamy'. Hij opende de envelop en keek erin. Een ogenblik later draaide hij het nummer van het hoofdkwartier van de SIFAR.

Francesco Cesar zat midden in een bespreking met kolonel Frank Johnson. Kolonel Johnson was twee uur geleden op het Leonardo da Vinci-vliegveld geland, maar hij vertoonde geen tekenen van vermoeidheid.
'Voor zover we weten,' zei Cesar, 'is Bellamy nog steeds in Rome. We hebben meer dan dertig rapporten over zijn mogelijke verblijfplaats ontvangen.'
'Zaten er nog bij die wat opgeleverd hebben?'
'Nee.'
De telefoon ging. 'Met Luigi, kolonel,' zei de stem aan de andere kant van de lijn. 'We hebben hem. Ik ben in zijn hotelsuite in Hotel Victoria. Ik heb zijn vliegticket naar Beijing. Hij is van plan vrijdag te vertrekken.'
Cesars stem kreeg een opgewonden klank. 'Goed! Blijf daar. We komen er direct aan.' Hij legde de hoorn neer en wendde zich naar kolonel Johnson. 'Ik ben bang dat uw reis vergeefs is geweest. We hebben hem. Hij is ingeschreven in Hotel Victoria. Ze hebben een vliegticket op zijn naam gevonden voor een vlucht naar Beijing op vrijdag.'
Kolonel Johnson zei vriendelijk: 'Heeft Bellamy zich in het hotel onder zijn eigen naam ingeschreven?'
'Ja.'
'En het vliegticket staat ook op zijn naam?'
'Ja.' Kolonel Cesar stond op. 'Laten we erheen gaan.'

Kolonel Johnson schudde zijn hoofd. 'Verspil uw tijd niet.'
'Wat?'
'Bellamy zou nooit...'
De telefoon ging weer. Cesar griste de hoorn van de haak. Een stem zei: 'Kolonel? Met Mario. We hebben Bellamy gelokaliseerd. Hij is in Hotel Valadier. Hij neemt maandag de trein naar Boedapest. Wat wilt u dat we doen?'
'Ik bel je nog terug,' zei kolonel Cesar. Hij draaide zich om en keek kolonel Johnson aan. 'Ze hebben een treinkaartje naar Boedapest gevonden op Bellamy's naam. Ik begrijp niet wat...'
De telefoon ging weer.
'Ja?' Zijn stem klonk schriller.
'Met Bruno. We hebben Bellamy gelokaliseerd. Hij is ingeschreven in hotel Leonardo da Vinci. Hij is van plan zondag naar Miami te vertrekken. Wat zal ik...?'
'Kom hierheen,' snauwde Cesar. Hij sloeg de hoorn met een klap op de haak. 'Wat voor spelletje speelt hij verdomme?'
Kolonel Johnson zei grimmig: 'Hij zorgt ervoor dat u een heleboel mankracht verspilt.'
'Wat doen we nu?'
'We laten de rotzak in de val lopen.'

Ze reden over de Via Cassia, in de buurt van Olgiata, in noordelijke richting naar Venetië. De politie zou alle belangrijke Italiaanse autowegen naar het buitenland in de gaten houden, maar ze zouden verwachten dat hij naar het westen ging, naar Frankrijk of Zwitserland. *Vanuit Venetië, dacht Robert, kan ik de vleugelboot naar Triëst nemen en vandaar naar Oostenrijk reizen. Daarna...*
Piers stem onderbrak zijn gedachten. 'Ik heb honger.'
'Wat?'
'We hebben nog niet ontbeten of geluncht.'
'Het spijt me,' zei Robert. 'We zullen bij het volgende restaurant stoppen.'
Pier keek naar hem terwijl hij reed. Ze begreep er nog minder van dan eerst. Ze leefde in een wereld van pooiers en dieven – en van drugssmokkelaars. Deze man was geen misdadiger.
Ze stopten in de volgende stad voor een klein restaurant. Robert reed de parkeerplaats op en ze stapten uit de auto.
Het restaurant zat vol vaste klanten en het was er lawaaiig door de gesprekken en het gerinkel van borden. Robert vond een tafeltje bij de muur en ging op een stoel tegenover de deur zitten. Een ober kwam naar hen toe en overhandigde hun het menu.

Robert dacht: *Susan zal nu wel op de boot zitten. Dit kan wel eens mijn laatste kans zijn haar te spreken.* 'Bekijk het menu maar. Ik ben zo terug.'
Pier keek hem na terwijl hij naar de telefoon vlak bij hun tafeltje liep. Hij stopte een munt in de gleuf.
'Mag ik de telefooncentrale voor schepen in Gibraltar van u? Dank u.'
Wie belt hij in Gibraltar? vroeg Pier zich af. *Moet die persoon hem helpen vluchten?*
'Ik wil een telefoongesprek met het Amerikaanse jacht *Halcyon*, dat zich ter hoogte van Gibraltar bevindt. Het nummer is Whisky Suiker 337. De kosten zijn voor de opgeroepene. Dank u.'
Er gingen een paar minuten voorbij waarin de telefonistes met elkaar spraken en zijn gesprek werd geaccepteerd.
Robert hoorde Susans stem over de lijn.
'Susan...'
'Robert! Is alles in orde met je?'
'Uitstekend. Ik wilde je alleen vertellen dat...'
'Ik weet wat je me wilt vertellen. Het wordt op de radio en de televisie uitgezonden. Waarom word je door Interpol gezocht?'
'Het is een lang verhaal.'
'Neem de tijd er maar voor. Ik wil het weten.'
Hij aarzelde. 'Het is een politieke kwestie, Susan. Ik heb bewijsmateriaal in handen dat enkele regeringen willen verdonkeremanen. Daarom zit Interpol achter me aan.'
Pier luisterde ingespannen naar Roberts deel van de conversatie.
'Wat kan ik doen om je te helpen?' vroeg Susan.
'Niets, schat. Ik belde alleen om je stem nog eens te horen voor het geval... voor het geval ik hier niet levend uit kom.'
'Zeg dat toch niet.' Er klonk paniek in haar stem door. 'Kun je me vertellen in welk land je bent?'
'In Italië.'
Er viel een korte stilte. 'Goed. We zijn niet ver van je vandaan. We zitten net voor de kust van Gibraltar. We kunnen je op iedere plaats die je wilt, oppikken.'
'Nee, ik...'
'Luister naar me. Het is waarschijnlijk je enige kans om te ontsnappen.'
'Ik kan het je niet laten doen, Susan. Je zou gevaar lopen.'
Monte was net op tijd de salon binnengekomen om een deel van de conversatie te kunnen horen. 'Laat mij met hem praten.'
'Een ogenblik, Robert. Monte wil met je praten.'
'Susan, ik heb geen...'
Montes stem klonk over de lijn. 'Robert, ik heb begrepen dat je in ernstige moeilijkheden zit.'

Het understatement van het jaar. 'Dat kun je wel zeggen, ja.'
'We willen je graag helpen. Ze zullen op een jacht niet naar je zoeken. Waarom laat je je niet door ons oppikken?'
'Bedankt, Monte. Ik waardeer het. Het antwoord is nee.'
'Ik denk dat je een vergissing maakt. Je zult hier veilig zijn.'
Waarom wil hij me zo graag helpen? 'In ieder geval bedankt. Ik waag het erop. Ik zou Susan graag nog even spreken.'
'Natuurlijk.' Monte Banks gaf Susan de telefoon aan. 'Haal hem over,' drong hij aan.
Susan zei: 'Laat je alsjeblieft door ons helpen.'
'Je hebt me geholpen, Susan.' Hij moest even ophouden met spreken. 'Je bent het beste deel van mijn leven. Ik wil dat je weet dat ik altijd van je zal houden.' Hij liet een kort lachje horen. 'Hoewel *altijd* misschien niet meer zo lang is.'
'Bel je me weer?'
'Als ik kan.'
'Beloof het me.'
'Goed. Ik beloof het.'
Hij legde langzaam de hoorn op de haak. *Waarom heb ik haar dat aangedaan? Waarom heb ik mezelf dat aangedaan? Je bent een sentimentele idioot, Bellamy.* Hij liep terug naar de tafel.
'Laten we gaan eten,' zei Robert. Ze bestelden.
'Ik heb je gesprek gehoord. Je wordt door de politie gezocht, hè?'
Robert verstijfde. *Slordig. Ze zou moeilijkheden veroorzaken.*
'Het is alleen maar een klein misverstand. Ik...'
'Behandel me niet alsof ik gek ben. Ik wil je helpen.'
Hij keek haar wantrouwig aan. 'Waarom zou jij me willen helpen?'
Pier leunde naar voren. 'Omdat je gul voor me bent geweest. En omdat ik de politie haat. Je weet niet hoe het is om op straat te werken en door hen opgejaagd en als oud vuil behandeld te worden. Ze arresteren me voor prostitutie, maar ze nemen me mee naar hun achterkamers en laten me van hand tot hand gaan. Het zijn beesten. Ik zou alles doen om me op hen te wreken. Alles. Ik kan je helpen.'
'Pier, je kunt echt niets...'
'In Venetië zal de politie je gemakkelijk kunnen oppakken. Als je in een hotel logeert, zullen ze je vinden. Als je probeert op een schip te komen, zullen ze je in de val laten lopen. Maar ik weet een plek waar je veilig voor hen bent. Mijn moeder en mijn broer wonen in Napels. We kunnen in hun huis logeren. De politie zal daar nooit naar je zoeken.'
Robert zweeg even terwijl hij erover nadacht. Wat Pier zei, was heel logisch. Een gewoon huis zou veel veiliger zijn dan welke andere plaats ook

en Napels had een grote haven. Het zou gemakkelijk zijn om daar een schip te vinden waarmee hij het land zou kunnen verlaten. Hij aarzelde voordat hij antwoordde. Hij wilde Pier niet in gevaar brengen.
'Pier, de politie heeft bevel me te doden als ze me vinden. Je zou als medeplichtige beschouwd worden. Je zou je een hoop moeilijkheden op je hals kunnen halen.'
'Het is heel eenvoudig.' Pier glimlachte. 'We zullen ervoor zorgen dat ze je niet vinden.'
Robert beantwoordde haar glimlach. Hij nam een besluit. 'Goed. Eet je bord leeg. We gaan naar Napels.'

Kolonel Johnson zei: 'Hebben je mannen er geen idee van waar hij naar toe gegaan is?'
Francesco Cesar zuchtte. 'Op het ogenblik niet. Maar het is alleen maar een kwestie van tijd voordat...'
'We hebben geen tijd. Heb je nagegaan waar zijn ex-vrouw zich bevindt?'
'Zijn ex-vrouw? Nee, ik zie niet in wat...'
'Dan heb je je huiswerk niet gedaan,' snauwde kolonel Johnson. 'Ze is getrouwd met een man die Monte Banks heet. Ik stel voor dat je hen lokaliseert. En snel.'

38

Ze liep doelloos de grote boulevard af, zich er nauwelijks van bewust waar ze heen ging. Hoeveel dagen was het nu geleden sinds dat verschrikkelijke ongeluk was gebeurd? Ze was de tel kwijtgeraakt. Ze was zo moe dat ze zich moeilijk kon concentreren. Ze had een wanhopige behoefte aan water, niet het vervuilde water dat de aardbewoners dronken, maar vers, helder regenwater. Ze had de zuivere vloeistof nodig om haar levenskracht weer op te wekken, om de energie te vergaren die nodig was om het kristal te vinden. Ze was stervende.
Ze wankelde en botste tegen een man op.
'Hé! Kijk uit waar...' De Amerikaanse handelsreiziger bekeek haar wat beter en glimlachte. 'Hallo. Stel je voor! Dat ik zomaar tegen jou aan loop!' *Wat een stuk.*
'Hallo.'
'Waar kom je vandaan, schat?'
'Van de zevende zon van de Plejaden.'
Hij lachte. 'Ik houd van vrouwen met gevoel voor humor. Waar ga je naar toe?'
Ze schudde haar hoofd. 'Ik weet het niet. Ik ben hier vreemd.'
Jezus, ik denk dat dit wel eens wat kan worden. 'Heb je al gegeten?'
'Nee. Ik kan jullie voedsel niet verdragen.'
Het is wel een echte mafkees. Maar een schoonheid. 'Waar logeer je?'
'Ik logeer nergens.'
'Heb je geen hotel?'
'Een hotel?' Ze herinnerde het zich weer. *Gebouwen met aparte ruimten voor reizende vreemdelingen.* 'Nee. Ik moet een plaats vinden om te slapen.'
Zijn glimlach verbreedde zich. 'Nou, daarvoor kan pappa wel zorgen. Waarom gaan we niet naar mijn hotelkamer? Ik heb daar een groot comfortabel bed. Houd je daarvan?'
'O ja, heel veel.'
Hij kon bijna niet geloven dat hij zo'n mazzel had. 'Geweldig! *Ik wed dat ze fantastisch in de koffer is.*
Ze keek hem niet-begrijpend aan. 'Slaapt u in een koffer?'

Hij staarde haar aan. 'Wat? Nee, nee. Je bent een grappenmaakster, hè?'

Ze kon haar ogen nauwelijks openhouden. 'Zullen we nu naar bed gaan?'

Hij wreef in zijn handen. 'Zeker! Mijn hotel is net om de hoek.'

Hij haalde zijn sleutel af bij de balie en ze namen de lift naar boven. Toen ze in zijn kamer kwamen, vroeg de man: 'Wil je wat drinken?' *Dat zal je een beetje ontspannen.*

Dat wilde ze dolgraag, maar niet de vloeistoffen die de aardbewoners te bieden hadden. 'Nee,' zei ze. 'Waar is het bed?'

Mijn God, wat een hete donder. Daar naar binnen, schat.' Hij leidde haar de slaapkamer in. 'Weet je zeker dat je niets wilt drinken?'

'Ja.'

Hij likte zijn lippen. 'Waarom… kleed je je dan niet uit?'

Ze knikte. Het was een gewoonte van de aardbewoners. Ze trok de jurk die ze droeg uit. Ze droeg er niets onder. Haar lichaam was prachtig.

De man staarde naar haar en zei opgewekt: 'Ik bof vannacht, schat, en jij ook.' *Ik zal je neuken zoals je nog nooit bent geneukt.* Hij trok zo snel hij kon zijn kleren uit en sprong naast haar in bed. 'Zo!' zei hij. 'Dan zal ik je nu eens wat laten beleven.' Hij keek op. 'Verdomme! Ik heb het licht aan gelaten.' Hij wilde opstaan.

'Laat maar,' zei ze slaperig. 'Ik doe het wel uit.'

Terwijl hij naar haar keek, stak ze haar arm dwars door de brede kamer heen uit en haar vingers werden bladerrijke, groene ranken toen ze de lichtschakelaar lichtjes aanraakten.

Hij was alleen met haar in het donker. Hij schreeuwde.

39

Ze raasden met hoge snelheid over de Autostrada del Sole, de snelweg naar Napels. Ze hadden het laatste halfuur zwijgend gereden, beiden verzonken in hun eigen gedachten.
Pier verbrak de stilte. 'Hoe lang wil je in het huis van mijn moeder blijven?' vroeg ze.
'Drie of vier dagen, als dat goed is.'
'Dat is uitstekend.'
Robert was niet van plan er langer dan één nacht te blijven, hooguit twee. Maar hij hield zijn plannen voor zich. Zodra hij een schip had gevonden dat veilig was, zou hij uit Italië vertrekken.
'Ik verlang ernaar mijn familie te zien,' zei Pier.
'Heb je maar één broer?'
'Ja. Carlo. Hij is jonger dan ik.'
'Vertel me eens wat over je familie, Pier.'
Ze haalde haar schouders op. 'Er is niet veel te vertellen. Mijn vader heeft zijn hele leven in de haven gewerkt. Toen ik vijftien was, is hij onder een vallende hijskraan terechtgekomen waardoor hij werd gedood. Mijn moeder was ziek en ik moest haar en Carlo onderhouden. Ik had een vriend die bij de Cinecittà-studio's werkte en hij schoof me kleine rolletjes toe. Ik kreeg er heel weinig geld voor en ik moest met de assistent-regisseur naar bed. Ik kwam tot de conclusie dat ik op straat meer geld kon verdienen. Nu doe ik van allebei een beetje.' Er klonk geen zelfmedelijden in haar stem.
'Pier, weet je zeker dat je moeder er geen bezwaar tegen heeft dat je een vreemde mee naar huis neemt?'
'Dat weet ik zeker. We hebben een nauwe band. Moeder zal blij zijn me te zien. Houd je veel van haar?'
Robert keek haar verbaasd aan? 'Van je moeder?'
'Van de vrouw met wie je in het restaurant telefoneerde... Susan.'
'Waarom denk je dat ik van haar houd?'
'De klank van je stem. Wie is ze?'
'Een vriendin.'
'Ze boft. Ik wou dat ik iemand had die zoveel om me gaf. Is Robert Bellamy je echte naam?'

'Ja.'
'En ben je commandant?'
Die vraag was moeilijker te beantwoorden. 'Dat weet ik niet precies,' zei hij. 'Ik was het wel.'
'Kun je me vertellen waarom Interpol achter je aan zit?'
Hij zei voorzichtig: 'Het is beter als ik je niets vertel. Je zou alleen al omdat je bij me bent genoeg moeilijkheden kunnen krijgen. Hoe minder je weet, hoe beter.'
'Goed, Robert.'
Hij dacht aan de vreemde omstandigheden die hen hadden samengebracht. 'Laat me je iets vragen. Als je wist dat er ruimtewezens in ruimteschepen naar de aarde kwamen, zou je dan in paniek raken?'
Pier bestudeerde hem een ogenblik. 'Vraag je dat in ernst?'
'Jazeker.'
Ze schudde haar hoofd. 'Nee, ik denk dat het opwindend zou zijn. Geloof je dat zulke dingen bestaan?'
'De mogelijkheid bestaat,' zei hij voorzichtig.
Piers gezicht lichtte op. 'Echt? Hebben ze echte... ik bedoel, zijn ze gebouwd als mensen?'
Robert lachte. 'Ik weet het niet.'
'Heeft dit iets te maken met de reden waarom de politie achter je aan zit?'
'Nee,' zei Robert snel. 'Niets.'
'Als ik je iets vertel, wil je me dan beloven dat je niet boos op me wordt?'
'Dat beloof ik je.'
Toen ze begon te praten, was haar stem zo zacht dat hij haar nauwelijks kon verstaan. 'Ik denk dat ik verliefd op je aan het worden ben.'
'Pier...'
'Ik weet het. Het is dwaas van me. Maar ik heb dat nog nooit tegen iemand gezegd. Ik wilde dat je het zou weten.'
'Ik voel me gevleid, Pier.'
'Houd je me niet voor de gek?'
'Nee, absoluut niet.' Hij keek naar de benzinemeter. 'We moeten snel tanken.'
Ze kwamen vijftien minuten later bij een benzinestation.
'We zullen hier de tank laten volgooien,' zei Robert.
'Prima,' zei Pier. 'Dan kan ik mijn moeder bellen om haar te vertellen dat ik een knappe vreemdeling mee naar huis breng.'
Robert reed naar de benzinepomp en zei tegen de bediende: '*Pieno, per favore.*'
'*Si, signore.*'
Pier leunde naar voren en gaf Robert een kus op zijn wang. 'Ik ben zo terug.'

Robert keek naar haar terwijl ze het kantoor binnenliep en geld wisselde voor de telefoon. *Ze is echt heel mooi,* dacht Robert. *En intelligent. Ik moet oppassen dat ik haar geen verdriet doe.*
In het kantoor draaide Pier een nummer. Ze draaide zich om, glimlachte en zwaaide naar Robert. Toen de telefoniste aan de lijn kwam, zei Pier: 'Verbind me met Interpol. *Subito!*'

40

Vanaf het moment dat Pier de televisie-uitzending over Robert Bellamy had gezien, had ze geweten dat ze rijk zou worden. Als Interpol, de internationale politiemacht, Robert zocht, moest er een hoge beloning op zijn hoofd staan. En zij was de enige die wist waar hij was! De beloning zou helemaal voor haar zijn. Het was een geniale ingeving geweest hem te overreden met haar mee te gaan naar Napels waar ze een oogje op hem kon houden.
Een mannenstem zei door de telefoon: 'Interpol. Kan ik u helpen?'
Piers hart bonkte. Ze keek door de ruit om er zeker van te zijn dat Robert nog bij de benzinepomp was. 'Ja. U zoekt een man die commandant Robert Bellamy heet, nietwaar?'
Er viel een ogenblik stilte. 'Met wie spreek ik?'
'Dat doet er niet toe. Zoekt u hem of niet?'
'Ik zal u met iemand anders moeten doorverbinden. Wilt u even wachten, alstublieft?' Hij wendde zich tot zijn assistent: 'Traceer dit gesprek. *Pronto!*'
Dertig seconden later sprak Pier met een hoge functionaris. 'Ja, *signora*. Kan ik u helpen?'
Nee, idioot. Ik probeer jullie te helpen. 'Ik heb commandant Bellamy. Willen jullie hem hebben of niet?'
'Maar natuurlijk, *signora*, heel graag zelfs. En u zegt dat u hem hebt?'
'Dat klopt. Hij is nu bij me. Hoeveel is hij u waard?'
'Hebt u het over een beloning?'
'Natuurlijk heb ik het over een beloning.' Ze keek weer door de ruit. *Wat zijn dat voor idioten?*
De functionaris beduidde zijn assistent er meer vaart achter te zetten.
'We hebben het bedrag nog niet vastgesteld, *signora*, dus...'
'Doe dat nu dan. Ik heb haast.'
'Welk bedrag verwacht u als beloning?'
'Ik weet het niet.' Pier dacht een ogenblik na. 'Zou vijftigduizend dollar mogelijk zijn?'
'Vijftigduizend dollar is een hoop geld. Als u me vertelt waar u bent, zouden we naar u toe kunnen komen om over de hoogte van het bedrag tot overeenstemming te komen...'

Hij denkt zeker dat ik pazza ben. 'Nee. U stemt er nu in toe te betalen wat ik vraag of...' Pier keek op en zag dat Robert naar het kantoor toe kwam. 'Vlug! Ja of nee?'
'Goed dan, *signora*. Ja. We gaan akkoord met de betaling van...'
Robert kwam de deur binnen en liep naar haar toe.
Pier zei in de telefoon: 'We zijn op tijd voor het eten, mama. U zult hem sympathiek vinden. Hij is heel aardig. Goed. Tot straks. *Ciao.*'
Pier legde de hoorn op de haak en wendde zich naar Robert. 'Moeder wil je dolgraag ontmoeten.'

In het hoofdkwartier van Interpol zei de hoge functionaris: 'Heb je het gesprek getraceerd?'
'Ja. Het kwam uit een benzinestation langs de Autostrada del Sole. Het lijkt erop dat ze op weg zijn naar Napels.'

Kolonel Francesco Cesar en kolonel Frank Johnson bestudeerden een kaart aan de muur van Cesars kantoor.
'Napels is een grote stad,' zei kolonel Cesar. 'Hij kan zich op talloze plaatsen schuilhouden.'
'Is er iets over de vrouw bekend?' vroeg Johnson.
'We hebben er geen idee van wie ze is.'
'Waarom zoeken we dat niet uit?' vroeg Johnson.
Cesar keek hem verbaasd aan. 'Hoe?'
'Als Bellamy snel als dekmantel een vrouwelijke metgezel nodig zou hebben, waar zou hij die dan vandaan halen?'
'Hij zou waarschijnlijk een hoer oppikken.'
'Juist. Waar beginnen we?'
'Tor di Ounto.'

Ze reden de Passeggiata Archeologica af en keken naar de tippelaarsters die hun lichaam te koop aanboden. Kapitein Bellini, het hoofd van de politie in het district, zat bij kolonel Cesar en kolonel Johnson in de auto.
'Dit zal niet gemakkelijk worden,' zei Bellini. 'Het zijn allemaal concurrentes van elkaar, maar als het om de politie gaat, lijkt het alsof ze elkaars zusters zijn. Ze zullen niet praten.'
'We zullen zien,' zei kolonel Johnson.
Bellini beval de chauffeur te stoppen en de drie mannen stapten uit de auto. De prostituées hielden hen wantrouwig in de gaten. Bellini liep naar een van de vrouwen toe. 'Goedemiddag, Maria. Hoe gaan de zaken?'
'Die zouden beter gaan als jullie vertrekken.'

'We zijn niet van plan te blijven. Ik wil je alleen een vraag stellen. We zoeken een Amerikaan die gisteravond een van de meisjes heeft opgepikt. We denken dat ze samen reizen. We willen weten wie ze is. Kun je ons helpen?' Hij liet haar een foto van Robert zien.
Verscheidene andere prostituées waren erbij komen staan om mee te luisteren.
'Ik kan u niet helpen,' zei Maria, 'maar ik ken iemand die dat wel kan.'
Bellini knikte goedkeurend. 'Goed. Wie?'
Maria wees naar een winkelpui aan de overkant van de straat. Op een bord in de etalage stond: Waarzegster Handleester. 'Mevrouw Lucia kan u misschien helpen.'
De meisjes lachten waarderend.
Kapitein Bellini keek hen aan en zei: 'Dus jullie houden van grapjes, hè? Dan zullen we met jullie eens een grapje uithalen dat jullie vast leuk zullen vinden. Deze twee heren willen heel graag de naam van het meisje weten dat met de Amerikaan is meegegaan. Als jullie niet weten wie ze is, dan stel ik voor dat jullie met jullie vriendinnen praten tot jullie iemand hebben gevonden die het wél weet en als jullie het antwoord hebben, bellen jullie me.'
'Waarom zouden we dat doen?' vroeg een van hen uitdagend.
'Dat merk je nog wel.'
Een uur later merkten de prostituées van Rome dat ze werden belegerd. Arrestantenwagens doorkruisten de stad en pikten alle tippelaarsters en hun pooiers op. Er klonken overal luide protesten.
'Dit kun je niet doen... Ik betaal voor politiebescherming.'
'Dit is al vijf jaar mijn wijk...'
'Ik heb het met jou en je vrienden gratis gedaan. Is dit mijn dank?...'
'Waarom betaal ik voor bescherming?...'
De volgende dag waren er bijna geen prostituées meer op straat en de gevangenissen zaten vol.
Cesar en kolonel Johnson zaten in het kantoor van kapitein Bellini. 'Het zal moeilijk zijn hen in de gevangenis te houden,' waarschuwde kapitein Bellini. 'Ik kan er nog aan toevoegen dat dit ook slecht is voor het toerisme.'
'Maakt u zich geen zorgen,' zei kolonel Johnson. 'Er zal heus iemand praten. Blijf ze gewoon onder druk zetten.'
De doorbraak kwam laat in de middag. Kapitein Bellini's secretaresse zei: 'Een zekere meneer Lorenzo wil u spreken.'
'Laat hem maar binnenkomen.'
Meneer Lorenzo was gekleed in een zeer duur kostuum en droeg ringen met diamanten aan drie vingers. Meneer Lorenzo was een pooier.

'Wat kan ik voor u doen?' vroeg Bellini.
Lorenzo glimlachte. 'Het gaat erom wat ik voor *u* kan doen, heren. Ik heb van enkele collega's gehoord dat u een zeker werkend meisje zoekt dat in gezelschap van een Amerikaan de stad heeft verlaten en aangezien we altijd graag met de autoriteiten samenwerken, dacht ik dat ik u maar moest vertellen hoe ze heet.'
Kolonel Johnson zei: 'Wie is het?'
Lorenzo negeerde de vraag. 'Uiteraard zult u uw waardering willen uiten door mijn collega's en hun vriendinnen vrij te laten.'
Kolonel Cesar zei: 'We zijn niet geïnteresseerd in jullie hoeren. We willen alleen de naam van het meisje hebben.'
'Dat is heel goed nieuws, meneer. Het is altijd een genoegen zaken te doen met redelijke mannen. Ik weet dat...'
'Haar naam, Lorenzo.'
'Ja, natuurlijk. Haar naam is Pier. Pier Valli. De Amerikaan heeft de nacht met haar doorgebracht in het L'Incrocio Hotel en de volgende morgen zijn ze vertrokken. Ze is niet een van mijn meisjes. Als ik het mag zeggen...'
Bellini was al aan het telefoneren. 'Breng het dossier over ene Pier Valli naar boven. *Subito!*'
'Ik hoop dat de heren hun dankbaarheid zullen tonen door...'
Bellini keek op en zei in de telefoon: 'Annuleer Operatie *Puttana*.'
Lorenzo straalde. '*Grazie.*'

De gegevens over Pier Valli lagen vijf minuten later op Bellini's bureau. 'Ze begon te tippelen toen ze vijftien was. Ze is sinds die tijd een stuk of twaalf keer gearresteerd. Ze...'
'Waar komt ze vandaan?' viel kolonel Johnson hem in de rede.
'Napels.' De twee mannen keken elkaar aan. 'Haar moeder en haar broer wonen daar.'
'Kunt u uitzoeken waar?'
'Daar kom ik wel achter.'
'Doe het dan. *Nu.*'

41

Ze naderden de voorsteden van Napels. De smalle straten werden geflankeerd door oude flatgebouwen en uit bijna ieder raam hing was te drogen, waardoor de gebouwen eruitzagen als betonnen bergen waarop kleurige vlaggen wapperden.
Pier vroeg: 'Ben je al eens in Napels geweest?'
'Eén keer.' Roberts stem klonk gespannen. *Susan zat naast hem en giechelde. Ik heb gehoord dat Napels een ondeugende stad is. Kunnen we hier veel ondeugende dingen doen, schat?*
We zullen wat nieuwe dingen uitvinden, beloofde Robert.
Pier keek naar hem. 'Is alles in orde met je?'
Robert keerde terug in het heden. 'Jawel.'
Ze reden langs het havenhoofd in de baai dat werd gevormd door het Castel dell'Ovo, het oude leegstaande kasteel aan het water.
Toen ze op de Via Toledo kwamen, zei Pier opgewonden: 'Hier afslaan.'
Ze naderden Spaccanapoli, het oude deel van Napels.
Pier zei: 'Het is vlakbij. Sla linksaf de Via Benedetto Croce op.'
Robert nam de bocht. Het verkeer was hier drukker en het geluid van claxons was oorverdovend. Hij was vergeten hoe lawaaiig Napels kon zijn. Hij minderde snelheid om te voorkomen dat hij de voetgangers en de honden zou aanrijden die voor de auto langs overstaken alsof ze begiftigd waren met onkwetsbaarheid.
'Hier rechtsaf,' zei Pier, 'het Piazza del Plebiscito op.' Het verkeer was hier nog drukker en de buurt was vervallen.
'Stop!' riep Pier.
Robert zette de auto aan de kant. Ze waren gestopt voor een rij armoedige winkels.
Robert keek in het rond. 'Woont je moeder hier?'
'Nee,' zei Pier. 'Natuurlijk niet.' Ze leunde naar voren en drukte op de claxon. Even later kwam er een vrouw uit een van de winkels. Pier stapte uit en rende naar haar toe om haar te begroeten. Ze omhelsden elkaar.
'Je ziet er fantastisch uit!' riep de vrouw. 'Het moet je voor de wind gaan.'
'Dat is ook zo.' Pier liet haar pols zien. 'Kijk eens naar mijn nieuwe armband!'

'Zijn dat echte smaragden?'
'Natuurlijk zijn ze echt.'
De vrouw schreeuwde naar iemand in de winkel. 'Anna! Kom eens naar buiten. Kijk eens wie er is.'
Robert sloeg het tafereel ongelovig gade. 'Pier...'
'Heel even, schat,' zei ze. 'Ik moet even mijn vriendinnen begroeten.'
Binnen een paar minuten stonden er een stuk of zes vrouwen om Pier heen haar armband te bewonderen terwijl Robert machteloos in de auto zat te tandenknarsen.
'Hij is gek op me,' zei Pier. Ze wendde zich naar Robert. 'Waar of niet, *caro*?'
Robert kon haar wel wurgen, maar hij kon niets doen. 'Ja,' zei hij. 'Kunnen we nu gaan, Pier?'
'Direct.'
'*Nu!*' zei Robert.
'Goed dan.' Pier wendde zich tot de vrouwen. 'We moeten nu weg. We hebben een belangrijke afspraak. *Ciao!*'
'*Ciao!*'
Pier ging naast Robert zitten en de vrouwen keken toe terwijl ze wegreden.
Pier zei opgewekt: 'Het zijn oude vriendinnen.'
'Geweldig. Waar is het huis van je moeder?'
'O, ze woont niet in de stad.'
'*Wat?*'
'Ze woont buiten de stad in een klein boerderijtje, een halfuur rijden hiervandaan.'

Het boerderijtje lag aan de zuidrand van Napels. Het was een oud stenen huis dat een eindje van de weg vandaan lag.
'Daar is het!' riep Pier uit. 'Is het niet mooi?'
'Ja.' Het beviel Robert dat het huis een eind van het centrum van de stad vandaan lag. Niemand zou reden hebben hem hier te komen zoeken. *Pier had gelijk. Het was een perfect onderduikadres.*
Ze liepen naar de voordeur, maar voordat ze er waren, zwaaide hij open en Piers moeder stond in de deuropening tegen hen te glimlachen. Ze was een oudere uitgave van haar dochter, mager en grijsharig en met een gerimpeld, door zorgen getekend gezicht.
'Pier, *cara! Mi sei mancata!*'
'Ik heb u ook gemist, mama. Dit is de vriend over wie ik u in ons telefoongesprek verteld heb dat ik hem zou meebrengen.'
Mama vertrok geen spier van haar gezicht. 'Ah, *si*, u bent welkom, meneer...?'

'Jones,' zei Robert.
'Kom binnen, kom binnen.'
Ze gingen de huiskamer binnen. Het was een grote, comfortabele en huiselijke kamer die vol stond met meubels.
Een jongen van voor in de twintig kwam de kamer binnen. Hij was klein en donker en had een mager, nors gezicht en broeierige, bruine ogen. Hij droeg een spijkerbroek en een jasje waarop de naam Diavoli Rossi genaaid was. Zijn gezicht lichtte op toen hij zijn zuster zag. 'Pier!'
'Hallo, Carlo.' Ze omhelsden elkaar.
'Wat doe je hier?'
'We komen een paar dagen op bezoek.' Ze wendde zich naar Robert. 'Dit is mijn broer, Carlo. Carlo, dit is meneer Jones.'
'Hallo. Carlo.'
Carlo taxeerde Robert. 'Hallo.'
Mama zei: 'Ik zal een mooie slaapkamer achter in het huis voor jullie geliefden in orde maken.'
Robert zei: 'Als u er geen bezwaar tegen hebt... dat wil zeggen, als u nog een slaapkamer hebt, zou ik liever een kamer voor mezelf hebben.'
Er viel een pijnlijke stilte. Ze staarden Robert alle drie aan.
Mama wendde zich tot Pier. *'Omosessuale?'*
Pier haalde haar schouders op. *Ik weet het niet.* Maar ze was er zeker van dat hij *niet* homoseksueel was.
Mama keek Robert aan. 'Zoals u wilt.'
Ze omhelsde Pier weer. 'Ik ben zo blij dat ik je zie. Kom mee naar de keuken dan ga ik koffie voor ons zetten.'
In de keuken riep mama uit: '*Benissimo!*' Hoe heb je hem ontmoet? Hij ziet er rijk uit. En die armband die je draagt, moet een vermogen gekost hebben. Hemeltjelief! Vanavond ga ik een grote maaltijd klaarmaken. Ik ga alle buren uitnodigen zodat ze allemaal kennis kunnen maken met je nieuwe...'
'Nee, mama. Dat moet u niet doen.'
'Maar, *cara*, waarom zouden we het nieuws dat je zo'n geluk hebt gehad niet bekendmaken? Al onze vrienden zullen heel blij zijn.'
'Mama, meneer Jones wil alleen maar een paar dagen uitrusten. Geen feest. Geen buren.'
Mama zuchtte. 'Goed dan. Zoals je wilt.'
Ik zal ervoor zorgen dat hij uit de buurt van het huis gearresteerd wordt, zodat mama er niet door van streek raakt.

Carlo was de armband ook opgevallen. 'Die armband. Dat zijn echte smaragden, hè? Hebt u die voor mijn zuster gekocht?'

De jongen had iets in zijn houding dat Robert niet beviel. 'Vraag het haar zelf.'
Pier en mama kwamen de keuken uit. Mama keek Robert aan. 'Weet u zeker dat u niet bij Pier wilt slapen?'
Robert was in verlegenheid gebracht. 'Dank u. Nee.'
Pier zei: 'Ik zal je je slaapkamer laten zien.' Ze leidde hem naar het achterdeel van het huis naar een grote, comfortabele slaapkamer met een dubbel bed dat midden in de kamer stond.
'Robert, ben je bang voor wat mama zou denken als we bij elkaar zouden slapen? Ze weet wat ik doe.'
'Dat is het niet,' zei Robert. 'Het is...' Hij kon het op geen enkele manier uitleggen. Het spijt me, ik...'
Piers stem klonk koud. 'Laat maar.'
Ze voelde zich onredelijk beledigd. Hij had nu al tweemaal geweigerd met haar te slapen. *Het is zijn verdiende loon dat ik hem aan de politie uitlever,* dacht ze. Toch knaagde er een licht schuldgevoel aan haar. Hij was echt heel aardig. Maar vijftigduizend dollar was vijftigduizend dollar.

Mama was spraakzaam tijdens de maaltijd, maar Pier, Robert en Carlo zwegen en waren in gedachten verzonken.
Robert was druk bezig met het uitwerken van zijn vluchtplan. *Morgen,* dacht hij, *ga ik naar de haven om een schip te zoeken waarmee ik Italië kan verlaten.*
Pier dacht aan het telefoongesprek dat ze van plan was te gaan voeren. *Ik zal vanuit de stad bellen zodat de politie het gesprek niet naar hier zal kunnen traceren.*
Carlo bestudeerde de vreemdeling die zijn zuster naar huis had meegebracht. *Hij moest een gemakkelijk slachtoffer zijn.*
Toen ze gegeten hadden, gingen de twee vrouwen naar de keuken. Robert was alleen met Carlo.
'U bent de eerste man die mijn zuster ooit mee naar huis heeft genomen,' zei Carlo. 'Ze moet u heel aardig vinden.'
'Ik vind haar ook heel aardig.'
'Echt waar? Gaat u voor haar zorgen?'
'Ik denk dat je zuster wel voor zichzelf kan zorgen.'
Carlo grijnsde. 'Ja, dat weet ik.' De vreemdeling tegenover hem was goedgekleed en kennelijk rijk. Waarom logeerde hij hier terwijl hij in een sjiek hotel had kunnen logeren? De enige reden die Carlo kon bedenken, was dat de man zich schuilhield. En dat leidde tot een interessante conclusie. Wanneer een rijke man zich schuilhield, was er op een of

andere manier geld aan de situatie te verdienen.
'Waar komt u vandaan?' vroeg Carlo.
'Ik kom nergens in het bijzonder vandaan,' zei Robert vriendelijk. 'Ik reis veel.'
Carlo knikte. 'Op zo'n manier.' *Ik zal van Pier te weten komen wie hij is. Iemand zal waarschijnlijk een hoop geld voor hem betalen en Pier en ik kunnen het delen.*
'Bent u zakenman?' vroeg Carlo.
'Ik heb me teruggetrokken.'
Het zal niet moeilijk zijn deze man tot praten te dwingen, concludeerde Carlo. Lucca, de leider van de Diavoli Rossi, zou zijn weerstand heel snel gebroken hebben.
'Hoelang blijft u bij ons?'
'Dat is moeilijk te zeggen.' De nieuwsgierigheid van de jongen begon op zijn zenuwen te werken.
Pier en haar moeder kwamen uit de keuken.
'Wilt u nog koffie?' vroeg mama.
'Nee, dank u. Dat was een heerlijke maaltijd.'
Mama glimlachte. 'Dat was niets. Morgen zal ik een feestmaal voor u bereiden.'
'Goed.' Dan zou hij al weg zijn. Hij stond op. 'Als u het niet erg vindt, ik ben nogal moe en ik zou graag naar bed willen.'
'Natuurlijk,' zei mama. 'Welterusten.'
'Welterusten.'
Ze keken Robert na terwijl hij naar de slaapkamer liep.
Carlo grijnsde. 'Hij vindt je niet goed genoeg om met hem te slapen, hè?'
De opmerking kwetste Pier en dat was ook de bedoeling. Het zou haar niet hebben kunnen schelen als Robert homoseksueel was geweest, maar ze had hem met Susan horen praten en ze wist beter. *Ik zal de stronzo eens wat laten zien.*
Robert lag in bed na te denken over zijn volgende stap. Hij zou wat tijd winnen door het dwaalspoor dat hij had gelegd met de zender die in de creditcard verborgen was geweest, maar hij hechtte er niet te veel waarde aan. Ze zouden de rode vrachtwagen nu langzamerhand wel ingehaald hebben. De mannen die hem achtervolgden waren meedogenloos en slim. Waren de leiders van de regeringen van de grootmachten betrokken bij het in de doofpot stoppen van de affaire? vroeg Robert zich af. Of was het een organisatie binnen een organisatie, een kliek binnen de wereld van de inlichtingendiensten die op eigen houtje illegaal handelde? Hoe meer Robert erover nadacht, hoe waarschijnlijker het hem leek dat de staatshoofden zich niet bewust zouden zijn van wat er gaande was. Er

kwam plotseling een gedachte bij hem op. Het had hem altijd vreemd geleken dat admiraal Whittaker plotseling als hoofd van de Marine-inlichtingendienst was gepensioneerd en overgeplaatst naar een soort Siberië. Maar als iemand hem uit zijn functie had weten te wippen omdat ze wisten dat hij nooit aan de samenzwering zou meedoen, begon het allemaal verklaarbaar te worden. *Ik moet contact opnemen met de admiraal,* dacht Robert. Hij was de enige die hij kon vertrouwen en de enige die achter de waarheid kon komen. *Morgen,* dacht hij. *Morgen.* Hij sloot zijn ogen en viel in slaap.

Hij werd wakker van het gepiep van de deur van de slaapkamer. Hij ging rechtop in bed zitten en was onmiddellijk klaarwakker. Iemand kwam naar het bed toe. Robert spande zijn spieren, gereed om te springen. Toen rook hij haar parfum en hij voelde dat ze zich naast hem in bed liet glijden.

'Pier... Wat doe...'

'Sst.' Ze drukte haar lichaam tegen het zijne. Ze was naakt. 'Ik voelde me eenzaam,' fluisterde ze. Ze vlijde zich dichter tegen hem aan.

'Het spijt me Pier, ik... ik kan niets voor je doen.'

Pier zei: 'Nee? Laat mij dan iets voor jou doen.' Ze sprak met zachte stem.

'Het heeft geen zin. Het lukt je niet.' Robert voelde een diepe frustratie. Hij wilde hun allebei besparen dat ze in verlegenheid zouden raken door wat niet ging gebeuren.

'Vind je me niet aantrekkelijk, Robert? Vind je niet dat ik een mooi lichaam heb?'

'Ja.' En dat had ze ook. Hij voelde de warmte van haar lichaam dat ze nog dichter tegen hem aan drukte.

Ze streelde hem zachtjes en liet haar vingers lichtjes over zijn borst op en neer lopen in de richting van zijn kruis.

Hij moest haar tegenhouden voordat het vernederende fiasco zich zou herhalen. 'Pier, ik kan de liefde niet bedrijven. Ik heb al niet meer met een vrouw kunnen slapen sinds... lange tijd.'

'Je hoeft niets te doen, Robert,' zei ze. 'Ik wil alleen maar spelen. Vind je het leuk als er met je gespeeld wordt?'

Hij voelde niets. *Die vervoekte Susan!* Hij was niet alleen haar kwijtgeraakt, maar ze had ook een deel van zijn mannelijkheid afgepakt.

Pier gleed nu over zijn lichaam naar beneden. 'Draai je om,' zei ze.

'Het heeft geen zin, Pier. Ik...'

Ze draaide hem op zijn buik en hij lag daar Susan en zijn impotentie te vervloeken. Hij voelde Piers tong over zijn rug bewegen met kleine, subtiele cirkelbewegingen, steeds lager en lager. Haar vingers gleden zachtjes over zijn huid.

'Pier...'
'Sst.'
Hij voelde haar tong steeds verder naar beneden bewegen en hij begon opgewonden te raken. Hij begon te bewegen.
'Sst. Blijf stilliggen.'
Haar tong was zacht en warm en hij voelde haar borsten over zijn huid glijden. Zijn hartslag werd sneller. *Ja,* dacht hij. *Ja! O ja!* Zijn erectie groeide tot hij steenhard was en toen hij het niet langer kon uithouden, greep hij Pier vast en legde haar op haar rug.
Ze voelde hem en zei hijgend: 'Mijn God, wat heb je een grote. Ik wil dat je in me komt.'
Een ogenblik later drong Robert bij haar binnen. Hij begon op en neer te bewegen en het was alsof hij herboren was. Pier was ervaren en wild en Robert genoot van de fluwelen zachtheid van haar donkere holte. Ze bedreven die nacht driemaal de liefde tot ze eindelijk in slaap vielen.

Achttiende Dag
Napels, Italië

In de ochtend, toen het bleke licht door het raam viel, werd Robert wakker. Hij drukte Pier dicht tegen zich aan en zei: 'Dank je.'
Pier glimlachte ondeugend. 'Hoe voel je je?'
'Heerlijk,' zei Robert. En dat klopte ook.
Pier vlijde zich tegen hem aan. 'Je bent een beest!'
Robert grijnsde. 'Je bent goed voor mijn ego,' zei hij.
Pier ging rechtop zitten en zei ernstig: 'Je bent toch geen drugssmokkelaar, hè?'
Het was een naïeve vraag. 'Nee.'
'Maar Interpol zoekt je.'
Dat leek er meer op. 'Ja.'
Haar gezicht lichtte op. 'Ik weet het! Je bent een spion!' Ze was zo opgewonden als een kind.
Robert moest lachen. 'O ja?' En hij dacht: *Een schot in de roos...*
'Geef het maar toe,' drong Pier aan. 'Je bent een spion, hè?'
'Ja,' zei Robert ernstig. 'Ik ben een spion.'
'Ik wist het!' Piers ogen glinsterden. 'Kun je me wat geheimen vertellen?'
'Wat voor geheimen?'
'Je weet wel, spionnengeheimen... codes en dat soort dingen. Ik lees graag spionageromans. Ik lees ze heel vaak.'
'Echt waar?'
'O ja! Maar dat zijn maar verzonnen verhalen. Jij weet hoe het in

werkelijkheid toegaat. Jij weet bijvoorbeeld wat voor signalen ze gebruiken. Mag je me daar iets over vertellen?'
Robert zei ernstig: 'Tja, ik zou het eigenlijk niet moeten doen, maar ik veronderstel dat één voorbeeld geen kwaad kan.' *Wat kan ik haar vertellen dat ze zal geloven?* 'Je hebt de bekende truc met de rolgordijnen.'
Haar ogen waren wijd opengesperd. 'De bekende truc met de rolgordijnen?'
'Ja.' Robert wees naar een raam in de slaapkamer. 'Als alles onder controle is, laat je de rolgordijnen omhoog. Maar als er moeilijkheden zijn, laat je één rolgordijn zakken. Dat is het waarschuwingsteken voor je collega dat hij moet wegblijven.'
Pier zei opgewonden: 'Dat is prachtig! Dat heb ik nog nooit in een boek gelezen.'
'Dat zal ook niet gebeuren,' zei Robert. 'Het is erg geheim.'
'Ik zal het tegen niemand vertellen,' beloofde Pier. 'Wat nog meer?'
Wat nog meer? Robert dacht een ogenblik na. 'Dan is er nog de truc met de telefoon.'
Pier vlijde zich dichter tegen hem aan. 'Vertel me daar eens over.'
'Eh... laten we zeggen dat een collega-spion je belt om te vragen of alles in orde is. Hij vraagt naar Pier. Als alles in orde is, zeg je: "Met Pier." Maar als er een probleem is, zeg je: "U bent verkeerd verbonden." '
'Dat is prachtig!' riep Pier uit.
Mijn instructeurs op de Boerderij zouden een hartverlamming krijgen als ze me deze nonsens hoorden uitkramen.
'Kun je me nog iets anders vertellen?' vroeg Pier.
Robert lachte. 'Ik denk dat dit genoeg geheimen zijn voor één ochtend.'
'Goed.' Ze streek met haar lichaam langs het zijne.
'Wil je een douche nemen?' vroeg Pier.
'Heel graag.'
Ze zeepten elkaar onder het warme water in en toen Pier Roberts benen spreidde en hem begon te wassen, kreeg hij weer een erectie.
Ze bedreven de liefde onder de douche.
Terwijl Robert zich aankleedde, trok Pier een kamerjas aan en zei: 'Ik zorg voor het ontbijt.'

Carlo wachtte op haar in de eetkamer.
'Vertel me eens over je vriend,' zei hij.
'Wat wil je over hem weten?'
'Waar heb je hem ontmoet?'
'In Rome.'
'Hij moet erg rijk zijn om die armband voor je te kunnen kopen.'

Ze haalde haar schouders op. 'Hij vindt me aardig.'
Carlo zei: 'Weet je wat ik denk? Ik denk dat je vriend ergens voor op de vlucht is. Als we dat aan de juiste persoon vertellen, zou er wel eens een grote beloning in kunnen zitten.'
Pier liep naar haar broer toe met vuur schietende ogen. 'Houd je hier buiten, Carlo.'
'Dus, hij *is* op de vlucht.'
'Luister, jij kleine *piscialetto*, ik waarschuw je... bemoei je met je eigen zaken.' Ze was niet van plan de beloning met iemand anders te delen.
Carlo zei verwijtend: 'Zusje, je wilt alles alleen hebben.'
'Nee. Je begrijpt het niet, Carlo.'
'Nee?'
Pier zei ernstig: 'Ik zal je de waarheid vertellen. Meneer Jones is op de vlucht voor zijn vrouw. Ze heeft een privé-detective gehuurd om hem te vinden. Dat is alles.'
Carlo glimlachte. 'Waarom heb je me dat niet eerder verteld? Dan is het niets bijzonders. Ik zal het maar vergeten.'
'Goed,' zei Pier.
Carlo dacht: *Ik moet erachter komen wie hij echt is*.

Janus was aan de telefoon. 'Is er al nieuws?'
'We weten dat commandant Bellamy in Napels is.'
'Heb je daar mensen?'
'Ja. Ze zijn nu naar hem op zoek. We hebben een aanknopingspunt. Hij reist samen met een prostituée die familie in Napels heeft. We denken dat ze daarnaar toe zijn gegaan. We trekken dat verder na.'
'Houd me op de hoogte.'

In Napels was het Bureau voor de Burgerlijke Stand druk bezig uit te zoeken waar Pier Valli's moeder woonde.
Een twaalftal veiligheidsagenten en het politiekorps van Napels zochten de hele stad af naar Robert.
Carlo was druk bezig met zijn eigen plannen met betrekking tot Robert.
Pier maakte aanstalten Interpol opnieuw te bellen.

42

Het gevaar hing bijna tastbaar in de lucht en Robert had het gevoel alsof hij zijn hand maar hoefde uit te steken om het te kunnen aanraken. De haven was een bijenkorf van activiteit en vrachtschepen werden in hoog tempo gelost en geladen. Maar er kwam nog iets anders bij: politieauto's reden op de kade op en neer en geüniformeerde politiemannen en mannen die er duidelijk als rechercheurs uitzagen, waren havenarbeiders en zeelui aan het ondervragen. De geconcentreerde klopjacht was een volslagen verrassing voor Robert. Het was bijna alsof ze wisten dat hij in Napels was, want het was onmogelijk dat ze in alle grote Italiaanse steden zo'n intensieve speurtocht naar hem hielden. Hij nam zelfs niet de moeite uit de auto te stappen. Hij keerde en reed van de haven vandaan. Wat volgens hem een gemakkelijk uitvoerbaar plan zou zijn – aan boord gaan van een vrachtschip met Frankrijk als bestemming – was nu te gevaarlijk geworden. Op een of andere manier was het hun gelukt zijn spoor hierheen te volgen. Hij ging nog eens na welke keuzen hij had. Het was te riskant om per auto te reizen. Er zouden nu overal om de stad heen wegversperringen zijn. De havens werden bewaakt. Dat betekende dat het treinstation en het vliegveld ook in de gaten gehouden zouden worden. Het net werd langzaam om hem heen aangetrokken.
Robert dacht aan Susans aanbod. *'We bevinden ons vlak voor de kust van Gibraltar. We kunnen omkeren en je komen halen, waar je ook bent. Het is waarschijnlijk je enige kans om te ontsnappen.'*
Hij wilde Susan niet in gevaar brengen en toch kon hij geen enkel alternatief bedenken. Het was de enige uitweg uit de val waarin hij zat. Ze zouden op een privé-jacht niet naar hem zoeken. *Als ik een manier kan vinden om op de Halcyon te komen,* dacht hij, *kunnen ze me voor de kust van Marseille afzetten en kan ik op eigen houtje aan land komen. Op die manier zullen ze geen gevaar lopen.*
Hij parkeerde de auto voor een restaurantje in een zijstraat en ging naar binnen om te bellen. Binnen vijf minuten had hij verbinding met de *Halcyon.*
'Mevrouw Banks, alstublieft.'
'Wie kan ik zeggen dat er belt?'

Monte heeft verdomme een butler op het jacht om de telefoon aan te nemen. 'Zeg maar een oude vriend.'
Een minuut later hoorde hij Susans stem. 'Robert... ben jij dat?'
'Het lastpak weer.'
'Ze... ze hebben je toch niet gearresteerd, hè?'
'Nee, Susan.' Het was moeilijk voor hem de vraag te stellen. 'Is je aanbod nog steeds van kracht?'
'Natuurlijk. Wanneer...'
'Kun je vanavond Napels bereiken?'
Susan aarzelde. 'Ik weet het niet. Wacht even.' Robert hoorde haar op de achtergrond praten. Susan kwam weer aan de telefoon. 'Monte zegt dat we een motordefect hebben, maar we kunnen over twee dagen in Napels zijn.'
Verdomme. Iedere dag dat hij hier langer bleef, werd de kans groter dat hij gepakt zou worden. 'Goed. Dat is prima.'
'Hoe vinden we je?'
'Ik neem contact met je op.'
'Robert, wees alsjeblieft voorzichtig.'
'Dat probeer ik. Echt waar.'
'Je zorgt er toch voor dat je niets overkomt?'
'Ja, ik zorg ervoor dat me niets overkomt.' *En jou ook niet.*
Toen Susan de hoorn op de haak legde, draaide ze zich naar haar echtgenoot toe en glimlachte. 'Hij komt aan boord.'

Een uur later overhandigde Francesco Cesar kolonel Frank Johnson in Rome een telegram. Het was afkomstig van de *Halcyon*. De tekst luidde: BELLAMY KOMT AAN BOORD HALCYON. HOUD JULLIE OP DE HOOGTE. Het was ongetekend.
'Ik heb ervoor gezorgd dat alle communicatie vanaf en naar de *Halcyon* wordt gecontroleerd,' zei Cesar. 'Zodra Bellamy aan boord gaat, hebben we hem te pakken.'

43

Hoe langer Carlo Valli erover nadacht, hoe meer hij ervan overtuigd raakte dat hij op het punt stond een grote slag te slaan. Piers sprookje dat de Amerikaan op de vlucht was voor zijn vrouw, was een lachertje. Meneer Jones was inderdaad op de vlucht, maar hij was op de vlucht voor de politie. Er stond waarschijnlijk een beloning op zijn hoofd. Misschien wel een grote beloning. Dit moest hij heel voorzichtig aanpakken. Carlo besloot de zaak te bespreken met Mario Lucca, de leider van de *Diavoli Rossi*.
Carlo stapte vroeg in de ochtend op zijn Vespa-scooter en reed naar de Via Sorcello, achter de Piazza Garibaldi. Hij stopte voor een vervallen flatgebouw en drukte op de bel van een gebroken brievenbus waarop 'Lucca' stond.
Een ogenblik later schreeuwde een stem: 'Wie is daar verdomme?'
'Carlo. Ik moet je spreken, Mario.'
'Ik hoop voor jou dat je me om deze tijd van de ochtend niet voor iets onbelangrijks stoort. Kom maar boven.'
De zoemer van de deur ging en Carlo liep naar boven.
Mario Lucca stond naakt in de deuropening. Carlo zag aan de andere kant van de kamer een meisje in zijn bed liggen.
'Che cosa? Waarom ben je in godsnaam zo vroeg op?'
'Ik kon niet slapen, Mario. Ik ben te opgewonden. Ik denk dat ik iets groots op het spoor ben.'
'Ja? Kom binnen.'
Carlo liep het kleine, rommelige appartement binnen. 'Gisteravond heeft mijn zuster een man mee naar huis genomen.'
'En? Pier is een hoer. Ze...'
'Ja, maar dit is een rijke man. En hij houdt zich schuil.'
'Voor wie houdt hij zich schuil?'
'Dat weet ik niet. Maar ik kom er nog wel achter. Ik denk dat er een beloning op zijn hoofd staat.'
'Waarom vraag je het niet aan je zuster?'
Carlo fronste zijn wenkbrauwen. 'Pier wil het allemaal voor zichzelf houden. Je moest die armband eens zien die hij voor haar heeft gekocht... smaragden.'

'Een armband. Ja? Hoeveel is hij waard?'
'Dat hoor je nog wel. Ik ga hem vanmorgen verkopen.'
Lucca bleef peinzend staan. 'Ik zal je zeggen wat we gaan doen, Carlo. Laten we eens met de vriend van je zuster gaan praten. Laten we hem oppikken en nog vanmorgen meenemen naar de club.' De club was een leeg pakhuis in het Quartiere Sanità waarin een geluiddichte kamer was. Carlo glimlachte. *'Bene.* Ik kan hem daar gemakkelijk genoeg naar toe krijgen.'
'We zullen op hem wachten,' zei Lucca. 'We gaan een praatje met hem maken. Ik denk dat hij ons graag de waarheid zal vertellen.'

Toen Carlo in het huis terugkwam, was meneer Jones verdwenen. Carlo raakte in paniek.
'Waar is je vriend naar toe?' vroeg hij Pier.
'Hij zei dat hij even naar de stad moest. Hij komt weer terug. Waarom?' Hij forceerde een glimlach. 'Alleen maar nieuwsgierigheid.'
Carlo wachtte tot zijn moeder en Pier in de keuken de lunch gingen klaarmaken en haastte zich toen Piers kamer binnen. Hij vond de armband onder wat ondergoed in een lade van het dressoir. Hij stak hem snel in zijn zak en wilde net de deur uitgaan toen zijn moeder de keuken uit kwam.
'Carlo, blijf je niet voor de lunch?'
'Nee. Ik heb een afspraak, mama. Ik kom later terug.'
Hij stapte op zijn Vespa en reed naar het Quartiere Spagnolo. *Misschien is de armband namaak,* dacht hij. *Het zouden imitatiesmaragden kunnen zijn. Ik hoop dat ik tegenover Lucca niet voor gek kom te staan.* Hij parkeerde de scooter voor een kleine juwelierszaak met een uithangbord waarop stond: '*Orologeria*'. De eigenaar, Gambino, was een bejaarde, verschrompelde man met een slechtpassende pruik en een vals gebit. Hij keek op toen Carlo binnenkwam.
'Goedemorgen, Carlo. Je bent vroeg op straat.'
'Ja.'
'Wat heb je vandaag voor me?'
Carlo haalde de armband te voorschijn en legde hem op de toonbank.
'Dit.'
Gambino pakte hem op. Terwijl hij hem bestudeerde, werden zijn ogen groot. 'Waar heb je dit vandaan?'
'Een rijke tante van me is gestorven en heeft me de armband nagelaten. Is hij iets waard?'
'Dat zou kunnen,' zei Gambino.
'Neem me niet in de zeik.'

Gambino keek gekwetst. 'Heb ik je ooit bedrogen?'
'Altijd.'
'Jullie jongens maken altijd grappen. Ik zal je vertellen wat ik ga doen. Ik weet niet zeker of ik dit alleen kan afhandelen. Hij is heel waardevol.'
Carlo's hart miste een slag. 'Echt?'
'Ik zal moeten kijken of ik hem ergens kwijt kan. Ik bel je vanavond.'
'Oké,' zei Carlo. Hij griste de armband van de toonbank. 'Ik houd hem bij me tot ik wat van je hoor.'
Carlo was in de wolken toen hij de winkel uit liep. Hij had dus gelijk gehad. De sukkel was rijk en hij was ook gek. *Waarom zou iemand een hoer anders een dure armband geven?*
In de winkel keek Gambino Carlo na. Hij dacht: *Waar hebben die idioten zich nu mee ingelaten?* Hij haalde een circulaire onder de toonbank vandaan die aan alle pandjeshuizen was toegezonden. Er stond een beschrijving in van de armband die hij net had gezien, maar onderaan stond in plaats van het gebruikelijke nummer van de politie een speciale aantekening: 'Neem onmiddellijk contact op met de SIFAR.' Gambino zou een gewone politiecirculaire hebben genegeerd, zoals hij in het verleden al honderden keren had gedaan, maar hij wist genoeg over de SIFAR om ervan doordrongen te zijn dat niemand hen ooit straffeloos kon bedriegen. Hij haatte het om de winst op de armband te moeten verliezen, maar hij was niet van plan zijn nek in de strop te steken. Aarzelend pakte hij de telefoon en draaide het nummer dat op de circulaire stond.

44

Het was het seizoen van de angst, van rondcirkelende, dodelijke schaduwen. Jaren geleden was Robert op een missie naar Borneo gestuurd en achter een verrader aan diep de jungle in getrokken. Het was in oktober geweest, tijdens *musim takoot*, het traditionele koppensnellersseizoen waarin de inboorlingen in angst leefden voor *Balli Salang*, de geest die achter mensen aan zat om hun bloed te drinken. Het was een seizoen waarin werd gemoord en nu was Napels voor Robert plotseling de jungle van Borneo geworden. De dood hing in de lucht. *Zorg ervoor dat je je niet laat verrassen,* dacht Robert. *Ze zullen me eerst te pakken moeten krijgen.* Hoe hadden ze hem hierheen kunnen volgen? *Pier.* Ze moesten hem via Pier gevolgd zijn. *Ik moet terug naar het huis om haar te waarschuwen,* dacht Robert. *Maar eerst moet ik hier vandaan zien te komen.*
Hij reed naar de rand van de stad tot aan het begin van de autostrada in de hoop dat de weg als door een wonder veilig zou zijn. Vijfhonderd meter voordat hij de weg bereikte, zag hij de wegversperring van de politie. Hij keerde en reed terug naar het centrum van de stad.
Robert reed langzaam en geconcentreerd en verplaatste zich in de gedachten van zijn achtervolgers. Ze zouden alle vluchtroutes uit Italië geblokkeerd hebben. Ieder schip dat het land verliet zou doorzocht worden. Plotseling kwam er een plan in zijn hoofd op. Ze zouden geen reden hebben schepen te doorzoeken die Italië *niet* verlieten. *Het is een kans,* dacht Robert. Hij zette weer koers naar de haven.

De kleine bel boven de deur van de juwelierszaak rinkelde en Gambino keek op. Twee mannen in zwarte kostuums kwamen binnen. Het waren geen klanten.
'Kan ik u helpen?'
'Meneer Gambino?'
Hij ontblootte zijn valse tanden in een glimlach. 'Ja.'
'U hebt gebeld over een armband?'
SIFAR. Hij had hen verwacht. Maar deze keer stond hij aan de goede kant. 'Dat klopt. Als vaderlandslievend burger beschouwde ik het als mijn plicht om...'

'Niet lullen. Wie heeft de armband hier gebracht?'
'Een jongeman die Carlo heet.'
'Heeft hij de armband achtergelaten?'
'Nee, hij heeft hem meegenomen.'
'Wat is Carlo's achternaam?'
Gambino bracht één schouder omhoog. 'Ik ken zijn achternaam niet. Hij is een van de jongens van de *Davioli Rossi*. Dat is een van onze lokale benden die wordt geleid door een jongeman die Lucca heet.'
'Weet u waar we die Lucca kunnen vinden?'
Gambino aarzelde. Als Lucca erachter kwam dat hij had gepraat, zou hij zijn tong laten afsnijden, maar als hij deze mannen niet vertelde wat ze wilden weten, zouden ze hem zijn hersens inslaan. 'Hij woont op de Via Sorcella, achter de Piazza Garibaldi.'
'Dank u, meneer Gambino. U hebt ons goed geholpen.'
'Ik ben altijd blij als ik kan samenwerken met...'
De mannen waren al weg.

Lucca lag in bed met zijn vriendin toen de twee mannen de deur van zijn appartement openduwden.
Lucca sprong uit bed. 'Wat is dit verdomme? Wie zijn jullie?'
Een van hen haalde zijn identiteitsbewijs te voorschijn.
SIFAR! Lucca slikte. 'Hé, ik heb niets verkeerds gedaan. Ik ben een gezagsgetrouwe burger die...'
'Dat weten we, Lucca. We zijn niet in jou geïnteresseerd. We zijn geïnteresseerd in een jongen die Carlo heet.'
Carlo. Dus daar gaat het om. Die vervloekte armband! Wat had Carlo zich in vredesnaam op zijn hals gehaald? SIFAR stuurde er geen mensen op uit om naar gestolen sieraden te zoeken.
'En... ken je hem of niet?'
'Misschien.'
'Als je er niet zeker van bent, zullen we op het hoofdkwartier je geheugen opfrissen.'
'Wacht! Ik herinner het me nu weer,' zei Lucca. 'U moet Carlo Valli bedoelen. Wat is er met hem?'
'We willen hem graag spreken. Waar woont hij?'
Ieder lid van de *Diavoli Rossi* moest een eed van trouw afleggen waarin ze zwoeren dat ze eerder zouden sterven dan een medebendelid te verraden. Daardoor was de *Diavoli Rossi* zo'n fantastische bende. Ze steunden elkaar. Eén voor allen en allen voor één.
'Wil je een ritje naar het centrum maken?'
'Waarom?' Lucca haalde zijn schouders op. Hij gaf hun Carlo's adres.

Dertig minuten later opende Pier de deur en zag twee vreemden staan.
'Signorina Valli?'
Moeilijkheden. 'Ja.'
'Mogen we binnenkomen?'
Ze wilde nee zeggen, maar ze durfde niet. 'Wie bent u?'
Een van de mannen haalde een portefeuille te voorschijn en liet een identiteitsbewijs zien. *SIFAR.* Dit waren niet de mensen met wie ze een overeenkomst had gesloten. Pier raakte in paniek bij de gedachte dat ze haar de beloning afhandig zouden maken.
'Wat wilt u van me?'
'We willen u graag een paar vragen stellen.'
'Ga uw gang. Ik heb niets te verbergen.' *God zij dank,* dacht Pier, *dat Robert er niet is. Ik kan nog steeds onderhandelen.*
'U bent gisteren met de auto uit Rome gekomen, hè.' Het was geen vraag.
'Ja. Is dat tegen de wet? Heb ik te hard gereden?'
De man glimlachte. Zijn gelaatsuitdrukking veranderde er niet in het minst door. 'U had iemand bij u?'
Pier antwoordde voorzichtig: 'Ja.'
'Wie was hij, *signorina*?'
Ze haalde haar schouders op. 'Een of andere man die ik langs de weg heb opgepikt. Hij wilde een lift naar Napels.'
De tweede man vroeg: 'Is hij hier nu bij u?'
'Ik weet niet waar hij is. Ik heb hem afgezet toen we de stad binnenkwamen en hij verdween.'
'Was de naam van uw passagier Robert Bellamy?'
Ze fronste geconcentreerd haar voorhoofd. 'Bellamy? Dat weet ik niet. Ik geloof niet dat hij me heeft verteld hoe hij heet.'
'O, maar we denken dat hij dat wél heeft gedaan. Hij heeft u opgepikt op de Tor di Ounto, u hebt de nacht met hem doorgebracht in het L'Incrocio Hotel en de volgende morgen heeft hij een armband met smaragden voor u gekocht. Hij heeft u naar een paar hotels gestuurd met vliegtickets en treinkaartjes en u hebt een auto gehuurd en bent naar Napels gekomen. Klopt dat?'
Ze weten alles. Pier knikte, terwijl de angst in haar ogen te lezen stond.
'Komt uw vriend terug of is hij uit Napels vertrokken?'
Ze aarzelde terwijl ze overwoog wat het beste antwoord zou zijn. Als ze hun zou vertellen dat Robert de stad had verlaten, zouden ze haar toch niet geloven. Ze zouden hier bij het huis wachten en als hij zou komen opdagen, zouden ze haar ervan beschuldigen dat ze voor hem had gelogen en haar als medeplichtige vasthouden. Ze besloot dat ze maar beter

de waarheid kon vertellen. 'Hij komt terug,' zei Pier.
'Snel?'
'Dat weet ik niet precies.'
'Goed, dan zullen we het ons maar gemakkelijk maken. U hebt er toch geen bezwaar tegen dat we even rondkijken?' Ze deden hun colberts open waardoor hun revolvers zichtbaar werden.
'N...nee.'
Ze verspreidden zich en begonnen door het huis te lopen.
Mama kwam de keuken uit. 'Wie zijn deze mannen?'
'Dat zijn vrienden van meneer Jones,' zei Pier. 'Ze komen hem opzoeken.'
Mama straalde. 'Het is zo'n aardige man. Wilt u misschien meelunchen?'
'Graag, mama,' zei een van de mannen. 'Wat eten we?'

Pier dacht koortsachtig na. *Ik moet Interpol weer bellen,* dacht ze. *Ze hebben gezegd dat ze vijftigduizend dollar zouden betalen.* Intussen moest ze Robert van het huis vandaan zien te houden tot ze haar voorbereidingen had getroffen om hem uit te leveren. Maar hoe? Ze herinnerde zich plotseling hun gesprek van die morgen. *'Als er moeilijkheden zijn, laat je één rolgordijn zakken... om iemand te waarschuwen uit de buurt te blijven.'* De twee mannen zaten aan de eettafel een schaal *capellini* te eten.
'Het licht is hier wat te fel,' zei Pier. Ze stond op, liep de huiskamer binnen en liet één rolgordijn zakken. Toen liep ze terug naar de tafel. *Ik hoop dat Robert zich de waarschuwing herinnert.*

Robert reed naar het huis terwijl hij zijn vluchtplan overdacht. *Het is niet volmaakt,* dacht hij, *maar in ieder geval kan ik ervoor zorgen dat ze mijn spoor lang genoeg kwijt zijn om wat tijd te winnen.* Hij naderde het huis. Toen hij dichterbij kwam, minderde hij snelheid en keek in het rond. Alles leek normaal te zijn. Hij zou Pier waarschuwen dat ze het huis moest verlaten en dan vertrekken. Toen Robert voor het huis wilde parkeren, viel hem iets vreemds op. Eén van de rolgordijnen was neergelaten. De andere waren omhoog. Het was waarschijnlijk toeval, maar toch... Er ging een alarmbel in zijn hoofd af. Zou Pier zijn verhaaltjes serieus opgevat hebben? Was het als een soort waarschuwing bedoeld? Robert drukte op het gaspedaal en reed door. Hij kon het zich niet permitteren zelfs maar het kleinste risico te nemen. Hij reed naar een café dat anderhalve kilometer verderop lag en ging naar binnen om te telefoneren.
Ze zaten aan de eettafel toen de telefoon ging. De mannen verstijfden. Een van hen wilde opstaan.

'Kan het dat Bellamy hierheen belt?'
Pier wierp hem een minachtende blik toe. 'Natuurlijk niet. Waarom zou hij?' Ze stond op en liep naar de telefoon. Ze nam op. 'Hallo?'
'Pier? Ik zag het rolgordijn en...'
Ze hoefde alleen maar te zeggen dat alles in orde was en hij zou naar het huis terugkomen. De mannen zouden hem arresteren en ze kon haar beloning incasseren. Maar zouden ze hem alleen maar arresteren? Ze hoorde Robert nog zeggen: *'De politie heeft orders me te doden als ze me vinden.'*
De mannen aan de tafel keken naar haar. Ze zou met vijftigduizend dollar zoveel kunnen doen. Ze kon mooie kleren kopen, cruises maken, zich een leuk appartementje in Rome aanschaffen... En Robert zou dood zijn. Bovendien haatte ze die klerepolitie. Pier zei: 'U bent verkeerd verbonden.'
Robert hoorde de klik toen er werd opgehangen en bleef verbijsterd staan. Ze had de sterke verhalen geloofd die hij haar had verteld en dat had waarschijnlijk zijn leven gered. *De schat.*
Robert keerde met de auto en reed van het huis vandaan naar de haven, maar in plaats van naar het deel van de haven te gaan waar de vrachtschepen en de oceaanboten die Italië verlieten, gemeerd lagen, reed hij naar de andere kant, langs Santa Lucia, naar een kleine pier waar op een bord boven een kiosk stond: 'Capri en Ischia'. Robert parkeerde de auto op een plek waar hij gemakkelijk gezien kon worden en liep naar de kaartjesverkoper.
'Wanneer vertrekt de volgende boot naar Ischia?'
'Over dertig minuten.'
'En naar Capri?'
'Over vijf minuten.'
'Geef me maar een enkele reis naar Capri.'
'*Si, signore.*'
'Wat is dat voor gelul met je *"si signore"*?' zei Robert met luide stem. 'Waarom spreken jullie geen Engels zoals iedereen?'
De ogen van de man werden groot van schrik.
'Jullie godvergeten macaronivreters zijn allemaal hetzelfde. Dom! Of, zoals jullie zouden zeggen, *stupido.*' Robert schoof de man wat geld toe, greep zijn kaartje en liep naar de draagvleugelboot.
Drie minuten later was hij op weg naar het eiland Capri. De boot voer in het begin langzaam en manoeuvreerde voorzichtig door het kanaal. Toen het vaartuig aan het eind ervan was gekomen, schoot het naar voren en kwam uit het water omhoog als een gracieuze dolfijn. De veerboot was vol toeristen uit diverse landen die er in verschillende talen opgewekt

op los praatten. Niemand besteedde enige aandacht aan Robert. Hij liep naar de kleine bar waar drankjes geserveerd werden. Hij zei tegen de barkeeper: 'Geef me een wodka-tonic.'
'Ja, meneer.'
Hij keek toe terwijl de barkeeper zijn drankje klaarmaakte. 'Alstublieft, *signore*.'
Robert pakte het glas en nam een slok. Hij zette het glas met een klap op de bar. 'Noem je dit verdomme een drankje?' zei hij. 'Het smaakt naar paardepis. Wat is er in jezusnaam met jullie Italianen aan de hand?'
De mensen om hem heen draaiden zich naar hem om en staarden hem aan.
De barkeeper zij stijfjes: 'Het spijt me, *signore*, we gebruiken de beste...'
'Kom me niet met dat gelul aan boord!'
Een Engelsman die vlak bij hem stond, zei uit de hoogte: 'Er zijn vrouwen bij. Waarom let u niet een beetje op uw woorden?'
'Ik hoef niet op mijn woorden te letten,' schreeuwde Robert. 'Weet u wie ik ben? Ik ben commandant Robert Bellamy. En dit noemen ze een boot. Het is een stuk oudroest!'
Hij liep naar de voorsteven en ging zitten. Hij kon de ogen van de andere passagiers in zijn rug voelen branden. Zijn hart bonkte, maar zijn toneelspel was nog niet voorbij.
Toen de boot in Capri aanmeerde, liep Robert naar de kaartjeskiosk bij de ingang van de *funicolare*. Een bejaarde man zat achter het loket kaartjes te verkopen.
'Eén kaartje,' schreeuwde Robert. 'En een beetje vlug! Ik heb niet de hele dag de tijd. Je bent trouwens te oud om kaartjes te verkopen. Je zou thuis moeten blijven. Je vrouw neukt waarschijnlijk met alle buurmannen.'
De oude man werd woedend en wilde opstaan. Voorbijgangers wierpen Robert boze blikken toe. Robert greep zijn kaartje en stapte de drukke *funicolare* in. *Ze zullen me zich herinneren,* dacht hij grimmig. Ik heb een spoor achtergelaten dat niemand over het hoofd kan zien.
Toen de *funicolare* stopte, drong Robert zich tussen de passagiers door. Hij liep naar de kronkelige Via Vittorio Emanuele, naar het Quisisana Hotel.
'Ik wil een kamer hebben,' zei Robert tegen de receptionist achter de balie.
'Dat spijt me,' zei de man, 'maar we zitten helemaal vol.'
Robert overhandigde hem zestigduizend lire. 'Iedere kamer is goed.'
'In dat geval denk ik dat we wel wat voor u hebben, *signore*. Wilt u zich alstublieft inschrijven?'

Robert tekende met zijn naam: Commandant Robert Bellamy.
'Hoelang blijft u bij ons, commandant?'
'Een week.'
'Dat is uitstekend. Mag ik uw paspoort?'
'Dat zit in mijn bagage. Ik heb het over een paar minuten voor u.'
'Ik zal u door een piccolo naar uw kamer laten brengen.'
'Niet nu. Ik moet nog even naar buiten. Ik ben zo terug.'
Robert liep de hal uit en de straat op. Herinneringen overspoelden hem als een golf ijskoud water. Hij was hier met Susan geweest en ze hadden samen de kleine zijstraatjes verkend en over de Via Ignazio Cerio en de Via Li Campo gewandeld. Het was een magische tijd geweest. Ze hadden de Grotta Azzurra bezocht en 's morgens koffie gedronken op de Piazza Umberto. Ze hadden de *funicolare* naar Anacapri genomen en waren op ezels naar de Villa Jovis, de villa van Tiberius, gereden en ze hadden gezwommen in het smaragdgroene water van de Marina Piccola. Ze hadden gewinkeld op de Via Emanuele en de stoeltjeslift naar de top van de Monte Solaro genomen terwijl hun voeten over de bladeren van de wijnstokken en de lommerrijke bomen scheerden. Aan hun rechterkant zagen ze de huizen die over de helling van de heuvel uitgestrooid lagen tot aan de zee en het bloeiende, gele bezemkruid dat de bodem bedekte. Het was een elf minuten durende tocht door een sprookjesland van groene bomen en witte huizen met in de verte de blauwe zee. Op de top hadden ze koffie gedronken in het Barbarossa Ristorante en daarna waren ze het kerkje in Anacapri binnengegaan om God te danken voor al zijn goede gaven en voor elkaar. Robert had toen gedacht dat de magie van Capri uitging. Hij had zich vergist. De magie was van Susan uitgegaan en de magiër had het toneel verlaten.
Robert ging terug naar het *funicolare*-station op de Piazza Umberto, nam de tram nar beneden en mengde zich onopvallend onder de andere passagiers. Toen de *funicolare* onder aan de berg was aangekomen, liep hij kalm naar buiten waarbij hij de kaartjesverkoper zorgvuldig vermeed. Hij liep naar de kiosk bij de afmeerplaats van de boot. Met een zwaar Spaans accent vroeg Robert: *'A qué hora sale el barco a Ischia?'*
'Sale en treinta minutos.'
'Gracias.' Robert kocht een kaartje.
Hij ging het café aan de haven binnen en koos een plaats achterin waar hij een whisky dronk. Ze zouden nu ongetwijfeld de auto gevonden hebben en de jacht op hem zou zich toespitsen. In gedachten spreidde hij de kaart van Europa uit. Het zou logisch zijn dat hij naar Engeland zou gaan en zou proberen een manier te vinden om naar de V.S. terug te keren. Het zou onverstandig van hem zijn naar Frankrijk terug te gaan. *Dus*

wordt het Frankrijk, dacht Robert. Hij moest Italië vanuit een drukke zeehaven verlaten. Civitavecchia. *Ik moet naar Civitavecchia. De* Halcyon.
Hij vroeg wisselgeld aan de bareigenaar en belde op. Het duurde tien minuten voor de telefoniste van de zeecentrale hem had doorverbonden. Susan kwam bijna onmiddellijk aan de telefoon.
'We wachtten al tot we iets van je zouden horen.' *We.* Dat vond hij interessant. 'De motor is gerepareerd. We kunnen vroeg in de ochtend in Napels zijn. Waar zullen we je oppikken?'
Het was voor de *Halcyon* te gevaarlijk hier te komen. Robert zei: 'Herinner je je het palindroom? We zijn daar op onze huwelijksreis geweest.'
'Het wat?'
'Ik heb er een grapje over gemaakt, omdat ik zo uitgeput was.'
Er viel een stilte aan de andere kant van de lijn. Toen zei Susan zacht: 'Ik herinner het me.'
'Kan de *Halcyon* me daar morgen komen afhalen?'
'Wacht even.'
Hij wachtte.
Susan kwam weer aan de telefoon. 'Ja, dat kan.'
'Goed.' Robert aarzelde. Hij dacht aan alle onschuldige mensen die al waren omgebracht. 'Ik vraag veel van je. Als ze er ooit achter zouden komen dat je me hebt geholpen, zou je verschrikkelijk gevaar lopen.'
'Maak je geen zorgen. We halen je daar op. Wees voorzichtig.'
'Bedankt.'
De verbinding werd verbroken.
Susan wendde zich naar Monte Banks. 'Hij komt.'

In het hoofdkwartier van SIFAR luisterden ze naar het gesprek in het communicatiecentrum. Er waren vier mannen in de kamer. De radiotelegrafist zei: 'We hebben het opgenomen voor het geval u het nog een keer wilt horen, meneer.'
Kolonel Cesar keek Frank Johnson vragend aan.
'Ja. Ik ben geïnteresseerd in het deel waarin ze afspreken waar ze elkaar zullen ontmoeten. Het klonk alsof hij Palindroom zei. Is dat ergens in Italië?'
Kolonel Cesar schudde zijn hoofd. 'Ik heb er nog nooit van gehoord. We zullen het nagaan.' Hij wendde zich tot zijn adjudant. 'Zoek het op de kaart op. En blijf alle communicatie vanaf en naar de *Halcyon* controleren.'
'Ja, meneer.'

In de boerderij in Napels ging de telefoon. Pier wilde opstaan om op te nemen.
'Wacht,' zei een van de mannen. Hij liep naar de telefoon en nam op.
'Hallo?' Hij luisterde een ogenblik, smakte de hoorn op de haak en wendde zich tot zijn metgezel. 'Bellamy heeft de boot naar Capri genomen. Kom mee!'
Pier zag hoe de twee mannen zich naar buiten haastten en dacht: *Het is toch nooit Gods bedoeling geweest dat ik zoveel geld zou hebben. Ik hoop dat hij ontkomt.*

Toen de veerboot naar Ischia aankwam, mengde Robert zich onder de mensen die aan boord gingen. Hij bemoeide zich met niemand en vermeed oogcontact. Dertig minuten later, toen de boot in Ischia afmeerde, ging Robert van boord en liep naar de kaartjeskiosk op de pier. Een bord kondigde aan dat het veer naar Sorrento over tien minuten zou aankomen.
'Een retourtje Sorrento,' zei Robert.
Tien minuten later was hij op weg naar Sorrento, terug naar het vasteland. *Met een beetje geluk zal de speurtocht zich naar Capri hebben verplaatst,* dacht Robert. *Met een beetje geluk.*

Het was druk op de voedselmarkt in Sorrento. Boeren waren van het platteland gekomen met vers fruit, groenten en zijden rundvlees waarmee de vleeskramen vol hingen. Drommen mensen verdrongen zich om de stalletjes.
Robert liep naar een forse man in een bevlekt schort toe die een vrachtwagen aan het inladen was. *'Pardon, monsieur,'* zei Robert met een perfect Frans accent, 'ik zoek vervoer naar Civitavecchia. Gaat u misschien die kant op?'
'Nee. Salerno.' Hij wees naar een man die vlak bij een andere vrachtwagen aan het inladen was. 'Giuseppe kan u misschien helpen.'
'Merci.'
Robert liep naar de volgende vrachtwagen. *'Monsieur,* gaat u toevallig naar Civitavecchia?'
De man zei vrijblijvend: 'Misschien.'
'Ik zal u met genoegen voor de rit betalen.'
'Hoeveel?'
Robert overhandigde de man honderdduizend lire.
'U zou voor zoveel geld een vliegticket naar Rome kunnen kopen.'
Robert besefte onmiddellijk dat hij een vergissing had gemaakt. Hij keek nerveus om zich heen. 'Om u de waarheid te zeggen, heb ik een paar

schuldeisers die het vliegveld in de gaten houden. Ik ga liever met een vrachtwagen.'

De man knikte. 'Ah, ik begrijp het. Goed, stap maar in. We zijn klaar om te vertrekken.'

Robert geeuwde. 'Ik ben *très fatigué*. Hoe zegt u dat? Vermoeid. Vindt u het erg als ik achterin ga liggen slapen?'

'Het is nogal een hobbelige weg, maar ga uw gang.'

'*Merci.*'

Het laadgedeelte van de vrachtwagen stond vol lege kratten en dozen. Giuseppe keek toe terwijl Robert naar binnen klom en sloot de achterklep. Binnen verborg Robert zich achter een paar kratten. Hij besefte plotseling hoe vermoeid hij eigenlijk was. De achtervolging begon hem uit te putten. Hoe lang was het geleden sinds hij geslapen had? Hij dacht aan Pier en aan hoe ze 's nachts bij hem was gekomen en ervoor had gezorgd dat hij zich weer een echte man voelde. Hij hoopte dat alles in orde met haar was. Robert viel in slaap.

In de cabine van de truck dacht Giuseppe aan zijn passagier. Het nieuws deed de ronde dat de autoriteiten een Amerikaan zochten. Zijn passagier had een Frans accent, maar hij zag eruit en was gekleed als een Amerikaan. Het zou de moeite waard zijn het uit te zoeken. Er zou een flinke beloning op zijn hoofd kunnen staan.

Een uur later stopte Giuseppe voor een benzinepomp op een standplaats voor vrachtwagens. 'Gooi maar vol,' zei hij. Hij liep om naar de achterkant van de vrachtwagen en tuurde naar binnen. Zijn passagier sliep.

Giuseppe liep het restaurant binnen en belde de plaatselijke politie.

45

Giuseppe werd doorverbonden met kolonel Cesar. 'Ja,' zei hij tegen Giuseppe, 'dat klinkt heel erg als onze man. Luister goed. Hij is gevaarlijk, dus ik wil dat u precies doet wat ik u zeg. Begrijpt u dat?'
'Ja, meneer.'
'Waar bent u nu?'
'Bij de AGIP-vrachtwagenstandplaats op de weg naar Civitavecchia.'
'En hij ligt nu achter in uw vrachtwagen?'
'Ja.' Het gesprek maakte hem nerveus. *Misschien had ik me bij mijn eigen zaken moeten houden.*
'Doe niets waardoor hij achterdochtig kan worden. Stap weer in uw vrachtwagen en blijf rijden. Geef me uw kenteken en een beschrijving van uw vrachtwagen.'
Giuseppe deed wat hem werd gezegd.'
'Prima. Wij zorgen verder overal voor. Ga nu maar.'
Kolonel Cesar wendde zich tot kolonel Johnson en knikte. 'We hebben hem. Ik zal een wegversperring laten opzetten. We kunnen er per helikopter in dertig minuten zijn.'
'Laten we gaan.'
Toen Giuseppe de hoorn op de haak legde, veegde hij zijn bezwete handpalmen aan zijn overhemd af en liep terug naar de vrachtwagen. *Ik hoop dat er geen schietpartij ontstaat. Maria zou me vermoorden. Aan de andere kant, als de beloning groot genoeg is...* Hij klom in de cabine en zette koers naar Civitavecchia.
Vijfendertig minuten later hoorde Giuseppe het geluid van een helikopter boven zijn hoofd. Hij keek omhoog. Uit de herkenningstekens bleek dat het een toestel van de staatspolitie was. Voor hem uit zag hij een wegversperring van twee politieauto's die dwars over de weg naast elkaar stonden. Achter de auto's zaten politiemannen met automatische wapens. De helikopter landde aan de kant van de weg en Cesar en kolonel Frank Johnson stapten uit.
Toen hij de wegversperring naderde, begon Giuseppe langzamer te rijden. Hij draaide het contactsleuteltje om, sprong uit de cabine en rende naar de politiemannen toe. 'Hij zit achterin!' schreeuwde hij.

De vrachtwagen kwam langzaam tot stilstand. Cesar schreeuwde: 'Omsingelen!'
De politiemannen trokken zich met hun wapens in de aanslag om de vrachtwagen samen.
'Niet schieten,' schreeuwde kolonel Johnson. 'Ik haal hem er wel uit.'
Hij liep naar de achterkant van de vrachtwagen. 'Kom eruit, Robert,' riep kolonel Johnson, 'het is voorbij.'
Er kwam geen antwoord.
'Robert, je hebt vijf seconden.'
Stilte. Ze wachtten af.
Cesar wendde zich naar zijn mannen en knikte.
'Nee!' schreeuwde kolonel Johnson. Maar het was te laat.
De politie begon op de achterkant van de vrachtwagen te vuren. Het lawaai van het automatisch geweervuur was oorverdovend. Splinters van de kratten begonnen door de lucht te vliegen. Na tien seconden hield het schieten op. Kolonel Johnson sprong achter in de vrachtwagen en schoof de dozen en kratten opzij.
Hij wendde zich tot Cesar: 'Hij is hier niet.'

Negentiende Dag
Civitavecchia, Italië

Civitavecchia is de oude zeehaven van Rome en wordt bewaakt door een massief fort dat door Michelangelo werd gebouwd en in 1537 gereedkwam. De haven is een van de drukste van Europa en staat ten dienste van alle zeeverkeer van en naar Rome en Sardinië. Het was vroeg in de ochtend, maar in de haven heerste al een bedrijvigheid van jewelste. Robert liep langs de spoorwegemplacementen, stapte een restaurantje binnen waar een prikkelende kookgeur hing en bestelde een ontbijt.
De *Halcyon* zou op de afgesproken plaats op hem wachten, Elba. Hij was dankbaar dat Susan het zich had herinnerd. Tijdens hun huwelijksreis waren ze daar drie dagen en drie nachten in hun kamer gebleven om de liefde te bedrijven. Susan had gezegd: 'Heb je zin om te gaan zwemmen, schat?'
Robert had zijn hoofd geschud. 'Nee, ik kan me niet bewegen. *Able was I, ere I saw Elba.** Susan had gelachen en ze hadden weer de liefde bedreven. *En gelukkig had ze zich het palindroom herinnerd.*
Hij hoefde nu alleen nog maar een boot te vinden om hem naar Elba te

---

* Noot van de vert. 'Ik was gezond van lijf en leden voordat ik op Elba kwam.' In de vertaling uit het Engels gaat het palindroom verloren.

brengen. Hij liep de straten door die naar de haven leidden. De haven bruiste van activiteit en lag vol vrachtschepen, motorboten en privéjachten. Er was een steiger voor een veerboot. Roberts ogen lichtten op toen hij dat zag. *Dat zou de veiligste manier zijn om naar Elba te komen.* Hij zou kunnen opgaan tussen de andere passagiers.

Terwijl Robert naar de steiger liep, merkte hij een donkere, onopvallende sedan op die een half blok verder geparkeerd was. Robert bleef staan. De auto had een officieel nummerbord en er zaten twee mannen in die de haven in de gaten hielden.

Hij ontdekte rechercheurs in burger die zich tussen de havenarbeiders en de toeristen hadden verspreid en hun best deden niet op te vallen. Ze sprongen in het oog als bakens. Roberts hart begon te bonken. Hoe was het mogelijk dat ze hem hierheen gevolgd waren? Toen besefte hij wat er gebeurd was. *Mijn God, ik heb de vrachtwagenchauffeur verteld waar ik naar toe ging! Stom! Ik moet wel heel erg moe zijn.*

Hij was in de vrachtwagen in slaap gevallen en hij was gewekt door de afwezigheid van beweging. Hij was opgestaan om naar buiten te kijken en had gezien dat Giuseppe het benzinestation binnenging en telefoneerde. Robert was de vrachtwagen uit geglipt en achter in een andere vrachtwagen geklommen die ook op weg was naar het noorden, naar Civitavecchia.

Hij had zich in het nauw laten drijven. Ze zochten hier naar hem. Een paar honderd meter van hem vandaan lagen tientallen boten die hem de mogelijkheid tot ontsnappen hadden kunnen bieden. Maar nu niet meer. Robert wendde zich van de haven af en begon in de richting van de stad te lopen. Hij passeerde een gebouw met een enorm, kleurig affiche aan de muur. Er stond op: Kom naar de Kermis. Voor Elk Wat Wils! Eten! Spelletjes! Achtbaan en Botsauto's! Kom kijken naar de Grote Race! Hij bleef stilstaan en staarde ernaar.

Hij had een manier gevonden om te ontsnappen.

46

Op het kermisterrein, acht kilometer buiten de stad, waren een aantal grote, kleurige ballonnen die eruitzagen als ronde regenbogen op de grond uitgespreid. Ze waren vastgelegd aan vrachtwagens terwijl grondpersoneel druk bezig was ze met koude lucht te vullen. Een half dozijn auto's stond te wachten, gereed om de ballons te volgen. In iedere auto zaten twee mannen, de chauffeur en de uitkijk.
Robert liep naar de man toe die de leiding scheen te hebben. 'Het ziet ernaar uit dat u zich gereedmaakt voor de grote race,' zei Robert.
'Dat klopt. Ooit in een ballon gezeten?'
'Nee.'
Ze scheerden over het Comomeer en hij liet de ballon zakken totdat hij het water raakte. 'We storten neer,' gilde Susan. Hij glimlachte. 'Nee hoor,' zei hij. De onderkant van de ballon danste op de golven. Hij gooide een zandzak overboord en de ballon begon weer te stijgen. Susan lachte, omhelsde hem en zei...
De man zei: 'U moet het eens proberen. Het is een geweldige sport.'
'Ja. Waar gaat de race heen?'
'Naar Joegoslavië. We hebben een lekker oostenwindje. We vertrekken over een paar minuten. Het is beter om 's morgens vroeg te vliegen, wanneer de wind koel is.'
'Echt waar?' zei Robert beleefd. Er flitste een herinnering aan een zomerdag in Joegoslavië door zijn hoofd. *'We moeten vier mensen het land uit smokkelen, commandant. We moeten wachten tot de lucht koeler is. Een ballon die in de winterlucht vier mensen kan vervoeren, kan in de zomerlucht maar met twee personen opstijgen.'*
Robert zag dat het grondpersoneel bijna klaar was met het opblazen van de ballonnen en het was begonnen met het aansteken van de grote propaangasbranders. Ze richtten de vlam in de opening van de ballon om de lucht binnenin te verwarmen. De ballonnen die op hun zij lagen, begonnen omhoog te komen tot de manden rechtop stonden.
'Mag ik even rondkijken?' vroeg Robert.
'Gaat uw gang. Zorg er alleen voor dat u niemand voor de voeten loopt.'
'Goed.' Robert liep naar een geel-met-rode ballon die was gevuld met

propaangas. Hij bleef alleen nog aan de grond omdat hij met een touw aan een van de vrachtwagens vastzat.
De man die eraan gewerkt had, was weggelopen om met iemand te praten. Er was niemand anders in de buurt.
Robert klom in de mand van de ballon die met zijn enorme omvang de lucht boven hem leek te vullen. Hij controleerde de tuigage en de uitrusting, de hoogtemeter, de kaarten, een pyrometer om de temperatuur van de ballon te controleren, een indicator van de stijgingssnelheid en een gereedschapskist. Alles was in orde. Robert pakte een mes uit de gereedschapskist. Hij sneed het touw waarmee de ballon aan de vrachtwagen bevestigd was door en een ogenblik later begon de ballon te stijgen.
'Hé!' schreeuwde Robert. 'Wat is er hier aan de hand? Zorg dat ik beneden kom!'
De man met wie hij had gesproken, staarde met open mond naar de opstijgende ballon. *'Figlio d'una mignatta!* Raak niet in paniek,' schreeuwde hij. 'Er is een hoogtemeter aan boord. Gebruik uw ballast en blijf op een hoogte van driehonderd meter. We zien u weer in Joegoslavië. Kunt u me verstaan?'
'Ik versta u.'
De ballon steeg hoger en hoger en voerde hem naar het oosten, van Elba, dat in het westen lag, vandaan. Maar Robert maakte zich daarom geen zorgen. De wind veranderde op verschillende hoogte van richting. Geen van de andere ballonnen was al opgestegen. Robert zag dat een van de volgauto's startte en hem begon te volgen. Hij zette wat ballast overboord en zag de wijzer van de hoogtemeter omhoogklimmen. Tweehonderd meter... tweehonderddertig meter... driehonderd meter... driehonderdzestig meter...
Op een hoogte van vijfhonderd meter begon de wind zwakker te worden. De ballon hing bijna stil in de lucht. Robert begon meer ballast overboord te zetten. Hij gebruikte de traptrede-techniek waarbij hij op verschillende hoogten stopte om de windrichting te bepalen.
Op een hoogte van zeshonderd meter voelde Robert dat de wind begon om te lopen. Eerst draaide hij een ogenblik in de turbulente lucht en daarna begon hij in tegengestelde richting, naar het westen, te waaien.
In de verte, ver onder hem zag Robert de andere ballonnen opstijgen en zich in westelijke richting naar Joegoslavië bewegen. Op het zachte geruis van de wind na hoorde hij geen geluid. *'Het is zo stil, Robert. Het is alsof je op een wolk vliegt. Ik wou dat we altijd hierboven konden blijven.'* Ze had hem dicht tegen zich aangedrukt. *Heb je het ooit in een ballon gedaan?'* mompelde ze. *'Laten we het eens proberen.'*
Later zei ze: *'Ik wed dat we de enige mensen ter wereld zijn die het ooit in een ballon hebben gedaan, schat.'*

Robert was nu boven de Tyrrheense Zee en vloog in noordwestelijke richting naar de kust van Toscane. Onder hem strekte zich een keten van eilanden, waarvan Elba het grootste was, in een cirkelvorm voor de kust uit.

Napoleon was daarheen verbannen en hij had het waarschijnlijk uitgekozen, dacht Robert, *omdat hij op een heldere dag zijn geliefde eiland Corsica waar hij geboren was, kon zien. In ballingschap had Napoleon er alleen maar aan gedacht hoe hij kon ontsnappen en Frankrijk kon bereiken. Net als ik. Alleen had Napoleon Susan en de* Halcyon *niet om hem te redden.*

In de verte doemde plotseling de Monte Capanne op die meer dan duizend meter in de lucht verrees. Robert trok aan het veiligheidstouw waarmee de klep boven in de ballon geopend werd om de warme lucht te laten ontsnappen en de ballon begon te dalen. Onder hem zag Robert de schitterende roze en groene kleuren van Elba, de roze kleur was van de granietaders en de Toscaanse huizen, de groene kleur van de dichte bossen. Maagdelijk witte stranden lagen verspreid langs de kust van het eiland.

Hij landde met de ballon aan de voet van de berg, uit de buurt van de stad, om zo weinig mogelijk aandacht te trekken. Niet ver van zijn landingsplaats was een weg. Hij liep erheen en wachtte tot er een auto langskwam.

'Zou u me een lift naar de stad kunnen geven?' riep Robert.

'Jazeker. Stap maar in.'

De chauffeur was iemand van in de tachtig met een oud, gerimpeld gezicht.

'Ik zou gezworen hebben dat ik een poosje terug een ballon in de lucht zag. Hebt u hem gezien, meneer?'

'Nee,' zei Robert.

'Bent u hier op bezoek?'

'Ik ben op doorreis. Ik ben op weg naar Rome.' De chauffeur knikte.

'Daar ben ik ook een keer geweest.'

De rest van de rit verliep in stilzwijgen.

Toen ze Portoferraio, de hoofdstad en enige stad van Elba, bereikten, stapte Robert uit.

'Prettige dag verder,' zei de chauffeur in het Engels.

Mijn God, dacht Robert, *er zijn hier Californiërs geweest.*

Robert liep de Via Garibaldi, de hoofdstraat, af. Hij zag er overal toeristen, meestal gezinnen, en het leek of de tijd had stilgestaan. Er was niets veranderd: *Behalve dat ik Susan ben kwijtgeraakt en dat de helft van de regeringen in de wereld opdracht heeft gegeven me te vermoorden. Verder,* dacht Robert wrang, *is alles precies hetzelfde.*

Hij kocht een verrekijker in een souvenirwinkel, liep naar de waterkant en ging aan een tafel voor het Stella Restaurant zitten waar hij een goed uitzicht over de haven had. Er waren geen verdachte auto's, geen politieboten en geen politiemannen te zien. Ze dachten nog steeds dat ze hem op het vasteland ingesloten hadden. Hij kon veilig aan boord gaan van de *Halcyon*. Hij hoefde alleen maar te wachten tot het jacht zou aankomen.

Hij bleef daar zitten en terwijl hij naar de *Halcyon* uitkeek, dronk hij *procanico*, de heerlijke inlandse, witte wijn. Hij nam zijn plan nog een keer door. Het jacht zou hem voor de kust van Marseille afzetten en hij zou op weg gaan naar Parijs waar een vriend, Li Po, hem zou helpen. Het was ironisch. Hij hoorde Francesco Cesar nog zeggen: *'Ik heb gehoord dat je een deal met de Chinezen hebt gemaakt.'*
Hij wist dat Li Po hem zou helpen omdat hij eens Roberts leven had gered en volgens een oude Chinese traditie was hij nu verantwoordelijk voor Robert. Het was een kwestie van *win joe* – 'eer'.
Li Po werkte bij het Goeojia Ankwanboe, het Chinese Ministerie van Staatsveiligheid, dat zich bezighield met spionage. Jaren geleden was Robert gepakt toen hij probeerde een dissident China uit te smokkelen. Hij was naar Qintsjeng, de zwaarbeveiligde gevangenis in Beijing, gestuurd. Li Po was een dubbelagent met wie Robert al eerder had samengewerkt. Hij wist te regelen dat Robert kon ontsnappen.
Bij de Chinese grens had Robert gezegd: 'Je moet je terugtrekken nu je nog leeft, Li. Je zult niet altijd geluk hebben.'
Li Po had geglimlacht. 'Ik heb *ren*, het vermogen om me te handhaven, om te overleven.'
Een jaar later was Li overgeplaatst naar de Chinese ambassade in Parijs. Robert besloot dat het tijd werd in actie te komen. Hij verliet het restaurant en liep naar de waterkant. Overal lagen grote en kleine boten gemeerd die uit Portoferraio zouden vertrekken.
Robert liep naar een man toe die de romp van een glanzende motorboot aan het oppoetsen was. Het was een Donzi met een V 8 binnenboordmotor van 351 pk.
'Mooie boot,' zei Robert.
De man knikte. *'Merci.'*
'Ik vroeg me af of ik hem kon huren om een rondvaart door de haven te maken?'
De man hield op met wat hij aan het doen was en bestudeerde Robert. 'Dat zou kunnen. Hebt u ervaring met boten?'
'Ja. Ik heb thuis een Donzi.'
De man knikte goedkeurend. 'Waar komt u vandaan?'

'Uit Oregon.'
'Het kost u vierhonderd franc per uur.'
Robert glimlachte. 'Dat is goed.'
'En een borgsom uiteraard.'
'Uiteraard.'
'U kunt er zo mee vertrekken. Wilt u er nu direct mee gaan varen?'
'Nee. Ik moet nog een paar boodschappen doen. Ik dacht aan morgenochtend.'
'Hoe laat?'
'Dat hoort u nog van me,' zei Robert.
Hij overhandigde de man wat geld. 'Hier is een deel van de borgsom. Ik zie u morgen.'
Hij was tot de conclusie gekomen dat het gevaarlijk zou zijn de *Halcyon* de haven te laten binnenkomen. Er waren formaliteiten te vervullen. De *capitano di porto*, de havenmeester, verstrekte ieder jacht een *autorizzazione* en noteerde hoe lang het bleef. Het was Roberts bedoeling dat de *Halcyon* niets met de havenmeester te maken zou hebben. Hij zou op zee aan boord gaan.

In het kantoor van het Franse Ministerie voor Zeevaart spraken kolonel Cesar en kolonel Johnson met een telefonist van de zeecentrale. 'Weet u zeker dat er verder geen communicatie is geweest met de *Halcyon*?'
'Ja, meneer, niet sinds het laatste gesprek waarvan ik u verslag heb gedaan.'
'Blijf luisteren.' Kolonel Cesar wendde zich tot kolonel Johnson en glimlachte. 'Maak je geen zorgen. Zodra commandant Bellamy aan boord gaat, zullen we het weten.'
'Maar ik wil hem te pakken krijgen voordat hij aan boord gaat.'
De telefonist zei: 'Er bestaat geen plaats in Italië die Palindroom heet. Maar ik denk dat we eruit gekomen zijn.'
'Waar is het?'
'Het is geen plaats. Het is een woord.'
'*Wat?*'
'Ja, meneer. Een palindroom is een woord of een zin die van voren naar achteren en van achteren naar voren op dezelfde manier wordt gespeld. Bijvoorbeeld, parterretrap. We hebben er een aantal op onze computer uitgedraaid.' Hij overhandigde hem een lange lijst.
Kolonel Cesar en kolonel Johnson namen de lijst snel door.
'Kok... daad... pap... sas... dood... negen... nemen... lol... raar... kaak... pop... lepel... Otto... ere... nekken... mom... Anna...' Cesar keek op. 'Daar hebben we ook niet veel aan, hè?'

'Misschien toch wel, meneer. Ze gebruikten waarschijnlijk een soort code. Een van de beroemdste palindromen is waarschijnlijk uit de mond van Napoleon opgetekend: *'Able was I, ere I saw Elba.'*
Kolonel Cesar en kolonel Johnson keken elkaar aan. *'Elba!* Jezus Christus! Daar zit hij natuurlijk!'

Twintigste Dag
Elba

Het leek eerst een vaag vlekje aan de horizon, maar het werd snel groter in het vroege ochtendlicht. Door zijn verrekijker zag Robert het vlekje de vorm van de *Halcyon* aannemen. Er was geen vergissing mogelijk. Er waren maar weinig van zulke jachten op zee.
Robert haastte zich naar het strand waar hij had afgesproken de motorboot te huren.
'Goedemorgen.'
De eigenaar van de boot keek op. *'Bonjour, monsieur.'* Bent u klaar om te gaan varen?'
Robert knikte. 'Ja.'
'Hoe lang wilt u de boot gebruiken?'
'Niet langer dan een paar uur.'
Robert gaf de man de rest van de borgsom en stapte in de boot.
'Wees er voorzichtig mee,' zei de man.
'Maakt u zich geen zorgen,' verzekerde Robert hem, 'dat zal ik zeker zijn.'
De eigenaar maakte het meertouw los en even later schoot de boot door het water op weg naar zee, naar de *Halcyon*. Het duurde tien minuten voordat Robert het jacht had bereikt. Toen hij dichterbij kwam, zag hij Susan en Monte Banks op het dek staan. Susan zwaaide naar hem en hij zag dat ze een bezorgde uitdrukking op haar gezicht had. Robert manoeuvreerde de kleine boot naast het jacht en gooide een matroos een touw toe.
'Wilt u de boot aan boord brengen, meneer?' riep de man.
'Nee, laat hem maar gaan.' De eigenaar zou hem snel genoeg vinden.
Robert klom de ladder op naar het vlekkeloze teakhouten dek. Susan had de *Halcyon* eens voor hem beschreven en hij was onder de indruk geweest, maar het was nog indrukwekkender het jacht in het echt te zien. De *Halcyon* was tachtig meter lang, had een luxueus verblijf voor de eigenaar, acht dubbele suites voor gasten en hutten voor de bemanning van zestien koppen. Het jacht had een ontvangkamer, een eetzaal, een studeerkamer, een salon en een zwembad.

Het schip werd voortbewogen door twee zestien cilinder Caterpillar D399-motoren met turbocompressie van twaalfhonderdvijftig pk en had zes tenders aan boord om aan land te gaan. Het interieur was in Italië ontworpen door Luigi Sturchio. Het was een drijvend paleis.
'Ik ben blij dat je het gehaald hebt,' zei Susan.
Robert had de indruk dat ze zich slecht op haar gemak voelde, dat er iets mis was. Of speelden zijn zenuwen hem parten?
Ze zag er heel mooi uit en toch voelde hij zich teleurgesteld. *Wat had ik dan in vredesnaam verwacht? Dat ze er bleek en ongelukkig zou uitzien?*
Hij wendde zich tot Monte. 'Ik wil dat je weet dat ik dit buitengewoon waardeer.'
Monte haalde zijn schouders op. 'Ik ben blij dat ik je kan helpen.'
De man was een heilige.
'Wat is je plan?'
'Ik wil graag dat je omkeert en pal naar het westen vaart, naar Marseille. Je kunt me voor de kust afzetten en…'
Een man in een onberispelijk wit uniform kwam naar hen toe. Hij was in de vijftig, zwaargebouwd, en had een keurig onderhouden baard.
'Dit is kapitein Simpson. Dit is…' Monte keek Robert vragend aan.
'Smith. Tom Smith.'
Monte zei: 'We varen naar Marseille, kapitein.'
'Gaan we niet naar Elba?'
'Nee.'
Kapitein Simpson zei: 'Uitstekend.' Hij klonk verbaasd.
Robert speurde de horizon af. Alles was veilig.
'Ik stel voor dat we naar beneden gaan,' zei Monte Banks.
Toen ze met zijn drieën in de salon zaten, vroeg Monte: 'Vind je niet dat je ons een uitleg schuldig bent?'
'Ja, inderdaad,' zei Robert, 'maar ik zal hem niet geven. Hoe minder jullie over deze hele zaak weten, hoe beter. Ik kan jullie alleen vertellen dat ik onschuldig ben. Ik ben betrokken bij een politieke situatie. Ik weet te veel en er wordt jacht op me gemaakt. Als ze me vinden, zullen ze me doden.'
Susan en Monte wisselden een blik.
'Ze hebben geen reden om me met de *Halcyon* in verband te brengen,' vervolgde Robert. 'Geloof me, Monte, als ik een andere ontsnappingsmogelijkheid had gehad, zou ik er gebruik van hebben gemaakt.'
Robert dacht aan alle mensen die waren vermoord omdat hij hen had opgespoord. Hij kon de gedachte niet verdragen dat er iets met Susan zou gebeuren. Hij probeerde zijn toon licht te houden. 'Ik zou het in jullie eigen belang op prijs stellen als jullie zouden verzwijgen dat ik ooit aan boord van dit schip ben geweest.'

'Dat spreekt vanzelf,' zei Monte.
Het jacht was langzaam gekeerd en zette koers naar het westen.
'Als jullie me willen excuseren, ik moet even met de kapitein praten.'

Het diner was een pijnlijke affaire. Er waren vreemde onderdrukte gevoelens merkbaar die Robert niet begreep en de spanning was bijna te snijden. Kwam het door zijn aanwezigheid? Of was het iets anders? Iets tussen hen tweeën? *Hoe eerder ik hier weg ben, hoe beter,* dacht Robert.

Ze zaten in de salon een digestief te drinken toen kapitein Simpson binnenkwam.
'Wanneer bereiken we Marseille?' vroeg Robert.
'Als het weer zo blijft, moeten we er morgenmiddag zijn, meneer Smith.'
Kapitein Simpson had iets in zijn optreden dat Robert irriteerde. De kapitein was bruusk, bijna op het onbeleefde af. *Maar hij moet goed zijn,* dacht Robert, *anders zou Monte hem niet in dienst hebben genomen. Susan verdient dit jacht. Ze verdient van alles het beste.*
Om elf uur keek Monte op zijn horloge en zei tegen Susan: 'Ik denk dat we maar beter naar bed kunnen gaan.'
Susan keek Robert even aan. 'Ja.'
Ze stonden alle drie op.
Monte zei: 'Er liggen schone kleren in je hut. We hebben ongeveer dezelfde maat.'
'Dank je.'
'Welterusten, Robert.'
'Welterusten, Susan.'
Robert bleef staan en zag de vrouw van wie hij hield naar bed gaan met zijn rivaal. *Rivaal? Wie neem ik in godsnaam in de maling? Hij is de winnaar. Ik ben de verliezer.*

De slaap was een ongrijpbare schaduw die hem steeds ontglipte. Terwijl hij in bed lag, dacht Robert eraan dat aan de andere kant van de wand, nog geen meter van hem vandaan, de vrouw lag van wie hij meer dan van wie ook hield. Hij dacht eraan hoe Susan naakt in bed lag – *ze droeg nooit een nachtjapon* – en hij merkte dat hij een erectie kreeg. *Was Monte nu de liefde met haar aan het bedrijven of was ze alleen?... Dacht ze aan hem en herinnerde ze zich hoe fijn ze het vaak samen hadden gehad? Waarschijnlijk niet. Wel, hij zou spoedig uit haar leven verdwenen zijn. Hij zou haar waarschijnlijk nooit meer zien.*
Het was al ochtend toen hij zijn ogen sloot.

In het communicatiecentrum van de SIFAR werd de *Halcyon* met de radar opgespoord. Kolonel Cesar wendde zich tot kolonel Johnson en zei: 'Jammer dat we hem niet op Elba hebben kunnen onderscheppen, maar nu hebben we hem te pakken! We hebben een kruiser gereedliggen. We wachten alleen op bericht van de *Halcyon* dat we aan boord kunnen komen.'

Eenentwintigste Dag

Vroeg in de morgen stond Robert op het dek en keek uit over de kalme zee. Kapitein Simpson kwam naar hem toe. 'Goedemorgen. Het ziet ernaar uit dat het weer goed blijft, meneer Smith.'
'Ja.'
'We zijn om drie uur in Marseille. Blijven we daar lang?'
'Dat weet ik niet,' zei Robert vriendelijk. 'We zullen wel zien.'
'Ja, meneer.'
Robert keek Simpson na terwijl hij wegliep. *Wat is er toch met die man?* Robert liep terug naar de achtersteven van het jacht en speurde de horizon af. Hij zag niets en toch... In het verleden had zijn instinct hem meer dan eens het leven gered. Hij had lang geleden geleerd erop te vertrouwen. Er was iets mis.

Achter de horizon, buiten Roberts gezichtsveld, werd de *Halcyon* achtervolgd door de Italiaanse marinekruiser, de *Stromboli*.

Toen Susan kwam ontbijten, zag ze er bleek en afgetobd uit.
'Heb je goed geslapen, schat?' vroeg Monte.
'Uitstekend,' zei Susan.
Dus ze sliepen niet in dezelfde hut! Die wetenschap gaf Robert een onredelijk gevoel van voldoening. Hij en Susan hadden altijd in hetzelfde bed geslapen met haar naakte, aantrekkelijke lichaam tegen het zijne genesteld. *Jezus, ik moet ophouden met zo te denken.*

Voor de *Halcyon* uit, aan stuurboordzijde, voer een vissersboot van de Marseillaanse vloot die een verse vangst binnenbracht.
'Hebben jullie trek in verse vis voor de lunch?' vroeg Susan.
Beide mannen knikten. 'Lekker.'
Ze waren bijna op gelijke hoogte met de vissersboot.
Toen kapitein Simpson langsliep, vroeg Robert: 'Hoe laat denkt u dat we in Marseille aankomen?'
'We zijn er over twee uur, meneer Smith. Marseille is een interessante havenstad. Bent u er ooit geweest?'

'Het is zéker een interessante havenstad,' zei Robert.

In het communicatiecentrum van de SIFAR lazen de twee kolonels het bericht dat ze net van de *Halcyon* hadden binnengekregen. De tekst was simpelweg: 'Nu.'
'Wat is de positie van de *Halcyon*?' blafte kolonel Cesar.
'Ze zijn twee uur varen van Marseille vandaan en zetten koers naar de haven.'
'Geef de *Stromboli* bevel het jacht in te halen en onmiddellijk aan boord te gaan.'

Dertig minuten later was de Italiaanse marinekruiser de *Stromboli* de *Halcyon* tot dichtbij genaderd. Susan en Monte stonden op het schegbord en keken naar het oorlogsschip dat snel naar hen toe kwam varen. Er klonk een stem door de luidspreker van de kruiser. 'Ahoy, *Halcyon*. Draai bij. We komen aan boord.'
Susan en Monte wisselden een blik. Kapitein Simpson kwam haastig naar hen toe lopen.
'Meneer Banks...'
'Ik heb het gehoord. Doe wat ze zeggen. Zet de motoren stil.'
'Ja, meneer.'
Een minuut later stopte het geronk van de motoren en het jacht lag stil in het water. Susan en haar echtgenoot keken toe terwijl gewapende matrozen zich uit de marinekruiser in een sloep lieten zakken.
Tien minuten later zwermde een tiental matrozen de ladder van de *Halcyon* op.
De marineofficier die de leiding had, een luitenant-ter-zee, zei: 'Het spijt me dat ik u lastig moet vallen, meneer Banks. De Italiaanse autoriteiten hebben reden om aan te nemen dat u een voortvluchtige verbergt. We hebben orders uw schip te doorzoeken.'
Susan keek toe terwijl de matrozen zich over het dek verspreidden en naar beneden gingen om de hutten te doorzoeken.
'Zeg niets.'
'Maar...'
'Geen woord.'
Ze bleven zwijgend op het dek staan en keken toe terwijl de zoektocht werd voortgezet.
Dertig minuten later verzamelden de matrozen zich weer op het dek.
'Er is geen spoor van hem te bekennen, commandant,' zei een van hen.
'Weet je dat zeker?'
'Absoluut, commandant. Er zijn geen passagiers aan boord en we hebben ieder bemanningslid geïdentificeerd.'

De commandant bleef een ogenblik gefrustreerd staan. Zijn superieuren hadden een ernstige fout gemaakt.
Hij wendde zich tot Monte, Susan en kapitein Simpson. 'Ik moet u mijn verontschuldigingen aanbieden,' zei hij. 'Het spijt me verschrikkelijk dat ik u overlast heb bezorgd. We zullen nu vertrekken.' Hij draaide zich om.
'Commandant...'
'Ja.'
'De man die u zoekt, is een halfuur geleden gevlucht op een vissersboot. Het zal niet moeilijk voor u zijn hem op te pikken.'

Vijf minuten later voer de *Stromboli* met hoge snelheid naar Marseille. De luitenant-ter-zee had alle reden om met zichzelf in zijn sas te zijn. In opdracht van de autoriteiten van alle belangrijke landen ter wereld werd er jacht op commandant Robert Bellamy gemaakt en hij was degene die hem had gevonden. *Hier zou wel eens een mooie promotie in kunnen zitten,* dacht hij.
Vanaf de brug riep de navigatieofficier: 'Commandant, zou u alstublieft boven willen komen?'
Hadden ze de visssersboot al gesignaleerd? De commandant haastte zich de brug op.
'Kijk, commandant!'
De commandant wierp één blik over de zee en de moed zonk hem in de schoenen. In de verte zag hij, over de hele horizon verspreid, de complete Marseillaanse vissersvloot van wel honderd identieke schepen die naar de haven terugkeerden. Er was geen enkele mogelijkheid om vast te stellen aan boord van welk schip commandant Bellamy zich bevond.

47

Hij stal een auto in Marseille. Het was een Fiat 1800 Spider cabriolet die in een slechtverlichte zijstraat geparkeerd stond. Hij was op slot en er stak geen sleuteltje in het contact. Geen probleem. Terwijl hij in het rond keek om er zeker van te zijn dat niemand hem zag, maakte Robert een snee in de canvaskap, duwde zijn hand naar binnen en opende het portier. Hij liet zich in de auto glijden, stak zijn hand onder het dashboard en trok alle draden van de ontsteking eruit. Hij hield de dikke, rode draad in één hand terwijl hij de andere draden er één voor één contact mee liet maken tot hij de draad had gevonden die het dashboard verlichtte. Hij haakte die twee draden vervolgens in elkaar en maakte met de overblijvende contact met de twee in elkaar gehaakte draden tot de motor begon te starten. Hij trok de choke uit en de motor begon te ronken. Even later was Robert op weg naar Parijs.
Eerst moest hij Li Po te pakken zien te krijgen. Toen hij de Parijse voorsteden bereikte, stopte hij bij een telefooncel.
Hij belde Li's appartement en hoorde zijn vertrouwde stemgeluid op het antwoordapparaat: *'Zao, mes amis, je regrette que je ne suis pas chez moi, mais il n'y a pas du danger que je réponde pas à votre coup de téléphone. Prenez garde que vous attendiez le signal de l'appareil.'*
'Goedemorgen. Het spijt me dat ik niet thuis ben, maar er is geen gevaar dat ik u niet terugbel. Opgelet: wacht met het inspreken van uw boodschap tot na de pieptoon.' Robert telde de woorden uit in hun privé-code. De sleutelwoorden waren: Spijt... gevaar... opgelet.
De telefoon werd natuurlijk afgeluisterd. Li had zijn telefoontje verwacht en dit was zijn manier om Robert te waarschuwen. Hij moest hem zo snel mogelijk zien te bereiken. Hij zou zijn toevlucht nemen tot een andere code die ze in het verleden ook hadden gebruikt.
Robert liep de Rue du Faubourg St. Honoré af. Hij had hier ook met Susan gelopen. Ze was voor een etalageraam blijven staan en had geposeerd als een mannequin. *'Zou je me graag in die jurk willen zien, Robert?'* 'Nee, ik zou je graag zien als je hem hebt uitgetrokken.' Ze hadden het Louvre bezocht en Susan was als versteend voor de Mona Lisa blijven staan terwijl haar ogen vol tranen schoten...

Robert liep naar het kantoor van *Le Matin*. Een blok van de ingang vandaan hield hij een teenager op straat staande.
'Wil je vijftig franc verdienen?'
De jongen keek hem achterdochtig aan. 'Waarmee?'
Robert krabbelde iets op een velletje papier en overhandigde dat de jongen, samen met een biljet van vijftig franc.
'Je hoeft dit alleen maar naar *Le Matin* te brengen, naar de balie voor "gevraagd"-advertenties.'
'Bon, d'accord.'
Robert zag de jongen het gebouw binnengaan. De advertentie zou op tijd binnen zijn om in de ochtendeditie van de volgende dag te kunnen verschijnen. De tekst luidde: *'Tilly. Pa erg ziek. Heeft je nodig. Bezoek hem snel. Moeder.'*
Hij kon nu alleen maar wachten. Hij durfde niet in een hotel te logeren omdat ze allemaal gewaarschuwd zouden zijn. Parijs was een tikkende tijdbom.
Robert stapte in een volle touringcar en ging stilletjes en onopvallend achterin zitten. De passagiers bezochten de Jardin du Luxembourg, het Louvre, Napoleons graftombe in Les Invalides en nog een stuk of tien andere bezienswaardigheden. Steeds zag Robert kans tussen de anderen op te gaan zonder enige aandacht op zich te vestigen.

Tweeëntwintigste Dag
Parijs, Frankrijk

Hij kocht een kaartje voor de nachtshow in de Moulin Rouge als lid van een ander tourgezelschap. De show begon om twee uur. Toen het optreden afgelopen was, bracht hij de rest van de nacht door met het bezoeken van het ene kleine café na het andere in Montmartre.
De ochtendbladen zouden niet voor vijf uur op straat zijn. Een paar minuten voor vijf stond Robert naast een krantenstalletje te wachten. Een rode vrachtwagen kwam erheen rijden en een jongen gooide een stapel kranten op het trottoir. Robert pakte de bovenste ervan af en sloeg de 'gevraagd'-advertenties op. Zijn advertentie stond erin. Hij kon nu alleen maar afwachten.
Om twaalf uur liep Robert naar een kleine tabakszaak waar tientallen persoonlijke boodschappen op een bord geprikt waren. Er waren advertenties waarin huishoudelijk personeel werd gevraagd, studenten kamergenoten zochten en appartementen te huur en fietsen te koop werden aangeboden. Midden op het bord vond Robert de advertentie die hij zocht. *'Tilly wil je graag ontmoeten. Bel haar op nummer 50 41 26 45.'*

Li Po nam op nadat de telefoon één keer had gerinkeld. 'Robert.'
'*Zao*, Li.'
'Mijn God, man, wat is er aan de hand?'
'Ik had gehoopt dat jij me dat zou kunnen vertellen.'
'Mijn vriend, je krijgt meer aandacht dan de president van Frankrijk. De telegraafkabels zijn overbelast door jou. Wat heb je gedaan? Nee, vertel het me niet. Wat het ook is, je zit in ernstige moeilijkheden. Ze hebben mijn telefoon in de Chinese ambassade afgetapt en ze houden mijn flat in de gaten. Ze hebben me een heleboel vragen over je gesteld.'
'Li, heb je er enig idee van waar dit allemaal...?'
'Niet door de telefoon. Herinner je je waar Sungs appartement is?'
Li's vriendin. 'Ja.'
'Ik zie je daar over een halfuur.'
'Bedankt.' Robert was zich er terdege van bewust welk gevaar Li Po liep. Hij herinnerde zich wat er met Al Traynor, zijn vriend bij de FBI, was gebeurd. *Ik ben een ongelukbrenger. Iedereen bij wie ik in de buurt kom, sterft.*

Het appartement was in de Rue Bénouville in een rustig arrondissement van Parijs. Toen Robert bij het gebouw aankwam, pakten zich dichte regenwolken samen en hij hoorde in de verte het gerommel van de donder. Hij liep de hal in en drukte op de bel van het appartement. Li Po opende onmiddellijk de deur.
'Kom binnen,' zei hij. 'Snel.' Hij sloot de deur achter Robert en deed hem op slot. Li Po was niet veranderd sinds de laatste keer dat Robert hem had gezien. Hij was lang, mager en leeftijdloos.
De twee mannen grepen elkaars hand.
'Li, wat is er in vredesnaam aan de hand?'
'Ga zitten, Robert.'
Robert ging zitten.
Li bestudeerde hem een ogenblik. 'Heb je ooit van Operatie Doemdag gehoord?'
Robert fronste zijn wenkbrauwen. 'Nee. Heeft het iets met UFO's te maken?'
'Het heeft alles met UFO's te maken. De wereld staat voor een ramp, Robert.'
Li Po begon heen en weer te lopen. 'Er komen ruimtewezens naar de aarde om ons te vernietigen. Drie jaar geleden zijn ze hier geland en hebben met regeringsvertegenwoordigers gesproken. Ze eisten dat alle industrielanden hun kerncentrales zouden sluiten en zouden ophouden met het gebruik van fossiele brandstoffen.'

Robert luisterde verbijsterd.
'Ze eisten dat er een eind zou worden gemaakt aan de fabricage van petroleum, chemische middelen, rubber en plastic. Dat zou betekenen dat er duizenden fabrieken over de hele wereld gesloten zouden moeten worden. Auto- en staalfabrieken zouden gedwongen worden dicht te gaan. De wereldeconomie zou instorten.'
'Waarom zouden ze...?'
'Ze beweren dat we het universum vervuilen en de aarde en de zeeën vernietigen... Ze willen dat we ophouden met het fabriceren van wapens en het voeren van oorlog.'
'Li...'
'Een groep machtige mannen uit twaalf landen is bijeengekomen – topindustriëlen uit de Verenigde Staten, Japan, Rusland, China... Een man met de codenaam Janus heeft georganiseerd dat inlichtingendiensten over de hele wereld in Operatie Doemdag samenwerken om de ruimtewezens tegen te houden.' Hij draaide zich naar Robert om. 'Heb je van het SDI-programma gehoord?'
'Star Wars. Het satellietensysteem om Russische intercontinentale, ballistische raketten neer te schieten.'
Li schudde zijn hoofd. 'Nee, dat was een dekmantel. Het SDI-programma is niet ontwikkeld om tegen de Russen te vechten. Het is ontwikkeld met het specifieke doel UFO's uit de lucht te schieten. Het biedt de enige kans hen tegen te houden.'
Robert bleef in verbijsterd stilzwijgen zitten en probeerde te verwerken wat Li Po hem vertelde terwijl het gerommel van de donder luider werd.
'Je bedoelt dat de regeringen achter de...?'
'Laten we zeggen dat er binnen iedere regering een groep medestanders is. Operatie Doemdag wordt door particulieren geleid. Begrijp je het nu?'
'Mijn God! De regeringen beseffen niet dat...' Hij keek naar Li op. 'Li... hoe weet je dit allemaal?'
'Het is heel eenvoudig, Robert,' zei Li zacht. 'Ik ben de Chinese connectie.' Hij had een Beretta in zijn hand.
Robert staarde naar de revolver. 'Li...'
Li haalde de trekker over en het geluid van het schot vermengde zich met een plotselinge, oorverdovende donderslag en een bliksemflits buiten het raam.

48

Ze werd gewekt door de eerste druppels zuiver regenwater. Ze lag op een bank in het park, te uitgeput om zich te bewegen. De laatste paar dagen had ze gevoeld dat haar levensenergie uit haar wegvloeide. *Ik ga hier op deze planeet sterven.* Ze viel in slaap en dacht dat het de laatste keer zou zijn. En toen kwam de regen. De gezegende regen. Ze kon het nauwelijks geloven. Ze tilde haar hoofd op naar de hemel en voelde de koele druppels over haar gezicht lopen. Het begon steeds harder te regenen. Fris, zuiver water. Ze stond op, strekte haar armen boven haar hoofd en liet het water over zich heen stromen. Het gaf haar nieuwe kracht en bracht haar weer tot leven. Ze liet haar lichaam vollopen met regenwater en nam het op in al haar cellen tot ze voelde dat haar vermoeidheid begon weg te zakken. Ze voelde zich steeds sterker worden tot ze ten slotte dacht: *Ik ben gereed. Ik kan helder denken. Ik weet wie me kan helpen de weg terug te vinden.* Ze haalde de kleine zender te voorschijn, sloot haar ogen en begon zich te concentreren.

49

Het was de bliksemflits die Roberts leven redde. Op het moment dat Li Po de trekker begon over te halen, werd hij afgeleid door de plotselinge lichtflits buiten het raam. Robert bewoog en de kogel raakte hem in zijn rechterschouder in plaats van in zijn borst.
Toen Li de revolver omhoogbracht om weer te vuren, schopte Robert met een zijwaartse trap het wapen uit Li's hand. Li draaide zich snel naar voren en stompte Robert hard tegen zijn gewonde schouder. De pijn was verschrikkelijk. Roberts jasje zat onder het bloed. Hij gaf een voorwaartse elleboogstoot. Li kreunde van pijn. Hij reageerde met een dodelijke *shuto*-slag naar de nek, maar Robert wist die te ontwijken. De twee mannen draaiden zwaar hijgend om elkaar heen en zochten naar een opening. Ze vochten zwijgend in een dodelijk ritueel dat ouder was dan de tijd en ze wisten allebei dat slechts één van hen het zou overleven. Robert werd zwakker. De pijn in zijn schouder werd heviger en hij zag zijn bloed op de grond druppelen.
Li Po had de tijd aan zijn kant. *Ik moet hier snel een eind aan maken,* dacht Robert. Hij viel aan met een snelle voorwaartse trap. Li deed geen poging te ontwijken, maar liet de trap met volle kracht op zijn lichaam landen. Hij was nu dichtbij genoeg om zijn elleboog tegen Roberts schouder te beuken. Robert wankelde. Li viel aan met een draaiende achterwaartse trap. Robert viel bijna en Li buitte de situatie ogenblikkelijk uit. Hij bewerkte Robert met zijn vuisten waarbij hij steeds opnieuw zijn schouder raakte en hij drong hem achteruit door de kamer. Robert was te zwak om de regen van meedogenloos harde stoten af te weren. Zijn blik vertroebelde. Hij viel tegen Li aan en greep hem vast. De twee mannen sloegen tegen de grond en verbrijzelden in hun val een glazen tafel. Robert lag op de vloer en kon zich niet meer bewegen. *Het is voorbij,* dacht hij. *Ze hebben gewonnen.*
Hij bleef halfbewusteloos liggen en wachtte tot Li hem zou doden. Er gebeurde niets. Langzaam en met moeite tilde Robert zijn hoofd op. Li lag naast hem op de vloer en staarde met wijd opengesperde ogen naar het plafond. Een grote glasscherf stak uit zijn borst omhoog als een doorschijnende dolk.

Robert ging met grote inspanning rechtop zitten. Hij was zwak door het bloedverlies. Zijn schouder leek alleen uit pijn te bestaan. *Ik moet een dokter zien te bereiken,* dacht hij. *In zijn geheugen begon een naam naar boven te komen van een dokter die de dienst in Parijs vaak inschakelde. Iemand die bij het Amerikaanse Ziekenhuis werkte. Hilsinger. Zo heette hij. Leon Hilsinger.*

Dokter Hilsinger was die dag klaar met zijn werk en stond op het punt zijn praktijk te verlaten toen de telefoon ging. Zijn assistente was al naar huis dus hij nam zelf op. De stem aan de andere kant van de lijn was onduidelijk.
'Dokter Hilsinger?'
'Ja.'
'Met Robert Bellamy... Ik heb uw hulp nodig. Ik ben zwaargewond. Wilt u me helpen?'
'Natuurlijk. Waar bent u?'
'Dat doet er niet toe. Ik zie u over een halfuur in het Amerikaanse Ziekenhuis.'
'Ik zal er zijn. Ga direct naar de eerstehulpafdeling.'
'Dokter... praat met niemand over dit telefoongesprek.'
'Ik geef u mijn woord.' De verbinding werd verbroken.
Dokter Hilsinger draaide een nummer. 'Ik ben net gebeld door commandant Robert Bellamy. Ik zie hem over een halfuur in het Amerikaanse Ziekenhuis...'
'Dank u, dokter.'
Dokter Hilsinger legde de hoorn op de haak. Hij hoorde de deur opengaan en keek op. Robert Bellamy stond voor hem met een revolver in zijn hand.
'Bij nader inzien', zei Robert, 'lijkt het me beter dat u me hier behandelt.'
De dokter probeerde zijn verbazing te verbergen. 'U... u hoort in het ziekenhuis te liggen.'
'Te dicht bij het lijkenhuis. Lap me op en snel.' Het spreken kostte hem moeite.
De dokter begon te protesteren, maar bedacht zich toen. 'Ja. Zoals u wilt. Ik kan u het beste een verdovingsmiddel geven. Het zal...'
'Denk er zelfs niet aan,' zei Robert. 'Geen trucs.'
Hij had de revolver in zijn linkerhand. 'Als ik hier niet levend uitkom, doet u dat ook niet. Hebt u nog vragen?' Hij voelde zich zwak.
Dokter Hilsinger slikte. 'Nee.'
'Ga dan aan de slag...'

Dokter Hilsinger leidde Robert naar de volgende ruimte, een onderzoekskamer die vol stond met medische apparatuur. Langzaam en voorzichtig trok Robert zijn colbertje uit. Hij ging met de revolver in zijn hand op de tafel zitten. Dokter Hilsinger had een scalpel in zijn hand. Roberts vingers spanden zich om de trekker.
'Ontspant u zich,' zei dokter Hilsinger nerveus. 'Ik ga alleen uw overhemd opensnijden.'
De wond was rauw en rood en er druppelde bloed uit. 'De kogel zit er nog in,' zei dokter Hilsinger. 'U zult de pijn niet kunnen verdragen tenzij ik u een...'
'Nee!' Hij zou zich niet laten verdoven. 'Haal hem eruit.'
'Zoals u wilt.'
Robert keek toe terwijl de dokter naar een sterilisator liep en er een forceps in stopte. Robert zat op de rand van de tafel en vocht tegen de duizeligheid die hem dreigde te overmannen. Hij sloot een ogenblik zijn ogen en dokter Hilsinger stond voor hem met de forceps in zijn hand.
'Daar gaan we.' Hij duwde de forceps in de open wond en Robert schreeuwde het uit van pijn. Felle lichten flitsten voor zijn ogen. Hij begon het bewustzijn te verliezen.
'Hij is eruit,' zei dokter Hilsinger.
Robert bleef een ogenblik bevend zitten en haalde diep adem om zichzelf weer onder controle te krijgen.
Dokter Hilsinger keek aandachtig naar hem. 'Is alles in orde met u?'
Het duurde een ogenblik voordat Robert zijn stem had teruggevonden. 'Ja... Behandel de wond.'
De dokter goot peroxide over de wond en Robert begon weer het bewustzijn te verliezen. Hij knarsetandde. *Houd vol. We zijn er bijna.* Eindelijk was de marteling voorbij. De dokter legde een zwaar verband aan om Roberts schouder.
'Geef me mijn jasje,' zei Robert.
Dokter Hilsinger staarde hem aan. 'U kunt nu niet naar buiten. U kunt niet eens lopen.'
'Breng me mijn jasje.' Hij was zo zwak dat hij nauwelijks kon praten. Hij zag de dokter door de kamer lopen om zijn jasje te halen en het leek alsof ze met zijn tweeën waren.
'U hebt veel bloed verloren,' waarschuwde dokter Hilsinger. 'Het is gevaarlijk voor u om te vertrekken.'
En nog gevaarlijker om te blijven, dacht Robert. Hij trok voorzichtig zijn jasje aan en probeerde op te staan. Zijn knieën begonnen te knikken. Hij greep zich aan de tafel vast.
'U haalt het nooit,' waarschuwde dokter Hilsinger.

Robert keek op naar de wazige verschijning vóór hem. 'Ik haal het wel.'
Maar hij wist dat dokter Hilsinger weer zou bellen zodra hij de deur uit zou zijn. Roberts blik viel op de rol zwaar plakband die dokter Hilsinger had gebruikt.
'Ga in de stoel zitten.' Hij sprak onduidelijk.
'Waarom? Wat bent u...?'
Robert bracht de revolver omhoog. 'Ga zitten.'
Dokter Hilsinger ging zitten. Robert pakte de rol plakband. Het ging moeizaam omdat hij maar één hand kon gebruiken. Hij trok het uiteinde van het brede plakband los en begon het af te rollen. Hij liep naar dokter Hilsinger. 'Blijf rustig zitten dan overkomt u niets.'
Hij bevestigde het uiteinde van het plakband aan de leuning van de stoel en begon het toen om de handen van de dokter te winden.
'Dit is echt niet nodig,' zei dokter Hilsinger. 'Ik zal u niet...'
'Kop dicht.' Robert ging verder met het vastbinden van de dokter aan de stoel. Door de inspanning keerde de pijn weer in alle hevigheid terug. Hij keek de dokter aan en zei kalm: 'Ik zal niet flauwvallen.'
Hij viel flauw.

Hij zweefde in de ruimte en dreef met een vredig gevoel gewichtloos door witte wolken. *Word wakker.* Hij wilde niet wakker worden. Hij wilde dat dit heerlijke gevoel nooit zou eindigen. Er drukte iets hards tegen zijn zij. Iets in zijn jaszak. Met zijn ogen nog steeds gesloten stak hij zijn hand in zijn zak en haalde het te voorschijn. Het was het kristal. Hij gleed weer in slaap.
Robert. Het was een vrouwenstem, zacht en troostend. Hij was in een prachtige, groene weide, de lucht was gevuld met muziek en in de hemel boven zijn hoofd zag hij heldere lichten. Een vrouw kwam naar hem toe. Ze was lang en mooi en had een lieftallig, ovaal gezicht en een zachte, bijna doorzichtige huid. Ze was gekleed in een sneeuwwit gewaad. Haar stem was vriendelijk en kalmerend.
Niemand zal je meer pijn doen, Robert. Kom naar me toe. Ik wacht hier op je.
Langzaam opende Robert zijn ogen. Hij bleef secondenlang liggen en ging toen rechtop zitten, plotseling vervuld van een gevoel van opwinding. Hij wist nu wie de elfde getuige was en hij wist waar hij haar zou ontmoeten.

50

Drieëntwintigste Dag
Parijs, Frankrijk

Hij belde admiraal Whittaker vanuit de praktijk van de dokter.
'Admiraal? Met Robert.'
'Robert! Wat is er aan de hand? Ze hebben me verteld...'
'Laten we het daar nu niet over hebben. Ik heb uw hulp nodig, admiraal. Hebt u ooit de naam Janus gehoord?'
Admiraal Whittaker zei langzaam: 'Janus? Nee, daar heb ik nooit van gehoord.'
Robert zei: 'Ik heb ontdekt dat hij aan het hoofd staat van een of andere geheime organisatie die onschuldige mensen vermoordt en nu probeert hij mij te laten vermoorden. We moeten hem tegenhouden.'
'Hoe kan ik je helpen?'
'Ik moet de president spreken. Kunt u voor een ontmoeting met hem zorgen?'
Er viel een ogenblik stilte. 'Dat kan ik zeker.'
'Er is nog meer. Generaal Hilliard is erbij betrokken.'
'Wat? Hoe?'
'En er zijn nog anderen. De meeste van de Europese inlichtingendiensten maken er deel van uit. Ik kan nu niet meer uitleggen. Ik wil dat u generaal Hilliard belt en hem zegt dat ik de elfde getuige heb gevonden.'
'Ik begrijp het niet. De elfde getuige van wat?'
'Het spijt me, admiraal, maar ik kan het u niet vertellen. Hilliard zal het begrijpen. Ik wil dat hij me in Zwitserland ontmoet.'
'Zwitserland?'
'Zeg tegen hem dat ik de enige ben die weet waar de elfde getuige is. Als hij één verkeerde actie onderneemt, gaat de afspraak niet door. Zeg hem dat hij naar het Dolder Grand Hotel in Zürich moet gaan. Er zal bij de balie een briefje voor hem klaarliggen. Zeg ook tegen hem dat ik wil dat Janus naar Zwitserland komt, persoonlijk.'
'Robert, weet je zeker dat je weet wat je doet?'
'Nee, admiraal, dat weet ik niet zeker. Maar dit is de enige kans die ik heb. Ik wil dat u tegen hem zegt dat er over mijn voorwaarden niet te onderhandelen valt. Ten eerste wil ik een veilige doortocht naar Zwitserland. Ten tweede wil ik dat generaal Hilliard en Janus me daar ontmoe-

ten. Ten derde wil ik daarna een gesprek met de president van de Verenigde Staten.'
'Ik zal alles doen wat ik kan, Robert. Hoe kan ik contact met je opnemen?'
'Ik bel u terug. Hoeveel tijd hebt u nodig?'
'Geef me één uur.'
'Goed.'
'En Robert...'
Hij kon het verdriet in de stem van de oude man horen. 'Ja, meneer?'
'Wees voorzichtig.'
'Maakt u zich geen zorgen, meneer. Ik ben iemand die overleeft. Weet u nog wel?'

Een uur later sprak Robert weer met admiraal Whittaker.
'Je hebt een overeenkomst. Generaal Hilliard leek overstuur door het bericht dat er nog een getuige is. Hij heeft me zijn woord gegeven dat je niets zal overkomen. Aan je voorwaarden wordt voldaan. Hij vliegt naar Zürich en zal daar morgenochtend zijn.'
'En Janus?'
'Janus zal bij hem in het vliegtuig zitten.'
Robert voelde een diepe opluchting. 'Dank u, admiraal. En de president?'
'Ik heb hem zelf gesproken. Zijn assistenten zullen een gesprek voor je regelen zodra je er klaar voor bent.'
God zij dank!
'Generaal Hilliard heeft een vliegtuig voor je gereedstaan om je naar...'
'Geen sprake van.' Hij zou zich door hen niet in een vliegtuig laten zetten. 'Ik ben in Parijs. Ik wil een auto hebben en ik rijd zelf. Ik wil dat de auto binnen een halfuur wordt achtergelaten voor het Hotel Littré in Montparnasse.'
'Ik zal ervoor zorgen.'
'Admiraal?'
'Ja, Robert?'
Het was moeilijk om zijn stem niet te laten beven. 'Dank u.'

Hij liep de Rue Littré af en bewoog zich door de pijn langzaam voort. Hij naderde het hotel behoedzaam. Recht voor het hotel stond een zwarte Mercedes sedan geparkeerd. Er zat niemand in. Aan de andere kant van de straat stond een blauw-met-witte politieauto met een geüniformeerde politieman achter het stuur. Op het trottoir stonden twee mannen in burgerkleren die Robert in het oog hielden. *De Franse geheime dienst.*

Robert merkte dat hij moeilijk kon ademhalen. Zijn hart bonkte. Liep hij in een val? De enige bescherming die hij had, was de elfde getuige. Geloofde generaal Hilliard hem? Was het genoeg?
Hij liep naar de sedan en wachtte tot de mannen in actie zouden komen. Ze bleven staan en keken zwijgend naar hem.
Robert liep naar de bestuurderskant van de Mercedes en keek naar binnen. Het contactsleuteltje zat erin. Hij kon voelen dat de blik van de mannen op hem gefixeerd was toen hij het portier opende en zich op de bestuurdersplaats liet glijden. Hij bleef een ogenblik zitten en staarde naar het contactsleuteltje. *Als generaal Hilliard admiraal Whittaker had bedrogen, zou dit het moment zijn waarop alles in een hevige explosie zou eindigen.*
Daar gaat-ie dan. Robert haalde diep adem, stak zijn linkerhand uit en draaide het contactsleuteltje om. De motor kwam snorrend tot leven. De mannen van de geheime dienst keken toe terwijl hij wegreed. Toen Robert de kruising naderde, stopte er een politieauto vóór hem en een ogenblik dacht Robert dat hij tegengehouden zou worden. In plaats daarvan zetten de politiemannen hun rode flitslicht aan en het verkeer leek weg te smelten. *Ze geven me verdomme een escorte!*
Boven zijn hoofd hoorde Robert het geluid van een helikopter. Hij keek omhoog. Op de zijkant van de helikopter stonden de herkenningstekens van de Franse nationale politie. Generaal Hilliard deed al het mogelijke om ervoor te zorgen dat hij veilig in Zwitserland zou aankomen. *En nadat ik hem de laatste getuige heb aangewezen,* dacht Robert grimmig, *denkt hij dat hij me gaat vermoorden. Maar de generaal staat een verrassing te wachten.*

Robert bereikte om vier uur in de middag de Zwitserse grens. De Franse politieauto keerde bij de grens om en hij werd verder geëscorteerd door een Zwitserse politieauto. Voor het eerst sinds hij aan de zaak was gaan werken, begon Robert zich te ontspannen. *God zij dank had admiraal Whittaker vrienden op hoge posten.* Nu de president verwachtte dat hij een ontmoeting met Robert zou hebben, zou generaal Hilliard niets tegen hem durven ondernemen. Zijn gedachten richtten zich op de vrouw in het wit en op dat moment hoorde hij haar stem. Het geluid ervan weerkaatste door de auto.
'Haast je, Robert. We wachten allemaal op je.'
Allemaal? Is er meer dan één? Ik zal het snel genoeg weten, dacht Robert.

In Zürich ging Robert het Dolder Grand Hotel binnen en schreef bij de balie een briefje voor de generaal.

'Generaal Hilliard zal naar me vragen,' zei Robert tegen de receptionist. 'Wilt u hem dit alstublieft geven?'
'Ja, meneer.'
Buiten liep Robert naar de politieauto die hem had geëscorteerd. Hij boog zich voorover naar de chauffeur. 'Vanaf nu wil ik alleen verder reizen.'
De chauffeur aarzelde: 'Uitstekend, commandant.'
Robert stapte in zijn auto en begon te rijden naar Uetendorf en de plaats waar de UFO was neergestort. Onder het rijden dacht hij aan alle tragedies die het gevolg van het ongeluk waren geweest en aan alle levens die verloren waren gegaan. *Hans Beckerman en vader Patrini; Leslie Mothershed en William Mann; Daniel Wayne en Otto Schmidt; Laszlo Bushfekete en Fritz Mandel; Olga Romantsjanko en Kevin Parker. Dood. Allemaal dood.*
Ik wil het gezicht van Janus zien, dacht Robert, *en hem in de ogen kijken.*

De dorpen leken langs te snellen en de ongerepte schoonheid van de Alpen leek al het bloedvergieten en de verschrikkingen die hier waren begonnen te loochenen. Robert naderde Thun en zijn adrenalineniveau begon te stijgen. Voor hem uit lag het veld waar hij en Beckerman de weerballon hadden gevonden, waar de nachtmerrie was begonnen. Robert stopte aan de kant van de weg en zette de motor af. Hij bad in stilte. Toen stapte hij uit, stak de weg over en liep het veld in.
Talloze herinneringen schoten hem door het hoofd. Het telefoontje om vier uur in de ochtend. *'U hebt orders u om zes uur vanmorgen bij generaal Hilliard te melden in het hoofdkwartier van de National Security Agency in Fort Meade. Hebt u deze boodschap begrepen, commandant?'*
Hoe weinig had hij er toen van begrepen. Hij herinnerde zich de woorden van generaal Hilliard: *'U moet die getuigen vinden. Allemaal.'* Zijn speurtocht had hem van Zürich naar Bern, Londen, München, Rome en Orvieto geleid; van Waco naar Fort Smith: van Kiëv naar Washington en Boedapest. Nu was het bloedige spoor tenslotte tot een eind gekomen, hier waar het allemaal was begonnen.

Ze wachtte op hem, zoals Robert had geweten, en ze zag er precies uit als in zijn droom. Ze liepen op elkaar af en ze leek naar hem toe te zweven, met een stralende glimlach op haar gezicht.
'Bedankt dat je bent gekomen, Robert.'
Had hij haar nu echt horen spreken of hoorde hij haar gedachten? Hoe praatte je met een buitenaards wezen?
'Ik moest komen,' zei hij simpelweg. De gebeurtenis had iets volkomen

onwerkelijks. *Ik sta hier te praten met iemand uit een andere wereld! Ik zou doodsbang moeten zijn, maar ik heb me in mijn hele leven nooit meer op mijn gemak gevoeld.* 'Ik moet je waarschuwen,' zei Robert. 'Er komen enkele mannen hierheen die je kwaad willen doen. Het zou beter zijn als je vertrekt voordat ze arriveren.'
Ik kan niet vertrekken.
En Robert begreep het. Hij stak zijn linkerhand in zijn zak en haalde het stukje metaal met het kristal te voorschijn.
Haar gezicht lichtte op. *'Dank je, Robert.'*
Hij gaf het haar en keek toe terwijl ze het inpaste in het stuk dat ze in haar hand had.
'Nu kan ik met mijn vrienden communiceren. Ze zullen me komen halen.'
Klonk er iets onheilspellends in haar woorden door? Robert herinnerde zich kolonel Hilliards woorden: *'Ze zijn van plan deze planeet te veroveren en slaven van ons te maken.'* Als generaal Hilliard nu eens gelijk had? Als de ruimtewezens nu eens van plan waren de aarde te veroveren? Wie zou hen tegenhouden? Robert keek op zijn horloge. Janus en generaal Hilliard konden ieder moment arriveren en terwijl Robert dit dacht, hoorde hij het geluid van een reusachtige Huey-helikopter die vanuit het noorden naderde.
'Uw vrienden zijn hier.'
Vrienden. Ze waren zijn doodsvijanden en hij was vastbesloten hen als moordenaars aan de kaak te stellen en hen te vernietigen.
Het gras en de bloemen in het veld begonnen wild heen en weer te bewegen toen de helikopter landde.
Nu zou hij eindelijk oog in oog met Janus komen te staan. De gedachte daaraan vervulde hem met een moordzuchtige woede. De deur van de helikopter ging open.
Susan stapte naar buiten.

51

In het moederschip dat hoog boven de aarde zweefde, heerste grote vreugde. Alle lampjes op de panelen lichtten groen op.
'We hebben haar gevonden!'
'We moeten ons haasten.'
Het enorme ruimteschip begon met grote snelheid koers te zetten naar de planeet die er ver onder lag.

52

Eén enkel ogenblik leek de tijd bevroren, toen spatte hij in duizend stukken uiteen. Robert keek verbijsterd toe terwijl Susan uit de helikopter stapte. Ze bleef een ogenblik staan en wilde toen in Roberts richting lopen, maar Monte Banks die vlak achter haar stond, greep haar vast en hield haar tegen.
'Vlucht, Robert! Vlucht! Ze gaan je vermoorden!'
Robert deed een stap in haar richting en op dat moment stapten generaal Hilliard en kolonel Frank Johnson uit de helikopter.
Generaal Hilliard zei: 'Ik ben er, commandant. Ik heb me aan mijn deel van de afspraak gehouden.' Hij kwam naar Robert en de vrouw in het wit toe. 'Ik neem aan dat dit de elfde getuige is. Het ontbrekende ruimtewezen. Ik ben ervan overtuigd dat we haar heel interessant zullen vinden. Dus het is eindelijk afgelopen.'
'Nog niet. U zei dat u Janus zou meebrengen.'
'O ja. Janus stond erop je te ontmoeten.'
Robert wendde zich naar de helikopter. Admiraal Whittaker stond in de deuropening.
'Je wilde me zien, Robert?'
Robert staarde hem ongelovig aan en er kwam een rood waas voor zijn ogen. Het was alsof zijn wereld instortte. 'Nee! Waarom...? Waarom in godsnaam?'
De admiraal liep naar hem toe. 'Je begrijpt het niet, hè? Dat heb je nooit gedaan. Je maakt je zorgen om een paar onbeduidende levens. Onze zorg is hoe we de wereld kunnen redden. Deze aarde is van ons en we kunnen ermee doen wat we willen.'
Hij wendde zich naar de vrouw in het wit en staarde haar aan. 'Als jullie oorlog willen, kunnen jullie oorlog krijgen. En we zullen jullie verslaan!' Hij richtte zich weer tot Robert. 'Je hebt me verraden. Je was mijn zoon. Ik heb je Edwards plaats laten innemen. Ik heb je een kans gegeven je land te dienen. En wat kreeg ik als dank? Je kwam me jammerend vragen of ik je thuis wilde laten blijven zodat je bij je vrouw zou kunnen zijn.' Zijn stem was vervuld van minachting. 'Een zoon van mij zou zoiets nooit doen. Ik had toen moeten zien wat een verwrongen waarden je erop na hield.'

Robert bleef als verlamd staan, te geschokt om iets te zeggen.
'Ik heb je huwelijk kapotgemaakt omdat ik nog steeds vertrouwen in je had, maar...'
'U hebt mijn huwelijk kapotgemaakt...?'
'Weet je nog dat de CIA je achter de Vos aan stuurde? Ik heb dat geregeld. Ik hoopte dat je daardoor weer bij zinnen zou komen. Je hebt gefaald omdat er geen Vos was. Ik dacht dat ik je op het rechte spoor had gezet, dat je een van ons was. Toen vertelde je me dat je bij de dienst zou weggaan. Toen wist ik dat je geen patriot was, dat je geliquideerd moest worden, vernietigd. Maar eerst moest je ons met onze missie helpen.'
'Uw *missie*? Het vermoorden van al die onschuldige mensen? U bent krankzinnig!'
'Ze moesten gedood worden om te voorkomen dat ze paniek zouden veroorzaken. We zijn nu gereed om de strijd met de ruimtewezens aan te binden. We hadden alleen wat meer tijd nodig en die tijd hebben we dank zij jou gekregen.'
De vrouw in het wit had zwijgend staan luisteren, maar nu stroomden haar gedachten de hoofden van de anderen die in het veld stonden binnen. *We zijn hier gekomen om te voorkomen dat u uw planeet vernietigt. We zijn allemaal deel van één universum. Kijk omhoog.*
Ze hieven hun hoofd naar de hemel op. Er was een reusachtige witte wolk boven hun hoofd en terwijl ze ernaar staarden, begon hij te veranderen. Ze zagen een beeld van een poolkap die begon te smelten terwijl ze ernaar keken. Het water vloeide in de rivieren en de oceanen van de wereld en overstroomde Londen en Los Angeles, New York en Tokio en de kuststeden over de hele wereld in een duizelingwekkende montage. Het beeld veranderde en ze zagen uitgestrekte gebieden met verlaten boerderijen met gewassen die tot as waren verbrand onder de verzengende, genadeloze zon. Overal lagen de kadavers van dode dieren verspreid. Het beeld veranderde weer en ze zagen opstanden in China, hongersnood in India en een vernietigende kernoorlog en tenslotte mensen die in holen woonden. Het beeld verdween langzaam.
Er viel even een van angst en ontzag vervulde stilte. *'Dat is uw toekomst als u op dezelfde voet doorgaat.'*
Admiraal Whittaker herstelde zich het eerst. 'Massahypnose,' snauwde hij. 'Ik weet zeker dat je ons andere interessante kunstjes kunt laten zien.' Hij liep naar het ruimtewezen toe. 'Ik neem je met me mee terug naar Washington. We moeten heel wat informatie van je hebben.' De admiraal keek Robert aan. 'Het is gebeurd met je.' Hij wendde zich naar kolonel Johnson. 'Doe het nu!'
Kolonel Johnson haalde zijn pistool uit de holster.

Susan rukte zich uit Montes greep los en rende naar Robert toe. 'Nee!' schreeuwde ze.
'Schiet hem dood!' zei admiraal Whittaker.
Kolonel Johnson richtte zijn pistool op de admiraal. 'Admiraal, u staat onder arrest.'
Admiraal Whittaker staarde hem aan. 'Wat... wat zeg je? Ik zei dat je hem moest doodschieten. Je bent een van ons.'
'U hebt het mis. Dat ben ik nooit geweest. Ik zocht commandant Bellamy niet om hem te doden, maar om hem te redden.' Hij wendde zich naar Robert. 'Het spijt me dat ik je niet eerder heb gevonden.'
Admiraal Whittakers gezicht was doodsbleek geworden. 'Dan zul jij ook vernietigd worden. Niemand kan ons tegenwerken. Onze organisatie...'
'U hebt niet langer een organisatie. Op dit moment worden alle leden ervan opgepakt. Het is afgelopen, admiraal.'
Boven hun hoofd leek de lucht te trillen van licht en geluid. Het enorme moederschip zweefde recht boven hen en ze zagen heldergroene lichten die in het binnenste ervan aan en uit flitsten. Ze staarden er vol ontzag naar terwijl het landde. Er verscheen een kleiner ruimteschip, toen nog twee en daarna weer twee tot de hemel ermee gevuld leek te zijn en er klonk een luid geraas in de lucht dat overging in prachtige muziek die door de bergen echode. De deur van het moederschip ging open en er verscheen een ruimtewezen.
De vrouw in het wit wendde zich tot Robert. *'Ik vertrek nu.'* Ze liep naar admiraal Whittaker, generaal Hilliard en Monte Banks toe. *'U komt met mij mee.'*
Admiraal Whittaker deinsde terug. 'Nee! Ik ga niet mee!'
'Ja. We zullen u geen kwaad doen.' Ze stak een hand uit en een ogenblik gebeurde er niets. Toen, terwijl de anderen toekeken, begonnen de mannen zich als verdoofd in de richting van het ruimteschip te bewegen.
Admiraal Whittaker schreeuwde: 'Nee!'
Hij schreeuwde nog steeds toen de drie mannen in het ruimteschip verdwenen.
De vrouw in het wit wendde zich naar de anderen. *'Er zal hun niets overkomen. Ze hebben veel te leren. Als dat is gebeurd, zullen ze hier teruggebracht worden.'*
Susan hield Robert stevig vast.
'Vertel de mensen dat ze moeten ophouden met het vernietigen van deze planeet, Robert. Zorg dat ze het begrijpen.'
'Ik ben maar alleen.'
'Er zijn er duizenden zoals jij. Iedere dag groeien jullie in aantal. Op een dag zullen jullie met miljoenen zijn en jullie moeten met één krachtige stem spreken. Zul je het doen?'

'Ik zal het proberen. Ik zal het proberen.'
'We vertrekken nu. Maar we houden jullie in de gaten en we komen terug.'
De vrouw in het wit draaide zich om en ging het moederschip binnen. De lichten binnen werden helderder en helderder tot ze de hele hemel leken te verlichten. Plotseling steeg het ruimteschip gevolgd door de kleinere schepen, zonder enige aankondiging op tot ze ten slotte allemaal uit het gezicht waren verdwenen.
'Vertel de mensen dat ze moeten ophouden met het vernietigen van deze planeet.'
Goed, dacht Robert. *Ik weet nu wat ik de rest van mijn leven ga doen.*
Hij keek Susan aan en glimlachte.

Het Begin

Nawoord van de schrijver

Tijdens de research voor dit boek heb ik talrijke boeken, tijdschrift- en kranteartikelen gelezen waarin astronauten werden geciteerd die naar hun zeggen ervaringen hadden met buitenaardse vliegende objecten. Kolonel Frank Borman van de *Gemini 7* nam, naar verluidt, foto's van een UFO die zijn ruimtecapsule volgde. Neil Armstrong van de *Apollo 11* zag twee ongeïdentificeerde ruimtevaartuigen op de maan. Buzz Aldrin fotografeerde ongeïdentificeerde ruimtevaartuigen op de maan. Kolonel L. Gordon Cooper kwam een grote UFO tegen tijdens een vlucht van Project Mercury boven Perth, Australië, en hij legde stemmen op de band vast die, zoals later bleek, een taal spraken die op aarde niet bekend is.

Ik heb met deze mannen en met andere astronauten gesproken en ze verzekerden me stuk voor stuk dat de verhalen eerder apocrief dan apocalyptisch waren en dat ze geen enkele ervaring met UFO's hadden. Een paar dagen na mijn telefoongesprek met kolonel Gordon Cooper belde hij me. Ik was niet thuis en belde hem later terug, maar hij was plotseling niet meer bereikbaar. Een jaar later kreeg ik een door hem geschreven brief in handen, die 9 november 1978 was gedateerd en UFO's tot onderwerp had.

Ik belde kolonel Cooper weer om hem te vragen of de brief authentiek was. Deze keer was hij tegemoetkomender. Hij vertelde me dat de brief inderdaad echt was en dat hij tijdens zijn ruimtereizen verscheidene UFO's had gezien. Hij vermeldde ook dat andere astronauten vergelijkbare ervaringen hadden gehad, maar dat ze waren gewaarschuwd dat ze er niet over mochten spreken.

Ik heb een stuk of twaalf boeken gelezen waarin het definitieve bewijs geleverd wordt dat vliegende schotels bestaan. Ik heb een stuk of twaalf boeken gelezen waarin het definitieve bewijs geleverd wordt dat vliegende schotels *niet* bestaan. Ik heb videobanden afgedraaid waarop zogenaamd opnamen van vliegende schotels stonden en ik heb in de Verenigde Staten en in het buitenland therapeuten gesproken die waren gespecialiseerd in het hypnotiseren van mensen die beweren in UFO's mee de ruimte in te zijn genomen. De therapeuten beweren dat ze honderden gevallen in hun praktijk hebben gehad waarbij de details van de ervaringen van de getuigen verbluffend sterk op elkaar lijken en bovendien hadden ze vaak identieke, onverklaarbare merktekens op hun lichaam.

Een generaal van de luchtmacht die de leiding had over het *Blue Book Project* – een groep die door de Amerikaanse overheid in het leven is geroepen om vliegende schotels te bestuderen – verzekerde me dat er nooit hard bewijsmateriaal is gevonden waarmee het bestaan van buitenaardse wezens of vliegende schotels gestaafd kan worden.
Toch schrijft Lord Hill-Norton, admiraal van de vloot en van 1971 tot 1973 hoofd van de Britse Generale Staf:

'Het bewijsmateriaal voor het bestaan van objecten die in onze atmosfeer en zelfs op aarde zijn gezien en niet beschouwd kunnen worden als door de mens vervaardigde voorwerpen of als een aan onze wetenschappers bekende fysieke kracht of effect, lijkt mij overstelpend... Een zeer groot aantal waarnemingen is afkomstig van personen wier geloofwaardigheid boven elke twijfel verheven is. Het is opvallend dat zovelen van hen getrainde waarnemers zijn, zoals politiefunctionarissen en piloten van de luchtmacht of de burgerluchtvaart...'

In 1933 begon het Vierde Zweedse Luchtmachtkorps met een onderzoek naar mysterieuze luchtvaartuigen zonder enige kentekenen die boven Scandinavië verschenen en op 30 april 1934 gaf generaal-majoor Erik Reuterswaerd de volgende verklaring aan de pers af:

'Vergelijking van deze rapporten wijst uit dat er geen twijfel aan kan bestaan dat er illegaal luchtverkeer plaatsvindt boven onze geheime, militaire gebieden. Er zijn vele rapporten van betrouwbare mensen waarin waarnemingen van dichtbij van het raadselachtige luchtvaartuig worden gegeven. En het viel op dat in ieder geval dezelfde opmerking was toegevoegd; er waren geen emblemen of kentekenen zichtbaar op de toestellen... De vraag is: Wie en wat zijn ze en waarom zijn ze ons luchtterritorium binnengedrongen?'

In 1947 werd professor Paul Santorini, een vooraanstaande Griekse geleerde, gevraagd een onderzoek in te stellen naar raketten die over Griekenland vlogen. Zijn onderzoek werd echter beknot. 'We konden spoedig vaststellen dat het geen raketten waren. Maar voordat we meer konden ontdekken, beval het leger ons, nadat het met buitenlandse functio-

narissen had overlegd, dat het onderzoek stopgezet moest worden.' *Buitenlandse geleerden kwamen naar Griekenland om geheime gesprekken met me te voeren.* (cursivering van de schrijver.)
De professor bevestigde dat er 'een deken van geheimhouding over de wereld uitgespreid leek wanneer het om de kwestie van de UFO's ging omdat de autoriteiten onder andere weigerachtig waren het bestaan van een macht toe te geven waartegen 'geen enkele verdedigingsmogelijkheid bestond'.

Tussen 1947 en 1952 ontving het *Air Technical Intelligence Center* (ATIC), het technische inlichtingencentrum van de luchtmacht, vijftienhonderd officiële meldingen van waarnemingen van UFO's. Hiervan beschouwt de luchtmacht twintig procent als onverklaard:
Luchtmachtmaarschalk Lord Dowding, de opperbevelhebber van het gevechtsvliegtuigencommando van de RAF tijdens de Slag om Engeland in 1940 schreef:

'Er zijn meer dan 10.000 waarnemingen gerapporteerd waarvan het overgrote deel niet wetenschappelijk verklaard kan worden. De UFO's zijn gevolgd op radarschermen... en er werden soms snelheden waargenomen van 13.500 kilometer per uur... *Ik ben ervan overtuigd dat deze objecten bestaan en dat ze niet door enige staat ter wereld worden gefabriceerd.* (cursivering van de schrijver.) Ik ben daarom van mening dat er geen alternatief is voor de theorie dat ze van buitenaardse oorsprong zijn.

Onlangs keek de hele bevolking van Elmwood, Wisconsin, toe terwijl vliegende schotels door het luchtruim boven hun stad vlogen.

* * *

Generaal Lionel Max Chassin, opperbevelhebber van de Franse Luchtmacht en later Algemeen Coördinator van de Luchtverdediging van de Geallieerde Luchtstrijdkrachten van Centraal Europa (NAVO), schreef:

Er valt niet aan te twijfelen dat er vreemde dingen zijn gezien... Het aantal oplettende, intelligente, ontwikkelde mensen in het volle bezit van hun geestelijke vermogens die 'iets hebben gezien' en dit hebben beschreven, groeit met de dag.

Dan was er nog het beroemde Roswell Incident in 1947. Volgens verslagen van ooggetuigen werd er in de avond van 2 juli een lichtgevend schijfvormig voorwerp boven Roswell, Nieuw Mexico, gezien. De volgende dag werden door een plaatselijke manager van een ranch en zijn twee kinderen wijdverspreide wrakstukken ontdekt. De autoriteiten werden gewaarschuwd en er werd een officiële verklaring afgegeven waarin werd bevestigd dat de wrakstukken van een vliegende schijf waren verzameld. Onmiddellijk daarna werd in een tweede perscommuniqué verklaard dat de wrakstukken slechts de overblijfselen van een weerballon waren die bij de persconferentie plichtmatig werden getoond. Intussen werden de echte wrakstukken volgens zeggen naar Wright Field gestuurd. De lichamen werden door een getuige beschreven als

'...ze leken op mensen, maar het waren geen mensen. Hun hoofd was rond, hun ogen klein en ze hadden geen haar. Hun ogen stonden wijd uit elkaar. Ze waren naar onze maatstaven heel klein en hun hoofd was in verhouding tot hun lichaam groot. Hun kleding leek uit één stuk te bestaan en was grijs van kleur. Het leken allemaal mannen te zijn en het waren er een heel stel... Militair personeel nam het verder in handen en ons werd gezegd dat we het gebied moesten verlaten en dat we met niemand mochten spreken over wat we gezien hadden.'

Volgens een in 1984 via een inlichtingendienst verkregen document werd in 1947 door president Truman een hoogst geheime commissie met de codenaam Majestic 12, of MJ-12, ingesteld om UFO's te onderzoeken en haar bevindingen aan de president te rapporteren. Het document, dat 18 november 1952 was gedateerd en geclassificeerd was als Topgeheim/Majic/Strikt vertrouwelijk, werd naar verluidt door admiraal Hillenkoetter voor de verkozen, maar nog niet beëdigde president Dwight Eisenhower samengesteld en behelsde de verbazingwekkende verklaring dat, drie kilometer van de plek bij Roswell waar de wrakstukken waren gevonden, het stoffelijk overschot van vier ruimtewezens was aangetroffen.
Vijf jaar nadat de commissie was gevormd, deed ze de nog niet geïnaugureerde president Eisenhower een memo toekomen over het UFO-project en de noodzaak tot geheimhouding:

'De implicaties voor de nationale veiligheid zijn van blijvend belang, omdat de motieven en bedoelingen van deze bezoekers volkomen onbekend zijn... Zowel om deze redenen als uit voor de hand liggende internationale, technologische overwegingen en de noodzaak ten koste van alles algemene paniek te vermijden, blijft de Majestic 12 Groep unaniem van mening dat onder de nieuwe regering continu de strengst mogelijke veiligheidsmaatregelen van kracht dienen te blijven.'

Van officiële zijde wordt dit advies ontkend omdat de authenticiteit van het document twijfelachtig zou zijn.

Naar verluidt houdt de *National Security Agency* meer dan honderd documenten die betrekking hebben op UFO's achter; de CIA ongeveer vijftig en de DIA zes.
Majoor Donald Keyhoe, een voormalige assistent van Charles Lindbergh, beschuldigt de regering van de Verenigde Staten er publiekelijk van het bestaan van UFO's te ontkennen om algemene paniek te voorkomen.
In augustus 1948 was de conclusie van een topgeheime evaluatie van de situatie door het technische inlichtingencentrum van de luchtmacht dat de UFO's bemand waren door bezoekers van andere planeten. Generaal Vandenberg, de toenmalige chef-staf van de luchtmacht, gaf bevel het document te verbranden.

Bestaat er een wereldwijde samenzwering van regeringen om het publiek de waarheid te onthouden?
In de korte tijdsspanne van zes jaar zijn drieëntwintig Engelse geleerden die aan Star Wars-achtige projecten werkten onder verdachte omstandigheden om het leven gekomen. Ze hadden allemaal gewerkt aan verschillende aspecten van elektronische oorlogvoering waaronder ook onderzoek naar UFO's viel. Hieronder volgt een lijst met de namen van de omgekomenen, hun overlijdensdata en de diverse doodsoorzaken.

1. 1982. Professor Keith Bowden: omgekomen bij een auto-ongeluk.
2. Juli 1982. Jack Wolfenden: omgekomen bij een ongeluk met een glider.
3. November 1982. Ernest Brockway: zelfmoord.
4. 1983. Stephen Drinkwater: zelfmoord door zichzelf te wurgen.
5. April 1983. Luitenant-kolonel Anthony Godley: vermist, officieel dood verklaard.
6. April 1984. George Franks: zelfmoord door ophanging.
7. 1985. Stephen Oke: zelfmoord door ophanging.
8. November 1985. Jonathan Wash: zelfmoord door van een gebouw te springen.
9. 1986. Dr. John Brittan: zelfmoord door koolmonoxidevergiftiging.
10. Oktober 1986. Arshad Sharif: zelfmoord. Had een touw om zijn nek

gebonden, dat vervolgens aan een boom bevestigd en was daarna met hoge snelheid weggereden. De zelfmoord vond plaats in Bristol, honderdvijftig kilometer verwijderd van zijn woonplaats Londen.
11. Oktober 1986. Vimal Dajibhai: zelfmoord door van een brug in Bristol te springen, honderdvijftig kilometer van zijn woonplaats Londen verwijderd.
12. Januari 1987. Avtar Singh-Gida: vermist, officieel dood verklaard.
13. Februari 1987. Peter Peapell: zelfmoord in een garage.
14. Maart 1987. David Sands: zelfmoord door met zijn auto met hoge snelheid een café binnen te rijden.
15. April 1987. Mark Wisner: overleden door zich te wurgen.
16. 10 april 1987. Stuart Gooding: omgekomen op Cyprus.
17. 10 april 1987. David Greenhalgh: van een brug gevallen.
18. April 1987. Shani Warren: zelfmoord door verdrinking.
19. Mei 1987. Michael Baker: omgekomen bij een auto-ongeluk.
20. Mei 1988. Trevor Knight: zelfmoord.
21. Augustus 1988. Alistair Beckham: zelfmoord door zelfelektrokutie.
22. Augustus 1988. Generaal Peter Ferry, zelfmoord door zelfelektrokutie.
23. Datum onbekend. Victor Moore: zelfmoord.

Allemaal toeval?

In de afgelopen drie decennia zijn er ten minste dertigduizend meldingen geweest van waarnemingen van geheimzinnige objecten in de lucht en talloos meer waarnemingen, misschien wel tienmaal zoveel, die niet zijn gemeld.
Meldingen van waarnemingen van UFO's zijn uit honderden landen over de hele wereld gekomen. In Spanje staan UFO's bekend als *objetos voladores no identificados;* in Duitsland als *fliegende Untertassen*; in Frankrijk als *soucoupes volantes;* in Tjechoslowakije als *letajici talire*.
De eminente astronoom Carl Sagan heeft geschat dat ons melkwegstelsel alléén al ongeveer 250 miljard sterren bevat. Hij gelooft dat ongeveer één miljoen hiervan planeten hebben waarop omstandigheden bestaan die een of andere vorm van beschaving mogelijk maken.

Onze regering ontkent het bestaan van buitenaards leven, maar op Columbusdag in 1992 zal de NASA radiotelescopen in werking stellen die zijn uitgerust met speciale ontvangers en computers die in staat zijn tegelijkertijd de uitzendingen van tientallen miljoenen radiozenders te analyseren om te zoeken naar tekenen van intelligent leven in het universum.

De NASA heeft de onderneming de bijnaam MOP gegeven, Microwave Observing Project, maar astronomen noemen het SETI, *Search for Extraterrestrial Life*, ofte wel Onderzoek naar Buitenaardse Intelligentie.
Ik heb twee voormalige presidenten van de Verenigde Staten gevraagd of ze over enige kennis over UFO's of buitenaardse wezens beschikken en ze antwoordden ontkennend. Zouden ze het me hebben verteld als ze wel over informatie hadden beschikt? Gezien het waas van geheimzinnigheid waarin het onderwerp is gehuld, denk ik van niet.
Bestaan vliegende schotels echt? Worden we bezocht door wezens van een andere planeet? Met behulp van de nieuwe technologie waarmee we steeds dieper in het universum kunnen doordringen, zullen we het antwoord misschien veel eerder krijgen dan we verwachten.
Aan het onderzoek van de ruimte werken vele astronomen en kosmologen mee die er niet tevreden mee zijn op dat antwoord te wachten en zij doen hun eigen voorspellingen. Jill Tartar, een astrofysicus en medewerker van het SETI-project van het Ames Research Center van de NASA in Ames, Iowa, is één van hen:

'Er zijn 400 miljard sterren in ons sterrenstelsel. We zijn gemaakt uit kosmische stof, echt heel gewoon spul. Het is moeilijk te geloven dat er geen andere wezens dan wij kunnen bestaan in een universum vol kosmische stof.'

9 november, 1978

Ambassadeur Griffith
Gezantschap van Grenada bij de Verenigde Naties
866 Second Avenue
Suite 502
New York, New York 10017

Geachte ambassadeur Griffith,

Ik wilde u graag mijn visie geven over onze buitenaardse bezoekers, over het algemeen aangeduid als UFO's, en u enkele suggesties doen over de juiste wijze om met hen om te gaan.

Ik geloof dat deze buitenaardse ruimtevaartuigen en hun bemanning afkomstig zijn van andere planeten waar ze kennelijk technologisch wat verder zijn dan wij hier op aarde.
Ik ben van mening dat we een gecoördineerd programma op het hoogste niveau moeten opstellen om op wetenschappelijke wijze gegevens met betrekking tot alle ontmoetingen met deze wezens op de hele wereld te verzamelen en te analyseren en vast te stellen hoe we het beste op een vriendschappelijke manier contact met hen kunnen onderhouden. Als we door hen als volledig gekwalificeerde leden van het universumteam geaccepteerd willen worden, zullen we hun eerst moeten tonen dat we hebben geleerd onze problemen met vreedzame middelen op te lossen in plaats van door het voeren van oorlog. Deze acceptatie zou enorme mogelijkheden in zich dragen om onze wereld op alle gebieden vooruitgang te brengen. De VN zou dan zeker een voorname plaats moeten innemen bij een juiste en deskundige begeleiding van deze ontwikkeling.

Ik wil erop wijzen dat ik geen ervaren, professionele UFO-onderzoeker ben. Ik heb nog niet het genoegen gehad in een UFO te vliegen of de bemanning ervan te ontmoeten. Ik heb wel het gevoel dat ik enigszins gekwalificeerd ben erover te praten omdat ik aan de rand ben geweest van de uitgestrekte gebieden van de ruimte waarin ze reizen. Bovendien heb ik in 1951 twee dagen de gelegenheid gehad vele UFO-vluchten waar te nemen. De UFO's waren van verschillende grootte en ze vlogen in gevechtsformatie over Europa, meestal van oost naar west. Ze vlogen op een grotere hoogte dan wij in die tijd met onze straaljagers konden bereiken.

Ik zou er eveneens op willen wijzen dat de meeste astronauten onwillig zijn om zelfs maar over UFO's te praten omdat er zoveel mensen zijn geweest die ongegeneerd verzonnen verhalen en vervalste documenten in omloop hebben gebracht waarin hun naam en reputatie zonder aarzeling werden misbruikt. De weinige astronauten die zich nog steeds met de ontwikkelingen op het terrein van de UFO's bezighouden, hebben dit met grote terughoudendheid gedaan. Er zijn verscheidene ruimtevaarders die in UFO's geloven en in de gelegenheid zijn geweest een UFO op de grond of vanuit een vliegtuig waar te nemen.

Als de VN erin toestemt aan dit project mee te werken en er geloofwaardigheid aan te geven, zullen er misschien veel meer goedgekwalificeerde mensen naar voren komen om hulp en informatie te geven.

Ik zie ernaar uit u spoedig te ontmoeten.
Hoogachtend,

L. Gordon Cooper
Kol. USAF (gepensioneerd)
Astronaut